**이탈로 칼비노** 1923년 쿠바에서 농학자였던 아버지와 식물학자였던 어머니 사이에서 태어나 어린 시절부터 자연과 가까이하며 자랐다. 토리노 대학교에 입학해 공부하던 중 이탈리아 공산당에 가입해 레지스탕스 활동에 참여했다가, 2차 세계 대전이 끝난 뒤 조셉 콘래드에 관한 논문으로 졸업했다. 1947년 레지스탕스 경험을 토대로 한 네오리얼리즘 소설 『거미집으로 가는 오솔길』을 발표해 주목받기 시작했다. 『반쪼가리 자작』, 『나무 위의 남작』, 『존재하지 않는 기사』로 이루어진 '우리의 선조들' 3부작과 같은 환상과 알레고리를 바탕으로 한 철학적, 사회참여적인 작품, 『우주 만화』같이 과학과 환상을 버무린 작품, 이미지와 텍스트의 상호 관계를 탐구한 『교차된 운명의 성』과 하이퍼텍스트를 소재로 한 『어느 겨울밤 한 여행자가』 같은 실험적인 작품, 일상 가운데 존재하는 공상적인 이야기인 『마르코발도 혹은 도시의 사계절』, 『힘겨운 사랑』 등을 연이어 발표하면서 이탈리아뿐만 아니라 세계 문학계에서 독보적인 위치를 차지하게 되었다. 1972년 후기 대표작인 『보이지 않는 도시들』을 발표해 펠트리넬리 상을 수상했다. 1981년에는 프랑스의 레지옹 도뇌르 훈장을 받았다. 1984년 이탈리아인으로서는 최초로 하버드 대학교의 '찰스 엘리엇 노턴 문학 강좌'를 맡아 달라는 초청을 받았으나 강연 원고를 준비하던 중 뇌일혈로 쓰러져 1985년 이탈리아의 시에나에서 세상을 떠났다.

나무 위의
남작

이탈로 칼비노 전집

03

나무 위의
남작

이현경 옮김

IL BARONE
RAMPANTE

민음사

ITALO CALVINO

IL BARONE RAMPANTE
by Italo Calvino

# I

1767년 6월 15일, 이날은 나의 형 코지모 피오바스코 디 론도가 마지막으로 우리 사이에 앉아 있던 날이다. 그날 일이 바로 어제처럼 생생하게 기억난다. 우리는 옴브로사에 있는 우리 저택의 식당에 모여 있었다. 식당의 창문들은 마치 정원의 울창한 호랑가시나무 가지가 들어 있는 액자 같았다. 때는 정오였다. 느지막이 일어나서 한나절이나 되어야 아침 식사를 하는 프랑스 궁정의 습관이 귀족들 사이에서 유행하고 있었지만 우리 가족은 전통적으로 지켜 오던 식사 시간에 따라 그 시간에 식탁에 앉았다. 내 기억으로는 바다에서 바람이 불어오고 나뭇잎이 흔들렸던 것 같다. 코지모 형이 말했다. "싫다고 했잖아요. 싫어요!" 그러더니 달팽이 요리 접시를 밀어냈다. 지금까지 형이 그렇게 반항적인 모습을 보인 적은 단 한 번도 없었다.

식탁의 윗자리에는 귀를 덮을 만큼 긴 루이 14세풍의 가발을 쓴 우리 아버지 아르미니오 피오바스코 디 론도 남작이 앉아 있었다. 아버지의 다른 모든 것처럼 그 가발 역시 유행에 뒤진 것이었다. 나와 형 사이에는 우리 가문의 시물(施物) 분배 사제이자 우리 형제의 가정 교사인 포슐라플뢰르 신부가 앉아 있었다. 우리 앞에는 어머니인 '여장군' 코라디나 디 론도와 누나 바티스타가 있었는데, 누나는 집에서 기거하는 수녀였다. 식탁의 다른 쪽 윗자리, 즉 아버지와 마주 보는 자리에는 집사이자 우리 농지의 관개 시설 담당자이며 아버지의 이복동생이기 때문에 우리에게는 삼촌이 되는, 기사 변호사인 에네아 실비오 카레가가 터키풍의 옷을 입고 앉아 있었다.

형은 몇 달 전 열두 살이 되었고 난 여덟 살이 되었기 때문에 우리는 부모님과 같은 식탁에서 식사할 수 있게 되었다. 아니, 내 경우는 혼자 식사하게 내버려 둘 수 없어서 아직 때가 되지 않았는데도 형과 똑같이 승격되는 행운을 얻은 것이었다. 사실 좋은 말로 행운이지 그것은 우리 형제에게 자유로운 생활이 끝났음을 의미했다. 우리는 우리 방에서 포슐라플뢰르 신부와 함께 우리끼리 식사하던 때를 그리워했다. 신부는 주름투성이의 마른 노인으로 얀센파[1]라는 소문이 떠돌았다. 실제로 신부는 종교 재판을 피하기 위해 고향인 도피네[2]에서 이곳으로 도망 왔다. 신부는 엄격한 성격 덕에 다른 사람들로부터 칭송을 받았으며 자신뿐만 아니라 다른 사람에게도 준엄한 내적 규율을 강요하곤 했다. 하지만 이러한 성격은 무관심하고 나태한 경향이 있는 본성에 늘 굴복하고 말았다. 마치 허공을 뚫어지게 바라보며 오랫동안 명상에 잠겨 보아야 결국은 무시무시한 권태와 무기력에 도달할 뿐이라고 생각하는 것 같았다. 또 신부는 작은 어려움에 부딪히기만 해도 그 속에서 인간이 대항할 수 없는 어떤 운명의 신호 같은 것을 발견하는 것 같기도 했다. 신부와 식사를 할 때는

---

1 17세기 중엽 얀센이 창시한 교의. 아우구스티누스의 설을 받아들여 성총, 자유 의지, 예정구령(豫定救靈)에 대하여 엄격한 견해를 표현했다. 교리상 예수회를 비판했다.
2 프랑스 동남부 지방.

긴 기도가 끝난 뒤 침착하고 격식에 맞게 조용히 수저를 움직여 식사를 했다. 누구라도 접시에서 눈을 들거나 수프를 들이마시는 소리를 조금이라도 내면 난리가 났다. 하지만 수프를 다 먹을 무렵이면 신부는 벌써 지치고 지루해져서 허공을 쳐다보며 포도주를 홀짝홀짝 마시고 있었다. 가장 표면적이고 찰나적인 감각들이 그를 사로잡기라도 한 듯한 모습이었다. 주 요리에 들어가면 우리는 손으로 음식을 먹기 시작했고, 식사를 다 마치면 먹고 남은 배를 내던졌다. 그동안 신부는 가끔씩 게으르게 하품할 뿐이었다. "……오오오 비앵! ……오오오 알로르!³"

하지만 이제 식구들과 함께 식사를 하게 되자 가족 간의 원한이 형체를 드러내게 되었다. 그것은 어린 시절의 슬픈 기억이었다. 아버지와 어머니는 항상 우리 앞에 앉아서 포크와 나이프를 이용해 닭을 먹으면서 이렇게 말했다. 똑바로 앉아, 팔꿈치를 식탁에 기대지 마라, 계속 그렇게! 게다가 밉살맞은 누나 바티스타까지 있었으니. 꾸지람, 앙갚음, 벌, 고집 부리기가 시작되었고, 그런 일들은 코지모 형이 달팽이 요리를 거부하고 우리와 운명을 달리하겠다고 결정한 그날까지 끊이지 않았다.

시간이 흐른 뒤에야 나는 우리 식구들 사이에 쌓여 있던 원한에 대해 알게 되었다. 그 당시 나는 여덟 살이었다. 내 눈에는 모든 게 다 장난 같았으며 어린아이가 어른과 벌이는 싸움은 어디서나 볼 수 있는 흔한 것이었기에 나는 우리 형의 고집 뒤에 좀 더 깊은 무엇인가가 숨어 있다는 것을 알아차리지 못했다.

---

**3** '오오오 바르게! ……오오오 그러면!'이라는 뜻의 프랑스어. 이 책에서 등장인물들은 다양한 외국어로 대화하는데, 이탈리아어가 아닌 경우 각주에 그 뜻을 표기했다.

우리 아버지인 남작은 분명 나쁜 사람은 아니었지만 따분한 사람이었다. 과도기에 흔히 그렇듯이, 모순된 생각들에 삶을 지배당했기 때문이다. 격동의 시대에 사람들은 자기도 행동해야 한다는 필요성을 느끼게 되는데, 대부분이 정반대 방향의 그릇된 길로 접어들고 만다. 우리 아버지 역시 그와 같아서 들끓는 시대적 분위기에도 불구하고 자신이 옴브로사의 공작이 되는 게 당연하다고 생각했으며 언제나 족보와 계승권과 가문 간의 경쟁, 근방에 있거나 멀리 떨어진 강국들과의 동맹 같은 일에만 관심을 쏟았다.

그래서 우리 아버지는 집에 있을 때도 언제나 궁정의 초대에 대비해 연습하는 사람처럼 행동했다. 난 대체 아버지가 어느 궁정의 초대에 대비하는 것인지, 오스트리아 여제의 궁정인지, 루이 왕의 궁정인지, 그도 아니면 산악 지대에 위치한 토리노의 궁정인지 도통 알 수가 없었다. 칠면조 요리가 나오면 아버지는 우리가 궁정의 예법에 따라 고기를 자르고 살점을 떼어 내는지 지켜보았다. 그래서 아버지의 잔소리를 거들어야 했던 신부는 실수를 하지 않으려고 칠면조 요리에는 거의 손도 대지 않았다. 우리는 기사 변호사인 카레가가 속임수를 쓰는 것도 발견했다. 삼촌은 나중에 포도밭에 숨어서 자기 마음대로 칠면조 다리를 뜯어 먹으려고 터키풍의 외투 자락 속에 칠면조 다리를 모두 숨겨 버렸다. 맹세컨대 그는 식사할 때 분명 살을 다 발라먹은 칠면조 뼈를 주머니에 가득 넣어 와서는 칠면조 다리를 통째로 외투 속에 숨긴 다음 그 뼈를 대신 접시에 놓고 자리에서 일어났을 것이다.(삼촌의 행동이 너무나 민첩해 현장에서 그 장면을 목격하지는 못했지만 말이다.) 여장군 같은 우리 어머니는 식탁에서 식사할 때도 거친 군대식 예법을 사용했기 때문에 우리에게 별 신경을 쓰지 않았다.

"조! 노흐 아인 베니히! 굿!⁴" 어머니에게서 흠을 잡아낼 수 있는 사람은 아무도 없었다. 그런데 어머니는 예의범절이 아니라 규율로 우리를 꼼짝달싹 못하게 만들었고 남작을 거들어 연병장에서 명령을 내리듯 말했다. "지츠 루이히!⁵ 그리고 너희들 코 닦아!" 오로지 한 사람, 집에서 기거하는 수녀인 바티스타 누나만은 편안히 앉아 식사를 할 수 있었다. 그녀는 자기만 사용하는 외과용 메스같이 예리한 나이프 몇 개로 끈질기고 세심하게 살을 한 점 한 점 잘라 냈다. 남작은 누나를 예로 들어 우리에게 이야기해야 했지만 빳빳하게 풀을 먹인 수녀복의 베일 아래로 보이는 생쥐같이 작고 노란 얼굴, 노려보는 듯한 눈과 악물고 있는 입 때문에 아버지 역시 겁이 나서 누나를 쳐다보지도 못했다. 이제 왜 식탁이 우리 가족의 반목과 불화, 우리의 어리석음과 위선이 모두 드러나는 곳이라고 했는지, 왜 코지모 형이 하필이면 식탁에서 결정적인 반항을 하게 되었는지 이해할 수 있을 것이다. 내가 이렇게 장황하게 이야기를 하게 된 것도 이 때문이다. 어쨌든 우리는 그날 이후로 평생 그렇게 잘 차려진 식탁에 형과 함께 앉는 기회를 얻지 못했다. 이는 분명한 사실이다.

식탁은 우리가 어른들을 만날 수 있는 유일한 장소이기도 했다. 우리 어머니는 하루 종일 방 안에 틀어박혀 레이스를 만들고 수를 놓는 등의 사소한 일을 했다. 사실 여장군은 전통적으로 여인네들이 하는 그런 일에 전념하면서 호전적인 충동을 발산시켰다. 어머니가 만드는 레이스나 수는 대개 지도 모양이었다. 어머니는 쿠션이나 태

---

**4** 그래! 조금만 더! 좋아!
**5** 가만히 앉아 있어!

피스트리 위에 그것들을 펼쳐 놓고 핀과 작은 국기를 꽂아 왕위 계승 전쟁이 벌어졌던 전투지를 표시했다. 어머니는 전투가 벌어졌던 장소를 정확히 알고 있었다. 또한 대포를 수놓기도 했다. 포구에서 발사되는 포탄의 다양한 탄도, 포탄이 날아가는 선, 발사 각도를 함께 수놓기도 했다. 어머니가 탄도학에 아주 정통했던 데다 군사학 논문과 사격표와 지도책들이 소장되어 있는 외할아버지의 도서관을 자유롭게 이용할 수 있었기에 가능한 일이었다. 우리 어머니 콘라디네 폰 쿠르테비츠는 이십여 년 전 오스트리아의 여제 마리아 테레지아의 군대를 지휘하며 우리 지역을 점령했던 콘라트 폰 쿠르테비츠 장군의 딸이었다. 홀아비였던 장군은 우리 어머니를 전쟁터에 데리고 다녔다. 흥미로운 일은 전혀 벌어지지 않았다. 외할아버지와 어머니는 모든 것이 갖추어진 상태에서 여행했고, 하인들이 딸린 훌륭한 성에서 숙박을 했다. 어머니는 쿠션에 레이스 장식을 하면서 하루하루를 보냈다. 어머니도 말을 타고 전쟁터에 나갔다는 항간의 소문은 모두 전설 같은 이야기일 뿐이다. 어머니는 언제나 우리 머릿속에 새겨져 있듯이 장밋빛 피부를 지닌 들창코의 자그마한 여인이었지만 외할아버지에게서 물려받은 호전적인 열정은 고스란히 간직하고 있었다. 어쩌면 그런 열정은 남편에게 과시하기 위한 것이었는지도 모른다.

우리 아버지는 왕위 계승 전쟁에서 오스트리아 황제군을 지지했던 우리 고장의 몇 안 되는 귀족 중 하나였다. 아버지는 두 팔 벌려 자신의 영토에 폰 쿠르테비츠 장군을 맞이했다. 또한 장군이 자신의 하인들을 부릴 수 있게 했으며 황제의 주장에 동조한다는 것을 보여주기 위해 콘라디네와 결혼했다. 아버지는 언제나 공작이 되리라는 기대를 갖고 있었다. 모든 일이 다 그렇듯이 그 일도 아버지 뜻대로 되지 않았다. 황제군이 곧 철수를 하게 된 데다 제노바인들이 아버지에게 세금을 많이 부과했기 때문이다. 하지만 우리 아버지는 여장군이라는 별명이 붙은 훌륭한 신부를 얻게 되었다. 어머니에게 여장군이라는 별명이 붙은 것은 외할아버지가 프로방스 원정에서 전사한 뒤 마리아 테레지아가 어머니에게 훈장을 보낸 뒤부터였다. 황금으로 된 그 훈장은 다마스쿠스 천으로 만든 쿠션 위에 놓여 있었다. 병영에서 나고 자란 어머니는 언제나 훈련과 전투만 생각하면서 아버지가 수선스럽고 무능하다고 비난했다. 어쨌든 아버지는 거의 아내의 의견을 따랐다.

하지만 결국 두 사람 모두, 그러니까 머릿속에 대포에 대한 생각밖에 없던 어머니나 족보만을 그리던 아버지, 우리 형제가 군대에서 어떤 계급이든 달기를 원했던 어머니, 어머니와는 달리 우리 형제가 오스트리아의 선제후 딸과 결혼하길 기대했던 아버지 모두 여전히 왕위 계승 전쟁 시대를 살고 있었다……. 그러기는 했지만 우리 부모님은 아주 좋은 분들이었고 거의 정신이 딴 데 가 있어서 우리 형제는 우리들 멋대로 하곤 했다. 그게 좋았을까 나빴을까? 그걸 누가 알겠는가? 코지모 형은 별난 행동을 했고 난 아주 평범하고 얌전하게 굴었지만 둘 다 어른들의 분노에는 신경 쓰지 않은 채 다른 사람들이 다니지 않은 길을 찾으려 애쓰면서 함께 어린 시절을 보냈다.

우리는 나무 위에 기어 올라가기도 했고(지금 생각해 보면 이 순진무구한 놀이는 분명한 입문식이었고 미래를 예언하는 행동이었다. 하지만 그 당시에는 누가 그런 걸 생각이나 해 보았겠는가?) 시냇물을 따라 이 바위 저 바위 뛰어다니기도 했으며 바닷가의 동굴 속을 뒤지고 다니기도 했고 저택 계단의 대리석 난간에서 미끄럼을 타기도 했다. 코지모 형은 바로 이 미끄럼 타기 때문에 부모님과 아주 심각하게 충돌했다. 형의 주장을 따르자면, 형은 그로 인해 부당하게 벌을 받았다. 그리고 그때부터 코지모는 우리 가족에 대한(아니면 사회에 대한? 아니면 일반적인 세상에 대한?) 원한을 마음속에 품게 되었고, 그것은 6월 15일 그의 결심을 통해 드러나게 되었다.

　사실대로 말하자면 우리는 이미 계단의 대리석 난간에서 미끄럼을 타지 말라는 경고를 받았다. 우리 부모님은 우리의 팔다리가 부러지지나 않을까 하는 걱정을 단 한 번도 하지 않았고, 그 덕택인지 몰라도 ─ 내 생각으로 ─ 우리는 어느 곳 하나 부러지지 않았다. 하지만 우리는 키가 점점 더 자라고 몸무게가 늘어 가고 있었기 때문에 아버지가 계단과 계단을 이어주는 네모난 돌기둥 위에 세워 놓은 조상의 석상들을 떨어뜨릴 수도 있었다. 부모님이 걱정하는 것도 바로 그 점이었다. 실제로 한번은 코지모 형이 주교였던 고조부의 석상을 흔드는 바람에 주교관을 쓴 그 조각상이 바닥에 떨어지고 말았다. 형은 벌을 받았고 그때부터 모퉁이에 다다르기 직전에 속도를 늦추고 조각상에 부딪히기 일보 직전에 뛰어내리는 법을 배웠다. 형이 하는 행동은 무엇이든 따라하던 나도 그 기술을 배웠다. 하지만 나는 갈수록 더 수줍음을 탔고 조심스럽게 행동했기 때문에 난간의 중간쯤에서 미리 뛰어내려 버리거나 아주 조금씩 미끄러져 내리면서 계속 속도를 늦추곤 했다. 어느 날 형이 쏜살같이 난간으로 미끄러져 내려가고 있을 때 누군가 계단으로 올라왔다. 누구였을까? 성무 일과서를 앞에 펼쳐 들긴 했지만 눈은 암탉처럼 허공을 응시한 채 하릴없이 빈둥거리던 포슐라플뢰르 신부였다. 평상시처럼 반쯤 졸고 있었으면! 애석하게도 아니었다. 가끔씩 신부는 뛰어난 집중력으로 주위 사물을 관찰하고 염려하기도 했는데, 그때가 바로 그런 순간이었다. 그가 코지모 형을 보고 생각했다. 난간, 석상, 이제 곧 석상에 부딪히겠군. 이제 애 부모가 내게도 고함을 치겠군.(우리가 장난을 칠 때마다 우리를 제대로 감시하지 못한 죄로 신부까지 야단맞았기 때문이다.) 그래서 우리 형을 막으려고 난간에 몸을 던졌다. 신부와 부딪친 코지모는 신부와 함께 난간 밑으로 미끄러져 내려갔는데(신부는 뼈와 가죽만 남은 노인이었다.) 속력을 늦추기는커녕 외려 더 빨라지더니 예루살렘의 십자군 기사였던 우리의 선조 카치아궤라 피오바스코 상과 충돌하고 말았다. 그래서 산산조각 난 십자군 기사(석고상이었다.)와 신부와 형이 모두 함께 계단의 발치로 굴러 떨어졌다. 끝없는 잔소리, 매질, 숙제, 빵과 차가운 수프만 먹어야 하는 격리 생활이 이어졌다. 그런데 코지모 형은 잘못한 쪽은 자신이 아니라 신부이기 때문에 자신은 결백하다고 생각하며 잔인한 독설을 퍼부었다. "아버지, 난 아버지 조상 따위엔 아무 관심도 없어요!" 형은 벌써 반항자로서 자신의 사명을 다했던 셈이다.

사실은 우리 누나도 똑같았다. 누나는 델라 멜라 후작 아들과의 사건이 있은 뒤 아버지가 명한 대로 세상에서 격리되어 살았지만 항상 반항적이었고 고독했다. 후작 아들과의 사건은 어떻게 된 것인지 잘 알려져 있지 않았다. 우리에게 적대적인 가문의 아들이 어떻게 우리 집에 몰래 들어왔을까? 그리고 무엇 때문에? 그 뒤 가족들끼리 끊임없이 입씨름을 할 때마다 아버지는 누나를 유혹하려고, 아니 강간하려고 그런 것이라고 말했다. 사실은 주근깨투성이의 그 얼간이가 여자를 유혹할 사내라고는 상상도 할 수 없었다. 그것도 다른 여자가 아니라 자신보다 훨씬 힘이 센 게 분명하고 마부들과 팔씨름을 벌인 일로 유명한 우리 누나를 말이다. 그리고 왜 누나가 아니라 그가 소리를 질렀을까? 또한 대체 어떻게 해서 우리 아버지와 함께 달려간 하인들이 호랑이 발톱에 찢긴 것같이 누더기가 된 바지를 걸친 그를 발견하게 되었을까? 델라 멜라 가문에서는 자기네 아들이 바티스타의 순결을 뺏으려 했다는 것을 인정하려 하지 않았고 결혼도 허락하지 않았다. 그래서 우리 누나는 수녀가 되겠다는 소명 의식이 분명치 않아 제3회 회원이 하는 서원조차 하지 않았지만 어쨌든 수녀복을 입고 집 안에 틀어박히게 되었다.

누나의 쓸쓸한 마음은 특히 요리를 통해 표현되었다. 누나는 요리 솜씨가 아주 뛰어났다. 뛰어난 요리사가 지녀야 할 재능인 부지런함과 상상력을 고루 갖추고 있었기 때문이다. 하지만 누나가 손을 댄 음식이 식탁에 올라올 때마다 얼마나 놀라게 될지 우리는 상상도 할 수 없었다. 한번은 누나가 고기 파이를 만들었는데 솔직히 그 맛만은 정말 절묘했다. 그런데 그 파이는 쥐의 간으로 만든 것이었고, 누나는 우리가 그 파이를 먹고 아주 맛있어하는 순간 그 사실을 말했다. 파이 위에 모자이크 모양으로 놓여 있던 게 메뚜기 다리, 그러니까 딱딱한 톱니 모양의 뒷다리라는 것도 밝혔다. 또 한번은 가시 돋친 고슴도치를 통째로 요리하기도 했다. 그런 요리를 만든 이유야 분명히 알 수 없지만, 분명 접시 덮개를 들어 올렸을 때 우리가 놀라는 모습을 보기 위해서였을 것이다. 차려진 음식은 뭐든 가리지 않고 먹는 누나조차도 장밋빛에 부드러운 털을 가진 새끼 고슴도치 요리는 맛보려 하지 않았으니 말이다. 사실 누나가 전율할 만한 맛을 내는 무시무시한 요리를 만든 건 대부분 맛을 보기 위해서가 아니라 독특한 모양을 연구하기 위해서였다. 바티스타 누나의 요리는 동식물의 가장 섬세한 부분을 장식품으로 이용한 예술 작품이었다. 토끼의 목털 위에 놓인 토끼 귀와 꽃양배추의 머리 부분, 혹은 혀가 일부러 밖으로 내쫓은 것처럼 입 밖으로 쭉 나와 있는 돼지 머리, 그리고 집게발로 돼지의 혀를 찢어 버리기라도 할 듯이 잡고 있는 가재 등이 그런 요리의 재료였다. 그리고 마지막으로 달팽이가 있었다. 누나가 달팽이 머리를 얼마나 많이 잘라 냈는지는 잘 모른다. 몹시 축축한 그 머리들을, 내 생각으로는, 이쑤시개 같은 것으로 슈크림 위에 하나씩 꽂아서 만든 그 달팽이 요리가 식탁에 올라왔을 때는 아주 어린 백조 떼가 날아가는 것 같았다. 그런데 눈앞에 보이는 그런 요리보다 더 끔찍했던 것은 바티스타가 그 부드러운 손으로 달팽이의 몸체를 갈기갈기 찢는 장면을 상상하거나 그 요리를 만들 때 분명히 그녀가 마음에 품었을 격렬한 분노를 떠올려 볼 때였다.

우리 누나의 소름 끼치는 환상을 자극했던 달팽이 때문에 우리 형과 나는 어쩔 수 없이 반항하게 되었다. 그것은 갈기갈기 찢긴 그 불쌍한 짐승과의 연대감, 구운 달팽이 맛에 대한 혐오감, 그리고 모든 일과 모든 사람에 대한 참을 수 없는 마음이 뒤섞인 것이었기 때문에, 코지모 형의 행동과 그 이후에 일어나게 될 모든 일의 뿌리가 바로 이 반항에 있다고 해도 전혀 놀랄 일은 아니다.

우리는 계획을 세웠다. 기사 변호사 삼촌이 식용 달팽이가 가득 든 바구니를 집에 가져오면 이 달팽이들은 바로 지하실의 통에 담겨졌다. 다른 것은 먹이지 않고 밀기울만 먹여 달팽이의 몸을 깨끗하게 만들기 위해서였다. 이 통의 나무 뚜껑을 열어보면 그 안은 마치 지옥 같았다. 달팽이들은 밀기울 찌꺼기와 줄줄이 엉겨 붙은 불투명한 점액과 색색깔의 달팽이 똥 속에서 이미 죽음을 예감한 듯, 바깥 풀밭에서 보내던 멋진 시절을 추억하며 느릿느릿 옆널 위로 움직이고 있었다. 머리를 쭉 빼고 촉수를 두 갈래로 벌리며 집 밖으로 완전히 나와 있는 달팽이도 있었고, 집 속에 몸을 완전히 숨기고 촉수로 경계하는 것도 있었으며 수다쟁이 부인들처럼 모여 있는 달팽이, 집에 틀어박혀 잠을 자는 달팽이, 뒤집어져 죽은 달팽이도 있었다. 이 음침한 여자 요리사와의 만남으로부터 달팽이들을 구해 내기 위해서, 그리고 그녀의 연회에서 우리 자신을 구하기 위해서 우리는 통 밑에 구멍을 하나 내고, 잘게 썬 풀과 꿀을 이용해 지하실에 있는 연장과 통들 뒤로 가능한 한 눈에 띄지 않는 길을 하나 만들었다. 손보지 않아 풀이 무성한 꽃밭으로 이어지는 작은 창까지 달팽이를 유인해 도망가게 하려는 것이었다.

다음 날 우리 계획의 결과를 조사하기 위해 지하실로 내려가 촛불로 벽과 통로를 살펴보았다. "여기 한 마리 있다! ……저기 또 한 마리 있다!" "……달팽이가 어디까지 갔는지 한번 봐!" 벌써 서로 바짝 달라붙은 달팽이 한 줄이 우리가 만들어 놓은, 통의 구멍에서 작은 창으로 이어지는 길을 따라 지하실 바닥과 벽으로 기어가고 있었다. "빨리, 달팽이야! 빨리 움직여, 달아나라고!" 달팽이들이 너무나 천천히 움직이는 데다 여기저기 쌓여 있는 물건이며 곰팡이, 물때에 유혹을 당해 지하실의 거친 벽 위에서 게으르게 빙빙 돌고만 있었기 때문에 우리는 이렇게 소리치지 않을 수 없었다. 하지만 지하실은 어두웠고 물건도 너무 많았으며 벽은 울퉁불퉁했다. 우리는 달팽이들이 모두 도망갈 때까지 아무에게도 들키지 않길 바랐다. 하지만 평화를 모르는 영혼의 소유자인 우리 누나 바티스타는 한밤중에 촛대를 들고 권총을 낀 채 쥐를 사냥하러 온 집 안을 살살이 훑고 다녔다. 그날 밤 그녀는 지하실에 들렀다. 그녀의 손에 들린 촛대의 불빛에 하얀 점액 자국을 남기며 천장으로 흩어지고 있는 달팽이들의 모습이 드러났다. 총소리가 울려 퍼졌다. 침대에 누워 있던 우리는 모두 벌떡 일어났지만 집 안에 살고 있는 수녀의 야밤 사냥에 이골이 났던지라 곧 베개 속에 머리를 다시 깊이 묻어 버렸다. 하지만 바티스타는 달팽이를 짓이겨 버린 뒤 이성을 잃고 총을 쏘아 석고상을 떨어뜨리더니 예의 그 찢어지는 듯한 목소리로 소리를 지르기 시작했다. "도와줘! 모두 달아났어! 도와줘!" 옷도 제대로 걸치지 못한 하인들, 칼을 찬 우리 아버지, 가발도 쓰지 않은 신부가 달려왔다. 기사 변호사 삼촌은 사태를 파악하기도 전에 성가신 일이 벌어질 것을 두려워하여 밭으로 달려가 짚 더미 속에서 잠을 잤다.

희미한 횃불을 들고 모두들 지하실에서 달팽이 사냥을 시작했다. 그 일을 진심으로 하고 싶어 하는 사람은 아무도 없었지만 이미 잠이 다 깼고 또 아무것도 아닌 일로 자신들이 이렇게 소란을 떨고 있다는 걸 인정하고 싶지 않은 자존심에 열심히 달팽이를 찾았다. 사람들은 곧 통에 뚫린 구멍을 발견했고 금방 우리의 소행이란 것을 알아냈다. 아버지는 마부의 채찍을 들고 우리 형제를 잡으러 우리 침대로 왔다. 결국 그 일은 우리 등과 엉덩이와 다리가 보랏빛 줄무늬로 뒤덮이고, 벌 받을 때마다 들어가는 음산한 골방에 갇히는 것으로 끝났다. 형과 나는 사흘 동안 그 방에서 빵, 물, 샐러드, 소고기 요리, 찬 수프만을(다행히도 우리가 좋아하는 음식들이었다.) 먹으며 지내야 했다. 그러고 나서 마치 아무 일도 없었다는 듯, 그 6월 15일 정오 정각에 모여 식구들끼리 점심 식사를 했다. 그런데 부엌을 장악한 우리 누나가 무슨 요리를 준비했는지 아는가? 다름 아닌 달팽이 수프와 달팽이 요리였다. 코지모 형은 음식에 손도 대지 않았다. "먹어라, 안 먹으면 당장 너희들을 골방에 다시 가두어버릴 테다!" 나는 순순히 그 말을 따랐고 그 연체동물을 꿀꺽 삼키기 시작했다.(나는 약간 비겁했고 이로 인해 우리 형은 더욱더 자기가 혼자라고 느끼게 되었다. 그러니까 형이 우리를 떠나게 된 동기에는 형을 실망시킨 나에 대한 항의도 들어 있던 것이다. 하지만 난 겨우 여덟 살이었다. 그러니 나의 의지력, 더욱 확실히 말하자면 어린아이의 의지력과 우리 형이 그의 전 인생을 통해 보여준 그 초인간적인 고집이 어떻게 비교될 수 있겠는가?)

"자, 어쩔 거냐." 아버지가 코지모 형에게 말했다.

"싫어요, 싫다고요!" 코지모는 이렇게 말하고 접시를 밀었다.

"식탁에서 일어서라!"

하지만 코지모는 벌써 우리 모두에게 등을 보인 채 식당에서 나가고 있었다.

"어디 가는 거냐?"

형이 복도에서 삼각 모자와 단검을 집어 드는 동안 우리는 유리문으로 형을 지켜보았다.

"제가 알아서 할 거예요!" 형은 정원으로 달려 나갔다.

조금 더 달려가 호랑가시나무 위로 기어오르는 형을 창문으로 지켜보았다. 형은 열두 살밖에 안 되었지만 격식을 차려 옷을 입고 머리치장을 하고 있었다. 아버지가 그런 차림으로 식사하러 오길 바랐기 때문이다. 분을 뿌린 머리를 뒤로 묶어 리본을 달고, 삼각 모자를 쓰고, 레이스 넥타이를 매고, 초록색 연미복과 자주색 바지에 단검을 차고, 형의 차림 중 유일하게 시골 생활에 어울리는, 넓적다리 중간까지 오는 하얀 가죽 각반을 댔다.(나는 여덟 살밖에 되지 않았기 때문에, 대연회가 있을 경우를 제외하고는 머리에 분을 뿌리지 않아도 되었고 단검을 차지 않아도 되었다. 사실 난 속으로 단검을 차고 싶었다.) 형은 우리가 함께 오랜 기간의 연습을 통해 몸에 익히게 된 정확하고도 신속한 동작으로 나뭇가지를 따라 손과 다리를 움직여 마디가 많은 나무 위로 올라갔다.

이미 말했듯이 우리는 나무 위에서 몇 시간씩 보내곤 했었다. 우리가 나무 위에 올라간 건 다른 아이들처럼 그저 과일이나 따고 새 둥지를 찾으려는 속셈이 있어서가 아니라 기어오르기 힘든 나무 몸통과 두 갈래로 갈라지는 나뭇가지 위로 기어올라 가능한 한 높은 곳에 오른 다음, 아래 세상이 잘 보이는 좋은 자리를 찾아 그곳에 서서 나무 밑으로 지나가는 사람에게 농담을 건네는 것이 재미있었기 때문이다. 그래서 부당한 대우를 받고 분노에 사로잡힌 코지모 형의 머리에 제일 먼저 떠오른 생각은, 식당 창문 쪽으로 가지를 뻗은 채 온 가족의 눈앞에 화가 난 듯 오만한 태도를 보이며 서 있는, 우리와 친숙한 호랑가시나무에 올라가겠다는 것이었을 테고 그것은 너무나 당연해 보였다.

"포어지히트! 포어지히트!⁶ 떨어지겠다, 얘야!" 대포 앞에서는 눈 하나 깜짝하지 않았을 테지만 우리가 어떤 장난을 하든 불안해하던 어머니가 걱정스레 소리쳤다.

코지모 형은 편하게 있을 수 있는 굵은 나뭇가지가 갈라진 곳까지 올라간 다음 그곳에 걸터앉아 팔짱을 낀 채 다리를 흔들었다. 삼각 모자를 이마까지 눌러쓰고 고개를 푹 숙였기 때문에 움츠린 어

---

6 조심해! 조심해!

깨만 보였다.

　아버지는 창턱에 몸을 내밀었다. "거기 앉아 있다가 지치면 생각이 바뀔 거다." 아버지가 소리쳤다.

　"절대 바뀌지 않을 거예요." 형이 나뭇가지에서 말했다.

　"어디 두고 보자, 금방 내려오고 말걸!"

　"절대 내려가지 않을 거예요!" 형은 그 말대로 했다.

# 2

코지모 형은 호랑가시나무 위에 있었다. 나뭇가지들이 사방으로 뻗어 땅 위에 높은 다리가 놓인 것 같았다. 바람이 살랑살랑 불었고 태양이 빛났다. 나뭇잎 사이로 해가 비쳐 우리는 코지모를 보기 위해 눈 위에 손차양을 만들어야만 했다. 코지모 형은 나무 위에서 세상을 바라보았다. 그 위에서 본 세상은 밑에서 보던 것과 완전히 달랐고 하나같이 재미있었다. 정원에 난 오솔길들은 모습이 영 딴판이었고, 꽃밭이며 수국과 동백꽃, 그리고 정원에서 커피를 마실 때 쓰는 철제 식탁도 마찬가지였다. 더 멀리 갈수록 나뭇잎이 성글어졌고 텃밭은 돌을 쌓아 계단식으로 만든 조그마한 밭들과 합쳐졌다. 언덕 등성이는 올리브 숲 때문에 어두컴컴했으며 그 뒤로는 옴브로사 집들의 색바랜 벽돌 지붕들이 보였다. 그 지붕들 위로 선박의 긴 깃대들이 삐죽삐죽 솟아 있었는데 바로 그 밑이 항구였다. 멀리 바다가, 드넓은 수평선이 펼쳐졌고 그 위로 범선 한 척이 천천히 지나가고 있었다.

이제 남작과 여장군이 커피를 마신 뒤 정원으로 나왔다. 그들은 장미나무를 바라보며 코지모에게 신경 쓰지 않는 척했다. 그들은 팔짱을 끼고 있었으나 곧 이야기하고 몸을 움직이려고 팔짱을 풀었다.

나는 호랑가시나무 밑으로 가서 혼자 노는 척했지만 사실은 코지모 형의 관심을 끌어 보려고 애를 썼다. 그러나 형은 아직도 나에게 화가 나 있어서 나무 위에서 먼 곳만 바라보았다. 나는 하던 짓을 그만두고 벤치 뒤에 몸을 웅크리고 앉았다. 거기서는 형의 눈에 띄지 않고 계속 형을 관찰할 수 있었다.

형은 보초처럼 나무 위에 앉아 있었다. 그는 모든 것을 바라보았는데 모든 것은 아무것도 아닌 것 같았다. 레몬나무가 늘어서 있는 사이로 바구니를 든 여자 하나가 지나갔다. 어떤 남자가 노새 꼬리를 잡고 비탈진 오솔길로 올라오고 있었다. 여자와 남자는 서로를 보지 못했다. 징을 박은 노새의 발굽 소리를 들은 여자가 몸을 돌려 길 쪽으로 갔지만 이미 때를 놓친 뒤였다. 그래서 여자가 노래를 부르기 시작했으나 노새를 모는 남자는 벌써 모퉁이를 돌아가고 있었다. 그는 노랫소리에 귀를 기울이며 암노새를 보고 말했다. "아하!" 그리고 그만이었다. 코지모 형은 이 모든 것을 다 보았다.

포슐라플뢰르 신부가 성무 일과서를 펴 든 채 정원의 오솔길로 지나가고 있었다. 코지모는 나뭇가지에서 무엇인가를 따서 그의 머리 위에 떨어뜨렸다. 그게 무엇이었는지는 나도 모른다. 아마 잔가지나 나무껍질 조각이었을 것이다. 그런데 신부의 머리를 맞히지는 못했다. 형은 단검으로 나무 몸통에 난 구멍을 뒤지기 시작했다. 구멍에서 성이 난 장수말벌 한 마리가 나오자 그는 삼각 모자를 흔들어 그 벌을 쫓아 버렸다. 그리고 말벌이 호박 넝쿨에 몸을 숨길 때까지 눈으로 그 뒤를 쫓았다. 항상 날렵한 기사 변호사 삼촌은 집에서 나와 정원의 작은 계단을 지나 포도나무가 늘어선 곳으로 사라졌다. 코지모 형은 삼촌이 어디로 가는지 보기 위해 다른 나뭇가지 위로 올라갔다. 나뭇잎 사이에서 날갯짓하는 새소리가 들리더니 검은지빠귀 한 마리가 날아올랐다. 코지모는 계속 나무 위에 있었는데도 지빠귀가 있다는 것을 알아차리지 못했기 때문에 기분이 상했다. 그는 또 다른 새가 있는지 보려고 햇빛이 비치는 쪽을 바라보았다. 다른 새는 없었다.

호랑가시나무 옆에는 느릅나무가 서 있었다. 두 나무의 나뭇잎은 거의 서로 맞닿아 있었다. 느릅나무의 가지 하나가 호랑가시나무 가지보다 50센티미터 정도 더 높이 뻗어 있었다. 느릅나무는 나뭇가지가 너무 높아서 땅에서 올라가기가 거의 불가능했지만 이제 그 나무로 옮겨 가 정상을 정복하는 일은 정말 식은 죽 먹기였다. 느릅나무에서 코지모 형은 계속 다른 나뭇가지와 나란히 연결된 가지를 찾아서 쥐엄나무로, 뽕나무로 옮겨 갔다. 그래서 나는 정원 위 공중에 떠서 이 나뭇가지에서 저 나뭇가지로 옮겨 가며 전진하는 코지모 형을 볼 수 있었다.

커다란 뽕나무 가지들 중 어떤 것은 우리 저택을 둘러싼 담벼락까지 닿아 그 담을 넘어가기도 했는데, 그 너머는 온다리바 가문의 정원이었다. 서로 담을 사이에 두고 있기는 했어도 우리는 옴브로사의 귀족이자 후작 집안인 온다리바 가문에 대해 아는 게 전혀 없었다. 그것은 그 가문이 우리 아버지가 우리의 것이라 주장하는 봉토의 권리를 몇 세대 전부터 누리고 있어서, 마치 요새의 높은 탑 같은 담이 두 저택을 갈라놓듯이 서로에 대한 뿌리 깊은 원한이 두 가문을 갈라놓았기 때문이다. 그 담을 쌓은 것이 우리 아버지인지 후작인지는 잘 모르겠다. 여기서 또 덧붙여 말해 두어야 할 것은 온다리바 가문의 정원에는 세상 사람들이 단 한 번도 구경해 본 적 없는 여러 종류의 식물이 자라고 있었다는 점이다. 그래서 그 가문 사람들은 항상 경계의 눈초리로 정원을 지켰다. 실제로 현재 후작의 아버지는 린네[7]의 제자로 식민지에서 들어오는 아주 희귀하고 값진 식물을 얻기 위해 프랑스 궁정이나 영국 궁정에 끈이 닿는 친척들을 모두 동원했다. 그리고 여러 해 동안 옴브로사에 들어온 배들이 수십 자루의 씨앗과 꺾꽂이용으로 자른 나무 묶음과 화분에 심은 관목들, 그리고 뿌리를 흙으로 감싼 어마어마하게 큰 나무들까지 내려놓았다. 온다리바 가문의 정원에서 인도와 아메리카, 그리고 심지어는 뉴질랜드의 나무들이 뒤섞여 자라게 될 때까지 그 일은 계속되었다고 한다.

그러나 우리가 볼 수 있는 것이라곤 겨우 식민지 아메리카에서 새로 실어 온 목련이라는 나무의 시커먼 잎밖에 없었다. 그 시커먼 나뭇가지 위에 부드럽고 하얀 꽃이 피어 있었다. 담 가장자리까지 뻗은 우리 집 뽕나무 위에 서 있던 코지모 형은 균형 있게 몇 걸음 내딛더니 손을 꼭 쥐고 목련꽃과 나뭇잎들이 있는 다른 편으로 내려갔다. 형은 그렇게 내 시야에서 사라졌다. 그리고 이제부터 내가 하려는 이야기는 형의 인생에서 벌어진 다른 많은 이야기들처럼, 나중에 형이 내게 들려준 것이거나 또는 여기저기 흩어진 단서와 추측을 통해 구성한 이야기이다.

코지모 형은 목련나무 위에 있었다. 가지가 조금 빽빽하기는 했지만 이 나무는 우리 형처럼 온갖 종류의 나무에 능수능란한 소년이 다루기에 적당했다. 그리고 가지가 아직 별로 굵지 않고 연약해서 코지모가 신은 신발의 뾰족한 끝에 상처가 나 검은 껍질이 벗겨져 하얀

---

**7** Carl von Linn'e, 1707~1778. 스웨덴의 탐험가이자 식물학자.

게 속이 드러나기는 했지만 그의 몸무게를 지탱할 정도는 되었다. 바람에 흔들릴 때마다 나뭇잎은 검은 초록빛이 되었다가 반짝이는 초록빛으로 변하기도 하면서 그 신선한 향기로 소년을 휘감았다.

정원 전체가 향기를 풍기고 있었다. 그래서 코지모는 울창하게 이리저리 뻗어 있는 나뭇가지 때문에 아직 정원을 볼 수는 없었지만 후각으로 정원 답사를 미리 마칠 수 있었다. 그는 이미 바람에 실려 와 우리 정원에서도 맡을 수 있고 이 저택의 비밀을 담고 있는 것이라고 생각되었던 여러 가지 향기를 구별해 보려고 애썼다. 그러다가 코지모 형은 작은 나뭇가지들을 바라보았고 새로 돋은 잎들을 보았다. 아주 크고, 마치 물이 흘러내리기라도 한 듯 윤기가 나는 나뭇잎도 있었고, 아주 작고 솜털 같은 게 나 있는 것도 있었으며 나무 몸통이 매끄러운 것도 있었고, 비늘 같은 것에 완전히 덮여 있는 것도 있었다.

정원은 아주 조용했다. 다만 형과 아주 가까운 곳에서 무엇인가가 소리를 지르며 날아갔다. 그리고 노래하는 작은 목소리가 들렸다. "오 라 라 라! 오 라 발-랑-수아르[8] ……." 코지모 형은 위를 쳐다보았다. 옆의 커다란 나뭇가지에 매달린 그네가 흔들리고 있었고, 그 그네에는 열 살가량의 여자아이가 앉아 있었다.

그 소녀는 금발이었는데 어린 여자아이에게는 다소 우스꽝스러워 보이는, 높이 빗어 올린 머리를 하고 너무나 어른스러워 보이는 하늘색 옷을 입고 있었다. 그네 위에 놓여 있는 치마는 레이스로 물결쳤다. 소녀는 귀부인처럼 행동하기 위한 습관인 듯, 눈은 반쯤 뜨고

---

8 그네.

코를 위로 쳐든 채 사과를 깨물어 먹고 있었다. 소녀는 가끔씩 사과와 그네 줄을 동시에 쥐고 있어야 하는 손 쪽으로 고개를 숙이기도 했다. 그리고 그네가 땅에 가까운 지점으로 내려오면 신발 끝으로 땅을 차서 그네를 밀어냈고, 입술로는 깨물었던 사과 껍질을 뱉으며 노래를 했다. "오 라 라 라! 오 라 발-랑-수아르……" 소녀는 이미 그네도, 노래도, 사과에도(사과는 다른 것보다는 그래도 좀 더 중요하게 생각했을지도 모르지만) 전혀 신경 쓰지 않는 것 같았다. 딴생각을 하고 있는 듯했다.

목련나무 꼭대기에 서 있던 코지모 형은 제일 낮은 가지까지 내려갔다. 그리고 나무가 갈라진 곳에서 양쪽 나뭇가지를 밟고 서서 자기 앞에 창턱처럼 놓여 있는 나뭇가지에 팔꿈치를 기댔다. 그네가 날아오를 때면 소녀가 그의 코앞까지 왔다.

소녀는 별로 주의를 기울이지 않고 있던 탓에 형이 있는 것을 알아차리지 못했다. 그러다가 갑자기 삼각 모자를 쓰고 각반을 댄 신발을 신고 나무 위에 꼿꼿이 서 있는 형을 발견하게 되었다. "오!" 그녀가 소리쳤다.

사과가 그녀의 손에서 떨어져 목련나무의 발치로 굴러갔다. 코지모 형은 제일 밑에 있는 가지로 내려가 단검을 뽑아 그 끝으로 사과를 찔렀다. 그리고 그사이 다시 그네를 굴러 완전하게 한 바퀴 돌아 제자리에 온 소녀에게 사과를 내밀었다. "드십시오, 더럽지는 않습니다. 그냥 한쪽이 약간 뭉개진 것뿐입니다."

금발 머리의 소녀는 목련나무 위에 나타난 이 낯선 소년 때문에 그렇게 당황했던 것을 벌써 후회하고 있었다. 그래서 다시 코를 치켜들고 거만한 태도를 취했다. "당신은 도둑인가요?" 그녀가 말했다.

"도둑이라고요?" 코지모 형은 기분이 몹시 상했다. 그러다 다시 생각해 보니 갑자기 도둑이 되는 것이 그럴듯해 보였다. "맞소." 코지모 형은 삼각 모자를 이마 위로 눌러쓰면서 말했다. "이의 있소?"

"그런데 뭘 훔치러 온 거죠?"

코지모 형은 칼끝에 꽂혀 있는 사과를 보았다. 그러자 배가 고파지면서 식탁에 있던 음식에 거의 손도 대지 않은 것이 생각났다. "이 사과요." 형은 이렇게 말하고, 칼날을 날카롭게 갈아 놓는 일이 집안에서 금지되어 있는데도 늘 그렇게 해 놓은 검으로 사과 껍질을 벗기기 시작했다.

"그러면 당신은 과일 도둑이군요." 소녀가 말했다.

우리 형은 담이나 울타리를 뛰어넘고 과수원에서 과일 서리를 하는 옴브로사의 가난한 소년 패거리들, 멸시하고 가까이하지 말라고 배웠던 그 아이들을 생각했다. 처음으로 그런 삶이 너무나 자유로워 보이면서 부러워졌다. 자, 이제 그도 아마 그 아이들처럼 될 수 있고 그렇게 살 수 있을 것이다. "그렇소." 형이 말했다. 그는 사과를 얇게 잘라 깨물어 먹기 시작했다.

금발 머리 소녀는 웃음을 터뜨렸고 그네가 위로 올라갔다가 내려오는 동안 내내 웃어 댔다. "그래, 계속해 봐요! 과일을 훔치는 아이들은 내가 다 알아요! 모두 내 친구거든요! 그런데 그 애들은 신발도 안 신고 반소매 셔츠에 머리도 제대로 안 빗고 각반도 차지 않고 가발도 쓰지 않았다고요!"

우리 형은 사과 껍질처럼 얼굴이 빨개졌다. 자신이 전혀 좋아하지 않는, 분가루를 뿌린 가발 때문만이 아니라 형이 너무나 좋아하는 각반 때문에 놀림을 당한 것과 자기 외모가 과일 도둑, 조금 전까지만 해도 형이 멸시했던 그 패거리만도 못하다는 평가를 받은 것, 그리고 무엇보다도 온다리바의 정원에서 여주인 행세를 하는 이 소녀가 자기 친구가 아니라 과일 도둑들의 친구라는 것을 알게 된 이 모든 사실 때문에 형은 불쾌감과 수치심과 질투심에 사로잡혀 버렸다.

"오 라 라 라…… 각반을 신고 가발을 쓰고!" 그네 위에서 소녀가 흥얼거렸다.

형은 자존심이 상했다. "나는 당신이 알고 있는 그런 도둑이 아니오!" 형이 소리쳤다. "당신을 놀라게 하지 않으려고 그렇게 말했을 뿐이오. 내가 진짜 누군지 알면 당신은 놀라 기절할 거요. 난 산적이오! 무시무시한 산적!"

소녀는 계속 그네를 타고 형의 코앞까지 왔다. 마치 발끝으로 그를 건드려 보고 싶다고 말하는 것 같았다. "그래, 계속해요! 그런데 소총은 어디 있죠? 산적들은 모두 소총을 가지고 다녀요! 아니면 투석기라도 가지고 있죠! 난 그들을 봤어요! 우리가 성에서 이곳으로 올 때 산적들이 우리 마차를 다섯 번이나 세웠어요!"

"하지만 두목은 그렇지 않아요! 난 두목이오! 산적 두목은 소총을 가지고 있지 않아! 그저 검을 가지고 다닐 뿐이오!" 그리고 자기 단검을 앞으로 내보였다.

소녀가 어깨를 으쓱했다. "산적 두목은 잔 데이 브루기라는 사람인데 크리스마스와 부활절에 항상 우리에게 선물을 가져다준다고요!" 소녀가 설명했다.

"오!" 두 가문 사이의 뿌리 깊은 분노의 파도에 휩싸인 코지모 디 론도가 소리쳤다. "우리 아버지께서 온다리바 후작은 산적과 이 근방 밀렵꾼의 보호자라고 하셨는데 그 말씀이 맞군!"

소녀는 땅과 가까운 곳에 이르자 발을 굴러 그네를 미는 대신 재빨리 종종걸음을 쳐 그네를 멈추고 뛰어내렸다. 밧줄로 나무에 묶여 있던 그네는 텅 비자 공중으로 튀어 올랐다. "당신도 빨리 이리 내려와요! 어떻게 우리 땅에 들어올 수가 있었죠!" 소녀는 집게손가락으로 소년을 가리키며 화가 나서 말했다.

"난 당신네 땅에 들어온 게 아니오. 내려가지 않을 거요." 코지모 형도 똑같이 화가 나서 말했다. "난 당신네 땅에 한 발도 들여놓지 않았소. 그리고 세상의 황금이 거기 다 있다 해도 한 발도 들여놓지 않을 거요!"

그러자 소녀는 아주 침착하게 등나무 의자 위에 놓여 있던 부채를 집어 들었다. 날씨가 덥지도 않았는데 소녀는 앞뒤로 왔다 갔다 하며 부채질을 했다. 그러면서 아주 침착하게 말했다. "이제 하인들을 불러 당신을 데려가 매를 치게 할 거예요. 그러면 당신은 우리 땅에 침입하면 어떻게 되는지 알게 될 거예요!" 소녀는 계속 어조를 바꾸었고, 우리 형은 여전히 당황해 있었다.

"난 지금 땅 위에 서 있는 게 아니오. 그러니 당신네 땅에 있는 것도 당연히 아니오!" 코지모 형이 분명하게 말했다. 벌써 이런 말을 덧붙이고 싶은 유혹이 생겼다. '그리고 난 옴브로사의 공작이고 이 모든 영토의 영주요!' 하지만 형은 아버지와 말다툼을 하고 식탁에서 도망쳐 나온 지금, 아버지가 항상 하던 그 말을 하고 싶지 않아 꾹 참았다. 형은 공작령에 대한 아버지의 주장이 언제나 망상 같았기 때문에 그런 말을 좋아하지 않았고 그런 주장이 타당하다고도 생각하지 않았다. 지금 코지모 형이 자신이 공작이라고 자랑한다 해서 뭐 큰일 날 것은 없지 않겠는가? 하지만 형은 자신을 속이고 싶지 않아서 생각나는 대로 계속 이야기했다. "이곳은 당신네 땅이 아니오." 형이 다시 말했다. "당신네 것은 땅바닥이오. 그러니까 내가 그 땅에 한 발을 디디기라도 했다면 내가 침입한 게 되겠지. 하지만 이 위쪽은 아니오. 난 내가 가고 싶으면 어디든 갈 수 있소."

"그래. 그러니까 그 위는 네 거구나……."

"물론이지! 이 위는 모두 내 개인 영토야." 그러고는 나뭇가지들을 향해, 역광을 받은 나뭇잎들을 향해, 하늘을 향해 모호한 몸짓을 했다. "나뭇가지 위는 모두 내 영토야. 어디 할 수 있으면 가서 날 잡으러 오라고 말해 봐!"

허풍을 잔뜩 떨고 나서 형은 소녀가 어떤 식으로든 자신을 놀리길 기다렸다. 그런데 소녀는 전혀 뜻밖의 흥미를 보였다. "아, 그래! 갈 수 있는 데까지, 이게 다 네 영토란 말이지?"

"여기, 저기, 담 너머, 올리브 밭, 언덕까지, 언덕 저편까지, 숲과 주교님 영토까지, 나무 위로 걸어갈 수 있는 곳은 모두 다야……."

"프랑스까지?"

"폴란드와 작센까지도." 코지모 형이 말했는데 형이 그 지역에 대해 아는 것이라고는 어머니가 왕위 계승 전쟁 이야기를 할 때 들은 이름뿐이었다. "하지만 난 너처럼 이기주의자가 아니야. 난 내 영토에 너를 초대하겠어." 어느새 둘은 반말을 하고 있었다. 반말을 먼저 시작한 것은 바로 그녀였다.

"그렇다면 그네는 누구 거니?" 그녀가 이렇게 말하고 손에 부채를 펴 들고 그네에 앉았다.

"그네는 네 거지." 형이 단언했다. "하지만 이 가지에 매달려 있으니까, 항상 내게 속해 있는 거야. 그러니까 네가 땅을 밟고 있을 때는 네 영토에 있는 거고 네가 그네를 타고 공중으로 올라오면 내 영토에 있는 거야."

그녀는 손으로 그네 줄을 잡고 발을 굴러 날았다. 목련나무에 있던 코지모 형은 그네를 묶어 놓은 굵은 나뭇가지 위로 뛰어올랐다. 그리고 그 가지에서 그네 줄을 붙들어 그네를 밀어 주었다.

"겁나니?"

"난 겁 안 나. 너 이름이 뭐니?"

"난 코지모야……. 넌?"

"비올란테인데 다들 비올라라고 불러."

"나도 미노라고 불리기도 해. 코지모는 노인 이름이라서."

"난 싫은데."

"코지모란 이름?"

"아니, 미노."

"아……. 넌 코지모라고 불러도 돼."

"꿈도 꾸지 마! 얘, 내 말 좀 들어 봐. 우리 분명하게 약속하자."

"무슨 말이니?" 계속 기분이 상해 있던 형이 대답했다.

"들어 봐. 난 네 영토에 올라갈 수 있고 귀한 손님이 될 수 있어, 좋지? 난 내가 원할 때 네 영토에 들어갔다 나올 수 있어. 하지만 넌 네 영토 위에, 그러니까 나무 위에 있는 동안만 신성불가침의 존재가 되는 거야. 그러니까 우리 정원의 흙에 발을 대는 순간 넌 내 하인이 되고 자유를 잃게 되는 거지."

"아니, 난 너희 정원에도 우리 정원에도 내려가지 않을 거야. 내게는 땅이란 다 똑같이 적이야. 넌 나와 함께 이 위로 올라올 수 있어. 그리고 과일을 훔치는 네 친구들도 마찬가지야. 어쩌면 내 동생 비아조도 올 수 있을 거야. 그 애가 약간 겁쟁이이긴 하지만. 그러면 우리는 나무 위에 한 부대를 만들어 땅과 그 땅의 주민들을 정신 차리게 만들 수 있을 거야."

"아니야, 아니야. 그런 건 아무것도 아니야. 일이 어떻게 되는 건지 설명해 줄 테니 가만히 있어 봐! 넌 나무들의 통치권을 가지고 있어, 그렇지? 하지만 네가 한 번이라도 땅에 발을 디디면 넌 네 왕국을 모두 잃고 하인 중에서도 가장 비천한 하인이 되는 거야. 무슨 말인지 알겠니? 네가 실수로 나뭇가지를 부러뜨려 나무에서 떨어진다 해도 넌 모든 것을 잃게 되는 거야!"

"난 평생 나무에서 떨어져 본 적이 없어!"

"물론 그렇겠지. 하지만 떨어지면, 떨어지면 넌 재가 되어 바람에 실려가 버릴 거야."

"모두 만들어 낸 이야기야. 난 땅에 내려가지 않을 거야. 내가 원하지 않으니까."

"오, 넌 정말 짜증 나는 애구나."

"아니야, 아니야. 우리 같이 놀자. 내가 그네를 좀 타도 될까?"

"땅에 발을 대지 않고 그네를 탈 수 있다면, 좋아."

비올라의 그네 옆에 다른 그네가 하나 더 있었다. 비올라의 그네와 같은 가지에 매달려 있지만 그네끼리 서로 부딪치지 않도록 그네 끈을 나뭇가지로 끌어올려 고를 내어 묶어 놓은 것이었다. 코지모 형은 그네 줄 하나를 잡고 몸을 밑으로 던졌는데 이건 우리 어머니가 체육 시간에 수없이 많이 훈련시킨 터라 형이 아주 능숙하게 할 수 있는 동작이었다. 그네 줄 하나를 잡은 형은 매듭이 진 곳으로 가 매듭을 풀고 그네 위에 똑바로 섰다. 그리고 그네를 뛰기 위해 무릎을 구부렸다가 앞쪽으로 몸을 쭉 펴면서 몸의 무게를 실어 보냈다. 그렇게 해서 점점 더 위로 나갔다. 두 그네 중 한 그네가 이쪽으로, 다른 그네는 또 다른 쪽으로 올라가다가 이제 똑같은 높이에 이르렀고 중간 지점에서 서로의 옆을 지나게 되었다.

"그네에 앉아 발로 땅을 구르면 더 높이 올라갈 수 있을 텐데." 비올라가 은근한 어조로 말했다.

코지모 형은 그녀에게 얼굴을 찡그려 보였다.

"내려와서 내 그네 좀 밀어 주라, 부탁이야." 그녀는 다정하게 미소를 지으며 말했다.

"싫어. 난 무슨 일이 있어도 내려가지 않을 거라고 말했잖아……." 코지모 형은 다시 짜증이 나기 시작했다.

"제발."

"싫어."

"어, 어! 너 벌써 떨어지려고 하는구나. 한 발만 땅을 밟아도 넌 전부 잃게 되는 거야!" 비올라는 그네에서 내려 코지모 형의 그네를 살살 밀기 시작했다. "우후!" 그러더니 갑자기 우리 형이 올라서 있는 그네의 판을 붙잡아 뒤집어 버렸다. 천만다행으로 코지모 형은 그네 줄을 단단히 잡고 있었다! 그렇지 않았더라면 형은 소시지처럼 땅에 떨어지고 말았을 것이다!

"배신자!" 코지모 형이 소리쳤다. 그리고 두 줄을 꼭 잡고 그네 위로 올라갔다. 올라가는 건 내려오는 것보다 훨씬 더 어려웠다. 무엇보다 밑에서 이리저리 그네 줄을 잡아당기는 심술궂은 금발 머리 소녀 때문이었다.

형은 마침내 굵은 나뭇가지에 도착해서 그 가지에 걸터앉았다. 레이스 넥타이로 얼굴의 땀을 닦았다. "아하! 아하! 성공하지 못했지!"

"거의 떨어뜨릴 뻔했는데!"

"난 널 친구라고 생각했어!"

"맘대로 생각해!" 그러더니 다시 부채질을 했다.

"비올란테!" 그때 갑자기 날카로운 여자의 목소리가 들려왔다. "누구하고 이야기하고 있는 거니?"

아주 긴 치마를 입은, 키가 크고 마른 귀부인이 저택으로 이어지는 하얀 계단 위에 나타났다. 그녀는 손잡이가 달린 안경을 들고 보았다. 코지모 형은 수줍어서 나뭇잎 속에 몸을 숨겼다.

"어떤 젊은이하고요, 마 탕트.9 나무 꼭대기에서 태어났는데 마법에 걸려 땅을 밟을 수가 없대요." 소녀가 말했다.

코지모 형은 얼굴이 새빨개져서, 소녀가 고모 앞에서 그를 놀리기 위해 그렇게 말한 건지, 아니면 그 앞에서 고모를 놀리기 위해서인지, 아니면 그저 장난을 치려고 그런 건지, 그도 아니면 소녀에게는 그도 고모도 장난도 전혀 중요하지 않기 때문에 그렇게 말한 건지를 혼자 생각해 보면서 이상한 앵무새를 살펴보기라도 하듯 나무 가까이 다가오고 있는 부인의 손잡이 안경을 자세히 관찰했다.

"우, 메 세 텅 데 피오바스크, 스 쥔 옴므, 주 크루아. 비앵, 비올랑트.10 "

코지모 형은 모욕감 때문에 얼굴이 시뻘게졌다. 그 부인이 형이 거기에 있는 것을 당연하게 받아들이고 조금도 의아해하지 않으며

---

**9** 고모.

**10** 오, 그런데 피오바스크 가문 사람이군, 내 생각엔 그 집 젊은이인 것 같구나. 가자, 비올란테.

그의 존재를 인정한 데다 단호하지만 엄격하지는 않게 비올라를 부르자 그녀가 뒤도 돌아보지 않고 순순히 고모를 따라갔기 때문이다. 이 모든 게 마치 그가 아무 가치도 없고 거의 존재조차 하지 않는다고 암시하는 것 같았다. 그래서 이 이상한 날 오후는 수치의 구름 속에 가라앉아 버렸다.

그런데 그때 소녀가 고모에게 신호를 보냈고 고모는 고개를 숙였다. 소녀는 고모의 귀에 대고 뭐라고 말했다. 고모가 코지모를 보기 위해 다시 손잡이 안경을 눈에 갖다 댔다. "그런데, 도련님." 그녀가 코지모 형에게 말했다. "코코아 한 잔 드시지 않겠어요? 그러면 우리가 서로 인사를 나누고 지낼 수 있을 텐데." 그러더니 비올라를 곁눈질했다. "벌써 우리 가문의 친구가 된 것 같으니 말이에요."

코지모 형은 눈이 동그래져 고모와 그 조카딸을 쳐다보았다. 그의 심장이 쿵쿵 뛰었다. 이 지방에서 가장 거만한 가문인 온다리바 가문에 초대를 받은 것이다. 그러자 방금 전의 모욕감은 설욕감으로 바뀌었고, 아버지를 항상 위에서 내려다보던 적들의 초대를 받음으로써 아버지에게 복수한 것 같은 기분이 들었다. 비올라가 그를 초대해 달라고 부탁했고 이제 그는 공식적으로 그녀의 친구로 인정받은 것이다. 그리고 어쩌면 이 세상 그 어느 곳에서도 찾아보기 힘든 온다리바의 정원에서 그녀와 함께 놀 수 있을지도 모른다. 코지모 형은 일순간 이런 생각을 했다. 하지만 뒤엉켜 있어서 분명히 말할 수는 없어도 이런 생각들과 정반대되는 감정도 맛보았다. 수줍음, 자존심, 외로움, 고집스러움 같은 것이었다. 이런 상반되는 감정 속에서 형은 자기 위에 있는 나뭇가지를 잡고 그 위로 올라갔다. 그는 잎이 무성한 곳으로 옮겨 갔고 다시 다른 나무 위로 갔다가 사라져 버렸다.

# 3

결코 끝나지 않을 것같이 긴 오후였다. 가끔씩 뭔가 뚝 떨어지는 소리와 스치는 소리가 들렸다. 정원에서 종종 들리던 소리였다. 그러면 우리는 혹시 형이 아닌지, 형이 내려오기로 결정한 것은 아닌지 보기 위해 밖으로 달려갔다. 그러나 천만에, 나는 하얀 꽃이 핀 목련나무 꼭대기가 흔들리는 것을 보았고 형이 담 너머에서 나타나 담을 넘는 것을 보았다.

나는 뽕나무 위에 있는 형을 만나러 갔다. 형은 나를 보자 기분이 나쁜 것 같았다. 형은 아직도 내게 화를 내고 있었다. 내 위쪽에 있는 뽕나무 가지에 앉아 나와는 말도 하고 싶지 않다는 듯, 검으로 나무껍질을 벗겨 떨어뜨렸다.

"뽕나무는 올라가기 쉬워." 난 말을 걸기 위해 이렇게 운을 띄웠다. "옛날에 우린 뽕나무 같은 덴 안 올라갔잖아……."

형은 계속 칼날로 나뭇가지 껍질을 긁었다. 그러더니 가시 돋친 말을 던졌다. "그러면 옛날에 달팽이 요리는 좋아했니?"

나는 바구니를 내밀었다. "마른 무화과 두 개 가져왔어, 미노. 그리고 파이 조금하고……."

"그들이 널 보냈니?" 형은 여전히 차갑게 말했지만 벌써 침을 삼키며 바구니를 쳐다보고 있었다.

"아니야, 알잖아. 난 신부님 몰래 빠져나왔어!" 나는 서둘러 말했다. "그들은 내가 형하고 연락하지 못하도록 저녁 내내 공부시키려고 해. 그런데 노인이 잠들어 버렸어! 엄마는 형이 떨어질까 봐 걱정하고 계셔. 그리고 형을 찾고 싶어 해. 하지만 아빠는 형이 호랑가시나무에서 사라지자 형이 땅으로 내려가 어느 구석에 처박혀 자기가 한 나쁜 짓을 곰곰이 생각하고 있을 테니 걱정할 것 하나 없다고 말했어."

"난 절대 안 내려갔어!" 우리 형이 말했다.

"형, 온다리바 정원에 갔었어?"

"응, 그렇지만 계속 나무에서 나무로 갔어, 땅은 단 한번도 밟지 않았어!"

"왜 그랬는데?" 내가 물었다. 형이 자신이 만든 규칙에 대해 내게 말한 것은 그때가 처음이었다. 하지만 형은 마치 이미 우리끼리 약속한 어떤 사실에 대해 이야기하듯이 말하면서 자신이 그 규정을 어기지 않았음을 내게 안심시키려 애쓰는 것 같았다. 그래서 더 이상 내 질문에 대답해 달라고 고집 부릴 수가 없었다.

"들어 봐." 형은 내 말에 대답하지 않고 이렇게 말했다. "온다리바의 정원을 전부 답사하려면 며칠은 걸릴 거야! 아메리카의 숲에서 온 나무도 있어, 너도 봤으면 좋았을 텐데!" 그러다가 형은 나와 다투었다는 것과 그래서 자기가 발견한 것을 내게 이야기해 주며 즐거워해서는 안 된다는 것을 생각해 냈다. 형은 갑자기 말을 중단했다. "어쨌든 난 널 데려가지 않을 거야. 넌 이제부터 바티스타나 기사 변호사 삼촌하고 산책이나 가면 되겠다!"

"싫어, 미노, 나도 데려가 줘." 내가 말했다. "형은 달팽이 때문에 나한테 화를 내면 안 돼. 나도 달팽이는 정말 끔찍하게 싫지만 부모님 잔소리도 참을 수가 없었어!"

코지모 형은 파이를 허겁지겁 삼키고 있었다. "네가 하는 걸 두고 봐서." 형이 말했다. "넌 네가 아버지, 어머니 그리고 바티스타의 편이 아니라 내 편이라는 것을 보여 줘야만 해."

"내가 어떻게 하면 되는지 다 말해 줘."

"길고 튼튼한 밧줄을 좀 준비해 줘. 어디로든 가려면 밧줄로 내 몸을 묶어야 하거든. 그리고 도르래하고 갈고리하고 굵은 못하고……"

"뭘 하려고? 기중기를 만들려고?"

"우린 여러 가지 물건을 이 위로 옮겨야 해. 두고 보면 알 거야. 목판, 대나무……"

"나무 위에다 오두막집을 지으려는 거지! 그런데 어디에?"

"필요하면. 자리는 나중에 고르자. 그동안 내게 갖다 줄 물건들은 저기 떡갈나무 구멍에 두는 거야. 내가 밧줄에 바구니를 묶어 내려 보내면 넌 내게 필요한 것들을 거기다 놓으면 돼."

"그런데 왜 그래? 형은 꼭 아주 오랫동안 거기 숨어 있을 것같이 말하네……. 부모님이 형을 용서 안 해 줄 것 같아?"

형은 빨개진 얼굴을 돌렸다. "부모님이 용서하고 안 하고가 나하고 무슨 상관이야? 그리고 난 숨어 있는 게 아니야. 난 아무도 무섭지 않아! 그런데 너 나를 도와주기가 겁나니?"

난 그때 우리 형이 나무에서 내려오기를 거부하고 있음을 이해하지 못한 것은 아니었다. 하지만 형이 억지로라도 이렇게 자기 생각을 말해 줬으면 해서 못 알아들은 척했다. '그래, 난 간식 시간까지 아니면 해가 질 때까지, 아니면 저녁 식사 시간까지, 적어도 어두워지기 전까지는 나무 위에 있고 싶어.' 그러니까 간단히 말해 나는 우리 형이 자신의 항의에 걸맞은 어떤 시한을 정해 무슨 말이든 해 주길 바랐다. 하지만 형이 그와 비슷한 말도 꺼내지 않았기 때문에 난 약간 겁이 났다.

아래쪽에서 부모님이 부르는 소리가 들렸다. 소리를 지른 사람은 우리 아버지였다. "코지모! 코지모!" 그러다가 이미 코지모가 아버지에게 대답하지 않으리라 믿고서는, "비아조! 비아조!" 하고 나를 불렀다.

"왜 부르는지 가서 보고 올게. 그리고 형에게 와서 이야기해 줄게." 난 서둘러 말했다. 시인하건대 형에게 이렇게 말한 건 빨리 그 자리를 피하고 싶어서였다. 형이 받을 게 분명한 벌을 나도 함께 받게 될지 모른다는 두려움 때문이었다. 하지만 형은 내 얼굴에서 이런 비겁함의 그림자를 읽어 내지 못했다. 형은 아버지가 무슨 말을 할지에 전혀 관심이 없다는 듯 어깨를 으쓱하며 나를 보내 주었다.

내가 다시 돌아왔을 때도 형은 거기에 있었는데 몸통이 잘린 나무 위에 편히 앉아 있을 수 있는 자리를 찾아 턱을 무릎에 대고 두 팔로 무릎을 감싸고 있었다.

"미노! 미노!" 나는 숨도 쉬지 않으며 나무 위로 올라가면서 말했다. "형을 용서해 주겠대! 우리를 기다리고 있어! 식탁에 간식도 준비해 놓았고, 부모님은 벌써 와서 앉아 계셔. 그리고 접시에 케이크도 잘라 놓았어! 크림 케이크하고 초콜릿 케이크인데, 있잖아, 바티스타 누나가 만든 게 아니야! 바티스타 누나는 틀림없이 자기 방에 틀어박혀 있을 거야, 화가 나서 새파랗게 질렸을걸! 부모님이 내 머리를 쓰다듬으며 이렇게 말하셨어. '가엾은 미노에게 가서 이제 화해하고 더이상 그 일에 대해선 아무 말도 하지 말자고 전해라!' 빨리, 가자!"

코지모 형은 나뭇잎을 계속 물어뜯었다. 꼼짝도 하지 않았다.

"이봐." 형이 말했다. "다른 사람들 모르게 담요 하나만 찾아서 나한테 갖다 줘. 여긴 밤에 틀림없이 추울 거야."

"설마 나무 위에서 밤을 보내려는 건 아니겠지?"

형은 무릎에 턱을 댄 채 아무 대답도 하지 않고 자기 앞만 바라보았다. 나는 형의 시선을 따라가 보았는데, 형은 온다리바 가문의 정원 담벼락 위를, 하얀 목련꽃이 고개를 내민 곳을, 또 그 너머 연이 날고 있는 곳을 보고 있었다.

그렇게 밤이 되었다. 하인들이 식탁을 차리느라 바쁘게 왔다 갔다 했다. 방방의 촛대마다 벌써 촛불이 켜졌다. 코지모 형은 나무 위에서 틀림없이 이 광경을 모두 보았을 것이다. 그래서 아르미니오 남작은 어두운 창밖을 향해 몸을 돌려 소리쳤다. "그 위에 계속 있다가는 굶어 죽고 말 거다!"

그날 밤 처음으로 우리는 코지모 형 없이 식사를 했다. 형이 호랑가시나무의 높은 가지에 옆으로 걸터앉아 있어서 우리는 흔들리는 형의 다리를 볼 수 있었다. 방 안은 환했고 밖은 어두웠기 때문에 창턱에 몸을 내밀어 어둠 속을 눈여겨 살펴보아야만 형을 볼 수 있었다.

기사 변호사 삼촌마저 의무적으로 얼굴을 내밀고 무엇이든 말해야만 할 것 같은 필요를 느꼈지만 언제나 그렇듯이 이 문제에 대해 자신의 의견을 밝힐 수가 없었다. "오.오.오…… 튼튼한 나무니까……백 년이 됐으니까요……." 그 뒤 터키 말로 뭐라고 했는데 호랑가시나무의 이름을 말하는 것 같았다. 그러니까 삼촌은 마치 우리 형 이야기가 아니라 나무 이야기를 하고 있는 것 같았다.

하지만 바티스타 누나는 그녀의 기이한 행동에 숨을 죽이고 사는 데 길들여진 식구들이 이제 자신을 능가하는 어떤 사람을 발견해 그곳에 신경을 쓰는 것을 보고 코지모 형에게 노골적인 질투심을 보였다. 그래서 계속 손톱을 물어뜯었다.(팔꿈치를 밑으로 하고 손을 들어 입에 갖다 대는 것이 아니라 팔꿈치를 높이 쳐들고 손을 뒤집어 손가락을 밑으로 떨어뜨려 손톱을 깨물었다.)

여장군은 슬라보니아인지 포메른인지는 잘 기억나지 않지만 하여튼 어떤 병영에서 나무 위에서 보초를 서던 군인들 생각이 나면서 그들이 적을 발견한 덕에 복병을 피했던 일을 떠올렸다. 이러한 기억은 갑자기 어머니로서의 불안 때문에 어찌할 바를 모르던 그녀에게, 평상시 좋아하던 호전적인 분위기를 되찾게 해 주었다. 그래서 어머니는 드디어 아들의 행동을 인정하기라도 하듯 아주 침착해졌고 거의 대범해지기까지 했다. 포술라플뢰르 신부 이외에는 그 누구도 어머니의 말에 귀를 기울이지 않았다. 신부는 지금 일어나는 일이 별일 아니라고 생각하기 위해, 그리고 책임감과 걱정을 머릿속에서 떨쳐 버리기 위해 그 어떤 대화라도 붙들고 늘어져야 했기 때문에 전쟁 이야기를 들려주고 그 전쟁과 형을 비교하는 어머니의 말에 심각하게 동의했다.

저녁 식사 후 우리는 보통 일찍 잠자리에 들었는데 그날 저녁에도 취침 시간을 변경하지 않았다. 이미 우리 부모님은 자꾸 코지모 형에게 신경 쓰는 모습을 보여 형을 만족시켜서는 안 된다는 결정을 내리고 피곤과 불편함과 한밤의 추위 때문에 형이 나무 위에서 내려오길 기다리면서 각자 자기 방으로 올라갔다. 집의 정면에서 보면 각 방에 켜진 촛불들이 네모난 창틀에 박힌 황금 눈알 같았다. 너무나 익숙하고 너무나 가까이에 있는 그 집의 온기가 한데서 밤을 보내는 우리 형에게 얼마나 많은 향수와 그리움을 불러일으켰을까! 나는 우리 방 창문 앞에 서서 호랑가시나무의 가지와 몸통 사이의 깊이 파인 구멍에서 담요를 둘둘 감고 — 내 생각으로는 — 떨어지지 않으려고 밧줄로 몸을 여러 번 동여맨 채 웅크리고 앉아 있는 형의 그림자가 어떤 것일지 가늠해 보았다.

달이 천천히 떠올라 나뭇가지 위를 밝게 비추어 주었다. 둥지 속에서 박새들이 형처럼 웅크리고 잠을 잤다. 한밤중에 밖에서는 수백 가지의 살랑대는 소리와 먼 데서 들리는 소리들이 정원의 침묵을 꿰뚫고 지나갔다. 바람이 불었다. 가끔씩 멀리서 포효하는 소리가 들렸다. 바다였다. 나는 창문가에 서서 이런 불규칙적인 소리에 귀를 기울였다. 그리고 집에서 불과 몇 킬로미터밖에 떨어지지 않은 곳에 있지만 등 뒤에 집이라는 가족의 울타리도 없이, 밤의 어둠 한가운데서, 유일한 친구인 벌레들이 잠자는 아주 작은 굴들이 여기저기 뚫려 있는 거칠거칠한 나무 몸통을 껴안은 채 오로지 자신만을 의지하며 그런 소리를 들었다고 상상해 보았다.

나는 침대로 갔지만 촛불을 끄고 싶지 않았다. 어쩌면 형의 방에 켜진 촛불이 형의 친구가 되어 줄 것 같기도 했다. 형과 나는 아직도 어린이용 침대가 두 개 놓여 있는 방을 함께 썼다. 나는 시트가 정리된 채 그대로 있는 형의 침대를 보았고 형이 있을 어두운 창밖을 보왔다. 그리고 생전 처음 옷을 벗고 맨발로 따뜻하고 깨끗한 시트에 들어가면서 기쁨을 느꼈고, 그와 동시에 다리에 각반을 감은 채 나무 위에서 거친 담요로 몸을 감싸고 돌아눕지도 못하는 고통과 뼈가 시린 아픔도 함께 느꼈다. 침대와 깨끗한 시트와 푹신한 매트리스를 가졌다는 게 얼마나 행운인가 하고 느꼈던 이 감정은 그날 이후 단 한 번도 나를 떠나지 않았다. 이런 감정 속에서 오랜 시간 우리의 근심 걱정의 대상이었던 사람에게만 가 있던 생각들이 다시 내게로 돌아왔고, 그러다가 잠이 들어 버렸다.

# 4

옛날에 원숭이 한 마리가 로마에서 출발해 땅에 발을 디디지 않고 나무와 나무 사이를 뛰어넘어 스페인까지 갔다는 이야기를 책에서 읽은 적이 있는데 그게 사실인지는 잘 모르겠다. 우리 시대에 나무들이 그렇게 울창하게 늘어서 있던 곳은 옴브로사 만(灣)의 이 끝에서 저 끝까지, 그리고 산꼭대기로 이어지는 그 계곡밖에 없었다. 이 때문에 우리 지방은 각지에 널리 알려져 있었다.

이제 우리 고장도 다른 지방과 별로 다를 게 없다. 프랑스인들이 내려왔을 때 숲의 나무를 자르기 시작했는데 그들은 마치 매년 낫으로 베어 주면 또 자라나는 목초지의 풀이라도 되는 양 나무를 베었다. 나무들은 다시 자라나지 않았다. 전쟁 때문에, 나폴레옹 때문에, 그 시대 상황 때문에 벌어진 일 같았다. 하지만 그런 일은 그 후에도 그칠 줄을 몰랐다. 헐벗은 산등성이를 바라보자면, 옛 모습을 기억하는 우리는 쓸쓸한 기분이 된다.

그때는 어디를 가든, 언제나 우리와 하늘 사이에 나뭇가지와 나뭇잎이 있었다. 유일하게 키 작은 식물들이 자라던 곳이 레몬나무 과수원이었지만 그 한가운데에도 무거운 잎으로 둥근 지붕을 만들어 산 쪽을 향해 펼쳐진 레몬나무 과수원의 하늘을 모두 덮어 버리는 뒤틀린 무화과나무가 서 있었고, 무화과나무가 없는 곳에는 갈색 이파리를 가진 벚나무나 아주 부드러운 마르멜로나무, 복숭아나무, 아몬드나무, 어린 배나무, 커다란 자두나무, 그리고 뽕나무나 마디가 많은 호두나무가 있었으며 이런 나무가 없는 곳에는 마가목나무와 쥐엄나무가 있었다. 과수원이 끝나는 곳에서 은회색의 올리브 밭이 시작되었고, 구름은 산 중턱에 걸려 있었다. 산을 뒤로하고 아래쪽으로는 항구를, 위쪽으로는 요새를 두고 마을이 옹기종기 모여 있었는데 마을의 지붕들 사이로도 나뭇잎이 계속 보였다. 감탕나무, 플라타너스 혹은 떡갈나무같이, 귀족들이 저택을 짓고 정원에 철책을 치는 그런 지역에서 질서 있게 뻗어 나온, 전혀 흥미를 끌지 못하는 거만한 나뭇가지들의 잎이었다.

올리브 밭 위쪽으로는 숲이 시작되었다. 해변으로 이어지는 비탈길을 따라 아래쪽으로 아직도 소나무들이 여기저기 무리 지어 자라고 있는 것을 보면 예전엔 우리 고장 어디에서나 소나무가 자랐던 게 틀림없는데 이는 낙엽송도 마찬가지였다. 떡갈나무는 오늘날보다 훨씬 더 자주 눈에 띄었고 울창했지만 가장 먼저, 그리고 제일 가치 있는 희생물이 되어 버리고 말았다. 소나무들은 좀 더 위쪽에서 밤나무에게 자리를 양보했고 숲은 산으로 올라가 그 끝이 보이지 않았다. 옴브로사는 수액의 세계였지만 그 안에 사는 우리들은 그 사실을 전혀 알지 못했다.

그 세계에 제일 먼저 생각이 미친 사람은 코지모 형이었다. 형은 나무들이 그렇게 울창하기 때문에 절대 나무에서 내려가지 않고도 이 나뭇가지에서 저 나뭇가지로 옮겨 가면서 몇 마일이고 갈 수 있다는 사실을 알게 되었다. 가끔씩 나무가 자라지 않는 땅이 나타나 어쩔 수 없이 아주 먼 길로 돌아가야 하는 일도 있었지만 그는 곧 꼭 필요한 길들을 능숙하게 지나갈 수 있게 되었고, 나무 위로 가야 할 구불구불한 길을 머릿속에 그려 우리의 측량법이 아닌 자신만의 방법으로 거리를 계산하곤 했다. 그리고 껑충 뛰기까지 했는데 바로 옆에 있는 나뭇가지로 이동하지 못한 경우에는 자신의 비법을 사용하기 시작했다. 하지만 이것은 좀 더 뒤에 이야기하기로 하겠다. 지금 우리는, 차가운 이슬에 흠뻑 젖어 몸은 꽁꽁 얼어붙고 뼈는 쑤시고 팔다리에는 개미 떼가 달라붙어 있지만, 시끄럽게 우는 찌르레기 소리를 들으며 새로운 세상을 관찰할 수 있다는 행복감에 젖어 있는 그 새벽의 형을 조금 더 이야기해야 할 것 같다.

형은 정원의 맨 끝에 심어진 플라타너스 위로 갔다. 그 아래쪽의 하늘은 왕관 모양의 구름과 돌무더기 같은 낭떠러지 뒤에 가려진 슬레이트 지붕의 오두막들에서 올라오는 연기에 뒤덮여 있어 계곡이 점점 작게 보였다. 공중을 향해 자라난 무화과나무와 벚나무의 이파리들이 하늘을 가렸고, 그보다 작은 자두나무와 복숭아나무가 튼튼한 가지를 뻗고 있었다. 그는 모든 것을, 심지어는 풀잎 하나까지 다 보았지만 덩굴을 뻗은 호박잎이나 여기저기 자라는 양상추, 혹은 묘상의 양배추 모종으로 뒤덮인 땅의 색깔은 볼 수가 없었다. 깔때기처럼 바다 쪽으로 펼쳐진 V형 계곡의 양쪽 부분에서도 그런 상황은 마찬가지였다.

그런데 눈으로 볼 수도 없고 어쩌다 한두 번을 제외하고는 소리도 들을 수 없지만 그 소리를 한번 듣기만 해도 사람들이 불안에 떠는 파도처럼 이런 풍경 속으로 힘차게 달려드는 소리가 있었다. 갑자기 터져 나오는 날카로운 비명 소리, 그리고 잠시 후 무엇인가 떨어지는 둔탁한 소리, 나무가 우지끈 부러지는 것 같은 소리, 그리고 이번에는 먼저 날카로운 비명이 들렸던 곳을 향해 지르는 듯한 성난 고함 등과 같은 소리였다. 그런 소리가 들리고 난 뒤에는 아무 일도, 말 그대로 아무 일도 없었는데 마치 그냥 지나가 버린 것 같기도 하고, 무슨 소리가 들렸던 건 이쪽 숲이 아니라 정반대쪽 숲인 것 같기도 했다. 실제로 사람들의 목소리와 소음이 다시 들려오기 시작했고 한 곳이 아니라 계곡의 사방에서 그런 소리가 들리는 것 같기도 했는데 소리의 근원지는 언제나 톱니 모양의 벚나무 이파리가 바람에 흔들리는 곳이었다. 그래서 코지모 형은 정신이 산만해져서 — 하지만 형의 머릿속 한편에는 모든 것을 이해하고 예견하는 능력이 들어 있었다 — 이렇게 생각하게 되었다. '벚나무가 말을 하는군.'

코지모는 가장 가까이에 있는 벚나무, 아니 더 정확히 말한다면 짙푸른 잎이 무성하고 검은 버찌가 잔뜩 달린 키 큰 벚나무들이 줄지어 늘어선 곳으로 향했지만 우리 형은 아직 누가 있는 나뭇가지와 그렇지 않은 나뭇가지를 금방 정확하게 구별할 줄 몰랐다. 형은 그곳에 앉았다. 처음에는 무슨 소리가 들렸지만 지금은 아무 소리도 들리지 않았다. 형은 제일 낮은 나뭇가지 위에 있었다. 그래서 가지 위쪽에 있는 버찌들을 모두 어깨 위에 짊어진 듯한 기분이 들었고, 이유는 설명할 수 없지만 버찌들이 형에게로 몰려드는 것 같았다. 꼭 버찌가 아니라 사람의 눈이 달린 나무 위에 앉아 있는 것 같기도 했다. 코지모 형이 얼굴을 들자 이미 너무 익어 버린 버찌가 뚝 소리를 내며 형의 이마 위로 떨어지는 게 아닌가! 그는 하늘(해가 떠오르고 있는)을 보기 위해 실눈을 떴다. 그리고 형이 있는 나무뿐만 아니라, 옆의 나무들 위에도 아이들이 잔뜩 걸터앉아 있는 것을 보았다.

탄로 난 것을 알자 그 아이들은 이제 조용히 있지 않았다. 그리고 비록 작기는 했지만 날카로운 소리로 이렇게 말하는 것 같았다. "저 애 옷 입은 것 좀 봐!" 그러면서 한 사람 한 사람, 삼각 모자를 쓴 우리 형을 향해 아래쪽 가지로 내려오면서 자기 앞에 있는 나뭇가지에서 나뭇잎을 떼어 냈다. 그들은 모자를 쓰지 않았거나 끝이 풀린 밀짚모자를 쓰고 있었다. 자루를 머리에 쓴 아이도 있었다. 모두들 누더기 같은 셔츠에 짧은 바지를 입고 있었다. 양말을 신지 않은 발에 천 조각을 묶은 아이도 있었고 나무에 기어 오르느라 벗은 나막신을 목에다 건 아이들도 있었다. 그들은 과일 좀도둑 일당이었는데 코지모 형과 나는 항상 ─ 그동안 부모님의 명령에 복종해서 ─ 그들을 가까이하지 않았었다. 하지만 그날 아침, 형 자신도 그 만남에서 무엇을 기대했는지 명확히 알 수는 없었지만 어쨌든 그때까지 형이 찾았던 소리의 주인공은 바로 그 아이들인 것 같았다.

형은 가만히 앉아서 아이들이 내려오기를 기다렸는데 그들은 형을 가리키면서 적의를 담은 목소리로 형을 조롱해 댔다. "쟤는 대체 뭘 하려고 여기 와 있는 거지?" 그러더니 버찌 씨를 형에게 내뱉거나 돌을 던지듯이 썩은 열매나 지빠귀가 쪼아 먹은 열매 같은 것들을 공중으로 집어 던졌는데 그것들이 허공에서 몇 바퀴 돌다가 형에게 떨어지기도 했다.

"우아!" 그 애들이 갑자기 소리쳤다. 형의 엉덩이 뒤로 늘어진 단검을 보았던 것이다. "쟤가 가지고 있는 게 뭔지 봤지?" 그러더니 웃음을 터뜨렸다. "단검이 궁둥이에 매달려 있어!"

그 아이들은 곧 입을 다물었다. 이제 곧 미치도록 재미있는 일이 벌어질 것이기 때문에 나오려는 웃음을 참았다. 이 꼬마 악당들 중 두 명이 아주 조용히 코지모 형이 앉아 있는 나뭇가지 바로 위로 와서 형의 머리에 자루를 뒤집어씌우려고 했다.(다 낡은 자루는 훔친 물건을 담을 때 쓰이기도 했고 아무것도 담겨 있지 않을 때는 어깨까지 내려오는 두건처럼 머리에 둘러쓰는 데 이용되기도 했다.) 잠시 후면 우리 형은 이유도 모르는 채 자루를 뒤집어쓰게 될 것이고 그들은 소시지라도 되는 양 형을 묶은 뒤 두들겨 팰 것이다.

코지모 형은 위험을 감지했다. 아니, 어쩌면 형은 아무것도 감지하지 못했는지도 모른다. 형은 단검으로 인해 조롱을 당했다고 생각했기 때문에 명예를 걸고 그 검을 휘두르고 싶었다. 형은 검을 높이 쳐들었고 검의 날이 자루를 스쳐 지나갔다. 형은 자루를 보았다. 그래서 몸을 비틀어 두 명의 좀도둑들 손에서 자루를 낚아챘다. 그리고 그것을 공중으로 날려 보냈다.

너무나 멋진 동작이었다. 다른 아이들은 실망감과 놀라움에 뒤범벅이 되어 "오!" 하고 소리쳤고, 자루를 놓쳐 버린 두 아이들에게 사투리로 욕을 해 댔다. "쿠이아세! 벨리누이![11]"

코지모 형은 성공에 만족해할 시간이 없었다. 이번에는 땅에서 정반대의 사나운 기운이 갑자기 밀려왔다. 개가 짖어 대고 사람들이 돌을 던지고 소리를 질러 댔다. "이번에는 도망갈 수 없을 거다, 후레자식 같은 도둑놈들아!" 그러더니 사람들이 쇠스랑을 들어 올렸다. 나뭇가지 위에 있던 좀도둑들 중에는 몸을 움츠린 아이도 있고 다리와 팔꿈치를 쭉 편 아이도 있었다. 코지모 형이 그 근방에서 들은 소

---

11 잘난 척하는 놈아!

리는 바로 보초를 서고 있던 농부들을 소집하기 위한 것이었다.

농부 전원이 합세해서 공격할 준비를 해 놓았다. 서서히 익어 가는 과일을 서리 맞는 데 지친 골짜기의 소지주와 소작농 몇몇이 힘을 합쳤다. 모두 함께 한 과수원에 올라가 과일을 훔쳐서 정반대쪽 과수원으로 달아나 버린 다음 그곳에서 다시 일을 시작하는 이 말썽꾸러기들의 전략에는 이런 방법을 쓸 수밖에 없었다. 즉 조만간 좀도둑들이 나타날 것 같은 과수원을 모두 함께 감시하다가 그들을 현장에서 잡는 것이다. 이제 가죽 끈이 풀린 개들이 입을 쩍 벌리고 뾰족한 이빨을 드러내면서 벚나무 발치에서 짖어 댔고, 농부들은 건초용 쇠스랑을 하늘 높이 쳐들었다. 좀도둑 서너 명이 땅으로 뛰어내렸지만 바로 그 순간 쇠스랑 끝에 등을 찔리고 말았다. 개들이 바짓가랑이를 물어뜯었다. 그들은 비명을 지르며 달아날 수밖에 없었고, 그렇게 달아나다가 늘어선 포도나무에 머리를 부딪혔다. 아무도 나무 밑으로 내려갈 엄두를 내지 못했다. 그들뿐만 아니라 나뭇가지 위에 있던 코지모 형도 공포에 질려 버렸다. 농부들은 벌써 벚나무에 사다리를 기대 놓고 날카로운 쇠스랑을 앞세우고 나무 위로 올라오고 있었다.

코지모 형이 이 건달패가 당황해 우왕좌왕하고 있다고 해서 자기까지 거기에 휩쓸리는 건 아무 의미가 없음을 깨닫는 데에는 몇 분의 시간이 필요했다. 그 패거리는 용감한데 자신은 그렇지 못하다고 생각하는 것 역시 아무 의미도 없었다. 멍청이처럼 그곳에 그냥 있다는 것은 분명 그 애들이 당황했다는 증거였다. 대체 무엇 때문에 주변의 나무 위로 달아나지 않는 걸까? 우리 형은 그 나무에 왔을 때처럼 그 무엇에도 구애받지 않고 떠날 수 있었다. 형은 머리에 삼각 모자를 눌러쓰고 그에게 다리가 되어 줄 만한 나뭇가지를 찾았다. 마지막 벚나무에서 쥐엄나무로 옮겨 간 다음 쥐엄나무에 매달려 자두나무로 내려갔다. 계속 그런 식으로 앞으로 나아갔다. 광장에 서서 자유자재로 몸을 돌리듯, 이 나뭇가지에서 저 나뭇가지로 몸을 돌리는 코지모 형을 보고 그 아이들은 곧 자신들도 형의 뒤를 따라야만 한다는 것을 깨달았다. 그러지 않았다가는 형이 간 길을 다시 찾기 위해 얼마나 애를 먹어야 할지 모를 일이었다. 그래서 아이들은 조용히 코지모 형을 따라 구불구불한 그 길을 네발로 기어갔다. 그사이 형은 무화과나무로 내려가면서 밭에 쳐 놓은 울타리를 뛰어넘었고, 한 번에 한 사람씩만 지나가야 할 정도로 가지가 연약한 복숭아나무로 내려 갔다. 복숭아나무는 그저 담 밖으로 불쑥 튀어나온 올리브나무의 휘어진 몸통을 붙잡는 데만 쓰였다. 올리브나무에서 껑충 뛰어서, 개울 건너까지 튼튼한 가지를 길게 뻗은 떡갈나무로 갔다가 거기서 다른 나무로 옮겨 갈 수 있었다.

쇠스랑을 손에 든 남자들은 이제 과일 도둑을 잡았다고 믿고 있었는데, 갑자기 그 좀도둑들이 모두 새처럼 공중으로 날아가 버린 걸 발견했다. 남자들은 짖어 대는 개들과 함께 아이들을 뒤쫓아 달렸지만 울타리를 돌고 담벼락을 따라 돌고, 그 뒤에는 다리도 없는 개울가를 헤매 돌기만 할 뿐이었다. 이렇게 길을 찾느라 시간을 허비하는 동안 불량소년들은 멀리 달아나 버렸다.

그 아이들은 이제 땅에 두 발을 대고 다시 인간이 되어 달려갔다. 나무 위에는 우리 형만 남았다. "각반을 감은 그 할미새는 어디로 간 거지?" 그 아이들은 눈앞에 형이 보이지 않자 서로 물었다. 그들은 눈을 들었다. 형은 올리브나무 위로 기어오르고 있었다. "이봐, 이제 이 밑으로 내려와. 이젠 우리를 잡으러 오지 않을 거야!" 형은 내려가지 않고 올리브나무 가지 위로 이리저리 자리를 옮기더니 울창한 은 빛 나뭇잎 사이로 사라져 버렸다.

자루를 두건처럼 쓰고 손에는 막대기를 든 어린 건달패들은 이 제 계곡 맨 아래쪽에 있는 몇 그루의 벚나무를 공격했다. 가지에 매 달린 열매들을 체계적으로 따서 가지를 하나씩 벌거숭이로 만들던 그 아이들은 키가 큰 나무 꼭대기에 두 다리를 꼬고 걸터앉아 손으 로 벚나무의 가지를 꺾은 뒤, 무릎 위에 놓아 둔 삼각 모자에 버찌를 담고 있는 사람을 발견했다. 누구였을까? 바로 각반을 찬 소년이었 다! "이봐, 여기 어떻게 왔지?" 그들은 거만하게 물었다. 하지만 형이 새처럼 날아온 것 같아서 사실 기분이 좋지 않았다.

우리 형은 이제 삼각 모자에서 버찌를 하나씩 꺼내 마치 사탕절 임을 먹듯이 입에 넣었다. 그러더니 조끼를 더럽히지 않으려고 주의 하면서 입술로 버찌 씨를 불어 버렸다.

"저 아이스크림 먹는 애는 우리에게 무얼 바라는 거지? 무엇 때 문에 우리를 졸졸 따라다니는 거야? 왜 자기네 정원에 있는 버찌를 따 먹지 않는 거야?" 한 아이가 말했다. 하지만 그들은 나무 위에 있 는 우리 형이 자기들보다 훨씬 더 용감하다는 것을 알았기 때문에 조 금 부끄러워했다.

"아이스크림을 먹는 애들 중에서 가끔 실수로 아주 용감한 사람 이 태어나기도 해. 신포로사를 한번 봐……." 어떤 아이가 말했다.

그 신비한 이름에 코지모 형은 귀를 기울였고 자기도 모르게 얼 굴이 붉어졌다.

"신포로사는 우릴 배신했어!" 또 다른 아이가 말했다.

"그 애도 아이스크림을 먹는 애이긴 하지만 용감했어. 그리고 만약 그 애가 오늘 아침에 나팔을 불어 줬더라면 우리는 들키지 않았을 거야."

"물론 아이스크림을 먹는 애라도 우리 편이 되고 싶어 하면 우리와 함께 있을 수 있지!"

(코지모 형은 '아이스크림 먹는 애'라는 말이 마을에 사는 사람이나 귀족 혹은 어쨌든 상류 계급의 사람을 의미한다는 것을 알게 되었다.)

"이봐, 너." 한 아이가 형에게 말했다. "분명하게 약속하자. 네가 우리와 함께 있고 싶으면 우리와 함께 행동해야 해. 그리고 나무 위에서 걷는 법을 네가 아는 대로 다 가르쳐 줘."

"그리고 네 아버지 과수원에 들어가게 해 줘!" 또 다른 아이가 말했다. "언젠가 거기서 사람들이 우리에게 소금을 뿌렸어."

코지모 형은 그들의 말을 듣고 있었지만 자기 생각에 골몰해 있는 것 같았다. 잠시 후 형이 말했다. "그런데 신포로사가 누군지 말해 줄래?"

그러자 나뭇가지 사이에 있던 그 누더기를 걸친 아이들 전부가 웃음을 터뜨렸다. 너무나 웃어서 어떤 아이는 거의 벚나무에서 떨어질 뻔했다. 또 어떤 아이는 두 다리로 나뭇가지를 감고 뒤쪽으로 몸을 던졌고, 두 손으로 나무에 대롱대롱 매달린 아이도 있었다. 아이들은 그 모양을 하고도 여전히 놀리며 소리를 질러 댔다. 그 소리를 듣자 두 말할 필요도 없이 추적자들이 다시 뒤쫓아 왔다. 좀 더 정확히 말하자면, 개 짖는 소리가 크게 들리고 쇠스랑을 든 농부들이 다시 나타난 걸 보면 개들을 데리고 추적하던 농부들이 바로 그 근방에 있었던 게 틀림없었다. 조금 전의 실패를 통해 경험을 풍부하게 쌓은 그들은 이번에는 맨 먼저 주위에 있는 나무에 사다리를 놓고 올라와 나무를 점령한 다음 삼지창과 갈퀴로 아이들을 포위해 버렸다. 남자들이 사방의 나무 위로 흩어지는 동안 땅에 서 있던 개들은 어느 쪽으로 쫓아가야 할지 금방 알 수가 없어 여기저기로 조금씩 흩어져서 하늘을 향해 코를 들고 짖어 대기만 했다. 그래서 좀도둑들은 재빨리 땅으로 뛰어내려 각자 방향 감각을 잃고 서 있는 개들을 뚫고 사방으로 달려갈 수 있었다. 그들 중에는 종아리를 물리거나 매를 맞거나 돌에 맞은 아이도 있었지만 대부분은 무사히 과수원을 빠져나갔다.

코지모 형은 나무 위에 그대로 있었다. "내려와!" 무사히 몸을 피한 아이들이 형에게 소리쳤다. "뭐 하니? 자고 있니? 길에 아무도 없으니까 땅으로 뛰어내려!" 하지만 나뭇가지에 무릎을 꼭 붙이고 있던 형은 단검을 뽑았다. 옆의 나무에서 농부들이 형을 찌르려고 막대기 끝에 쇠스랑을 묶어 형을 향해 내밀었다. 형은 단검을 휘둘러 그 쇠스랑을 피했다. 그러던 중 쇠스랑 하나가 형의 가슴 한복판을 눌러 형은 꼼짝하지 못하고 나무 몸통에 달라붙어 있어야 했다.

"멈춰!" 어떤 사람이 소리쳤다. "피오바스코 남작 댁의 도련님이시다! 이 위에서 뭘 하시는 겁니까, 도련님? 왜 저런 천한 것들과 섞여 계셨죠?"

코지모 형은 농부들 틈에 섞여 있는 지우아 델라 바스카를 발견했다. 그는 우리 아버지의 소작인이었다.

쇠스랑들이 거두어졌다. 우리 형도 손가락 두 개로 머리에서 삼각 모자를 들어 올리고 인사했다.

"이봐, 밑에 있는 자네들, 개를 묶어!" 농부들이 소리쳤다. "도련님을 내려가게 해 드려! 도련님, 내려가셔도 됩니다. 하지만 나무가 너무 높으니 조심하십시오! 기다리세요, 사다리를 놓아 드리겠습니다!

그러고 나면 제가 직접 댁에 모셔다 드리지요!"

"됐어요, 고마워요, 고마워요." 형이 말했다. "일부러 그럴 것 없어요. 길을 알고 있으니까. 우리 집으로 가는 길을 안다고요!"

형은 나무 뒤로 사라졌다가 다른 나뭇가지에서 다시 모습을 드러냈다. 그리고 다른 나무 뒤로 돌아가 또 더 높은 가지에서 나타났다가 또 다른 나무 뒤로 사라졌다. 위쪽 나무는 잎사귀가 너무나 무성했기 때문에 사람들은 높은 가지 사이로 드러나는 형의 다리밖에 볼 수가 없었다. 그런데 그 다리가 갑자기 뛰어오르더니 그 뒤로는 아무것도 보이지 않았다.

"어디로 갔지?" 남자들이 서로에게 물어보았다. 대체 어느 곳을 보아야 할지, 위를 보아야 하는 건지 아래를 보아야 하는 건지 알 수가 없었다.

"저기 있다!" 형이 멀리 떨어져 있는 높은 나무 꼭대기에 나타났다가 다시 사라졌다. 그러다가 뛰었다.

"저기다!" 형이 또 다른 나무 꼭대기 위에 서 있었다. 형은 바람에 흔들리듯 비틀거리다가 뛰어올랐다.

"떨어졌다! 아니야! 저기 있어!" 흔들거리는 초록색 나뭇잎들 위로 형의 삼각 모자와 뒤로 묶은 머리만이 보였다.

"자네 주인 댁 도련은 뭐지?" 사람들이 지우아 델라 바스카에게 물었다. "사람인가, 들짐승인가? 혹시 사람 모습을 한 악마 아냐?"

지우아 델라 바스카는 아무 말이 없었다. 그는 성호를 그었다.

도레미파로 발성 연습을 하는 듯한 코지모 형의 노랫소리가 들렸다.

"오, 신-포-로-사……!"

# 5

신포로사. 코지모 형은 좀도둑들과 나눈 대화를 통해 차츰 이 인물에 대해 많은 것을 알게 되었다. 그들은 마을의 어떤 소녀를 그렇게 불렀는데 그 소녀는 작고 하얀 말을 타고 돌아다녔고 누더기를 입은 그들과 친구가 되었다. 소녀는 그들을 보호해 주기도 하고 또 오만하게 그들에게 명령을 내리기도 했다. 그녀는 하얀 말을 타고 큰길과 오솔길로 달리다가 잘 익은 과일들이 주렁주렁 달린 과수원에 감시가 소홀한 틈을 발견하면 곧 좀도둑들에게 알려 주었다. 그리고 그들이 공격할 때면 장교처럼 말을 타고 그들과 함께했다. 그녀는 사냥용 나팔을 목에 걸고 다녔으며 좀도둑들이 아몬드나무나 배나무에서 서리하는 동안 말을 타고 들판을 내려다볼 수 있는 비탈길을 오르락내리락했다. 그러다가 과수원 주인이나, 도둑들을 발견하고 즉시 달려올 수 있는 농부들의 의심스러운 움직임이 눈에 띄기만 하면 나팔을 불었다. 그 소리를 들으면 말썽꾸러기들은 나무에서 뛰어내려 달아나 버렸다. 그래서 그녀가 그들과 함께 있을 때면 기습을 당하는 일 같은 것은 절대 없었다.

그 후에 벌어진 일은 이해하기가 아주 어려웠다. 신포로사가 그들에게 해를 입힌 그 유명한 '배신행위'를 저지른 것이다. 내용은 정확히 알 수 없으나 그녀가 자기 저택으로 과일을 먹으러 오라고 그들을 초대해 놓고 하인들을 시켜 그들을 두들겨 패게 한 것 같기도 했고, 또 그들 중의 벨로레라는 소년과 우가소라는 소년을 신포로사가 동시에 좋아해서 그 둘의 사이를 나쁘게 만들어 놓은 것 같기도 했다. 벨로레는 그때 일로 아직도 놀림을 받고 있었다. 하인들에게 매질을 당한 건 과일을 훔쳐서가 아니라 질투심에 불타는 이 두 명의 인기 있는 아이들이 마침내 그녀에 대항하기로 약속하고 그녀의 집으로 원정 갔을 때였던 것 같기도 했다. 또 그녀가 그들에게 먹게 해 주겠다고 거듭 약속했던 어떤 케이크에 대한 이야기도 있었다. 결국 그녀가 케이크를 주기는 했지만 피마자기름을 사용한 것이어서 그들은 일주일 내내 배를 앓아야 했다. 이런 이야기, 혹은 이와 비슷한 일화 등 모든 것을 종합해 보면 신포로사와 일당들 사이에 싸움이 있었던 것만은 분명했다. 그런데 이제 일당들은 분노의 감정과 더불어 애석한 마음으로 그녀에 대해 이야기했다.

코지모 형은 자세한 이야기 하나하나를 통해 자기가 익히 알고 있는 어떤 이미지를 재구성할 수 있기라도 하듯 고개를 끄덕이며 열심히 귀를 기울이다가 마침내 이렇게 물어보기로 결심했다. "그런데 신포로사라는 애는 어느 저택에 살지?"

"뭐라고, 너 그 애를 모른다는 건 아니겠지? 너희 옆집에 살잖아! 온다리바 저택의 신포로사 말이야!"

코지모 형은 확인할 필요도 없이 이 건달들의 친구가 그네를 타던 소녀 비올라라는 확신을 갖게 되었다. 내 생각으로는 형이 즉시 그 패거리를 찾아 나섰던 것도 바로 그녀가 형에게 근방의 과일 도둑들을 모두 알고 있다고 말했기 때문인 것 같다. 게다가 그때부터 그의 내부에서 자라나던 초조감은, 비록 여전히 무엇 때문이라고 분명하게 말할 수는 없었지만 점점 커져만 갔다. 어떤 순간에는 온다리바 저택에 있는 나무들을 약탈하고 싶다가도 곧 이 건달들과 싸우도록 그녀를 돕고 싶기도 했으며, 심지어 이들을 부추겨서 그녀를 괴롭히게 한 뒤 자기가 나타나 그녀를 구해 주고 싶기도 했다. 또 용감한 행동을 해서 그녀의 귀에 간접적으로 그 소문이 들어가게 하고 싶기도 했다. 이런저런 계획을 세우는 데 정신을 집중했기 때문에 형은 점점 더 녹초가 되어 그들을 따라다녔다. 그러다가 그들이 나무에서 내려가자 형은 홀로 남았고, 구름이 태양을 가리듯 우울의 그림자가 형의 얼굴을 덮었다.

그러다가 갑자기 뛰어올라 고양이처럼 재빨리 나뭇가지 위로 기어 올라갔고, 무슨 노래인지 모를, 예리하면서도 거의 소리가 나지 않는 콧노래를 흥얼거리며 과수원과 정원으로 지나갔다. 형은 아무것도 보고 싶지 않은 듯 앞만 뚫어지게 바라보았으며 고양이처럼 본능적으로 균형을 잡았다.

우리는 그렇게 무엇에 홀린 듯 우리 정원의 나뭇가지 위로 지나가는 형을 여러 번 보았다. "저기 있다! 저기 있다!" 우리는 소리를 질러 댔다. 아직 우리는 형을 어떻게든 해 보려고 애썼기 때문에 항상 형을 생각하고 있었다. 우리는 형이 나무 위에서 보낸 시간과 날짜를 계산해 보았다. 아버지는 이렇게 말했다. "미쳤어! 귀신이 붙었어!" 그리고 포술라플뢰르 신부를 붙들고 늘어졌다. "이제 할 일은 귀신을 쫓아내는 일밖에 없어! 당신 뭘 기다리는 겁니까, 지금, 당신 라베[12]에게 이야기하는 거요. 거기서 그렇게 두 손 놓고 뭘 하는 거요! 내 아들의 몸에 악령이 깃들었단 말이오, 알겠소, 사크레 농 드 디외!¹³"

신부는 화들짝 놀란 것 같았다. '악령'이라는 말을 듣자 그의 머릿속에서 잠자던 생각들이 잇따라 잠을 깬 듯, 그는 악령의 존재를 정확히 어떻게 이해해야 하는지에 관한 복잡하고 신학적인 이야기를 늘어놓기 시작했다. 신부가 우리 아버지의 말에 반박하려는 건지 아니면 그저 일반적인 이야기를 하려는 건지도 제대로 알 수가 없었다. 간단히 말하자면 악령과 형이 관계가 있다고 생각할 수 있는지, 아니면 그런 가정 자체를 애당초 배제해야 하는 건지에 대해서조차 분명하게 자신의 생각을 말하지 못했다.

아버지는 화가 나기 시작했고 신부는 횡설수설했다. 나도 어느새 짜증이 났다. 한편 우리 어머니로 말하자면, 그 어떤 감정들보다 높은 자리를 차지하고 있는 변화무쌍한 감정인 모성적 불안감이 점점 굳어져만 갔다. 그리고 잠시 후, 전투 중인 장군의 근심 걱정이 실질적인 결정을 내리고 적절한 장비를 찾음으로써 해결되듯이, 어머니의 불안감 역시 마찬가지로 해소되었다. 어머니는 세 발 달린 키 큰 망원경을 찾아 냈다. 그러더니 망원경에다 눈을 갖다 대고 계속 나뭇잎 사이에 있는 아들에게 렌즈의 초점을 맞추면서 저택의 테라스에서 시간을 보냈다. 우리가 형이 반경 내에 없다고 말해 주어도 어머니는 계속 그렇게 하고 있었다.

"아직도 그 애가 보이나?" 그때 아버지가 어머니에게 물었다. 아버지는 계속 나무 밑을 왔다 갔다 했지만 형이 바로 머리 위에 나타

---

**12** 신부.
**13** 빌어먹을!

날 때가 아니고는 형을 볼 수가 없었다. 여장군은 그렇다는 신호를 보냈고 우리는 모두 어머니가 고지대에서 부대의 움직임을 관찰하고 있기라도 하듯 어머니를 방해하지 않으려고 입을 다물었다. 가끔씩 어머니도 형의 모습을 전혀 볼 수 없었던 게 분명하다. 그런데 왜인지는 모르겠지만 어머니는 형이 다른 곳이 아니라 바로 어머니가 지켜보는 그 장소에 다시 나타날 것이라는 굳은 믿음을 가지고 있었다. 그래서 계속 망원경을 응시했다. 하지만 때로는 어머니의 생각이 틀렸음을 속으로 인정해야만 할 때도 있었다. 그럴 때면 망원 렌즈에서 눈을 떼고 무릎 위에 펼쳐 놓은 지적도를 살펴보았다. 어머니는 생각에 잠긴 듯 한 손을 입에다 대고 다른 한 손으로는 아들이 가 있을 만한 지점이라고 생각되는 곳에 이를 때까지 지도의 부호들을 따라갔다. 그리고 각도를 계산한 뒤 나뭇잎들이 바다를 이룬 어떤 나무 꼭대기로 망원경을 돌리고 천천히 렌즈의 초점을 맞추었다. 그리고 어머니가 어느 곳을 지켜보든, 그녀의 입가에 부드러운 미소가 떠오르면 우리는 어머니가 그곳에서 형을 발견했고 형이 진짜 거기 있음을 알 수 있었다!

그러면 어머니는 등받이 없는 의자 옆에 두었던 색색깔의 작은 깃발들을 집어 들고 마치 약속된 언어로 메시지를 전달하듯 정확하고 리듬감 있는 동작으로 깃발들을 차례차례 흔들었다.(나는 화가 났다. 나는 어머니에게 그런 작은 깃발들이 있는지도 몰랐고 그 사용법을 어머니가 알고 있다는 것도 몰랐다. 그리고 무엇보다 예전에 우리가 좀 더 어렸을 때 어머니가 함께 깃발을 가지고 노는 법을 가르쳐 주었더라면 얼마나 멋있었을까. 하지만 어머니는 놀이 같은 건 절대 하지 않았고 지금도 그 점에서는 기대할 게 없다.)

여기서 꼭 말해 두어야 할 것은 우리 어머니가 그런 전투 장비들을 가지고 있긴 했어도 다른 어머니들과 똑같이 언제나 가슴을 졸이며 손수건을 움켜쥐는 그런 어머니였다는 점이다. 하지만 여장군으로 행동하는 게 편했을 수도 있고 이런 불안한 상황 속에서 단순한 어머니가 아니라 여장군으로 살았기 때문에 고통이 덜했을지도 몰랐다. 어머니는 폰 쿠르테비츠 장군에게서 물려받은 군대식 방법 외에 다른 자기 방어책이라고는 단 한 가지도 알지 못하는 약한 여자였기 때문이다.

어머니는 망원경을 보면서 작은 깃발 하나를 흔들다가 갑자기 얼굴이 환해지더니 미소를 지었다. 우리는 코지모 형이 어머니에게 응답했음을 알게 되었다. 어떻게 했는지는 잘 모르지만 아마 모자를 흔들거나 나뭇가지를 흔들었을 것이다. 그때부터 어머니는 분명히 변했고 이제 더 이상 예전의 불안감은 찾아볼 수 없었다. 만약 애정이 담긴 평범한 생활을 잃어버린 너무나 이상한 아들 때문에 세상의 어머니들과는 다른 운명을 살아야 한다 하더라도 어머니는 우리 중의 그 누구보다도 먼저 코지모 형의 기이한 행동을 받아들였을 것이다. 그리고 언제라고 예측할 수는 없지만 가끔씩 나무 위에서 보내는 그 인사, 형과 나누는 소리 없는 메시지들을 그 대가로 생각했을 것이다.

코지모 형이 어머니에게 인사를 보냈을 때도 우리 어머니가 형이 도피 생활을 끝내고 우리에게 돌아올 준비를 하고 있을 거라는 환상을 갖지 않은 게 정말 이상했다. 어머니와는 반대로 우리 아버지는 그런 환상을 끊임없이 품었고, 코지모 형과 관계된 아주 사소한 일만 있어도 아버지는 기대를 했다. "아, 그래! 봤소? 돌아올 거래?" 코지모 형과 가장 멀리 떨어져 있는 어머니는 어떤 행동을 하든 형을 받아들일 수 있는 유일한 사람인 것 같았다. 어쩌면 어머니 스스로가 이 사태에 대해 납득해 보려고 애쓰지 않았기 때문인지도 모른다.

어쨌든 다시 그날로 돌아가 보자. 절대 얼굴을 보이는 적이 없는 바티스타 누나까지 잠깐 동안 우리 어머니 뒤로 고개를 내밀었다. 그리고 부드러운 태도로 접시에 담긴 빵죽 같은 걸 내밀고 수저를 높이 들었다. "코지모…… 먹을래?" 누나는 아버지에게 뺨을 맞고 집 안으로 들어갔다. 또 어떤 무시무시한 잡탕을 준비했는지 알 게 뭔가? 형은 사라져 버렸다.

나는 형이 꼬마 거지 일당과 함께 모험을 할 수 있다는 사실을 알게 되었고, 그 때문에 형을 따라가고 싶어 안달이 났다. 마치 새로운 왕국의 문이 내 앞에서 열리는 것 같았다. 또 이제 그 왕국을 두려워하고 경계하며 바라보는 게 아니라 기쁨을 공유하며 지켜볼 수 있을 것 같았다. 나는 나뭇잎들 너머를 내려다볼 수 있는 높은 다락방과 테라스 사이를 왔다 갔다 했다. 다락방에서 눈보다는 귀로, 과수원에서 터져 나오는 떼거리의 환호성을 들었고 흔들리는 나뭇잎을 보았다. 가끔씩 그 나뭇잎들 속에서 손 하나가 불쑥 나타나 빗지 않은 머리나 자루를 뒤집어쓴 머리를 만지거나 잡아 뜯기도 했다. 여러 아이들의 목소리 속에서 코지모 형의 목소리가 들리기라도 하면 난 혼자 생각했다. '어떻게 저기 가 있는 거지? 조금 전에는 분명 정원에 있었는데, 지금은 저 아래에 있잖아! 다람쥐보다 더 날쌘 건가?'

내가 기억하는 바로는 나팔 소리가 들렸을 때 그들은 커다란 웅덩이 위의 빨간 자두나무 위에 있었다. 나도 그 소리를 들었지만 무슨 소리인지 몰랐기 때문에 별 신경을 쓰지 않았다. 하지만 그들은!

형이 내게 들려준 이야기에 따르면 그 애들은 아연실색했고 나팔 소리가 다시 들리자 너무나 놀란 나머지 그게 경계 신호라는 사실도 기억하지 못하는 것 같았다고 한다. 그러고는 자기들이 정말 나팔 소리를 들은 게 맞는지, 작은 말을 탄 신포로사가 길 위에서 그들에게 위험을 알려 주고 있는 게 분명한 건지 서로에게 물어보았다고 한다. 그들은 갑자기 과수원에서 뿔뿔이 흩어져 달아났는데 이는 몸을 피하기 위해서가 아니라 신포로사를 찾아 따라가기 위해서였다.

얼굴이 불꽃처럼 새빨개진 코지모 형은 그냥 거기 있었다. 하지만 달려가는 악동들을 지켜보다가 그 애들이 신포로사에게 가고 있다는 걸 알아차리자 잘못 움직이면 목이 부러질 수도 있는 위험을 감수하고 곧바로 나뭇가지 위로 뛰어올랐다.

비올라는 작은 말의 갈기 위에 올려놓은 한 손으로 말고삐를 붙잡고 다른 한 손으로는 승마 채찍을 움켜쥔 채 오르막길이 구부러지는 곳에 꼼짝하지 않고 서 있었다. 그녀는 소년들을 위아래로 훑어보며 승마 채찍 끝을 입에 대고 그것을 계속 깨물었다. 하늘색 옷을 입고 황금빛 끈에 달린 나팔을 목에 걸고 있었다. 소년들은 모두 멈춰 섰고 그들 역시 자두나 손톱, 손이나 팔 위의 상처에 앉은 딱지, 자루 끄트머리를 물어뜯기 시작했다. 그러더니 진짜 감정을 드러내지 않고 거북스러움을 이겨 내기 위해 거의 억지로 무엇인가를 물어뜯던 그들의 입에서 거의 들릴락 말락 한 몇 마디 말이 새어 나오기 시작했다. 마치 뭔가 항의를 하고 싶어 하는 것 같았다. 아이들의 말은 노래라도 부르는 것처럼 리듬 있게 들렸다. "너…… 무엇 하러…… 왔지……. 신포로사……. 이제…… 돌아가……. 넌…… 이제, 우리 친구가 아니야. 아, 아, 아, 비겁자……."

나뭇가지가 흔들리더니 드디어 높은 무화과나무의 잎들 속에서 코지모 형이 숨을 헐떡거리며 나타났다. 입에 채찍을 문 그녀는 나무 아래서 형을 올려다보았고 그 아이들 역시 똑같은 눈초리로 서로를 쳐다보았다. 코지모 형은 계속 쳐다볼 수가 없었다. 계속 혀를 내민 채 갑자기 말했다. "너, 내가 그때부터 단 한 번도 나무 위에서 내려가지 않았다는 거 알아?"

강인한 내면에 뿌리를 둔 모험은 틀림없이 소리 없이 은밀하게 이루어질 것이다. 잠깐 동안 형은 그녀에게 이런 말을 하거나 자랑하는 것이 아무 의미도 없고 심지어 비참하기까지 한 어리석은 일로 여겨졌다. 그래서 형은 이렇게 말하고 나서 곧 괜한 소리를 했다는 생각이 들었다. 이제 그에게는 다른 일은 전혀 중요하지 않았기 때문에 곧장 밑으로 내려가 그녀를 해치워 버리고 싶었다. 비올라가 입에서 천천히 채찍을 떼어 내면서 부드러운 말투로 이렇게 말했을 때는 그런 마음이 더했다.

"아, 그래? ……넌 대단한 검은지빠귀구나!"

이가 득시글거리는 그 아이들의 입에서 키득키득 웃는 소리가 들려오기 시작하더니 잠시 후 입이 벌어지고 웃음이 터져 나오자 아이들은 배가 터져라 웃어 댔다. 무화과나무 위에 있던 코지모 형은 너무나 화가 나서 그 위에서 펄펄 뛰었다. 결국 별로 튼튼하지 못한 무화과나무는 형의 무게를 버티지 못해 가지가 부러지고 말았다. 코지모 형이 돌처럼 밑으로 떨어졌다.

형은 두 팔을 벌린 채 떨어졌고 아무것도 붙잡으려 하지 않았다. 사실 우리 형이 이 세상의 나무 위에서 사는 동안 나무를 붙잡아야겠다는 생각이나 직감을 갖지 않은 건 그때뿐이었다. 연미복 꼬리 때문에 형은 아래쪽 가지에 매달리고 말았다. 코지모 형은 머리는 땅쪽을 향한 채, 땅에서 얼마 떨어지지 않은 허공에 매달리고 말았다.

머리에 있는 피가 수치심의 힘에 떠밀려 나올 것 같았다. 그리고 형은 그렇게 거꾸로 매달려 두 눈을 부릅뜬 채, 손뼉을 치며 웃어 대다가 이제는 모두 미친 듯이 물구나무서기를 해서 마치 뒤집어진 땅에 매달려 있는 것처럼 형과 같은 방향으로 서 있는 아이들을 보면서, 그리고 뒷다리를 세운 말 위에서 이리저리 흔들거리고 있는 금발 머리를 보며 두 번 다시 나무 위에 산다는 이야기를 하지 않으리라고, 그런 말을 한 게 이번이 처음이자 마지막이 될 거라고 다짐했다.

형은 재빨리 나뭇가지를 붙잡아 다시 그 위에 걸터앉았다. 말을 진정시킨 비올라는 이제 방금 벌어졌던 일에 대해 전혀 신경을 쓰지 않는 듯했다. 코지모 형은 잠깐 동안 곤혹스러웠던 순간을 잊어버렸다. 소녀는 나팔을 입에 대고 둔탁한 경계 신호를 울렸다. 그 소리에 악동들은 ─ 비올라가 나타나자 달빛을 받은 토끼들처럼 흥분해서 어쩔 줄 몰라 했다고 나중에 코지모 형이 말해 주었다 ─ 그녀가 장난으로 나팔을 불었다는 것을 알면서도 갑자기 달아나 버렸다. 그들 역시 장난으로 그렇게 달아난 것이어서 나팔 소리를 흉내 내며 비탈길 아래쪽으로, 다리가 짧은 말을 타고 질주하는 그녀 뒤로 달려 내려갔다.

아이들은 그렇게 아무렇게나 성급하게 달려가다 가끔씩 그녀를 놓치기도 했다. 그녀는 아이들을 따돌리기 위해 방향을 바꾸어 길 밖으로 달려갔다. 그런데 어디로 가려는 것일까? 그녀는 완만한 풀밭이 펼쳐진 계곡을 따라 내려가는 올리브 밭으로 말을 달려갔다. 그러다가 코지모가 올리브나무 위로 기어 올라가는 것을 발견하고는 그 나무 주변을 돌다가 다시 달아나 버렸다. 그런데 형이 올리브나무 가지를 붙잡고 있을 때 그녀는 또다시 그 올리브나무 발치에 나타났다. 그렇게 형과 비올라는 올리브나무 가지처럼 구불구불하게 계곡 쪽으로 내려갔다.

그 좀도둑들이 이러한 사실을 눈치채고 나뭇가지와 말안장 위에서 계속 재빠르게 움직이는 두 사람을 보자 모두 휘파람을 불어 대기 시작했다. 조롱이 섞인 기분 나쁜 휘파람이었다. 아이들은 이런 휘파람을 크게 불어 대며 포르타 카페리 쪽으로 멀어져 갔다.

소녀와 우리 형 둘만 남아 올리브 밭에서 서로를 쫓고 쫓는 놀이를 했다. 코지모 형은 실망스럽게도 그 오합지졸들이 떠나가자 비올라가 이런 놀이를 시들해하는 걸 알게 되었다. 어느새 굉장히 싫증이 난 것 같기도 했다. 그래서 형은 그녀가 그저 그 아이들의 화를 돋우려고 이런 놀이를 했을지도 모른다는 의심을 하게 되었지만 그와 동시에 어쩌면 자기를 화나게 하려고 일부러 이런 놀이를 했을지도 모른다는 희망도 품어 보았다. 확실한 것은 이 여자아이는 항상 누군가를 화나게 해서 자기를 아주 귀한 존재로 돋보이게 하려 한다는 사실이었다.(소년 코지모가 이런 생각들을 모두 감지하기는 힘들었을 것이다. 실제로 코지모 형은 바보처럼, 아무것도 이해하지 못한 채 그 거친 나무껍질을 타고 나무 위로 기어 올라갔던 게 분명하다.)

잡목 뒤에서 작은 조약돌들이 사납게 날아왔다. 소녀는 말 목 뒤로 머리를 숨기고 도망갔다. 금방 눈에 띄는 나뭇가지 위에 있던 우리 형은 그대로 표적이 되었다. 하지만 돌 몇 개가 형의 이마나 귀를 맞혔을 뿐, 대부분 형이 있는 가지보다 훨씬 아래쪽에 비스듬히 날아들었기 때문에 형을 다치게 할 수는 없었다. 그들은 휘파람을 불며 웃어 댔고 화가 난 몇몇 아이들은 소리를 지르기도 했다. "신-포-로-사는 나-쁜 년이다." 그러고는 달아나 버렸다.

이제 말썽꾸러기들은 초록의 폭포처럼 케이폭수(樹)들이 성벽을 따라 밑으로 떨어지면서 성벽을 에워싼 포르타 카페리에 도착했다. 근방의 오두막집에서는 어머니들이 크게 아이들을 부르는 소리가 들렸다. 하지만 이 말썽꾸러기들의 어머니들은 저녁이 되어도 빨리 집에 돌아오라고 부르는 법이 없었고 오히려 왜 집에 들어왔느냐고, 어디 다른 곳에 가서 끼니를 때워 보려고 하지 않고 왜 집으로 왔느냐고 야단을 쳤다. 포르타 카페리 주변의 오두막집과 판잣집, 망가진 마차, 천막 안에는 옴브로사에서 가장 못사는 사람들이 모여 살았다. 그들은 너무나 못살았기 때문에 도시의 성문 밖, 들판과 아주 멀리 떨어진 이곳에 살아야 했다. 그들은 먼 고장에서 집단으로 옮겨 왔거나 각국에 퍼진 전염병과 굶주림에 쫓겨 여기까지 온 사람들이었다. 해 질 녘이었다. 가슴에 어린아이를 안은, 머리가 헝클어진 여자들이 연기 나는 화덕에 부채질을 해 댔고, 거지들은 상처를 묶었던 헝겊을 풀고 시원한 곳에서 몸을 쭉 폈으며 다른 사람들은 찢어지는 소리를 지르며 주사위 놀이를 했다. 과일 도둑 일당들은 이제 음식 튀기는 연기와 말다툼에 뒤섞였고 어머니에게 손등으로 얻어맞기도 하고 자기들끼리 싸우며 흙 속에서 뒹굴기도 했다. 그리고 벌써 그들이 입은 넝마 조각은 다른 넝마 조각의 색에 물들어 버렸고, 지저귀는 새들처럼 명랑한 그 아이들의 기분은 모여 있는 사람들의 풍성한 잡담 속으로 녹아들어 갔다. 그래서 말을 탄 금발 머리 소녀와 그 근방의 나무 위에 있던 우리 형이 나타나자 그들은 수줍음이 가득 담긴 눈을 겨우 들더니 뒷걸음질치며 흙먼지와 화덕의 연기 속으로 몸을 숨기려

했다. 그 아이들과의 사이에 갑자기 벽이 생긴 것 같았다.

두 사람에게는 이 모든 게 그저 한순간, 눈 깜짝할 순간에 불과했다. 이제 비올라는 저녁의 어둠과 뒤섞인 판잣집의 연기와 여자와 어린아이들의 고함 소리를 뒤로하고 해변의 소나무 숲을 향해 달렸다.

거기에 바닷가가 있었다. 자갈이 굴러가는 소리가 들렸다. 주위는 어두웠다. 돌은 점점 더 큰 소리를 내며 굴렀다. 작은 말 한 마리가 조약돌에 불꽃을 일으키며 달려갔다. 구부러진 키 작은 소나무 위에서 형은 해변을 가로질러 가는 금발 머리 소녀의 선명한 그림자를 보았다. 검은 바다에서 약하게 물결이 일더니 크게 굽이치며 높이 치솟아 올랐고 하얀색으로 변해 해변으로 몰려들어 산산이 부서졌다. 소녀를 태운 말의 그림자가 그 파도를 스치며 전속력으로 달려갔고, 나무 위에 있던 코지모 형은 소금기가 있는 하얀 물보라로 얼굴을 적셨다.

# 6

나무 위에서 보낸 처음 그 며칠 동안 코지모 형은 특별한 목적이나 계획은 없었지만 자신의 왕국을 제대로 알고 소유하고자 하는 강렬한 바람만은 가지고 있었다. 형은 마지막 경계선까지 자신의 왕국을 탐험하고 싶어 했고 그 왕국이 형에게 어떤 가능성을 제공해 줄 수 있을지 연구하고 싶었으며 나무 한 그루 한 그루, 나뭇가지 하나하나를 통해 그 왕국을 발견하고 싶어 했다. 그렇지만 사실 형은 언제나 분주하고 날쌘 모습으로 우리 머리 위에 계속 나타났다. 마치 가만히 앉아 있을 때라도 금방이라도 뛰어오를 것 같은 야생 동물처럼.

형은 왜 우리 정원으로 돌아왔을까? 플라타너스에서 감탕나무로 뛰어오르는 형을 우리 어머니의 망원경으로 보았다면, 형을 부추기는 힘, 그를 지배하는 열정은 우리를 고통이나 분노에 빠뜨리게 할 목적으로 생겨난 것이라고 말했을지도 모른다.(나는 우리라고 말했는데, 나로서는 아직 형이 무슨 생각을 하고 있는지 이해할 수 없었기 때문이다. 무엇인가 필요할 때, 형은 나와의 약속을 완전히 신뢰하는 것 같았지만 가끔 형이 나마저 만나 주지 않을지도 모른다는 생각이 들기도 했다.)

하지만 우리 정원은 형이 그저 지나가는 곳이었다. 형은 목련나무에 매료당해 있었다. 바로 그 장소에서 매번 형이 나타났다 사라지는 것을 보았다. 금발 머리 소녀가 아직 일어났는지 정확히 알 수 없을 때에도, 혹은 벌써 하인들이나 고모들이 그녀를 잠자리에 들게 한 게 틀림없을 때에도 형은 나타나곤 했다.

온다리바 정원의 나무들은 가지가 이상한 동물의 촉수처럼 쭉 뻗어 있었고 바닥에는 파충류처럼 초록색인 톱니 모양의 잎들이 흩어져 있었으며 노란색의 얇은 대나무 잎들이 종이가 바스락거리는 듯한 소리를 내며 물결쳤다. 키가 아주 큰 나무 위에서 다양한 초록색과 그곳에 스며드는 다양한 빛과 다양한 침묵을 완전하게 즐기느라 흥분한 코지모 형은 고개를 아래쪽으로 떨어뜨렸다. 그러면 정원은 숲이 되었는데 그건 이 지상의 숲이 아니라 완전히 새로운 세상이었다.

그때 비올라가 나타났다. 코지모 형은 이제 그네를 뛰는 그녀, 혹은 작은 말 위에 앉아 있는 그녀의 모습을 우연히 보게 되거나 정원 끝에서 울려 나오는 사냥용 나팔의 음침한 소리를 듣기도 했다.

여기저기 돌아다니는 소녀에 대해 온다리바 후작 가문의 사람들은 전혀 염려하지 않았다. 그녀가 걸어 다닐 때에는 고모들이 모두 그 뒤를 따라다녔다. 말안장에 올라타기만 하면 그녀는 공기처럼 자유로웠다. 고모들은 말을 타지 못했기 때문에 그녀가 어디로 가는지 알 수가 없었다. 그래서 그녀가 그 부랑자들과 친하게 지낸다는 걸 상상조차 하지 못했다. 하지만 나뭇가지 사이로 얼핏얼핏 나타나는 이 어린 남작에 대해서는 곧 눈치를 채고 업신여기는 듯한 거만한 태도를 보였다. 그렇긴 했지만 그래도 주의해서 살펴보았다. 이와는 반대로 우리 아버지는 코지모 형의 불복종 때문에 생긴 괴로움을 온다리바 가문에 대한 적개심과 하나로 만들어 버렸다. 마치 온다리바 사람들이 자기 아들을 그들의 정원으로 끌어들여 손님으로 대접하고 이런 반항적인 놀이를 하도록 부추기기라도 한 듯, 그들에게 모든 죄를 다 뒤집어씌우고 싶어 했다. 갑자기 아버지는 코지모 형을 붙잡기로 마음먹었다. 그것도 형이 우리 땅에 있을 때가 아니라 바로 온다리바의 정원에 있을 때 그렇게 하기로 했다. 우리 이웃 온다리바 가문에 대한 이런 공격적인 의도를 강조하기라도 하듯, 아버지는 자신이 검거단을 지휘하고 직접 온다리바 가문에 가서 아들을 — 형은 부적절한 방법이긴 하지만 위엄 있게 이 두 귀족 가문의 관계를 맺어 준 것인지도 모른다 — 돌려달라고 요구하고 싶지 않았기 때문에 기사 변호사인 에네아 실비오 카레가가 하인들을 인솔해 그곳으로 가게 했다.

하인들은 사다리와 밧줄을 들고 온다리바 가의 철문에 도착했다. 긴 로브에 터키모자를 쓴 기사 변호사 삼촌은 자기들을 들어가게 해 달라는 말과 용서를 구하는 말들을 입속으로 우물거렸다. 온다리바 가문의 사람들은 우리 집 하인들을 보자마자 이들이 자기 정원으로 뻗은 우리 집 나무의 가지를 치러 왔다고 생각했다. 잠시 후 기사 삼촌이 불분명하게 이렇게 우물거렸다. "잡아야…… 잡아야……." 온다리바 사람들은 고개를 들고 나뭇가지 사이를 쳐다보다가 비스듬히 몇 발짝 옮기며 물었다. "그런데 뭐가 달아났다는 거죠? 앵무새요?"

"아들, 장남, 상속자." 기사 삼촌은 서둘러 말하더니 인도밤나무에 사다리를 기대어 놓게 한 뒤 직접 나무 위로 올라가기 시작했다. 나뭇가지 사이로, 아무 일도 없다는 듯 양다리를 흔들며 앉아 있는 코지모 형의 모습이 보였다. 비올라 역시 아무 일도 아니라는 듯 굴

렁쇠를 굴리며 오솔길을 따라 가 버렸다. 하인들이 기사 변호사 삼촌에게 밧줄을 내밀었는데 대체 이 밧줄로 어떻게 형을 잡아야 하는 건지 그들도 알 수가 없었다. 하지만 코지모 형은 기사 삼촌이 사다리를 반도 올라오기 전에 벌써 다른 나무 꼭대기에 가 있었다. 기사 삼촌은 사다리를 옮기게 했고 그런 일이 네다섯 번이나 되풀이되었다. 그러다가 가끔씩 화단을 망가뜨리기도 했는데 그사이 코지모 형은 펄쩍 뛰어 옆 나무로 옮겨 갔다. 비올라는 갑자기 고모들과 하녀들이 자기를 에워싸는 것을 발견했다. 그녀는 집으로 끌려가서 방 안에 갇혔는데, 그것은 이 대혼란에 끼어들지 못하게 하기 위해서였다. 코지모 형은 나뭇가지를 꺾어 두 손으로 그것을 꼭 쥐고 소리가 나게 공중에 휘둘렀다.

"여러분들, 당신네 넓은 정원에 가서 이 추적을 계속할 수 없겠습니까?" 실내복을 입고 실내 모자를 쓴 온다리바 후작이 저택의 계단에 나타나 엄숙하게 말했다. 그는 이상하게도 기사 변호사 삼촌과 아주 닮아 보였다. "당신들, 피오바스코 디 론도 가족 모두에게 말하는 거요!" 그러더니 나무 위에 있는 꼬마 남작, 삼촌, 하인 그리고 담 너머 우리 집 쪽에 있는 사람들 모두를 껴안듯, 커다랗고 둥근 원을 만드는 시늉을 했다.

그때 에네아 실비오 카레가가 말투를 바꾸었다. 총총걸음으로 후작 옆으로 가서 마치 아무 일도 아니라는 듯, 그 앞에 있던 분수에서 부서져 나오는 물방울에 대해, 그리고 어떻게 이렇게 효과적으로 물이 높이 분출되는 분수를 만들 생각을 했는지 등에 대해 우물우물 이야기하기 시작했다. 이것은 우리 삼촌의 성격이 얼마나 예측할 수 없으며 쉽게 변하는가를 보여 주는 새로운 증거였다. 아버지는 코지모 형을 잡아야 한다는 분명한 임무 때문에, 또 온다리바 가문과 단호한 논쟁을 벌일 의도로 삼촌을 그곳에 보냈다. 그런데 마치 후작의 환심을 사기라도 하려는 듯 우호적인 태도로 잡담이나 하고 있는 게, 삼촌이 맡은 임무에 비쳐 볼 때 가당키나 하단 말인가? 더욱이 기사 변호사 삼촌의 이야기꾼으로서의 기질은 자신이 편안한 상황에 처했을 때에만, 그리고 사람들이 내성적인 그의 성격을 존중했을 때에만 드러나는 것이었다. 그런데 흥미로운 것은 후작이 삼촌의 말에 귀를 기울이고 질문을 하더니 그를 직접 데리고 정원의 분수와 그 분수에서 힘차게 솟아 나오는 물을 살펴보러 갔다는 점이다. 둘다 아주 길고 헐렁한 옷을 입고 있었고 서로 뒤바뀌어도 모를 정도로 거의 키가 같았다. 그래서 대부대를 이루고 있던 우리 가족들과 그의 가족들, 그리고 어깨에 사다리를 메고 있던 사람들은 이제 어떻게 해야 할지 난감해했다.

그사이 코지모 형은 아무런 방해도 받지 않고 비올라를 가두어 놓은 방을 찾아보려고 저택 창문 근처에 있는 나무들 위로 펄쩍펄쩍 뛰어다니며 커튼 틈으로 방 안을 훔쳐보았다. 마침내 비올라가 있는 방을 찾아 창틀을 향해 열매를 던졌다.

창문이 열리고 금발 머리 소녀의 얼굴이 나타나더니 이렇게 말했다.

"내가 여기 갇힌 것은 다 너 때문이야." 그러더니 창문을 닫고 커튼을 잡아당겼다.

코지모 형은 갑자기 절망했다.

우리 형이 분노에 사로잡혀 있을 때는 정말 걱정하지 않을 수가 없었다. 우리는 달려가는(달린다는 말에서 지표면의 의미를 제거하고, 사이에 공간이 있고 다양한 높이의 불규칙한 받침대들로 이루어진 세상을 지칭하는 말로 바꿀 수 있다면) 형의 모습을 보았다. 그러다가 갑자기 한쪽 다리에 힘이 빠져 형이 떨어지는 것처럼 보였다. 처음 있는 일이었다. 형은 뛰어올라 재빨리 비스듬히 기울어진 나뭇가지 위로 걸음을 옮기더니 나무에 매달렸다가 급히 더 높은 나뭇가지로 뛰어올랐고, 이런 불안정한 지그재그를 네댓 번 하더니 사라져 버렸다.

어디로 갔을까? 그때 형은 감탕나무에서 올리브나무로, 너도밤나무 위로 달리고 또 달리며 숲에서 떠나지 않았다. 그는 숨을 헐떡거리며 멈춰 섰다. 그의 밑에는 풀밭이 펼쳐져 있었다. 낮은 바람 때문에 풀밭은 미묘하게 변해 가는 초록빛으로 물결쳤다. 빽빽이 수풀을 이룬 풀 때문이었다. 민들레꽃이 핀 지역에서는 미세한 홀씨들이 날아다녔다. 그 한가운데 소나무 한 그루가 외따로 서 있었는데, 가늘고 긴 솔방울 때문에 그 위로 올라갈 수가 없었다. 밤색 반점이 있는 아주 날쌘 나무발바리라는 새들이 총총한 솔잎 위에, 가지 끝에, 가지가 기울어진 곳에 내려앉아 몇 마리는 꼬리를 위로 치켜들고 주둥이는 밑으로 향한 채 몸을 거꾸로 하고 애벌레와 소나무 열매를 쪼아 먹고 있었다.

손에 넣기 힘든 영역으로 들어가고자 하는 바람으로 우리 형은 서둘러 나무 위에 자기 길을 만들었는데, 그런 바람은 지금 불만이 가득한 형의 내면에 다시 영향을 미쳤다. 이제 형은 보다 섬세하게 그 영역 속으로 침투하고 싶고, 이파리와 나무껍질과 꽃술과 새들의 날갯짓과 직접 연결되어 관계를 맺고 싶었다. 그것은 살아 있는 것을 사랑하기는 하지만 아직은 총 끝을 겨누는 것 말고는 달리 그 감정을 표현할 줄 모르는 사냥꾼의 사랑이었다. 코지모 형은 아직 그 사실을 제대로 인식하지 못했고 열렬한 탐색을 통해 그 사랑을 분출해 보려 애썼다.

숲은 울창해서 뚫고 들어갈 수가 없었다. 코지모 형은 단검을 휘둘러 길을 열어야만 했다. 숲으로 들어가면서 형은 차츰 자신의 갈망을 모두 잊어버린 채 앞에 닥쳐오는 문제들과 가족들이 있는 곳에서 너무 멀어졌다는 두려움(형은 인정하고 싶지 않았지만 이런 두려움은 존재했다.)에 완전히 사로잡혀 버렸다. 그렇게 울창한 숲을 헤쳐 나가다가 어느 한 곳에 이르렀을 때 바로 형 앞의 나뭇잎들 사이에서 형을 똑바로 노려보고 있는 노란 두 눈을 발견했다. 코지모는 단검을 앞으로 들었다. 나뭇가지를 밀쳤다가 천천히 다시 제 위치로 돌려놓았다. 그는 안도의 한숨을 쉬었고 방금 맛본 공포 때문에 웃었다. 형은 이런 노란 눈을 본 적이 있었는데, 바로 고양이 눈이었다.

나뭇가지를 움직일 때 눈에 띄었던 고양이의 모습은 형의 머릿속에 선명하게 새겨졌다. 잠시 후 코지모 형은 다시 두려움에 떨었다. 언뜻 보기엔 다른 고양이와 똑같이 생긴 이 고양이가 한번 보기만 해도 비명을 지를 정도로 무시무시하고 끔찍했기 때문이다. 무엇 때문에 그 고양이가 그렇게 끔찍해 보였는지 정확히 말할 수는 없었다. 그것은 다른 그 어떤 얼룩 고양이보다도 더 큰 종류였지만 이것만으로는 아무런 설명도 되지 않았다. 고슴도치의 가시처럼 곧게 선 수염에, 귀에 들려서라기보다는 눈에 보여 알게 된, 쇠갈고리처럼 날카로운 두 줄의 이빨 사이로 숨소리를 내뿜는 그 고양이는 정말 무시무시했다. 그리고 눈 속에는 날카롭다는 말로는 제대로 표현할 수 없는 그 무엇인가가 담겨 있었고, 부드러운 털에 부자연스럽게 감싸여 있는 두 눈에는 팽팽한 불꽃이 튀었다. 털은 완전히 꼿꼿이 서 있었는데 움츠린 목 언저리의 노란 털이 테를 두른 것처럼 불룩하게 나와 있었다. 그리고 바로 그곳으로부터 가는 줄무늬들이 갈라져 나가 마치 고양이가 자기 몸을 쓰다듬기라도 하듯 옆구리에서 출렁거렸다. 꼼짝 않고 서 있는 고양이의 꼬리는 제대로 서 있을 수 없어 보일 정도로 그렇게 부자연스러웠다. 나뭇가지를 헤치고 잠깐 살펴보았던 이런 모든 모습뿐만 아니라 형이 금방 나뭇가지를 제자리에 돌려놓아 제대로 보지 못했던 모습까지 상상이 되었다. 가령 언제든지 형에게 달려들 수 있는, 다리 주변의 수북한 털에 가려진 힘 있는 날카로운 발톱이라든지, 또 나뭇잎 틈으로 형을 뚫어지게 노려보는 검은 동공을 에워싼 노란 홍채 같은 것들을 상상했다. 그리고 점점 더 음침하고 요란하게 울어 대는 벌 소리도 들었다. 이 모든 것으로 인해 형은 자기가 지금 이 숲 속에서 가장 사나운 들고양이 앞에 서 있다는 걸 알게 되었다.

새들이 지저귀는 소리와 날개 치는 소리도 전혀 들리지 않았다. 들고양이가 뛰어올랐지만 형을 향해서 뛴 것은 아니었다. 거의 수직으로 뛰어올랐기 때문에 코지모 형은 깜짝 놀라기만 했을 뿐 두려움을 느끼지는 않았다. 잠시 후 바로 자기 머리 위의 나뭇가지에 앉아 있는 고양이를 보았을 때 두려움이 찾아들었다. 고양이는 거기에 웅크리고 앉아 있었고, 코지모 형은 거의 하얀색에 가까운 긴 털로 뒤덮인 배와 나무를 잡고 있는 발톱과 다리를 보았는데 그사이 고양이는 등을 활처럼 둥글게 구부리고 프프프 소리를 냈다. 고양이는 분명하게 코지모 형에게 덤벼들 준비를 했다. 코지모 형은 완전히 이성을 잃어버렸지만 빈틈없는 동작으로 더 낮은 나뭇가지로 내려갔다.

프프프…… 프프프……. 들고양이는 이런 프프프 소리를 낼 때마다 위로 뛰어올라서 한번은 이쪽으로 또 한번은 저쪽으로 방향을 바꾸었다가 다시 코지모 형의 바로 머리 위 나뭇가지에 앉았다. 형은 다시 아까처럼 움직여 봤지만 너도밤나무의 맨 아래 나뭇가지에 걸터앉을 수밖에 없었다. 아래쪽 땅과는 거리가 꽤 되었지만 뛰어내릴 만한 정도였다. 숨소리와 야옹거리는 소리가 뒤섞인 그 찢어지는 듯한 소리를 멈추고 나면 곧 그 짐승이 무슨 짓을 할지 몰라 마음을 졸이는 것보다 차라리 밑으로 뛰어내리는 게 더 나을 경우에 대비한 것이었다.

코지모 형은 한쪽 다리를 들고 거의 밑으로 뛰어내리려 했다. 하지만 바로 그때 마치 마음속에서 두 개의 본능 ─ 몸을 피해야 한다는 자연스러운 본능과 목숨을 걸고서라도 땅에는 내려가지 않겠다는 고집스러운 본능 ─ 이 충돌한 듯, 무릎과 허벅지로 동시에 나뭇가지를 꽉 붙들었다. 형이 거기서 동요할 때 고양이는 자신이 공격할 순간이라고 생각했던 것 같다. 고양이는 털과 발톱을 세우고 야옹거리며 형에게 달려들었다. 코지모 형이 최선을 다해 할 수 있는 일이라고 해 봐야 기껏 눈을 꼭 감고 단검을 빼내 방어 자세를 취하는 것뿐이었다. 고양이는 검을 쉽게 피했고 형의 머리 위로 달려들었다. 고양이는 발톱으로 형을 움켜쥐어 밑으로 끌어내릴 수 있으리란 자신감에 차 있었다. 발톱으로 코지모 형의 뺨을 할퀴었지만 형은 떨어지지 않고 계속 무릎으로 나뭇가지를 꽉 붙들고 가지를 따라 몸을 쭉 펴고 누웠다. 형을 떨어뜨리려던 고양이의 기대와는 정반대의 상황이 벌어지자 고양이가 균형을 잃고 밀려나고 말았다. 고양이는 떨어지지 않으려고 발톱으로 나뭇가지를 잡아보려다가 너무 급하게 돌진하는 바람에 허공에서 몸이 뒤집히고 말았다. 코지모 형이 재빨리 고양이에게 덤벼들어 야옹거리고 있는 고양이의 배에 검을 찔렀다. 승리를 거두는 데는 단 일 초도 걸리지 않았다. 형은 피를 흘리기는 했지만 무사했다. 꼬챙이에 꿰듯 들고양이를 단검에 꿰어 들었는데, 형의 뺨에는 눈 밑에서 턱 쪽으로 세 줄의 발톱 자국이 나 있고 살이 찢겨져 있었다. 형은 아픔과 승리의 기쁨 때문에 소리를 질렀다. 아무것도 이해하지 못한 채, 생전 처음 승리한 사람, 그리고 이제 승리한다는 것이 얼마나 괴로운지 아는 사람, 이제는 자신이 선택한 길을 계속 걸어갈 수밖에 없으며 실패한 사람이 가질 수 있는 도피처를 자신은 가질 수 없다는 것을 안 사람의 절망에 사로잡혀 나뭇가지와 단검과 고양이의 시체를 꽉 붙들고 있었다.

그렇게 해서 나는 조끼까지 완전히 피로 뒤덮인 데다 헝클어진 가발 위에 일그러진 삼각 모자를 쓰고 나무 위에 나타난 형을 보았다. 형은 이제는 그저 평범한 고양이로 보일 뿐인 그 들고양이의 꼬리를 잡고 있었다.

나는 테라스에 있는 여장군에게 달려갔다. "어머니, 형이 다쳤어요!" 내가 소리쳤다.

"바스?[14] 어떻게 다쳤니?" 그러더니 어느새 망원경에 눈을 갖다 댔다.

"부상자처럼 다쳤어요!" 나는 이렇게 말했는데, 형이 그 어느 때보다 더 빨리 나무 위로 뛰어다니는 동안 망원경으로 그 뒤를 쫓으며 "다스 슈팀트.[15]"라고 말한 것으로 보아 여장군은 나의 말에서 어떤

---

**14** 뭐라고?
**15** 맞는 말이야.

실마리를 찾은 것 같았다.

　어머니는 곧 야전 병원에 보급하려는 듯 거즈와 반창고와 진통제를 준비하게 했다. 어머니가 이것들을 모두 내게 주었기 때문에 내가 형에게 가져다주어야 했지만 나는 형이 치료를 받기 위해 어쩌면 집으로 돌아올 결심을 할지도 모른다는 희망은 조금도 품지 않았다. 형이 벌써 목련나무를 따라 담 아래로 사라져 버렸기 때문에 나는 붕대 꾸러미를 들고 정원으로 달려가 온다리바 담벼락과 가까이에 있는 우리 정원의 마지막 뽕나무에서 형을 기다렸다.

　형은 죽은 짐승을 손에 들고 온다리바의 정원에 의기양양하게 나타났다. 그런데 저택 앞에 있는 공터에서 형은 무엇을 보게 되었을까? 막 출발하려는 마차 한 대와 마차 지붕 위에 짐을 싣고 있는 하인들이었다. 그리고 여행복을 입고 가정부들과 검은 옷을 입은 아주 근엄한 고모들에게 둘러싸여 후작과 후작 부인과 포옹하는 비올라였다.

　"비올라!" 형은 이렇게 소리치고 고양이 꼬리를 들어 올렸다. "너 어디 가니?"

　마차 주변에 모여 있던 사람들이 모두 나뭇가지로 눈을 돌렸다. 찢긴 상처에다 피투성이가 되어 손에는 죽은 짐승을 들고 미치광이 같은 분위기로 나무 위에 서 있는 형을 보자 그들은 공포를 느꼈다. "드 누보 이시! 에 아랑제 드 켈 파송!¹⁶" 그러더니 마치 어떤 분노에 사로잡힌 듯 고모들이 모두 소녀를 마차 쪽으로 밀어 댔다.

　비올라는 코를 위로 쳐들고 몸을 돌리며 짜증이 난 듯 오만하게,

---

**16** 또 여기 나타났네! 그 일은 잘한 거야!

경멸하는 듯한 태도로 친지들을 향해 또박또박 말했는데 그것은 코지모를 향해 하는 말일 수도 있었다.(분명 형의 물음에 대한 답이었을 것이다.) "날 기숙사로 보내는 거야!" 그러더니 마차를 타기 위해 몸을 돌렸다. 그녀는 형에게도, 형의 전리품에도 눈길 한번 주지 않았다.

어느새 마차의 창문이 닫혔고 마부가 자리에 앉았다. 아직 그 출발을 받아들일 수 없었던 코지모 형은 그녀의 관심을 끌어, 피를 흘리며 얻은 이 승리를 그녀에게 바치고 싶다는 마음을 알리려 했지만 이렇게 소리치는 것 말고는 달리 어떻게 설명할 방법을 몰랐다. "내가 고양이를 이겼어!"

말채찍이 찰싹 소리를 냈고 마차는 고모들이 손수건을 흔드는 가운데 출발했다. 그런데 마차의 창문에서 이런 소리가 들렸다. "그래, 장하구나!" 비올라의 목소리였지만 기뻐하는 건지 비웃는 건지 전혀 짐작할 수가 없었다.

이것이 그들의 작별이었다. 긴장감, 할퀸 상처의 아픔, 자기 모험을 자랑하지 못한 것에 대한 실망, 갑작스러운 이별에 대한 절망 등의 감정이 코지모 형의 내부에 모두 함께 쌓였다. 형은 울음을 터뜨렸는데 그 울음 속에는 절규와 흐느낌과 잔 나뭇가지들이 부러지는 소리가 뒤섞여 있었다.

"오르 디시! 오르 디시! 폴리송 소바주! 오르 드 노트르 자르댕![17]" 고모들이 욕을 해 댔고 온다리바 가문의 사람들이 그를 쫓아 내려 긴 장대를 들거나 돌을 던지며 달려왔다.

코지모는 흐느껴 울고 고함을 쳤으며 달려온 사람의 면전에 죽

---

[17] 여기서 나가! 여기서 나가! 버릇없는 장난꾸러기야! 우리 정원에서 나가!

은 고양이를 집어던졌다. 하인들은 고양이의 꼬리를 잡아 주워 올려 퇴비 더미에 던져 버렸다.

나는 옆집 소녀가 떠났다는 걸 알았을 때 잠깐 동안, 어쩌면 코지모 형이 나무에서 내려올지도 모른다는 희망을 가졌다. 왜 그랬는지는 모르지만 난 형이 나무 위에서 살기로 결심한 게 그녀와, 아니 그녀와도 관계가 있다고 생각하고 있었다.

하지만 그런 생각에 대해서 입도 뻥긋하지 않았다. 나는 붕대와 반창고를 형에게 가져다주기 위해 나무로 올라갔고 형은 얼굴과 팔의 할퀸 상처를 직접 치료했다. 그러고 나서 형이 낚싯바늘이 달린 낚싯줄을 가져다달라고 했다. 그 줄은 온다리바 가의 퇴비 더미 옆에 서 있는 키 큰 올리브나무에서 죽은 고양이를 낚아 올리는 데 필요했다. 형은 고양이의 껍질을 벗긴 뒤 형이 할 수 있는 최선을 다해 가죽을 무두질해서 모자를 만들었다. 그것이 형의 일생 동안 우리가 본 수많은 고양이 모자 중 첫 번째 것이었다.

# 7

코지모를 잡으려는 마지막 시도를 한 사람은 우리 누나 바티스타였다. 물론 누나가 언제나 그렇듯이 다른 사람과 상의 한마디 하지 않고 자기만의 독특한 방식으로 비밀리에 그 일을 시도했다. 누나는 한밤중에 풀이 가득 든 통과 사다리를 들고 밖으로 나가서 쥐엄나무 꼭대기부터 밑동까지 풀을 발랐다. 그 나무는 아침마다 코지모 형이 즐겨 앉던 나무였다.

아침이 되자 쥐엄나무에는 날개를 퍼덕이는 검은 방울새와 풀에 뒤범벅이 된 굴뚝새와 밤나방, 그리고 바람에 실려 온 나뭇잎과 다람쥐 꼬리와 코지모 형의 연미복에서 찢겨져 나온 천 조각이 붙어 있었다. 형이 쥐엄나무 가지에 앉아 있다가 자유롭게 다른 곳으로 간건지, 아니면 — 얼마 전부터 형이 연미복을 입고 다니는 것을 보지 못했기 때문에 이쪽이 더 그럴듯해 보이는데 — 우리를 놀리기 위해 그 천 조각을 붙여 놓은 건지 아무도 알 수 없었다. 어쨌든 풀을 뒤집어쓴 나무는 말라 죽었다.

우리는 이제 코지모 형이 다시는 돌아오지 않을 거라고 확신하기 시작했는데 그건 아버지도 마찬가지였다. 형이 옴브로사 전 영지에 있는 나무들 위로 뛰어다니기 시작했을 때부터 남작은 군주로서의 권위가 손상되는 것을 두려워해서 사람들 앞에 나서려고 하지 않았다. 아버지의 얼굴은 점점 더 창백해지고 여위어 갔다. 난 어디까지가 아버지로서의 염려이고 어디까지가 가문의 앞날에 대한 염려인지 알 수가 없었다. 하지만 두 가지 염려는 하나로 뒤섞여 버렸다. 코지모 형이 아버지의 장남이자 작위 계승자이므로 남작으로 인정받을 수는 있겠지만, 아무리 어린아이라 해도 자고새처럼 이 나무 저 나무로 뛰어다니는 사람이 공작이 될 가능성은 거의 없으며, 형의 그런 행실은 공작의 작위를 받을 수 있는 근거를 미약하게 만들 게 분명했기 때문이다.

물론 옴브로사 사람들은 모두 우리 아버지의 야심을 비웃었으므로 이건 쓸데없는 걱정에 불과했다. 그리고 옴브로사 근방에 별장을 가지고 있는 귀족들은 아버지를 미치광이 취급했다. 그 당시 귀족들 사이에서는 영지에 있는 성보다는 쾌적한 곳에 위치한 별장에서 사는 게 유행이었는데 이는 성가신 일을 피해 평민처럼 살아 보려는 경향이었다. 그 옛날의 옴브로사 공국을 기억하는 사람이 누가 있겠는가? 옴브로사의 아름다움은 모든 이들의 것이지 그 누구만의 소유물은 아니었으며, 옴브로사의 거의 전 영토를 소유한 온다리바 후작 가문이 땅에 대한 권리를 가지고 있었지만 얼마 전부터는 그 소유권이 제노바 공화국에 귀속된 자유 코무네[18]로 옮겨 가게 되었다. 우리는 상속받은 땅과 코무네가 빚더미에 앉은 바로 그때 코무네로부터 헐값으로 사들인 다른 땅에서 조용히 지낼 수 있었다. 더 이상 무

---

**18** 자치 도시.

엇을 바라겠는가? 작은 귀족 사회가 형성되었고 그 주위에는 별장과 정원 그리고 바다까지 뻗은 과수원이 있었다. 모두들 서로 방문하고 사냥을 다니며 즐겁게 살았다. 생활비는 적게 들었으며, 곤란한 일이 나 책임져야 할 일이 있고 신경 써야 할 왕실과 관리해야 할 재산이 있고 정치 활동을 하는 사람들에게 필요한 비용이 들지 않았기 때문에 궁정에 사는 사람보다 분명 유리한 점이 있었다. 하지만 우리 아버지는 이런 것들을 즐기지 않았다. 아버지는 자신을 권력을 빼앗긴 군주라고 생각했기 때문에 결국은 이웃 귀족들과 관계를 모두 끊어 버리고 말았다.(외국인인 우리 어머니는 이웃들과 그 어떤 관계도 가져 본 적이 없었다.) 그로 인해 이득도 있었다. 다른 귀족들과 전혀 교제를 하지 않았기 때문에 많은 비용을 절약할 수 있었고 좋지 않은 우리의 재정 상태를 은폐할 수 있었다.

옴브로사 지역 사람들과도 좋은 관계를 유지했다고 말할 수는 없다. 여러분들도 옴브로사 사람들이 어떤지 잘 알 것이다. 그들은 자기 일에만 신경을 쓰는 약간 인색한 사람들이었다. 그 당시는 부유층 사이에 설탕을 넣은 레몬수를 마시는 습관이 유행하고 있어서 레몬이 아주 잘 팔리던 때였다. 그래서 옴브로사 사람들은 여기저기에 레몬나무를 심었고 오래전에 해적의 침입으로 폐허가 된 항구를 수리했다. 제노바 공화국과 사르데냐 왕과 프랑스 왕의 소유지, 그리고 주교령의 한가운데서 그들은 상대를 가리지 않고 교역을 했고, 그 어떤 일에도 신경을 쓰지 않았다. 하지만 세금만은 예외였다. 그들은 제노바 공화국에 세금을 바쳐야 했는데, 매년 세금 징수일이면 공화국을 향해 봉기하곤 했다.

디 론도 남작은 세금 때문에 폭동이 일어날 때마다 드디어 자신이 공작의 관을 쓸 순간이 되었다고 믿었다. 그래서 광장으로 나가 옴브로사 사람들의 보호자를 자처했지만 그때마다 썩은 레몬이 우박처럼 쏟아진 탓에 달아날 수밖에 없었다. 그러면 아버지는 언제나 그랬듯이 예수회 회원들이 자신을 모함하는 음모를 꾸몄다고 말했다. 예수회 회원들과 자신 사이에는 목숨을 건 전투가 준비되어 있고 예수회 교단은 자기를 해칠 궁리밖에 하지 않는다는 생각이 아버지의 머릿속에 박혀 있었기 때문이다. 실제로 우리 가문과 예수회 교단 사이에 과수원 소유권 문제로 약간의 의견 차이가 있었고 그로 인해 불화가 생겼다. 그 당시 주교와 좋은 관계에 있던 남작은 예수회 관구장을 주교 관구에서 내쫓는 데 성공했다. 그때부터 아버지는 교단에서 자신의 목숨과 권리를 빼앗기 위해 밀사를 보낼 거라고 확신했다. 그래서 아버지가 보기에는 예수회 회원들의 포로가 되어 버린 주교를 해방시키기 위해 믿음직한 민병대를 모으려고 했다. 그리고 예수회 회원들의 박해를 받았다고 밝히는 사람이면 누구에게나 피할 곳을 마련해 주고 보호해 주었다. 그렇게 해서 몽상에 빠진 그 반(半)얀센주의자를 우리 형과 나의 정신적인 아버지로 선택하게 되었다.

우리 아버지가 신뢰하는 사람은 오로지 기사 변호사 삼촌밖에 없었다. 남작은 마치 하나밖에 없는 불행한 외아들을 편애하듯 이 이복동생을 좋아했다. 그런데 지금 생각해 보면 그 당시에 우리가 아버지의 그런 마음을 알고 있었는지는 잘 모르겠다. 하지만 카레가 삼촌을 바라보는 우리의 시선에 약간의 질투심이 섞여 있었던 것만은 분명하다. 그것은 아버지가 어린 우리보다 오십 줄에 접어든 동생에게 더 애정을 보였기 때문이다. 게다가 삼촌을 삐딱하게 바라본 건 우리만이 아니었다. 여장군과 바티스타 누나는 삼촌을 존경하는 척했지만 사실은 참을 수 없어 했다. 외관상 아주 순종적인 삼촌은 무슨 일에도, 어떤 사람에게도 관심이 없었다. 어쩌면 삼촌은 우리 모두를 증오하고 있었는지도 모르며 그렇게 많은 은혜를 베풀어준 남작까지도 증오했을지 모른다. 기사 변호사 삼촌은 거의 말을 하지 않았다. 사람들은 어떤 때 그가 귀머거리라고 말하기도 했고 우리말을 알아듣지 못한다고도 했다. 예전에 어떻게 변호사 일을 했는지, 터키인들을 만나기 전에 벌써 그렇게 넋이 나가 있었는지는 아무도 알 수 없었다. 삼촌은 지금 오로지 수력학에만 전념하고 있었고 우리 아버지는 그것을 지나칠 정도로 칭찬했다. 만약 그 수력학을 터키인들에게서 배웠다면 삼촌은 지식인이었던 게 틀림없었다. 난 삼촌의 과거에 대해, 어머니가 누구였고 그 모자(母子)가 젊은 시절 우리 할아버지와 어떤 관계였는지(할아버지가 삼촌에게 변호사 공부를 하게 해 주었고 기사 작위를 받게 해 준 것으로 봐서 할아버지는 삼촌을 사랑했던 게 틀림없다.) 어떻게 하다가 터키까지 가게 되었는지 알지 못했다. 그리고 삼촌이 그렇게 오랫동안 체류했던 곳이 터키인지, 아니면 다른 어떤 이교도의 땅인지, 튀니지인지 알제리인지조차 사람들은 정확히 몰랐지만 어쨌든 이슬람의 땅인 것은 분명하며 삼촌 역시 이슬람교도가 되었을 것이라고 이야기하기도 했다. 많은 사람들은 삼촌이 중요한 임무를 맡았을 거라고, 술탄 왕국의 고관, 그러니까 추밀원의 수력 고문이나 뭐 그런 유사한 직책에 있었을 거라고 말했다. 그러다가 궁정의 음모나 여인들의 질투 혹은 노름빚 때문에 불행한 사태를 당하게 되어 노예로 팔린 게 분명하다는 것이었다. 삼촌이 베네치아인들이 포획한 오스만 제국의 대형 범선 노예들 틈에서 쇠사슬에 묶여 노를 젓고 있다가 발견되었다는 것은 잘 알려진 사실이다. 베네치아인들은 그를 풀어 주었다. 삼촌은 베네치아에서 얼마간 거지 노릇을 하다가 무슨 일 때문이었는지는 모르지만 싸움을 해서(온 세상이 인정할 정도로 그렇게 내성적인 사람도 누구와 싸울 수 있었다.) 다시 감옥에 갇히고 말았다. 아버지는 제노바 공화국의 중재를 받아 삼촌이 석방될 수 있게 해 주었고, 그렇게 해서 검은 수염을 기른 대머리의 작은 남자, 자기 옷도 아닌 너무나 큰 옷에 휘감겨 완전히 겁에 질린 데다 반벙어리가 된 남자가 우리 앞에 나타났다.(그때 나는 어렸지만 그날 밤의 장면은 생생하게 기억난다.) 아버지는 삼촌이 권력자라도 되는 양 모두에게 소개하고 그를 집사로 임명했으며 시간이 갈수록 서류가 엉망으로 넘쳐나던 서재를 쓰게 해주었다. 기사 변호사 삼촌은 그 당시 많은 귀족과 부르주아가 서재에서 주로 입던 긴 로브를 입고 터키식 실내 모자를 쓰고 있었다. 다만 사실대로 말하자면 삼촌은 서재에 있는 일이 거의 없었다. 그런 차림으로 밖의 들판에 돌아다니는 모습이 사람들 눈에 띄기 시작했다. 그러다가 결국은 터키풍의 차림을 하고 식탁에도 모습을 보였다. 그런데 정말 이상한 것은 그렇게 규율에 신경을 쓰는 우리 아버지가 그를 묵인하는 듯이 보였다는 점이다.

삼촌은 집사라는 임무를 맡기는 했지만 소심한 성격과 언어 장애 때문에 토지 관리인이나 소작인 혹은 농부들과 거의 이야기를 나누지 않았다. 그래서 사실은 실제로 감독을 하고 명령을 내리고 사람들 뒤에 서 있는 일은 언제나 우리 아버지 차지였다. 에네아 실비오 카레가는 장부를 맡았다. 나로서는 우리 집안일이 너무 안 되었기 때문에 삼촌의 계산이 그렇게 나온 것인지, 그의 계산이 엉터리여서 집안일이 그렇게 잘 안 되었던 것인지 지금도 잘 모르겠다. 삼촌은 계산을 하고 관개 시설 도면을 그렸는데, 직선과 숫자와 터키어를 커다란 칠판 하나 가득 써 놓기도 했다. 가끔씩 아버지는 삼촌과 함께 몇 시간이고 서재에 틀어박혀 있곤 했다.(기사 변호사 삼촌이 보통 서재에서 보내는 시간보다 훨씬 오래 있었다.) 그리고 잠시 후 닫혀 있는 문에서 남작의 분노한 목소리, 싸울 때처럼 높낮이가 심하게 나는 억양이 들려왔지만 기사 변호사 삼촌의 목소리는 전혀 알아들을 수가 없었다. 그러다가 문이 열렸고 긴 로브 자락을 몸에 감고 머리 꼭대기에 터키모자를 쓴 기사 변호사 삼촌이 종종걸음으로 재빨리 밖으로 나와서 프랑스식 창문을 통해 정원으로, 들판으로 나갔다. "에네아 실비오! 에네아 실비오!" 우리 아버지는 그의 뒤를 쫓아 달리며 소리쳤지만 이미 이복동생은 포도나무가 늘어선 포도밭 한가운데나 레몬나무 사이로 걸어가고 있었다. 고집스럽게 앞으로 나가는 빨간 터키모자만이 나뭇잎 사이로 보였을 뿐이다. 아버지는 삼촌의 이름을 부르며 뒤를 쫓았다. 잠시 후 우리는 아버지와 삼촌이 함께 돌아오는 모습을 보았다. 남작은 팔을 벌린 채 계속 이야기를 하고 있었고 그의 옆에 선 곱사등이같이 작은 덩치의 기사는 꽉 쥔 주먹을 긴 로브 호주머니에 찌르고 있었다.

# 8

그 당시 코지모 형은 종종 땅에 있는 사람들에게 도전을 하곤 했다. 그런 능숙한 도전은 다 목적이 있는 것이어서, 형은 이를 통해 나무 위에서 가능한 일들을 모두 시험해 보려 했다. 그는 고리 던지기로 불량소년들에게 도전장을 냈다. 그 아이들은 포르타 카페리 근처에 위치한 가난한 사람과 떠돌이의 오두막들 사이에 있었다. 거의 말라비틀어져 이파리도 별로 없는 감탕나무에서 코지모 형은 고리 던지기 놀이를 하고 있다가 키가 크고 약간 등이 굽은 남자가 검은 망토로 몸을 감싸고 말을 타고 가까이 오는 것을 보았다. 코지모 형은 그 사람이 아버지라는 것을 알아차렸다. 오합지졸들은 흩어져 버렸다. 여자들은 오두막집의 문지방에 서서 그들을 구경했다.

아르미니오 남작은 나무 밑까지 말을 타고 왔다. 붉은 해가 지고 있었다. 코지모는 나뭇잎이 다 떨어져 버린 나뭇가지 사이에 있었다. 그들은 서로 얼굴을 마주 보았다. 그렇게 얼굴을 마주 본 것은 달팽이 사건이 있은 그 식탁에서 이후 처음이었다. 여러 날이 지났고 많은 것들이 달라져 있었다. 둘 다 이미 달팽이라든가 아들로서의 복종, 아버지의 권위 같은 것은 아무 상관도 없다는 걸 잘 알고 있었다. 논리적이고 사리에 맞는 말은 이제 아무 소용이 없음을 잘 알았다. 그렇지만 그들은 무슨 말이든 해야만 했다.

"자네 꼴좋군!" 아버지가 호되게 말을 시작했다. "정말 귀족 신사라고 할 만해!"(아주 엄하게 야단칠 때처럼, 아버지는 형에게 '자네'라는 존칭을 사용해서 말했다. 하지만 지금 경우 그 존칭의 사용은 거리감과 무관심의 의미를 지니고 있었다.)

"아버님, 귀족은 땅에 있으나 나무 위에 있으나 귀족입니다." 코지모 형이 대답하더니 곧 이렇게 덧붙였다. "그가 올바르게 행동한다면 말입니다."

"좋은 말이군." 남작이 심각한 태도로 시인했다. "그런데도 자넨 방금 전에 소작농의 자두를 훔쳤어."

사실이었다. 형은 당황했다. 무슨 할 말이 있겠는가? 형은 미소를 지었는데 거만하거나 냉소적인 미소가 아니라 부끄러워하는 미소였다. 그의 얼굴이 빨개졌다.

아버지도 미소를 지었는데 그 미소는 쓸쓸했다. 그리고 왜 그랬는지는 모르지만 아버지의 얼굴도 빨개졌다. "이제 자넨 행실이 나쁜 아이들과 거지 떼와 한통속이 되었군." 잠시 후 아버지가 말했다.

"아닙니다, 아버님. 저는 저 하고 싶은 대로 합니다. 누구나 그럴 권리가 있습니다." 코지모 형은 단호하게 말했다.

"부탁하네. 땅으로 내려오게." 남작은 거의 꺼질 듯한 목소리로 조용히 말했다. "그리고 자네 신분에 맞는 의무를 다시 수행하게."

"그 말씀에 따를 수가 없습니다, 아버님." 형이 대답했다. "저도 괴롭습니다."

두 사람 다 거북스러웠고 짜증이 났다. 두 사람 다 상대방이 무슨 말을 할지 알고 있었다. "그러면 자네 공부는? 기독교인으로 해야할 기도들은?" 아버지가 말했다. "아메리카의 야만인들처럼 자라겠단 말인가?"

코지모 형은 입을 다물었다. 아직까지 한번도 생각해 보지 않은 문제들이었고 앞으로도 할 생각이 없었다. 잠시 후 형이 말했다. "제가 몇 미터 높은 곳에 있기 때문에 훌륭한 교육을 받지 못할 거라고 생각하십니까?"

이것도 적절한 대답이기는 했지만 어느 면에서는 형의 행동반경을 좁히는 것이기도 했다. 그러니까 흔들리고 있다는 표시였다.

아버지는 이를 눈치채고 더욱 그를 조였다. "반항이란 몇 미터냐 하는 걸로 측정되는 게 아니야." 아버지가 말했다. "여행을 하다 보면 얼마 가지 않은 것 같은데 되돌아올 수 없는 경우가 있지."

이제 형은 뭔가 다른 멋진 대답을 할 수 있었을 것이다. 지금 내 머릿속에는 단 하나도 떠오르지 않지만 그 당시 우리가 많이 외우고 있던 라틴어 격언이라도 말할 수 있었을 것이다. 하지만 형은 거기서 그렇게 엄숙한 말을 해야 한다는 게 짜증 났다. 그래서 혀를 쭉 내밀고 소리쳤다. "그래도 난 나무 위에서 더 멀리 오줌을 쌀 수 있어요!" 별 의미 없는 말이었지만 이것으로 대화는 중단되어 버렸다.

마치 그 말을 듣기라도 한 듯이 포르타 카페리 주위에 있던 불량 소년들의 고함 소리가 들려왔다. 디 론도 남작의 말이 급히 옆으로 뛰쳐나갔고 남작은 고삐를 잡고 떠날 차비를 하듯 망토를 몸에 둘렀다. 하지만 몸을 돌리더니 망토에서 한 팔을 빼내 갑자기 검은 구름으로 뒤덮여 버린 하늘을 손으로 가리키며 소리쳤다. "조심해라, 아들아. 우리 모두의 머리 위에 오줌을 눌 수 있는 분이 계시단다!" 그러더니 말을 달려갔다.

오래전부터 들녘에서 기다려 온 굵은 빗방울이 하나 둘 떨어지기 시작했다. 자루를 머리에 뒤집어쓴 불량소년들이 노래를 부르며 오두막집 사이로 사라졌다. "치오베! 치오베! 라이가 바 페 에우베![19]" 코지모는 팔로 몸을 감싸고 벌써 빗물에 젖어 건드리기만 해도 머리 위로 물방울이 쏟아지는 나뭇잎 사이로 사라졌다.

나는 비가 오는 걸 보자마자 형이 걱정되었다. 옆으로 들이치는 빗물을 피하지도 못하고 나무 몸통을 꼭 붙든 채 빗물에 흠뻑 젖어 있는 형을 상상했다. 그렇지만 폭풍우가 몰아쳐도 형은 되돌아오지 않으리라는 것을 이미 알고 있었다. 나는 어머니에게로 달려갔다. "비가 와요! 코지모 형은 어떻게 하지요, 어머니?"

여장군은 커튼을 걷고, 내리는 비를 바라보았다. 어머니는 침착했다. "비가 올 때는 무엇보다 땅이 진흙탕이 되어서 불편하단다. 나무 위에 있으니까 진흙탕과는 상관이 없겠지."

"하지만 나무가 형을 제대로 보호해 줄 수 있을까요?"

"자기 천막 속으로 들어갈 거야."

"무슨 천막 말씀이에요, 어머니?"

"이럴 때를 대비해서 천막을 마련해 두었을 거야."

"제가 우산이라도 갖다 주는 게 좋지 않을까요?"

마치 그 '우산'이라는 말이 갑자기 관측소에서 우리 어머니를 끌어내 이런 상황에서 어머니로서 가져야 할 근심 걱정 속으로 밀어 넣

---

[19] 비가 오네! 비가 오네! 비는 모두에게 좋지!

기라도 한 듯, 여장군은 말하기 시작했다. "아, 간츠 게비스![20] 따뜻한 사과 시럽 한 병을 식지 않게 양모 양말로 싸서 가져가렴! 그리고 습기가 배어 나오지 않게 나무 위에 깔 방수포하고……. 그런데 지금 어디 있을까, 가엾어라……. 네가 형을 찾을 수 있으면 좋겠구나……."

나는 초록색의 커다란 우산을 쓰고 짐 보따리를 들고 빗속으로 나왔다. 코지모 형에게 줄 다른 우산 하나는 접어 팔 밑에 끼고 있었다.

나는 우리들이 약속한 휘파람을 불었다. 하지만 나무 위로 끝없이 쏟아지는 빗소리만이 내게 대답할 뿐이었다. 어두웠다. 정원 밖으로 나오자 나는 어디로 가야 할지 알 수가 없어서 미끄러운 돌과 축축한 풀과 진흙탕 위로 되는대로 발걸음을 옮겼고 휘파람을 불었으며 휘파람 소리가 좀 더 위쪽까지 들리도록 우산을 뒤로 젖혔다. 그러면 빗물이 내 얼굴을 때려 휘파람을 부는 입술까지 비에 젖었다. 나는 형이 틀림없이 그 입구에 피신처를 만들었을 것이라고 생각하고 키 큰 나무들이 가득 늘어선 국유림 쪽으로 가려고 했다. 하지만 어둠 속에서 길을 잃고 우산과 짐을 팔로 꽉 껴안은 채 거기 서 있었다. 양모 양말로 감싼 시럽 병만이 약간의 온기를 전해 주었다.

바로 그때, 늘어선 나무들 사이로 어두침침한 위쪽 어딘가에서 달빛도 별빛도 아닌 희미한 빛을 보았다. 내 휘파람 소리에 대답하는 형의 휘파람 소리를 들은 것 같기도 했다.

"코지모 형!"

"비아조!" 그 위 꼭대기에서 빗소리에 섞여 형의 목소리가 들렸다.

---

**20** 그래, 맞아!

"어디 있는 거야?"

"여기······! 내가 갈게. 하지만 내가 비를 맞으니까 서둘러야 해!"

우리는 만났다. 담요를 둘러쓴 형이 버드나무 아래쪽 가지까지 내려와서 복잡하게 얽힌 가지들을 헤치고 불빛이 새어 나오는 키가 큰 너도밤나무까지 가려면 어떻게 올라가야 하는지 보여 주었다. 나는 즉시 형에게 우산과 짐 보따리 몇 개를 주었고 우리는 우산을 펴든 채 나무에 올라가려고 해 보았지만 불가능해서 둘 다 흠뻑 젖고 말았다. 나는 마침내 형이 인도하는 곳에 도착했다. 축 늘어진 천막의 가장자리에서 새어 나오는 것 같은 희미한 불빛 이외에는 아무것도 보이지 않았다.

코지모 형은 그 천막의 천 하나를 들어 올리더니 날 들어가게 했다. 작은 램프의 희미한 불빛 밑에서 나는 너도밤나무의 줄기에 커튼과 카펫을 묶어 사방을 가리고 굵은 나뭇가지들 위에 막대기를 이어만든 바닥을 올려놓아 만든 작은 방 같은 것을 발견했다. 일순간 그곳이 왕궁 같아 보였지만 곧 너무나 불안정하다는 걸 인정하지 않을 수 없었다. 그 안에 두 사람이 함께 있으려면 평형을 유지해야만 했다. 그래서 코지모 형은 곧 물이 새는 곳과 침몰하는 곳을 고치는 수고를 해야만 했다. 형은 천장에 뚫린 구멍 두 개를 가리기 위해 내가 가져온 우산 두 개를 펴서 밖에 내놓았지만 빗물은 다른 곳에서도 흘러내려 우리는 다시 물에 젖은 생쥐 꼴이 되었다. 한데 있는 것처럼 추웠다. 하지만 목만 밖으로 내놓은 채 그 밑에 파묻혀 있어도 될 정도로 담요가 많이 쌓여 있었다. 작은 램프에서는 희미한 빛이 흘러나와 이리저리 흔들렸고, 이상한 구조로 된 천장과 벽에 나뭇가지와 이파리의 그림자가 뒤엉켜 비쳤다. 코지모 형은 "푸하! 푸하!" 소리를 내며 사과 시럽을 벌컥벌컥 들이켰다.

"멋진 집인데." 내가 말했다.

"아, 임시로 지은 거야." 코지모 형이 서둘러 대답했다. "더 멋지게 지을 방법을 연구 중이야."

"형 혼자 지었어?"

"그러면 누구랑 지었겠니? 이 집은 비밀이야."

"난 와도 되지?"

"안 돼, 네가 다른 사람에게 길을 가르쳐 줄 수도 있으니까."

"아버지가 더 이상 형을 찾지 않을 거라고 말했어."

"그래도 비밀로 해야만 해."

"도둑질하는 그 아이들 때문이야? 그런데 그 애들은 형 친구 아니야?"

"어떨 때는 그렇고 어떨 때는 아니야."

"그러면 작은 말을 탄 그 소녀는?"

"뭘 알고 싶은데?"

"그 애가 형 여자 친구인지, 형하고 같이 노는지 묻고 싶은 거야."

"어떨 때는 그렇고 어떨 때는 아니야."

"왜 어떨 때는 아닌데?"

"내가 놀고 싶지 않을 때도 있고 그 애가 원치 않을 때도 있으니까."

"그러면 이 위로, 이 위로 그 여자애를 올라오게 해 줄 거야?"

코지모 형은 어두운 얼굴이 되더니 나뭇가지 위에 걸어 놓은 깔개를 잡아당겨 보려고 했다. "……만약 온다면 올라오게 해 줄 거야." 형이 심각하게 말했다.

"그 아이가 원하지 않으면?"

코지모 형은 털썩 누워 버렸다. "그 애는 떠났어."

"말 좀 해줘." 내가 낮은 목소리로 말했다. "그 애와 약혼했어?"

"아니." 형은 이렇게 대답하고 긴 침묵에 빠졌다.


다음 날은 날씨가 좋았다. 그래서 코지모 형이 다시 포슐라플뢰르 신부에게 수업을 받아야 한다는 결정이 내려졌다. 어떻게 할 것인지 그 방법은 이야기되지 않았다. 남작은 간단하지만 약간 무뚝뚝한 투로 신부에게 형이 어디 있는지 찾아서 그에게 베르길리우스의 시몇 편을 해석해 주라고 말했다. ("여기서 파리나 쳐다보고 있지 말고요, 라베……") 잠시 후 아버지는 신부를 너무 당황스럽게 한 건 아닌지 걱정이 되었다. 그래서 신부의 임무를 좀 쉽게 해 줄 수 있는 방법을 찾았다. 아버지가 내게 말했다. "네 형에게 가서 삼십 분 후에 라틴어 수업을 받게 정원에 와 있으라고 말해라." 아버지는 가능한 한 자연스러운 어조로, 이후에도 계속 그렇게 유지하고 싶은 어조로 말했다. 코지모 형이 나무 위에 있다 하더라도 모든 것은 이전과 똑같이 진행되어야만 했다.

그렇게 해서 수업이 시작되었다. 형은 다리를 흔들며 떡갈나무 가지 위에 앉아 있었고, 신부는 그 밑 풀밭에 등받이 없는 작은 의자에 앉아 육보격 시행을 몇 번씩 같이 합창했다. 나는 그 주위에서 놀다가 잠시 그들이 보이지 않는 곳으로 가기도 했다. 내가 돌아왔을 때는 신부도 나무 위에 있었다. 신부는 검은 양말을 신은 길고 연약한 다리로 나뭇가지가 갈라진 곳으로 올라가려 애쓰고 있었고, 코지모 형은 신부의 팔꿈치를 잡고 도와주고 있었다. 그들은 노인이 편히 앉을 수 있는 자리를 찾아 함께 책 위에 고개를 숙이고 어려운 구절을 한 자 한 자 읽었다. 형은 자기가 아주 열심히 공부한다는 걸 보여주고 싶은 듯했다.

그 후에는 어떻게 된 것인지, 학생이 어떻게 달아났는지 나는 잘 모른다. 아마도 신부가 나무 위에서 방심했거나 늘 그렇듯이 허공을 바라보며 멍청하게 있었기 때문일 것이다. 사실 나뭇가지 위에서는 몸을 웅크리고 걸터앉아 무릎 위에 책을 펴 놓은 늙은 신부의 검은 모습밖에 보이지 않았다. 신부는 입을 헤벌린 채 눈으로 나비를 쫓으며 하얀 나비가 날아가는 것을 바라보고 있었다. 나비가 사라졌을 때 신부는 자기가 앉아 있는 곳이 나무 꼭대기라는 걸 알아차리고는 겁에 질렸다. 그는 나무 몸통을 껴안고 소리치기 시작했다. "오 스쿠르! 오 스쿠르!²¹" 신부는 사람들이 사다리를 가져오는 모습을 보고 천천히 진정하고 다시 내려올 때까지 그렇게 소리를 질렀다.

─────────
**21** 사람 살려! 사람 살려!

# 9

간단히 말하자면 코지모 형은 그렇게 떠들썩하게 나무 위로 도
주한 뒤에도 예전처럼 거의 우리 곁에서 살았다. 그는 사람을 피하지
않는 은자였다. 아니, 어떻게 보면 사람들만이 형의 가슴속에 있었다
고 말할 수도 있다. 형은 괭이질을 하고 퇴비를 뿌리고 꼴을 베는 농
부들이 있는 곳의 나무 위로 가서 친절하게 인사말을 던졌다. 예전에
우리가 나무 위에 올라갈 때는 나무 밑으로 지나가는 사람들을 놀리
기 위해 뻐꾸기 소리를 내곤 했는데, 이제 형은 그런 나쁜 버릇을 버
렸기 때문에 자신의 위치를 농부들에게 알리기 위해 애를 먹어야 했
다. 농부들은 처음에 서로 떨어져 있는 나뭇가지 사이를 뛰어다니는
형을 보았을 때, 귀족에게 하듯이 모자를 벗어 들고 형에게 인사해야
하는 건지, 장난꾸러기에게 하듯 소리쳐야 하는 건지 판단이 서질 않
았다. 그러다가 그런 일이 습관이 되자 농부들은 형과 농사일이나 날
씨에 대해 이야기하기 시작했고, 나무 위에서의 형의 놀이를 평가하
기까지 했다. 농부들은 형의 놀이가 자신들이 귀족들에게 보여 줄 수
있는 수많은 놀이보다 못할 것도 없고 나을 것도 없다고 말했다.
　나무 위에서 형은 농부들이 하는 일을 몇십 분씩 가만히 지켜보

다가 거름이나 씨 뿌리기에 대해 물어보기도 했다. 땅 위에 있을 때는 수줍음 때문에 마을 사람들이나 하인들에게 말 한번 제대로 걸어본 적이 없었다. 이제 형은 가끔 농부들이 갈고 있는 밭고랑이 똑바른지 비뚤어졌는지 일러 주기도 하고 옆의 밭 토마토는 벌써 익었다고 알려 주기도 했다. 때로는 풀 베는 남자의 아내에게 가서 숫돌을 가져오라는 말을 전하거나 과수원에 물을 대야 한다고 알리는 등 소소한 심부름을 자청하기도 했다. 농부들을 위해 책임감 있게 그런 일을 하다가 밀밭에 날아와 앉은 참새 떼를 보면 소리를 지르고 모자를 흔들어 쫓아 버렸다.

　손가락으로 셀 정도로 아주 드문 일이기는 하지만, 숲에서 외롭게 돌아다니다가 우리는 절대 만날 수 없는 사람들을 만나는 경우도 있었다. 그 무렵 이리저리 떠돌아다니던 가난한 사람들이 숲 속에 천막이나 오두막을 짓고 살았는데, 숯장수와 땜장이, 유리 세공사, 그리고 배고픔에 쫓겨 자기 고향에서 멀리 떨어진 이곳까지 와서 닥치는 대로 일해서 먹고살아 보려고 애쓰는 그 가족들이었다. 그들은 야외에 작업장을 설치하고 잠을 자기 위해 나무로 판잣집을 세웠다. 처음에 그들은 나무 위로 지나다니는, 가죽을 뒤집어쓴 소년을 보고 겁을 먹었다. 특히 여자들은 형을 요귀라고 생각하고 더욱 두려워했다. 하지만 그 뒤 형은 그들과 친해졌고 몇 시간씩 그들이 일하는 모습을 지켜보았으며 밤이 되어 그들이 불가에 앉아 있으면 형도 가까운 나뭇가지에 앉아 그들이 하는 이야기를 들었다.

　재로 다져져 땅이 회색빛이 된 빈터에 자리 잡은 숯장수들이 수가 제일 많았다. 베르가모에서 온 이들은 "후라! 호타!²²" 하고 소리치곤 했는데, 그들이 하는 말은 알아들을 수가 없었다. 그들은 아주 힘이 세고 폐쇄적이었으며 자기들끼리 결속되어 있었다. 숲마다 혈연과 우정, 적대감으로 연결된 그들의 협동조합이 퍼져 있었다. 그들은 단결되어 있었다. 코지모 형은 종종 동아리와 동아리 사이의 중재를 맡기도 했고 소식을 전하거나 심부름을 하기도 했다.

"저 아래 로베레 로사에 사는 사람들이 당신들에게 '한파 라 하파 호탈 혹'이라고 전해 달라고 했어요."

"가서 '헤느 호베트 호 데 호트'라고 전해 주세요!"

형은 이 기묘한 기식음(氣息音)들을 머릿속에 잘 간직했다가 아침에 형을 깨우는 새들의 울음소리를 흉내 내듯 그대로 다시 말해 보려고 애쓰곤 했다.


디 론도 남작의 아들이 몇 달 전부터 나무에서 내려오지 않는다는 소문이 이미 퍼질 대로 다 퍼졌는데도 우리 아버지는 여전히 외부에서 오는 사람들에게 그 사실을 비밀로 하려고 애썼다. 프랑스의 툴루즈에 영지를 가지고 있는 에스토막 백작 부처가 프랑스로 가던 길에 우리 집에 들렀다. 여행 중에 그들은 우리 집에서 잠깐 쉬었다 가고 싶어 했다. 그들이 이 방문을 매개로 어떤 이윤을 추구하려 했는지는 알 수 없다. 어떤 재산을 되찾거나 주교인 아들의 교구를 강화하는 데 디 론도 남작의 동의가 필요했던 것 같다. 그리고 우리 아버지는 말할 것도 없이 백작과의 동맹을 바탕으로 군주로서 옴브로사에 대한 권리를 주장할 수 있는 기회를 만들 계획을 세웠다.

지루하기 짝이 없는 저녁 식사 시간이 되었고, 수도 없이 인사를

---

22 힘내! 열심히!

해야 했다. 백작 내외는 잘 차려입는 젊은 아들, 그러니까 가발을 쓴 깐깐한 청년을 데리고 왔다. 남작은 아들, 즉 나 하나만을 소개했다. 그리고 이렇게 말했다. "불쌍한 제 딸 바티스타는 은거 생활을 하고 있지요. 아주 신앙심이 깊은 아이랍니다. 여러분이 그 애를 만나보실 수 있을지 저도 잘 모르겠군요." 그런데 바로 그때 리본과 주름으로 잔뜩 장식한 수녀 모자를 쓰고 얼굴에는 분을 바르고 손가락이 나오는 야회용 장갑을 낀 그 멍텅구리가 나타났다. 누나를 이해해 주어야 하리라. 델라 멜라 후작 아들 사건이 벌어지고 난 뒤부터 누나는 심부름꾼이나 농부 말고는 젊은 남자의 얼굴을 한번도 본 적이 없었다. 에스토막 백작 아들은 허리를 깊숙이 숙여 인사했고 그녀는 히스테릭하게 웃었다. 이미 딸을 포기한 지 오래인 남작의 머리에서 새로운 가능성을 지닌 계획이 맴돌기 시작했다.

하지만 백작은 그런 일에 무관심한 것 같았다. 백작이 물었다. "그런데 아드님이 또 한 분 계시지요, 무슈 아르미니오?"

"그렇습니다. 큰아이가 있지요." 아버지가 대답했다. "지금 마침 사냥을 나가고 없습니다."

그 무렵 코지모 형은 항상 권총을 가지고 토끼와 지빠귀를 감시하고 있었으니 아버지가 전혀 없는 말을 한 건 아니었다. 그 권총을 마련해 준 사람은 바로 나였다. 그것은 바티스타 누나가 쥐 사냥을 할 때 쓰던 가벼운 권총으로, 쥐 사냥을 게을리하게 되면서 얼마 전 못에 걸어둔 것이었다.

백작은 근방에서 어떤 짐승을 사냥할 수 있는지 묻기 시작했다. 남작은 일반적인 대답밖에 할 수 없었다. 주변 세계에 대한 관심과 인내심이 전혀 없던 남작은 사냥을 할 줄 몰랐기 때문이다. 나는 어른들이 대화할 때 입을 여는 게 금지되어 있었지만 끼어들어 대답했다.

"너처럼 어린아이가 그런 것을 어떻게 알았니?" 백작이 물었다.

"형이 쓰러뜨린 짐승을 가지러 갔었거든요. 제가 그것들을 저리로 옮겨서……." 내가 말하고 있는데 아버지가 가로막았다.

"어른들 말씀하시는데 누가 참견하라고 했지? 다른 데 가서 놀아라!"

우리는 정원에 있었다. 때는 밤이었지만 여름이라서 아직 어둡지 않았다. 바로 그때 플라타너스와 떡갈나무 사이로 머리에는 고양이 모자를 쓰고 한쪽 어깨에는 총을, 다른 쪽에는 투창을 메고 다리에 각반을 찬 코지모 형이 소리 없이 다가왔다.

"헤이, 헤이!" 백작이 좀 더 잘 보기 위해 일어서서 머리를 움직이며 재미있다는 듯이 말했다. "저기 있는 게 누구지요? 저기 나무 위에 있는 게 누굽니까?"

"뭐가 있습니까? 전 잘 모르겠는데요……. 그런데 백작이 보시기엔 뭐 같습니까……." 우리 아버지가 말했다. 그러고는 백작이 가리키는 방향을 보는 게 아니라, 마치 아버지 눈도 잘 보인다는 것을 증명하려는 듯 백작의 눈을 쳐다보았다.

그사이 코지모 형이 바로 그들의 머리 위로 가서 나뭇가지가 갈라진 곳에 두 다리를 벌리고 가만히 서 있었다.

"아, 제 아들 코지모입니다. 보시다시피 애예요. 우리를 놀라게 하려고 저 나무 꼭대기에 올라간 겁니다."

"맏아드님인가요?"

"예, 예. 아들 둘 중 큰아이죠. 하지만 보시다시피 아직도 아이예요. 노는 겁니다……."

"하지만 저렇게 나뭇가지 위로 다니는 걸 보니 영리한 것 같군요. 게다가 무기까지 몸에 지니고서 말입니다……."

"아, 노는 겁니다……." 거짓말을 하느라 얼마나 끔찍하게 노력했는지 아버지의 얼굴이 시뻘게졌다. "그 위에서 뭐 하는 거니? 응? 내려오지 않을래? 내려와서 백작님께 인사드려야지!"

코지모 형은 고양이 모자를 벗고 인사했다. "인사드립니다, 백작님."

"하, 하, 하!" 백작이 웃었다. "훌륭해, 정말 훌륭해! 저 위에 있게 내버려 두시지요, 그냥 저 위에 있게 내버려 두세요, 무슈 아르미니오! 나무 위로 걸어 다니는 정말 영리한 소년이군요!" 그러고 나서 또 웃었다.

백작의 멍텅구리 아들이 말했다. "세 오리지날, 사 세 트레 오리지날![23]" 그는 이 말밖에 할 줄 몰랐다.

코지모는 거기 갈라진 나뭇가지 위에 앉았다. 아버지는 화제를 바꾸었다. 그리고 끊임없이 이야기를 하면서 백작의 관심을 다른 곳으로 돌리려 애썼다. 하지만 백작은 가끔씩 눈을 들었고 우리 형은 계속 이 나무 저 나무 위에서 권총을 닦거나 각반에 기름을 바르거나 밤이 오고 있었기 때문에 두꺼운 플란넬 셔츠를 입거나 했다.

"오, 그런데 좀 보세요! 저 아이는 나무 위에서 별의별 일을 다 할 줄 아는군요! 난 정말 너무 맘에 드는구려! 오, 난 궁정에 가서 맨 먼저 이 이야기를 할 거요! 우리 주교 아들에게도 이야기할 거요! 우리 숙모인 공주 마마에게도 이야기할 거요!"

---

**23** 독창적이에요, 정말 독창적이에요!

우리 아버지는 더 이상 참을 수가 없었다. 게다가 또 다른 걱정까지 생겼다. 딸의 모습이 보이지 않았고 백작의 아들도 사라지고 없었다.

탐사 여행을 하느라 사라졌던 코지모 형이 숨을 헐떡이며 돌아왔다. "누나가 아드님을 딸꾹질하게 만들었어요! 아드님을 딸꾹질하게 만들었어요!"

백작은 걱정했다. "오, 유감스러운 일이군! 우리 아들은 딸꾹질을 하면 몹시 괴로워하는데. 착한 애야, 가서 딸꾹질이 끝났는지 보렴. 그리고 돌아오라고 전해라."

코지모가 펄쩍 뛰어갔다가 아까보다 더 숨을 헐떡이며 돌아왔다. "술래잡기를 하고 있어요! 누나가 딸꾹질을 멈추게 하려고 살아 있는 도마뱀을 아드님의 셔츠에 넣으려고 해요! 아드님은 싫다고 해요!" 그러더니 다시 그들을 살펴보러 사라졌다.

그날 밤은 그렇게 지나갔다. 사실 그날 밤 역시 코지모 형은 나무 위에서 은밀하게 우리의 생활에 관여했고 그런 점에서 다른 날들과 다를 바가 없었지만 이번에는 손님들이 있었다. 그래서 아버지는 수치스러워 했지만 우리 형의 기이한 행동에 대한 소문은 전 유럽의 궁정으로 퍼져 나갔다. 어쨌거나 에스토막 백작은 우리 가문에 대해 호의적인 인상을 갖게 되었고 그리하여 우리 누나 바티스타가 백작의 아들과 약혼하게 되었으니 사실 아버지가 수치심을 느낄 이유는 전혀 없었다.

# 10

올리브나무는 본래 비틀어져 있기 때문에 코지모 형에게 편리하고 가기 쉬운 길이 되어주었다. 비록 굵은 가지가 없고 형태도 그다지 다양하지 않았지만 거칠거칠한 껍질의 이 나무는 지탱하는 힘이 있고 이용하기 편리해서 그곳으로 지나가기에도 좋고 머무르기에도 좋았다. 하지만 무화과나무 위에서는 가지가 버텨 내는지 신경 써야 했기 때문에 단 한번도 방향을 바꾸어본 적이 없었다. 코지모 형이 천막처럼 드리워진 나뭇잎들 밑에 있다. 그는 잎맥의 한가운데를 뚫고 스며드는 태양과 조금씩 익어 가는 초록의 열매를 바라보며 꽃자루로 흘러드는 유액의 냄새를 맡는다. 무화과나무는 그를 빨아들이려하고 끈적끈적한 자신의 성질과 말벌들의 시끄러운 울음을 이용해 그에게 스며든다. 잠시 후 코지모 형은 자신이 무화과나무가 되어 가는 듯한 기분을 느끼고 그러다가 불쾌한 기분이 들어 그 자리를 떠난다. 단단한 마가목이나 뽕나무 위에서는 편안함을 느낀다. 불행히도 이런 나무들은 그리 많지 않다. 호두나무도 마찬가지여서 솔직히 말하자면 나 역시, 셀 수도 없이 많은 방을 가진 여러 층의 대저택처럼 어마어마하게 크고 오래된 호두나무 속으로 형이 사라지는 모습을 보고서 흉내 내고 싶은 생각이 들어 그 위에 올라가 있기도 했다. 그 나무를 나무로 만들어 준 것은 바로 힘과 확실성이었고 무겁고 단단해지고자 하는 고집스러움, 나뭇잎 하나하나에까지 나타나 있는 그 고집스러움이었다.

코지모 형은 물결치는 것 같은 감탕나무(난 우리 집 정원에 있는 이 나무를 가리킬 때는 호랑가시나무라고 불렀는데, 아마 어휘 선택에 있어 매우 조심스러운 아버지의 영향 때문인 것 같다.)²⁴ 이파리 속에 있는 것을 좋아했고, 벗겨진 나무껍질을 아주 좋아해서 거기에 넋을 잃을 때면 손가락으로 나무껍질을 뜯어 내기도 했다. 그것은 나무에 상처를 내기 위해서가 아니라 아주 길고 힘겹게 껍질을 벗는 나무의 노고를 덜어 주기 위한 본능적인 행동이었다. 누런 곰팡이가 핀 오래된 층들을 발견하고 플라타너스의 하얀 껍질을 벗겨내기도 했다. 그는 또 느릅나무처럼 나무의 옹이를 보고 부드러운 새싹과 톱니 모양의 무성한 이파리와 종이같이 생긴 종자를 머리로 그려 볼 수 있는 나무를 사랑했다. 하지만 그 나무는 약한 가지들이 틈을 별로 남겨 놓지 않고 촘촘하게 나서 위로 뻗어 있었기 때문에 그 위에서 움직이기가 힘들었다. 숲 속에서는 너도밤나무와 떡갈나무를 좋아했다. 소나무에는 튼튼하지도 않은 데다 솔잎이 조밀하게 나 있는 가지가 너무 가까이 붙어 있어 공간도, 밟고 디딜 만한 것도 전혀 없었다. 그리고 밤나무는 가시가 돋친 나뭇잎과 밤송이로 뒤덮인 데다 나무껍질이나 높게 뻗은 가지 때문에 피하는 게 좋을 것 같았다.

코지모 형은 시간이 흐르면서 나무들에 대한 호감과 반감을 차

---

**24** 감탕나무와 호랑가시나무 모두 감탕나무과의 식물로, 구별하지 않고 감탕나무라고 부르기도 한다.

츰 구별할 수 있게 되었다. 바꿔 말하자면 그것들을 구별할 수 있다는 사실을 인정하게 된 것이다. 하지만 초기라고 할 수 있는 그 무렵에 벌써 자연스러운 직감 같은 것이 그의 일부분을 차지했다. 이미 형의 눈에 비친 세상은 지금까지와는 전혀 다른 모습이었다. 형의 세상은 이제 좁고 구불구불하게 허공에 놓인 다리들, 나무 마디나 껍질들, 이들을 황폐하게 만드는 유충들, 꽃자루를 흔드는 약한 바람에 떨리거나 나무 전체가 바람 앞의 돛처럼 휘어질 때 같이 흔들리는 울창하거나 성근 나뭇잎들, 그리고 그 나뭇잎의 초록색을 다양하게 변화시키는 햇빛으로 이루어졌다. 반면 그 밑에 있는 우리들의 세상은 평평했으며 우리는 균형이 맞지 않는 모습을 하고 있었다. 형이 나무 위에서 알게 된 것들과 나무가 몸통 내부에 나이테를 나타내는 원을 만들기 위해 세포 조직을 응축시키는 소리, 곰팡이가 산 너머에서 불어오는 바람에 함께 실려 온 먼지와 섞여 점점 커지는 소리, 둥지 안에서 잠자던 새들이 몸을 떨며 깃털이 제일 부드러운 날갯죽지에 머리를 쑤셔 넣는 소리에 귀를 기울이고 나비 유충이 깨어나는 소리와 때까치 알이 깨지는 소리를 들으며 매일 밤을 보내는 형에 관해 우리는 아는 게 하나도 없었다. 들판의 침묵 속에서 까악까악 우는 소리, 짐승의 긴 울음소리, 풀잎을 아주 재빠르게 스치고 지나가는 소리, 물속에 풍덩 떨어지는 소리, 땅과 돌멩이 사이로 비틀비틀 걷는 소리, 그리고 이런 모든 것들보다 훨씬 높이 있는 매미 우는 소리가 무수한 소음으로 귀에 들려오는 순간이 있다. 소음은 연이어 들리게 되고 청각은 마침내 그 소음 중에서 새로운 소리를 언제나 구별할 수 있게 되는데, 그건 마치 양모 타래를 끄르던 손가락이 실타래마다 점점 가늘어져 제대로 만질 수도 없는 실들이 엉켜 있는 부분을 찾아내는 것과 같았다. 그러는 동안 개구리들은 계속 개골개골 울었다. 계속 깜빡이며 빛나는 별빛이 있어도 달빛이 변하지 않듯, 개구리들의 울음소리는 다른 소리의 흐름을 바꾸어 놓지 않은 채 배경음으로 남았다. 하지만 바람이 불거나 스치고 지나갈 때마다 모든 소리는 변했고 새로워졌다. 귀의 깊숙한 부분에 남아 있는 단 하나의 소리는 음울한 포효 혹은 웅얼거림뿐이었다. 그건 바닷소리였다.

겨울이 왔고 코지모 형은 모피 윗도리를 해 입었다. 자기가 사냥한 여러 짐승, 그러니까 토끼, 여우, 담비와 흰 족제비의 가죽 조각을 직접 꿰매 만든 옷이었다. 머리에는 언제나 들고양이 모자를 쓰고 다녔다. 또 바지도 만들어 입었는데 밑 부분은 염소 가죽이었고 무릎에는 무두질한 가죽을 대었다. 신발로 말하자면, 형은 드디어 나무 위에서 신기에 가장 좋은 신발이 슬리퍼라는 걸 알고 슬리퍼를 한 켤레를 만들었는데, 그게 가죽이었는지는 잘 모르겠다. 아마 오소리 가죽이었을 것이다.

형은 그렇게 추위를 피했다. 여기서 말해 두어야 할 것은 그 무렵 우리 고장의 겨울이 따뜻했다는 점이다. 지금은 나폴레옹이 러시아의 추위를 쫓아내어 그 추위가 나폴레옹을 쫓아 여기까지 달려왔다고 말할 정도지만 말이다. 하지만 그때도 역시 한데서 겨울밤을 보내기란 쉽지 않은 일이었다.

밤을 보내기 위해 코지모 형은 천막이나 움막을 만드는 대신 털가죽 자루라는 수단을 찾아냈다. 안쪽에 털가죽을 댄 자루를 만들어 나뭇가지에 걸어놓았다. 그 안으로 들어가면 바깥세상은 완전히 사라져 버렸다. 그는 어린아이처럼 웅크리고 잠을 잤다. 이상한 소리가 밤을 가르면 자루 주둥이에서 고양이 모자와 총신이 나왔고 눈을 동그랗게 뜬 형이 나타났다.(사람들은 형의 눈이 고양이나 올빼미 눈처럼 밤에도 빛을 내게 되었다고 말했다. 하지만 나는 그렇게 생각해 본 적이 한 번도 없었다.)

하지만 아침이 되어 갈까마귀가 지저귈 때면 자루에서 주먹을 꽉 쥔 손이 나왔다. 주먹이 올라오고 두 팔이 천천히 쫙 펴지며 벌려졌다. 그리고 팔이 쭉 올라오며 하품하는 형의 얼굴이 밖으로 나왔고 총과 쇠뿔로 만든 화약통을 멘 상반신, 흰 다리가 밖으로 나왔다.(항상 기어 다니거나 웅크리고 움직이거나 가만히 있는 습관 때문에 형의 다리가 약간 휘어지기 시작했다.) 다리가 밖으로 튀어나와 쭉 펴졌다. 형은 잠을 깨기 위해 등을 털고 털가죽 윗도리 밑을 긁었다. 그러고 나면 형은 장미처럼 싱싱해져 하루를 시작했다.

형은 샘으로 갔다. 그는 직접 고안해서, 아니 좀 더 정확히 말하자면 자연의 도움을 받아 공중 샘을 하나 만들어 둔 터라 그 샘으로 갔다. 급경사 때문에 시냇물이 폭포처럼 밑으로 떨어져 내리는 지점이 있었다. 그리고 그 옆에는 가지를 높이 쳐든 떡갈나무 한 그루가 서 있었다. 코지모 형은 포플러나무 가지의 속을 파내고 그 껍질로 2미터 정도의 물받이 같은 것을 만들어 떨어지는 물을 떡갈나무로 끌어들여서 마실 수도 있고 씻을 수도 있게 만들었다. 나는 씻고 있는 형을 여러 번 보았기 때문에 몸을 씻었다고 확실하게 말할 수 있다. 자주 씻은 것도, 매일 씻은 것도 아니지만 그래도 씻기는 씻었다. 비누도 가지고 있었다. 어떤 때는 변덕이 생겨 빨래를 하기도 했다. 빨래를 하려고 일부러 떡갈나무 위로 대야를 가져갔다. 그런 다음 떡갈나무 가지에 줄을 매 빨래한 옷들을 널었다.

간단히 말해 형은 나무 위에서 필요한 일이면 모두 다 했다. 여전히 나무에서 내려오지 않은 상태로 형은 사냥한 야생 짐승을 꼬챙이에 꿰어 구워 먹을 수 있는 방법도 찾아냈다. 그 방법은 이러했다. 부싯돌로 솔방울에 불을 붙여 미리 불을 땔 수 있도록 만들어 놓은 장소에 그 솔방울을 던졌다.(매끄러운 돌을 모아 불을 피울 수 있는 장소를 마련해 준 사람은 물론 나였다.) 그런 다음 솔방울 위로 마른 나뭇가지와 잔가지 묶음을 떨어뜨렸고 작은 삽과 용수철을 긴 막대기에 묶어 불길을 조절해 두 나뭇가지 사이에 걸어 놓은 꼬챙이까지 불길이 닿을 수 있게 했다. 숲에서는 화재가 발생하기 쉬웠기 때문에 이런 일을 할 때는 주의가 필요했다. 두말할 필요도 없이 이 화덕도 위험한 사태가 벌어졌을 경우 원하는 물을 끌어다 쓸 수 있는 작은 폭포 근처의 떡갈나무 밑에 있었다.

형은 그렇게 사냥한 것의 일부는 먹고 일부는 농부들과 과일이나 채소로 물물 교환을 했다. 이제 집에서 형에게 아무것도 전해 주지 않아도 스스로 아주 잘 살게 되었다. 어느 날 우리는 형이 매일 아침마다 신선한 우유를 마시고 있음을 알게 되었다. 형은 염소와 친해졌고, 염소는 땅에서 아주 가깝고 올라가기도 쉬운 올리브나무의 가지가 갈라진 곳으로 기어오르곤 했다. 아니, 정확히 말하자면 기어오른 게 아니라 뒷다리를 나뭇가지가 갈라진 곳에 대고 서 있었기 때문에 그곳으로 내려온 형이 양동이를 들고 염소 젖을 짤 수 있었다. 형은 알을 쑥쑥 낳는 붉은색의 파도바 산(産) 암탉과도 똑같은 협정을 맺었다. 형은 나무 몸통의 구멍에 은밀한 닭의 둥지를 만들어 주었는데 어느 날은 둥지에서 달걀을 찾아내기도 했고 다른 날은 아무것도 찾아내지 못하기도 했다. 형은 바늘로 달걀에 구멍 두 개를 내서 마셨다.

형에게는 다른 문제가 있었다. 바로 용변을 보는 일이었다. 처음에는 여기저기에 신경 쓰지 않고 일을 봤다. 세상은 넓었기 때문에 형은 자기가 있는 곳에서 필요할 때 볼일을 봤다. 그러다가 그렇게 하는 게 별로 좋지 않다는 생각을 하게 되었다. 그래서 마땅한 장소를 찾다가 메르단초 강둑에서 아주 적당한 지점에 서 있는 오리나무 한 그루를 발견했다. 그 오리나무의 나뭇가지가 갈라져 나와 그 위에 편안하게 앉을 수 있었다. 메르단초 강은 갈대숲에 가려져 있는 데다 물살이 센 더러운 강이어서 이웃 마을 사람들은 그곳에 구정물을 갖다 버렸다. 소년 피오바스코 디 론도는 그렇게 해서 이웃과 자기 자신의 품위를 지키면서 문명화된 생활을 했다.

하지만 사냥꾼 생활을 할 때 정말 인간에게 필요한 보완물, 즉 개가 형에게는 없었다. 대신 내가 있었기 때문에, 나는 공중에서 형의 총에 맞아 떨어진 개똥지빠귀와 도요새, 메추라기를 찾기 위해 관목 숲의 가시덤불에 몸을 던졌다. 또는 밤새 먹이를 찾아 헤매다가 긴 꼬리를 관목 밖으로 내놓은 채 꼼짝 않고 있는 여우를 찾아내기도 했다. 하지만 내가 집에서 몰래 빠져나와 형을 만나러 숲으로 갈 수 있었던 것은 겨우 몇 번에 불과했다. 신부와의 수업, 공부, 미사 참석, 부모님과의 식사가 나를 가로막았다. 나는 언제나 되풀이해서 들을 수밖에 없는, "한 가문에 반항아는 한 명이면 족하다."라는 말 때문에 수백 가지 가족생활의 의무에 복종해야만 했다. 근거가 없는 말은 아니었고, 형은 이렇게 내 인생 전체에 자신의 흔적을 남겨 놓았다.

그래서 코지모 형은 거의 혼자 사냥을 다녔고 짐승을 거두기 위해(죽은 꾀꼬리의 노란 날개가 나뭇가지에 걸린 경우처럼 친절한 상황이 벌어지지 않을 때면) 낚시 도구 같은 것을 사용하곤 했다. 즉 끈과 갈고리나 낚싯바늘이 달린 낚싯줄 같은 것을 사용했지만 항상 성공한 것은 아니었다. 가끔씩 노란 도요새가 떡갈나무 밑에서 시커멓게 개미 떼에 뒤덮이기도 했다.

내가 지금까지 말한 건 사냥개들이 해야 할 임무이다. 그 당시 코지모 형은 아침이나 밤이나 자리를 떠나지 않고 나뭇가지에 웅크리고 앉아 나무 꼭대기에 지빠귀가 내려앉거나 공터 풀밭에 토끼가 나타나길 기다리며 사냥했기 때문이다. 그러지 않으면 새들의 노래를 따라 또는 짐승들의 그럴듯한 흔적들을 추측해 보며 되는대로 돌아다니기도 했다. 그러다가 토끼나 여우 뒤에서 사냥개들이 사납게 짖어 대는 소리를 들으면 형은 그 짐승을 포기해야만 한다는 걸 알았다. 그 짐승은 혼자 되는대로 우연히 사냥을 하는 사냥꾼인 우리 형의 몫이 아니었다. 비록 형이 망을 보고 있는 정확한 위치에서 다른 사냥꾼들의 개에게 쫓겨 달아나는 짐승을 발견하고 조준할 수 있다 하더라도 형은 규율을 존중했기 때문에 총을 들지 않았다. 사냥꾼이 사방에 귀를 기울이며 당황한 눈으로 숨을 헐떡거리며 오솔길을 따라 달려오길 기다렸다가 짐승이 어느 쪽으로 갔는지 일러 주었다.

하루는 여우가 달려오는 것을 보았다. 초록색 풀 한가운데로 빨간 물결이 치더니 수염을 꼿꼿이 세우고 거칠게 숨을 몰아쉬는 여우가 보였다. 여우는 풀밭을 가로질러 관목 숲으로 사라졌다. 그 뒤로 "컹컹컹!" 하고 개들이 짖는 소리가 들렸다.

개들이 코로 땅 냄새를 맡으며 달려왔다. 두 번이나 코를 킁킁거렸으나 여우의 냄새를 맡지 못하자 직각으로 몸을 돌렸다.

그 개들이 이미 멀어졌을 때 깽깽거리는 소리와 함께 개 한 마리가 풀 속에서, 개라기보다는 물고기처럼, 그러니까 헤엄치는 돌고래처럼 튀어나왔다. 코가 아주 뾰족했고 귀는 사냥개보다도 더 축 처져 있었다. 뒤에서 보면 완전히 물고기였다. 지느러미를 꿈틀거리면서 헤엄치는 것 같기도 하고 다리 대신 아주 긴 물갈퀴가 달린 발을 움직여 헤엄치는 것 같기도 했다. 그 개가 밝은 곳으로 나왔다. 닥스훈트[25]였다.

사냥개 무리에 섞여 있다가 뒤로 처진 게 분명했다. 젊은, 아니 아직은 거의 강아지라고 할 수 있었다. 사냥개 무리가 이제는 "왕!" 하고 짜증 난 듯 짖어 대는 소리가 들렸는데, 여우의 흔적을 놓쳐 버렸기 때문이었다. 떼를 지어 경주하던 개들이 황무지 주변에서 잃어버린 여우를 찾을 수 있는 희미한 냄새라도 맡으려고 안달을 하며 망을 형성하듯 넓게 퍼져 코로 탐색했다. 그러는 동안 돌진력도 떨어져서 벌써 어떤 놈들은 이 기회를 이용해 돌에다 소변을 보기도 했다.

그래서 닥스훈트는 코를 높이 들고 종종걸음으로 숨을 헐떡이며 분위기에 맞지 않게 의기양양해하며 그 개들이 있는 곳까지 갈 수 있었다. 그리고 여전히 분위기에 맞지 않게 교활하게 짖어 댔다. "왕왕왕!"

곧 다른 사냥개들이 "크르르릉!" 하고 화가 나서 그 개에게 으르렁거리다가 여우의 냄새를 추적하기 위해 잠깐 동안 그 자리를 떠나면서 악다물었던 입을 벌리고 그 개를 향해 짖었다. "컹컹컹!" 그러다가 금방 무관심해져 앞으로 달려 나갔다.

---

**25** 오소리를 굴까지 쫓을 수 있도록 독일에서 개량된 개 품종. 몸통과 귀가 길고 다리가 짧으며 갈색 또는 흑갈색을 띤다.

코지모 형은 그 근방에서 이리저리 아무렇게나 돌아다니는 닥스 훈트를 따라갔다. 코를 부주의하게 흔들던 닥스훈트가 나무 위에 있는 소년을 보고 꼬리를 흔들었다. 코지모 형은 여우가 아직도 그 부근에 숨어 있다고 확신했다. 사냥개들은 멀리 흩어졌고, 가끔씩 앞쪽의 비탈길에서 자신들을 부추기는 사냥꾼들의 숨찬 목소리에 몰려 찢어질 듯이, 그리고 이유 없이 짖어 대며 지나가는 사냥개들의 소리가 들렸다. 코지모가 닥스훈트에게 말했다. "가 봐! 가 봐! 찾아 봐!"

어린 개는 코를 쿵쿵거렸고 가끔씩 몸을 돌려 나무 위에 있는 소년을 바라보았다. "가! 가!"

이제 개의 모습이 더 이상 보이지 않았다. 관목을 헤치는 소리가 들리더니 갑자기 소리가 들렸다. "멍멍멍! 왕왕왕!" 그 개가 여우를 일으켜 세웠다.

코지모 형은 풀밭으로 달려가는 여우를 보았다. 하지만 다른 사람의 개가 일으켜 세운 여우에게 총을 쏠 수 있을까? 코지모는 여우가 지나가게 내버려 두었고 총을 쏘지 않았다. 닥스훈트는 개들이 아무것도 이해하지 못할 때의 눈초리로, 이해하지 못하는 게 당연하다는 사실을 모를 때의 눈초리로 코지모를 쳐다보았다. 그러다가 다시 코를 여우 뒤로 밀어 넣었다.

"멍멍멍!" 개는 여우가 자기 주위를 한 바퀴 돌게 내버려 두었다. 그리고 다시 제자리로 돌아왔다. 형은 총을 쏠 수 있었을까, 없었을까? 형은 총을 쏘지 않았다. 닥스훈트는 고통스러운 눈으로 형을 올려다보았다. 개는 더 이상 짖지 않았다. 그의 혀는 귀보다 더 축 처졌고 몸은 지쳐 있었지만 계속 달렸다.

닥스훈트가 여우를 찾은 것을 보고 사냥개들과 사냥꾼들은 당황했다. 오솔길로 무거운 화승총을 든 노인이 달려왔다. "여봐요." 코지모가 말했다. "저 닥스훈트가 당신들 건가요?"

"너나 네 식구들 모두 염병할 것들이야!" 노인이 화가 난 사람처럼 소리쳤다. "네가 보기엔 우리가 닥스훈트를 데리고 사냥할 사람 같으냐?"

"그렇다면 지금 일어난 저 여우에게 총을 쏠 사람은 나예요." 규정을 지키고 싶었던 코지모 형이 우겼다.

"잘난 네 수호성인에게도 총을 쏘지그래!" 노인은 이렇게 대답하더니 뛰어가 버렸다.

닥스훈트는 여우를 다시 코지모 형에게로 데려왔다. 형은 총을 쏘아 여우를 잡았다. 닥스훈트는 형의 개가 되었다. 코지모 형은 그 개에게 오티모 마시모라는 이름을 붙였다.

오티모 마시모는 주인이 없는 개로, 어린 마음에 그냥 사냥개 무리를 따라다닌 것이었다. 그런데 이 개는 어디서 온 것일까? 이를 밝혀 내기 위해 코지모 형은 개가 집을 찾아가게 놓아 주어 보았다.

닥스훈트는 땅 위를 가볍게 스쳐 관목과 웅덩이를 가로질러 갔다. 그러다가 나무 위에 있는 소년이 자기를 잘 따라오고 있는지 보려고 몸을 돌렸다. 개가 가는 길은 아주 이상해서 코지모 형은 어디로 가는 건지 금방 알아차리지 못했다. 목적지를 알았을 때 형의 가슴은 두근거렸다. 개가 간 곳은 온다리바 후작의 정원이었다.

별장은 닫혀 있었고 덧창에는 빗장이 질러져 있었다. 보살피지 않고 내버려 둔 정원은 이전과는 전혀 다른 모습의 숲으로 변해 버렸다. 그런데 닥스훈트는 이미 잡초로 뒤덮인 오솔길과 수풀이 우거진 꽃밭을 자기 집이라도 되는 양 행복하게 돌아다녔고 나비 뒤를 쫓아다녔다.

개가 수풀 사이로 사라져 버렸다. 그러더니 리본을 입에 물고 돌아왔다. 코지모 형의 가슴은 더 크게 뛰었다. "뭐야, 오티모 마시모? 응? 누구 거야? 이리 줘 봐!"

오티모 마시모는 꼬리를 흔들었다.

"이리 가져와, 가져와, 오티모 마시모!"

코지모 형은 제일 낮은 가지로 내려와 비올라의 머리 리본이었던 게 분명한 그 찢어진 천 조각을 개의 입에서 받아 들었다. 리본이 비올라의 것이 분명하듯 이 개도 분명 가족들이 이사 갈 때 잊고 집에 놓아둔 비올라의 애완견인 것 같았다. 뿐만 아니라 코지모 형도 이제 지난여름 아직 이 개가 새끼였을 때의 모습이 생각나는 것 같았다. 그때 강아지는 금발 머리 소녀의 팔에 걸린 바구니에서 불쑥 몸을 내밀고 있었다. 아마 바로 그때 사람들이 비올라에게 강아지를 선물로 주었던 것 같다.

"찾아와, 오티모 마시모!" 그러자 닥스훈트가 대나무 사이로 뛰어들었다. 그리고 그녀의 다른 추억들, 즉 줄넘기 줄, 찢어진 연 조각, 부채 같은 것들을 가지고 돌아왔다.

우리 형은 정원의 제일 큰 나무 몸통 꼭대기에 단검 끝으로 '비올라와 코지모'라고 이름을 새겨 넣었다. 그리고 자기 개를 다른 이름으로 부르게 되긴 했어도 이렇게 하면 비올라가 좋아할 것이라고 믿고 그 밑에 '닥스훈트 오티모 마시모'라고 적어 넣었다.

그때부터 사람들은 나무 위에 소년의 모습이 나타나면 틀림없이 그 앞이나 옆쪽의 땅에 배를 대고 빠르게 걷고 있는 닥스훈트 오티모 마시모가 있을 거라고 생각하게 되었다. 코지모 형은 그에게 먹이를 찾는 법, 멈춰 서는 법, 사냥물을 찾아오는 법 등 사냥개들이 하는 모든 일을 가르쳤다. 그래서 이제 그 둘은 숲 속에서 어떤 짐승이라도 찾아낼 수 있었다. 사냥한 짐승을 코지모 형에게 갖다 주기 위해 오티모 마시모는 자기가 오를 수 있는 가장 높은 가지까지 두 발로 기어 올라갔다. 코지모는 내려가서 개의 입에서 토끼와 꿩을 받아 들고 개를 쓰다듬어 주었다. 이 모든 것이 그들 사이의 친밀감의 표시이자 의식이었다. 하지만 땅과 나뭇가지 위에 있는 둘 사이에서 계속 단음절의 소리와 혀를 차고 손가락으로 내는 소리를 통한 대화와 지혜가 오갔다. 개에게는 인간이, 인간에게는 개가 필요한 존재였고, 그들은 서로 절대 배신하지 않았다. 그들은 이 세상에 있는 인간과 개와 다르기는 했지만 행복한 인간과 개였다고 말할 수 있다.

# II

　오랫동안, 그러니까 사춘기 내내 사냥은 코지모 형에게 세상의 전부였다. 냇물이 고인 곳에서 낚싯줄을 드리워 놓고 뱀장어나 송어가 걸리길 기다리고 있었던 것을 보면 낚시 역시 그랬던 것 같다. 우리는 종종 형을 우리와는 다른 감각과 직관을 가진 사람이라고 생각했다. 그리고 의복이 바뀌면서 달라진 형의 외모가 전체적으로 변한 형의 성질을 그대로 보여 준다고 생각하기도 했다. 나무껍질과 계속 접촉하는 점이라든가 새의 깃털, 짐승의 털, 비늘잎, 세계의 표면에 나타나는 색조, 다른 세상의 피처럼 잎맥 속에서 순환하는 초록의 흐름을 뚫어져라 응시하는 눈, 나무줄기나 지빠귀의 주둥이나 물고기의 아가미처럼 인간의 삶과는 너무나 먼 이런 형식들과 형이 너무나 깊숙이 파고들었던 야생의 경계들은 형의 정신의 원형을 형성하였고 이로 인해 인간의 외형을 상실하게 되었다. 하지만 형에게는 많은 재능이 있었기 때문에 나무와 함께 생활할 수 있었고 짐승과 싸울 수 있었다. 내가 보기에 분명 형의 자리는 언제나 이곳, 우리들 세상에 있었다.

그런데 어떤 습관은 형이 원하지는 않았지만 점점 사라지다가 아예 자취를 감춰 버리기도 했다. 옴브로사의 대미사 의식에 참가하는 일 같은 게 그러했다. 처음 몇 달 동안 형은 미사에 참석하려고 애썼다. 일요일마다 온 가족이 예복을 입고 나란히 서서 밖으로 나올 때 우리는 나뭇가지 위에 서 있는 형을 보았다. 형 역시 어떤 식으로든 격식을 차려 옷을 입으려고 애썼는데, 예를 들면 나무 위에 올라갔던 날 입었던 옷을 다시 입거나 고양이 모자 대신 삼각 모자를 쓰기도 했다. 우리가 성당 쪽으로 가면 형도 나뭇가지를 타고 쫓아왔고 우리는 옴브로사 사람들이 모두 지켜보는 가운데 성당 앞뜰을 의젓하게 걸었다.(옴브로사 사람들도 이런 일에 익숙해졌고 우리 아버지도 덜 거북스러워 했다.) 똑바로 서서 걷는 우리와 공중에서 뛰어다니는 형의 모습은 정말 희한한 광경을 만들어 냈다. 나뭇잎이 다 떨어져 버린 겨울에는 특히 더했다.

우리는 성당 안에 들어가 우리 가족의 지정석에 앉았고 형은 밖에 그대로 서 있다가 본당 옆에 서 있는 호랑가시나무에서 바로 커다란 창문 쪽으로 뻗은 가지 위에 앉았다. 우리가 앉은 자리에서는 유리에 비친 나뭇가지 그림자를 볼 수 있었고 그 그림자 한가운데서 모자를 가슴에 대고 고개를 숙인 코지모 형의 그림자도 보였다. 아버지와 성당지기의 동의하에 일요일마다 그 유리 창문을 반쯤 열어 두어 형은 나무 위에서 미사에 참가할 수 있었다. 하지만 시간이 흐르면서 형의 모습은 보이지 않았다. 바람이 들어왔기 때문에 창문은 닫혔다.

형은 이제 예전에 중요하게 생각했던 많은 것들을 대수롭지 않게 여겼다. 봄에 우리 누나가 약혼을 했다. 불과 일 년 전, 이런 일이 벌어지리라고 그 누가 상상이나 했겠는가? 에스토막 백작 부부가 백작 아들을 데리고 왔고 큰 파티가 벌어졌다. 우리 저택의 방마다 불이 켜졌고 근방의 귀족들이 모두 초대되어 춤을 추었다. 이제 모두들 코지모 형을 잊어버렸을까? 아니, 그렇지 않았다. 우리는 모두 코지모 형을 생각했다. 나는 형이 오는지 보려고 가끔씩 창밖을 살펴보았다. 아버지는 우울해 보였다. 가문의 잔치가 한창인 와중에도 아버지는 분명 이 자리에 없는 형을 생각하고 있는 것 같았다. 그리고 연병장에서 군인들을 지휘하듯 이 파티 준비를 지휘했던 여장군은 이 자리에 없는 형으로 인한 가슴앓이를 그저 어떻게든 토해 내고 싶었다. 어쩌면 수녀복을 벗고 마르차파네[26] 같은 가발을 쓰고 어떤 재봉사가 만들었는지는 모르지만 산호로 장식된 페티코트를 입어 전혀 그녀 같아 보이지 않는 바티스타, 발끝으로 빙글빙글 돌며 춤을 추고 있는 누나도 분명, 내가 장담컨대 코지모 형을 생각하고 있었을 것이다.

그런데 형은 모습을 드러내지 않고 ─ 나는 나중에 그것을 알게 되었다 ─ 그림자를 드리운 플라타너스 꼭대기에, 추위 속에 숨어서 형이 너무나 잘 알고 있는 불빛이 환한 창문과 파티 준비가 되어 있는 방과 가발을 쓰고 춤을 추는 사람들을 지켜보았다. 형은 어떤 생각을 했을까? 우리의 생활을 잠깐 동안이라도 그리워했을까? 불과 몇 걸음으로 인해, 그렇게도 짧은 순간 그리도 쉽게 떼어 놓았던 단 몇 걸음으로 인해 우리의 세상으로 돌아올 수 없게 되었다는 생각을

---

**26** 설탕, 달걀, 아몬드를 으깨어 과일이나 야채 모양으로 만든 과자.

했을까? 난 형이 거기서 무슨 생각을 했고 무엇을 바랐는지 알 수 없다. 다만 형이 파티가 계속되는 동안 내내 거기 있었다는 것, 그리고 그 이후까지, 촛불이 하나하나 꺼지고 모든 창문의 불이 다 꺼졌을 때까지 거기 있었다는 것만 알고 있을 뿐이다.

좋든 나쁘든 우리 가족과 코지모 형과의 관계는 계속되었다. 아니, 좀 더 정확히 말하자면 가족 구성원과의 관계는 훨씬 친밀해져서 이제 형이 유일하게 기사 변호사인 에네아 실비오 카레가를 이해할 수 있는 사람이 되었다고도 할 수 있었다. 코지모 형은 어디에서 무엇을 했는지 전혀 알 수가 없는, 반쯤 정신이 나간 데다 사람을 피하는 이 삼촌이 우리 가족 중 유일하게 수많은 연구를 하는 사람이며, 그럼에도 불구하고 그가 하는 일은 아무 쓸모도 없다는 걸 알게 되었다.

기사 변호사 삼촌은 제일 더운 오후 시간에도 머리 위에 터키모자를 쓰고 긴 로브를 질질 끌며 집을 나서서 금방 사라져 버렸기 때문에 갈라진 땅이나 관목 혹은 담벼락의 돌이 그를 집어삼킨 것 같기도 했다. 언제나 나무 꼭대기 위에 있는 것을 즐겼던 코지모 형은 (아니, 즐긴 게 아니라 이미 나무 꼭대기에 있는 게 형의 자연스러운 상태라고 말하는 쪽이 더 정확하리라. 모든 것을 포용해 줄 것같이 드넓은 지평선을 바라보는 일도 마찬가지였다.) 갑자기 삼촌의 모습을 더 이상 볼 수가 없었다. 종종 나뭇가지를 헤치고 삼촌이 사라진 곳을 향해 달려가기도 했지만 삼촌이 어느 길로 갔는지 알 수가 없었다. 하지만 삼촌이 사라진 그 근방에는 항상 어떤 흔적이 남았는데, 그건 다름 아니라 날아다니는 벌 떼였다. 그래서 코지모 형은 결국 기사 변호사 삼촌이라는 존재는 이 벌들과 연결되어 있으므로 그를 추적하기 위해서는 날아다니는 벌들을 따라가야 한다고 생각하게 되었다. 하지만 어떻게 해야 할까? 꽃이 피어 있는 곳이면 어디든 벌들이 한 마리씩 빙글빙글 돌다가 사라졌다. 홀로 날아다니는 별로 중요하지 않은 벌들에게 주의를 빼앗기지 말고, 벌들이 점점 더 빠르게 움직이며 떼를 지어 날고 있는, 눈에 보이지 않는 공중의 길을 따라가야 했다. 형은 그 길을 따라가다가 연기처럼 관목 뒤에서 올라오는 짙은 구름 하나를 발견하게 되었다. 그 밑에 벌통 하나, 아니 여러 개가 탁자 위에 일렬로 놓여 있었고, 벌 떼에 둘러싸여 벌들에 정신을 쏟고 있는 기사 삼촌이 있었다.

사실 이 양봉은 우리 삼촌의 비밀스러운 활동 가운데 하나였다. 삼촌이 직접 벌통에서 갓 가져온, 꿀이 뚝뚝 떨어지는 벌집을 식탁에 올려놓는 때도 가끔 있었기 때문에 어느 시점까지만 비밀인 일이었다. 삼촌은 우리 영지를 완전히 벗어난 곳, 사람들이 생각할 때 삼촌이 전혀 좋아하지 않을 것 같은 장소에서 양봉을 했다. 구멍 뚫린 냄비 같던 우리 가문의 재정 상태에서 이런 이윤을 지켜 내기 위해 삼촌은 틀림없이 남의 눈에 띄지 않게 주의해야 했을 것이다. 아니면 — 삼촌은 탐욕스러운 인간은 아니었다. 그리고 약간의 꿀과 밀랍으로 무슨 이윤을 그렇게 많이 챙길 수 있었겠는가? — 형인 남작이 낌새를 눈치채지 못하도록, 혹은 어떤 구실을 만들어 그를 지도하겠다고 주장하지 못하도록 조심했음에 틀림없었다. 또는 양봉처럼 그가 사랑하는 몇 안 되는 일들이 집사 일같이 좋아하지 않는 다른 많은 것들과 뒤섞이지 않도록 하기 위해서였는지도 모른다.

어쨌든 실제로 우리 아버지는 별다른 이유 없이 벌에게 쏘이는 걸 두려워했고, 우연히 정원에서 벌이나 말벌을 만나게 되면 독수리

부리에 쪼이지 않기 위해 손을 보호하려는 듯 가발 속에 손을 집어넣은 채 오솔길로 바보같이 달아나는 양반이었으므로 집 근처에서 절대 벌을 키우지 못하게 했을 것이다. 한번은 아버지가 벌을 피해 달려가다가 가발이 벗겨진 적이 있었다. 갑작스럽게 뛰기 시작한 아버지에게 놀란 벌 한 마리가 덤벼들어 대머리에 침을 쏘았다. 아버지는 사흘 동안 식초에 적신 손수건으로 머리를 누르고 있었다. 아버지는 중대한 일에는 엄하고 강하지만 무언가에 조금만 할퀴거나 종기 하나만 나도 미치광이가 되어 버리는 종류의 사람이었다.

그래서 에네아 실비오 카레가 삼촌은 옴브로사 계곡의 여기저기에 조금씩 벌을 길렀다. 땅 임자들은 약간의 꿀을 얻는 대가로 삼촌이 꿀벌 집을 놓아두거나 자기들 밭 두서너 이랑을 사용할 수 있게 해 주었다. 그래서 삼촌은 항상 이리저리 옮겨 다녔고 손가락 대신 벌의 다리가 달린 것 같은 손을 움직이며 일했다. 벌에 쏘이지 않게 야회용 검은 장갑을 끼었기 때문에 그 손은 더욱 벌의 다리 같아 보였다. 터번으로 얼굴을 감싸듯 터키모자를 쓴 삼촌의 얼굴에는 검은색 베일이 드리워져 있었다. 숨을 쉴 때마다 베일이 얼굴에 달라붙어서 입에 붙은 베일을 들어올려야 했다. 벌집을 살펴보고 있을 때 달려드는 곤충을 쫓기 위해 연기를 뿜어내는 도구도 작동시켰다. 그래서 이 모든 것, 벌 떼, 베일, 연기구름이 코지모 형에게는 마법 같아 보였다. 삼촌이 마법을 이용해 종적을 감추고 다른 곳으로 날아가 다른 시대나 장소에 다른 사람으로 태어날 수 있을 것 같기도 했다. 하지만 삼촌은 언제나 똑같은 모습으로, 심지어 손가락 끝을 빨기까지 하면서 다시 나타났기 때문에 마법사라고 하기는 좀 힘들었다.

봄이었다. 코지모 형은 어느 날 아침 한 번도 들어 본 적 없는 소리와 굉음 같은 벌레 울음소리 때문에 공기가 미친 듯이 떨리고 우박 같은 게 그 대기를 가로지르다가 땅에 떨어지지 않고 지평선 쪽으로 소용돌이치며 움직이더니, 다시 천천히 흩어졌다가 조밀한 기둥같이 생긴 것을 따라가는 모습을 보았다. 그것은 셀 수도 없이 많은 벌들이었다. 그리고 그 주위에는 초록빛 나무와 꽃과 태양이 있었다. 이게 대체 무슨 일인지 알 수 없던 코지모 형은 참을 수 없을 정도로 초조해졌고 격하게 흥분했다. "벌들이 도망가요! 기사 변호사 삼촌! 벌들이 도망가요!" 형은 카레가 삼촌을 찾기 위해 이 나무 저 나무로 뛰어다니며 소리치기 시작했다.

"도망가는 게 아니라 분봉(分蜂)하는 거야." 기사 삼촌의 목소리가 들렸고 코지모 형은 바로 자기 밑에서 버섯처럼 솟아나 조용히 있으라는 신호를 보내는 기사 삼촌을 보았다. 잠시 후 삼촌이 급하게 달려가더니 사라져 버렸다. 어디로 간 것일까?

분봉 시기였다. 벌 떼가 낡은 벌집에서 나와 여왕벌을 따라가고 있었다. 코지모 형은 주위를 살펴보았다. 바로 그때 기사 변호사 삼촌이 손에 냄비와 프라이팬을 들고 부엌 문가에 나타났다. 삼촌이 이제 프라이팬으로 냄비를 두들겼다. 그러자 댕! 댕! 하고 고막을 찢을 듯이 아주 큰 소리가 울려 나오다가 긴 진동음을 남기며 사라졌다. 귀를 막고 싶을 정도로 듣기 싫은 소리였다. 세 발짝 뗄 때마다 이 그릇들을 한 번씩 두들기며 기사 변호사 삼촌은 벌 떼 뒤로 걸어갔다. 쨍그랑 소리가 들릴 때마다 벌 떼는 충격을 받은 듯 재빨리 밑으로 내려왔다가 다시 제자리로 올라갔는데 벌 울음소리가 점점 작아지면서 날아다니는 것도 더욱 불안정해 보였다. 코지모 형이 잘 보지는 못했지만 지금 벌 떼가 모두 초록의 한 지점으로 모여들기만 하고 더 멀리 날아가는 것 같지 않았다. 그리고 카레가 삼촌은 계속 냄비를 두들겼다.

"무슨 일이에요, 기사 변호사 삼촌?" 형이 삼촌에게 가서 물었다. "빨리," 삼촌이 우물거리듯 말했다. "벌 떼가 앉아 있는 나무 위로 가거라. 하지만 내가 갈 때까지 벌 떼가 움직이지 않게 조심해야 해!"

벌들은 석류나무 쪽으로 내려가고 있었다. 코지모는 그 나무로 갔다. 처음에는 아무것도 보이지 않았지만 곧 나무 위에 매달려 있는 솔방울 모양의 커다란 열매 같은 걸 발견했다. 이는 벌들이 서로 달라붙어 만들어진 것으로, 새 벌들이 계속 달라붙어 점점 커다래졌다.

코지모 형은 숨을 죽이며 석류나무 꼭대기에 있었다. 바로 그 밑에 벌 송이가 매달려 있었는데 그 송이는 커지면 커질수록 점점 더 가벼워져 실 한 가닥이나 늙은 여왕벌의 다리에 매달려 있는 것 같았다. 그것은 얇은 연골로 만들어진 송이로, 검은 줄과 노란 줄이 쳐진 벌의 배를 덮은 투명한 회색빛 날개가 바스락거리고 있었다.

기사 변호사 삼촌이 손에 꿀벌 통을 들고 뛰어왔다. 그러더니 그것을 벌 떼 위에 뒤집어씌웠다. "자, 조금만 충격을 줘 봐라." 형에게 말했다.

코지모 형이 곧 석류나무를 흔들었다. 수천 마리의 벌들이 나뭇잎처럼 흩어져 벌통 속으로 떨어졌다. 기사 삼촌이 나무판자로 뚜껑을 닫았다. "이제 됐다."

그렇게 해서 코지모 형과 기사 변호사 삼촌 사이에는 서로를 이해하는 마음과 협력 관계가 생겨났는데, 우정이란 용어가 뭐 그리 대단한 게 아니라 비사교적인 이 두 사람의 관계 같은 것을 지칭할 수도 있다면, 그들 사이에 우정이 생겨났다고 할 수 있었다.

우리 형과 에네아 실비오 삼촌은 마침내 수력학 분야에서도 마주치게 되었다. 나무 위에 있는 사람이 우물과 운하에서 무엇인가 할 일을 찾는다는 게 어렵기 때문에 조금 이상해 보일 수도 있다. 하지만 나는 여러분에게 코지모 형이 포플러나무 줄기로 떡갈나무의 나뭇가지까지 폭포의 물을 끌어 올 수 있게 고안해 낸 공중 샘에 대해 이야기했다. 그때 기사 변호사 삼촌은 비록 산만하기는 했지만 우리 고장 들판의 모든 수맥의 움직임을 하나도 놓치지 않았다. 기사 삼촌은 폭포 위쪽의 쥐똥나무에 숨어서 코지모 형이 떡갈나무 잎들 속에서 관을 밖으로 끌어내어(코지모 형은 관이 필요 없을 때는 그곳에 숨겨 두었는데, 무엇이든 자기 것으로 만들자마자 숨겨 두는 들짐승 같은 습관 때문이었다.) 한쪽을 나무 갈래에 기대 놓고 또 다른 쪽은 폭포 가의 돌들에 기대 놓고 물을 마시는 광경을 훔쳐보았다.

이 모습을 보며 기사 변호사 삼촌이 대체 무슨 생각을 했는지 누가 알겠는가? 삼촌으로서는 보기 드물게 행복감을 느꼈다. 그는 쥐똥나무 뒤에서 나와 박수를 친 뒤 줄 위에서 펄쩍 뛰듯 두세 번 뛰다가 물을 튀기며 폭포에 뛰어들어 하마터면 낭떠러지 밑으로 떨어질 뻔했다. 그리고 형에게 자기 머리에 떠오른 생각을 설명하기 시작했다. 그 생각은 분명치 않았고 설명은 더더욱 분명치 않았다. 평상시 기사 변호사는 표준어를 몰라서라기보다는 겸손 때문에 사투리로 말하곤 했다. 하지만 이렇게 갑자기 흥분하면 그의 사투리는 자신도 모르는 사이에 금방 터키어로 바뀌어 더 이상 한마디도 알아들을 수가 없었다.

간단히 요약하면 이랬다. 바로 나뭇가지가 받쳐 주는 관을 이용해 수도관을 만들어야겠다는 생각이 삼촌의 머리에 떠오른 것이었다. 그렇게 되면 계곡 반대쪽 경사면의 황무지까지 물을 보내 관개할 수도 있었다. 코지모 형은 삼촌의 계획을 거들어 개선책을 일러 주었는데, 모판에 물을 뿌리려면 어느 지점에 이르러 구멍 뚫린 나무 관을 이용하면 된다는 것이었다.

기사 삼촌은 집으로 달려가 서재에 틀어박혀 미친 듯이 설계도를 그려 댔다. 코지모 형은 어떤 일이든 나무 위에서 할 수 있는 일을 좋아한 데다 그런 일을 함으로써 자신의 위치가 더 중요해지고 권위를 갖게 된다고 생각했기 때문에 함께 그 일에 몰두했다. 그리고 에네아 실비오 카레가 삼촌이 기대하지 않았던 친구가 되어 줄 수 있을 것 같아 더 열심히 하고 싶었다. 그들은 키 작은 나무에서 약속을 했다. 기사 변호사 삼촌은 설계도가 그려진 두루마리를 잔뜩 끌어안고 삼각 사다리로 나무에 올라왔다. 그들은 몇 시간씩 토론을 하며 이 수도관 도면을 아주 복잡하게 확장시켜 나갔다.

하지만 실제로 일이 진행된 적은 단 한 번도 없었다. 싫증이 난 에네아 실비오 삼촌은 코지모 형과 대화하는 일도 뜸해졌으며 설계도를 완성시키지도 않았다. 그리고 일주일이 지나자 분명 그 일을 잊어버린 것 같았다. 코지모 형은 전혀 애석해하지 않았다. 형은 곧 이일로 인해서 그의 생활이 귀찮고 복잡해질 뿐이라는 걸 깨달았다. 단지 그뿐이었다.


분명 수력 분야에서 우리 삼촌은 훨씬 더 많은 일을 할 수 있었다. 그에게는 열정이 있었고 연구에 필요한 특별한 재능도 있었다. 하지만 자신의 계획을 현실화시킬 능력이 없었다. 그는 모든 계획이 결국은 수포로 돌아갈 때까지 시간만 허비했는데 꼭 조금 흐르다가 물을 쉽게 빨아들이는 땅에 흡수되고 마는, 잘못 만들어진 운하의 물 같았다. 아마 이런 이유 때문이었을 것이다. 양봉은 다른 사람과 의논하지 않고 거의 비밀스럽게 혼자 몰두할 수 있고 요구하는 사람은 없어도 가끔씩 벌꿀과 밀랍을 만들어 낼 수 있는 반면, 이 수로 작업은 이 사람 저 사람의 관심에 신경을 쓰며 남작이나 그에게 일을 맡긴 다른 사람의 견해와 명령을 따르며 작업해야 했던 것이다. 삼촌은 겁이 많고 우유부단했기 때문에 다른 사람의 의사에 반대할 줄 몰랐지만 다른 사람의 간섭을 받으면 곧 작업에 대한 관심을 잃어버려 다시 그 일에 신경을 쓰지 않았다.

매일 삼촌이 삽과 곡괭이를 든 남자들과 함께 들판 한가운데 서 있는 게 보였는데 삼촌은 1미터 정도 되는 막대기와 두루마리 지도를 들고 수로를 파기 위해 명령을 내리고 자기 발걸음으로 땅을 측정했다. 다리가 아주 짧았기 때문에 측정을 하려면 다리를 있는 대로 쭉 벌려야만 했다. 삼촌은 그 자리를 파라고 했다가 또 다른 자리를 파라고 하더니 중단시켰다. 그리고 다시 측정을 하기 시작했다. 밤이 오면 작업은 중단되었다. 다음 날도 그 장소에서 일을 시작하기로 결정하는 일은 드물었다. 일주일 동안 삼촌의 모습이 보이지 않았다.

수력학에 대한 삼촌의 열정은 포부와 충동과 갈망으로 이루어진 것이었다. 그것은 삼촌이 가슴속에 품고 있던, 매우 아름답고 관개 시설이 잘된 술탄의 땅과 밭과 정원에 대한 추억이었다. 삼촌은 그곳에서 행복했던 게 틀림없고 거기서 머물렀던 시간은 삼촌의 인생에서 정말 유일하게 행복했던 시기였던 것 같다. 그래서 삼촌은 계속 그 회교도의 정원 혹은 터키의 정원과 옴브로사의 들판을 비교해 보왔다. 그리고 옴브로사의 들판을 바꾸어 자신의 기억과 똑같이 만들어보려고 애썼으며 가지고 있던 수력학에 관한 지식을 통해 이런 변화의 갈망을 이루려고 했지만 계속 다른 현실과 충돌하면서 삼촌은 실망했다.

검증된 바는 아니지만 삼촌은 수맥을 찾는 일도 했는데 그 당시에는 아직 이상한 기술을 마법으로 생각하는 경향이 있었다. 한번은 코지모 형이 풀밭에서 삼촌을 보았다. 삼촌은 갈퀴 모양의 막대기를 똑바로 들고 그것을 뱅글뱅글 돌리고 있었다. 다른 사람들에게 보여줄 어떤 일을 되풀이해 보고 있는 게 분명했다. 그런데 삼촌은 수맥을 찾지 못했기 때문에 절대 사람들 앞에서 보여줄 수 없었다.

에네아 실비오 카레가의 특징을 이해한다는 것은 코지모 형에게 있어 어떤 면에서는 도움이 되었다. 나는 형이 다른 사람들과 유리된 삶을 사는 사람이 어떻게 될 수 있는지 경계하기 위해 기사 변호사 삼촌의 기이한 모습을 항상 떠올렸을 거라고 말하고 싶다. 그렇게 해서 형은 삼촌을 닮지 않을 수 있었다.

# 12

가끔씩 코지모 형은 한밤중에 "도와줘! 산적이다! 뒤를 쫓아라!"라고 외치는 소리 때문에 잠이 깼다.

형은 나무를 타고 재빨리 그런 소리가 들리는 곳으로 갔다. 대개 소작농의 오두막이었고 옷을 거의 걸치지 않은 식구들이 머리를 쥐어뜯으며 밖에 나와 있었다.

"어쩌면 좋아, 어쩌면 좋아. 잔 데이 브루기가 와서 우리 수확물을 모두 가져가 버렸어!"

사람들이 몰려들었다.

"잔 데이 브루기라고? 그가 분명해? 직접 봤어?"

"그자였어! 그자였다고! 얼굴에 복면을 하고 이렇게 긴 총을 들고 있었어. 그리고 그 뒤에 복면을 쓴 남자 두 명이 따라왔는데 총을 든 남자가 두 사람에게 명령했어. 잔 데이 브루기라니까!"

"그렇다면 어디 있나? 어디로 간 거지?"

"아 그래, 잘났군. 잔 데이 브루기를 자네가 잡아 보시게? 지금쯤 그가 어디로 갔는지 누가 알겠나!"

어느 때는 말, 가방, 외투, 짐을 모두 빼앗긴 채 길 한가운데 버려

진 여행자가 비명을 지르기도 했다. "도와줘요! 강도야! 잔 데이 브루기야!"

"어떻게 된 일이오! 우리에게 얘기해 봐요!"

"저쪽에서 시커멓고 수염이 덥수룩한 사람이 소총을 겨눈 채 뛰어나왔어요. 난 거의 기절했죠!"

"서두릅시다! 뒤를 쫓아갑시다! 어느 쪽으로 달아났지요?"

"이쪽으로! 아니, 저쪽인지도 모르겠소! 바람처럼 사라졌어요!"

코지모 형은 잔 데이 브루기를 한번 만나야겠다는 생각을 했다. 그는 닥스훈트를 몰며 토끼나 새의 뒤를 쫓아 숲을 사방팔방 뒤지고 다녔다. "찾아, 찾아, 오티모 마시모!" 형은 개인적으로 산적을 추적하고 싶어 했는데 그를 어떻게 하거나 무슨 말을 하기 위해서가 아니라 단지 그렇게 유명한 사람을 직접 한번 만나 보고 싶었기 때문이다. 코지모 형은 밤새 숲 속을 돌아다녔지만 그 산적을 만날 수가 없었다. "오늘 밤엔 나타나지 않을 게 분명해." 형은 혼잣말을 했다. 하지만 아침이 되자 계곡 여기저기에서, 집 앞이나 길모퉁이에서 사람들이 모여 새로운 범행에 대해 이러쿵저러쿵 이야기했다. 코지모 형은 달려가서 귀를 쫑긋 세우고 그들의 이야기에 귀를 기울였다.

"계속 나무 위에 계셨으니까, 잔 데이 브루기를 보신 적이 있지 않습니까?" 어떤 사람이 형에게 말했다.

코지모 형은 얼굴을 붉혔다. "글쎄…… 못 본 것 같아요……."

"저분이 어떻게 봤겠어?" 다른 사람이 끼어들었다. "잔 데이 브루기는 아무도 찾을 수 없는 은신처를 몇 개씩 가지고 있고 아무도 모르는 길로 다닌다니까!"

"그놈 머리에 어마어마한 현상금이 붙어 있으니 그놈을 붙잡는 사람은 평생 편히 살 수 있을 거야!"

"맞아! 하지만 그가 어디 있는지 알면서도 신고하지 않는 사람은 거의 그와 같은 형벌을 받는다는 걸 명심해야 해! 그리고 만약 주제넘게 나섰다가는 곧 교수형을 당하게 될걸!"

"잔 데이 브루기! 잔 데이 브루기! 어쨌든 이런 범죄를 저지르는 놈은 늘 그놈이라니까!"

"맞아, 그놈은 고발을 너무 많이 당해서 고발당한 열 번의 강도짓이 자기가 한 게 아니라고 주장해도, 열한 번째 당한 고발 때문에 교수형을 당할 거야."

"그놈은 바닷가의 숲이란 숲은 모두 약탈했어!"

"젊었을 땐 자기 두목도 죽였다는군!"

"도적들 사이에서도 추방을 당했대!"

"그래서 우리 고장에 와서 숨은 거야!"

"그러니까 우리가 너무 착한 사람들이라니까!"

코지모 형은 땜장이에게 가서 새로운 소식을 모두 전하며 이런 저런 이야기를 나누었다. 그 무렵 숲 속에서 천막을 치고 사는 사람들 중에는 수상한 떠돌이가 있었다. 땜장이, 의자에 짚을 까는 사람, 넝마주이들은 이 집 저 집 돌아다니는 사람들이었다. 그들은 아침이면 밤에 도둑질할 집을 연구했다. 숲에 있는 작업장은 작업장이라기보다는 은밀한 피신처였고 장물을 숨겨 두는 곳이었다.

"알아요? 지난밤 잔 데이 브루기가 마차를 공격했대요!"

"아, 그래요? 글쎄, 그럴 수 있겠지요……."

"달려가는 말고삐를 잡아서 말을 세웠대요!"

"에, 잔 데이 브루기가 아닐 수도 있어요. 아니면 말이 아니라 메뚜기였든지……."

"뭐라고요? 잔 데이 브루기가 아니었단 말이에요?"

"당신이 그렇게 생각한다면 그런 거겠지요, 뭐. 예? 잔 데이 브루기예요, 맞아요!"

"잔 데이 브루기가 그런 일을 할 수 없다는 거예요?"

"하, 하, 하!"

잔 데이 브루기에 대해 이런 식으로 말하는 것을 듣자 코지모 형은 혼란스러워졌다. 형은 다른 숲으로 자리를 옮겼고 또 다른 떠돌이의 천막촌으로 이야기를 들으러 갔다.

"말 좀 해 주세요. 당신들은 어젯밤 마차 사건이 잔 데이 브루기가 한 짓이라고 생각하죠, 그렇죠?"

"성공한 강도 짓은 다 잔 데이 브루기가 한 거랍니다, 몰랐나요?"

"왜 성공했을 때만 그렇죠?"

"왜냐하면 성공하지 못했을 때는 진짜 잔 데이 브루기가 있다는 말이 되니까요."

"하, 하! 그놈은 서투른 녀석이야!"

코지모 형은 뭐가 뭔지 더더욱 알 수가 없었다. "잔 데이 브루기가 서툰 녀석이에요?"

그러자 다른 사람들이 서둘러 말투를 바꾸면서 말했다. "무슨 소리, 무슨 소리예요. 모두를 겁나게 하는 도적이랍니다!"

"당신들은 그를 보셨어요?"

"우리가요? 누가 그 사람을 본 적이 있다고 하던가요?"

"하지만 당신들은 그가 틀림없이 있다고 믿지 않나요?"

"오 저런! 분명 있지요! 그리고 또 없을 수도 있어요!"

"없을 수도 있다고요?"

"……이럴 수도 있고 저럴 수도 있답니다. 하, 하, 하!"

"하지만 모두들 그러는데……."

"맞아요. 그렇게 말해야만 할 겁니다. 여기저기서 도적질을 하고 살인을 하는 건 그 무시무시한 도적 잔 데이 브루기라고요! 누가 대체 그 점을 의심하는지 알고 싶군요!"

"이봐요, 당신. 설마 그 사실을 의심할 정도로 용기가 있는 건 아니겠지요?"

결국 코지모 형은 계곡 아래쪽 사람들은 잔 데이 브루기를 두려워하고, 숲에 사는 사람들은 위로 올라가면 올라갈수록 잔 데이 브루기를 의심하고 또 드러내놓고 비웃기도 한다는 걸 알게 되었다.

아주 노련한 사람들에게는 잔 데이 브루기라는 존재가 아무것도 아니라는 걸 알게 되면서 형은 그를 만나고 싶은 호기심이 사라졌다. 그런데 그를 만나게 된 것은 바로 그때였다.


어느 날 오후 코지모 형은 호두나무 위에서 책을 읽고 있었다. 얼마 전부터 형은 책이 그리워지기 시작했다. 하루 종일 총을 조준한 채 새라도 한 마리 날아오기만을 기다린다는 건 정말 지루한 일이었다.

그래서 그는 한 손에는 르사주[27]의 『질 블라스』를 들고 다른 손에는 권총을 들고 책을 읽었다. 주인이 책 읽는 것을 좋아하지 않는 오티모 마시모는 그를 방해할 구실을 찾았다. 예를 들면 코지모 형이

---

**27** Alain-René Lesage, 1668~1747. 프랑스의 소설가, 극작가. 『질 블라스』는 그의 대표작으로, 유명한 악한 소설이다.

제대로 총을 쏠 수 있는지 보려고 나비만 한 마리 날아가도 짖어 대며 주위를 어슬렁거렸다.

그런데 바로 그때 산 아래쪽 오솔길을 따라 지저분하게 옷을 입고 수염을 덥수룩하게 기른 남자가 숨을 헐떡이며 달려오고 있었다. 무기는 지니고 있지 않았다. 그리고 그 뒤로는 사벨을 빼 든 순경 두 명이 소리를 지르며 달려오고 있었다. "저자를 세워라! 잔 데이 브루기다! 드디어 그 녀석을 찾아냈다."

이제 산적은 순경들과 약간 거리를 두게 되었다. 하지만 길을 잘못 들었거나 어떤 함정에 빠진 사람처럼 겁을 집어먹어 계속 침착하지 못하게 움직였기 때문에 곧 순경들이 그를 바짝 따라올 것 같았다. 코지모 형이 있는 호두나무는 사람이 밟고 기어오를 만하게 튀어나온 부분이 전혀 없었다. 하지만 형에게는 어려운 길을 건널 때 이용하려고 항상 가지고 다니는 밧줄이 하나 있었다. 형은 그 밧줄의 한쪽 끝을 나뭇가지에 묶고 다른 쪽 끝은 땅으로 던졌다. 산적은 그 밧줄이 거의 자기 코끝에 떨어지는 것을 보고 잠깐 동안 망설이며 손을 비틀다가 줄을 잡더니 항상 정확한 순간을 놓치기만 하다가 어쩌다 우연히 기회를 잡은 사람처럼 머뭇거리는 듯하다가 추진력 있게, 혹은 추진력 있게 머뭇거리다가 재빨리 나무 위로 올라갔다.

순경들이 도착했다. 밧줄은 끌어 올려졌고 잔 데이 브루기는 코지모 형 옆에, 호두나무 잎 속에 있었다. 길이 갈라지는 곳이었다. 순경 한 명은 이쪽을, 다른 한 명은 저쪽을 살펴보다가 제자리로 돌아왔는데, 그들은 산적이 어디로 갔는지 전혀 알 길이 없었다. 그때 우연히 그 부근에서 꼬리를 흔들고 있는 오티모 마시모가 눈에 띄었다.

"이봐……." 순경 한 사람이 다른 순경에게 말했다. "풀밭에 있는

저 개, 남작 아드님 개 아니야? 도련님이 이 근처에 있다면 뭔가 알려
줄 거야!"

"나 이 위에 있어요!" 코지모 형이 소리쳤다. 하지만 형은 조금
전에 있던 호두나무, 그러니까 산적이 숨어 있는 호두나무에서 소리
친 게 아니었다. 형은 재빨리 호두나무 앞에 있는 밤나무로 자리를
옮겼고, 그래서 순경들은 주위의 나무들을 자세히 살펴보지도 않고
형이 있는 쪽으로 고개를 돌렸다.

"안녕하세요, 도련님." 순경들이 말했다. "혹시 잔 데이 브루기라
는 산적이 지나가는 걸 못 보셨습니까?"

"난 그 남자가 누군지 잘 몰라요." 코지모 형이 대답했다. "하지
만 달려가던 난쟁이를 찾는다면 그 남자는 강 쪽으로 갔어요."

"난쟁이요? 무서울 정도로 덩치가 큰 남자인데……."

"글쎄, 이 위에서는 모두 작아 보이니까……."

"고맙습니다, 도련님!" 그러더니 그들은 강 쪽으로 가로질러 갔다.

코지모 형은 호두나무로 돌아와 다시 『질 브라스』를 읽기 시작
했다. 뻣뻣한 수염과 머리카락에 마른 나뭇잎과 밤송이와 솔잎을 잔
뜩 매단 창백한 얼굴의 잔 데이 브루기는 여전히 나뭇가지에 달라붙
어 있었다. 당황한 듯한 두 개의 동그란 초록색 눈으로 코지모를 쳐다
보았다. 못생겨도 정말 못생긴 얼굴이었다.

"갔소?" 잔 데이 브루기가 물어보기로 결심했다.

"아, 예." 코지모 형이 상냥하게 대답했다. "당신은 산적 잔 데이
브루기지요?"

"어떻게 나를 아시오?"

"아, 아주 유명하니까요."

"그런데 당신은 나무에서 절대 내려오지 않는다는 그 사람이지요?"

"그렇습니다. 어떻게 알았지요?"

"에, 나 역시 소문을 들었지요."

그들은 존경해야 할 두 인물이 우연히 만나 상대방이 자신을 알고 있다는 사실에 흡족해하듯 그렇게 공손하게 서로를 쳐다보았다.

코지모는 무슨 말을 해야 할지 몰라 다시 책을 읽기 시작했다.

"뭐 재미있는 것을 읽고 있나요?"

"르사주의 『질 블라스』입니다."

"재미있습니까?"

"아, 예."

"다 읽으려면 아직 멀었나요?"

"왜요? 글쎄, 한 이십여 쪽 정도 남았군요."

"다 읽었으면 제게 그 책을 좀 빌려주십사 부탁드리려고요." 그가 약간 부끄러운 듯 미소를 지었다. "아시겠지만 전 며칠 숨어 있어야 합니다. 전 가끔씩 책을 읽는답니다. 한번은 마차를 세웠는데 물건은 별로 없었지만 책이 한 권 있어서 그걸 가져왔어요. 이 외투 밑에 숨겨서 가지고 다녔지요. 그 책을 가져오느라 다른 전리품은 모두 포기했어요. 밤에 램프를 켜 놓고 그 책을 읽으려고……. 그런데 라틴어로 쓰여 있는 거예요! 전 한마디도 이해할 수가 없었어요……." 잔 데이 브루기가 고개를 저었다. "보세요, 난 라틴어는 모른답니다."

"아, 라틴어는, 이크, 어렵지요." 코지모 형이 대답했는데 형은 원래 뜻과는 달리 자기가 방어적인 태도를 취하고 있다는 것을 느꼈다. "여기 이건 프랑스어인데……."

"프랑스어, 토스카나어, 프로방스어, 스페인어, 전 모두 다 읽을 줄 안답니다." 잔 데이 브루기가 말했다. "여기 카탈루냐어도 조금 있군요. 본 디아! 보나 니트! 에스타 라 마르 몰트 알보로타다."

삼십 분 만에 코지모 형은 책을 다 읽고 잔 데이 브루기에게 빌려 주었다.

그렇게 해서 우리 형과 도둑 사이의 관계가 시작되었다. 잔 데이 브루기는 책을 다 읽자마자 코지모 형에게 달려와 책을 돌려주고 다른 책을 빌려 달아나 자신의 비밀 은신처에 틀어박혔다. 그리고 책 읽기에 빠졌다.

우리 집 서재에서 코지모 형에게 책을 가져다준 사람은 나였는데 코지모 형은 책을 다 읽고 나면 다시 내게 돌려주었다. 이제 책을 다 읽고 나면 잔 데이 브루기에게 전해 주어야 했기 때문에 형이 책을 가지고 있는 시간은 점점 더 길어졌으며 종종 제본한 부분이 뜯어지거나 곰팡이가 피고 달팽이 무늬 같은 줄이 져서 책이 돌아오곤 했다. 대체 산적이 그 책을 어디에 보관하는지 알 수가 없었다.

약속한 날 코지모 형과 잔 데이 브루기는 약속한 나무 위에서 만나 책을 교환했다. 순경들이 계속 숲을 수색했기 때문이다. 그래서 이렇게 간단한 일도 두 사람 모두에게 아주 위험할 수 있었다. 그 범죄자와 단순히 우정을 나누었을 뿐임을 제대로 증명하지 못하면 우리 형도 위험하기는 마찬가지였다! 하지만 잔 데이 브루기는 소설이란 소설은 모두 탐독할 정도로 그렇게 독서에 푹 빠져 있었다. 그는 하루 종일 숨어서 책만 읽었기 때문에 우리 형이 일주일 읽을 몇 권의 책을 단 하루 만에 모두 읽어 버렸다. 그리고 다른 책을 읽고 싶은데 아직 정해진 날이 되지 않았으면 형을 찾아 온 들녘을 다 헤매고 다니는 바람에 오두막집에 사는 사람들을 놀라게 했고 옴브로사의 순경들이 총동원되어 그의 흔적을 찾아 추적하게 만들었다.

이제 코지모 형도 산적의 요구에 몰려 내가 가져다주는 책만으로 버틸 수 없게 되자 다른 책 공급자를 찾아 나서야만 했다. 형은 오르베케라는 유대인 책장수를 알고 있었는데 이 책장수는 코지모에게 여러 권으로 된 작품을 마련해 줄 수 있었다. 코지모 형은 그의 집 창문 옆에 있는 쥐엄나무로 가서 창문을 두들겨 갓 잡은 토끼나 개똥지빠귀, 꿩 같은 것과 책을 바꾸었다.

하지만 잔 데이 브루기에게는 나름의 취향이 있어서 아무 책이나 가져다줄 수가 없었는데, 마음에 들지 않는 책을 되는대로 가져다주면 그 다음 날 다시 코지모 형에게 와서 책을 바꾸어 오게 만들었다. 우리 형은 이제 깊이 있는 독서를 시작할 나이였지만, 잔 데이 브루기가 『텔레마코스의 모험』을 다시 가져와 한 번만 더 이렇게 지겨운 책을 가져오면 형이 있는 나무 밑동을 잘라 버리겠다고 경고한 다음부터 어쩔 수 없이 독서의 속도가 느려질 수밖에 없었다.

코지모 형은 이 지점에서 도둑에게 빌려다 주기 위해 준비하는 책과 조용하게 자신이 읽고 싶은 책을 구별하고 싶었다. 하지만 그런 건 생각조차 할 수 없었다. 잔 데이 브루기가 점점 더 까다로워지고 형을 믿지 않게 되면서 책을 가져가기 전에 형이 자신에게 줄거리를 약간 이야기해 주길 바랐고 그 내용이 틀리면 야단을 냈기 때문에 그에게 갖다 줄 책들을 적어도 한 번 훑어보아야만 했다. 형은 애정 소설들을 가져다주어 보았다. 그러자 도둑은 형을 찾아와서 화를 내며 자신이 계집애들에게 정신을 팔 것 같냐고 물었다. 그가 어떤 책을 좋아할지는 전혀 예측할 수가 없었다.

결국 항상 가까이에 있는 잔 데이 브루기 때문에 코지모 형에게 독서는 삼십 분 정도 시간을 보내는 소일거리가 아니라 중요한 근심거리, 하루의 목표가 되어 버렸다. 책을 다루고 그것들을 평가하고 구입하고 그 책에서 점점 더 많은 지식과 새로운 지식을 알아내면서, 잔 데이 브루기를 위해 책을 읽고, 또 자신의 필요 때문에 독서를 하다 보니 코지모 형에게는 독서와 인간 지식에 대한 열정이 생겨나게 되었다. 형은 하루 종일 읽고 싶은 책만 읽었고 밤에도 램프의 불빛 아래에서 계속 책을 읽었다.

마침내 코지모 형은 리처드슨[28]의 책들을 발견했다. 잔 데이 브루기도 좋아했다. 한 권을 다 읽으면 곧 다른 책을 읽고 싶어 했다. 오르베케는 산더미 같은 책을 마련해 주었다. 산적은 한 달 동안 읽을거리가 생겼다. 평화를 되찾은 코지모 형은 『플루타르크 영웅전』을 읽기 시작했다.

잔 데이 브루기는 자기 잠자리에 누워 마른 잎이 잔뜩 매달린 뻣뻣한 빨간 머리로 주름진 이마를 다 가린 채, 책을 읽느라 시선을 집중시켜 핏발이 선 초록색 눈으로 서둘러 한 자 한 자 정확히 읽어 내려가기 위해 턱을 움직이며 책을 읽고 또 읽었다. 리처드슨의 책을 읽으면서 일상적이고 가정적인 나날들, 가족들, 친근한 감정들, 악인들과 부도덕한 사람들을 보고 느끼는 혐오감, 선행을 간절히 바라는 마음, 즉 오래전부터 그의 영혼 속에 잠재해 있던 성질이 되살아나 그를 괴롭히기 시작했다. 그는 자신을 둘러싼 모든 것에 전혀 흥미를 느끼

---

**28** Samuel Richardson, 1689~1761. 영국의 소설가. 서간체 기법을 도입해 소설의 극적 가능성을 개척하였다. 대표작으로 『파멜라』와 『클라리사』가 있다.

지 못했고 심지어 혐오스러워 하기까지 했다. 이제 그는 코지모에게 달려가 책을 교환하는 경우 이외에는 은신처에서 나오지 않았는데, 이야기를 중간 정도 읽고 있을 때는 특히 더했다. 그렇게 그는 숲 속 사람들이 품고 있는 원한의 폭풍우에 전혀 개의치 않으며 홀로 떨어져 살았다. 숲 속 사람들은 한때는 그의 믿음직한 공범자였지만 지금은 순경들을 숲으로 끌어들인 채 아무런 행동도 하지 않는 이 산적을 숨겨 주는 데 지쳐버렸다.

과거에는 작은 일이라도 처벌을 받아야 할 죄를 지은 사람들과 냄비를 땜질하는 떠돌이 같은 상습적 절도범이나 산적 일당 같은 진짜 범죄자들이 잔 데이 브루기의 주위에 많이 모여들었다. 도적질을 하거나 강도짓을 할 때마다 이 사람들은 잔 데이 브루기의 권위와 경험을 이용했고 사람들의 입에 오르내리며 두려움을 주는 그의 이름을 방패막이로 이용했다. 그리고 그들이 성공적으로 한탕을 끝내고 나면 처분하거나 팔아치워야 할 장물과 물건과 밀매품이 숲에 넘쳐났기 때문에 한탕을 거들지 않은 사람들도 어떤 식으로든 그 성공을 즐겼다. 그래서 그 주위를 들락날락한 사람들은 모두 수입을 얻었다. 그리고 잔 데이 브루기 몰래 강도 짓을 한 사람은 자기가 덮친 사람들에게 겁을 주고 최대한 많은 물건을 훔쳐오기 위해 그 무시무시한 이름을 더 크게 말했다. 사람들은 공포 속에서 살았고 도적들이 나타날 때마다 잔 데이 브루기와 그 일당 중의 한 명을 보았기 때문에 서둘러 가방 끈을 풀었다.

이렇게 좋은 시절은 꽤 오랫동안 지속되었다. 잔 데이 브루기는 자신이 일을 직접 하지 않고도 들어오는 수입으로 그럭저럭 살 수 있다는 것을 알게 되면서 차츰 일에서 멀어졌다. 그는 모든 일이 예전처럼 계속될 것이라고 믿었지만 사람들은 변했고 이제 그의 이름은 더 이상 그 어떤 존경심도 불러일으키지 않았다.

이제 그 누가 잔 데이 브루기를 필요로 하겠는가? 그는 숨어서 흐리멍덩한 눈으로 소설책만 읽고 있었다. 더 이상 한탕을 치지 않았고 물건을 손에 넣으려고 하지도 않았다. 숲에서는 이제 자기 일을 할 수 있는 사람이 아무도 없었다. 순경들이 매일 잔 데이 브루기를 찾으러 왔다. 그리고 운 나쁜 사람이 조금만 의심스러운 태도를 보여도 그를 데려다 가두었다. 잔 데이 브루기 머리에 붙은 현상금의 유혹이 숲 속 사람들을 더욱 부채질했으므로 이제 그의 운명도 분명 며칠 안 남은 듯했다.

잔 데이 브루기의 수하에서 커 이 훌륭한 대장을 잃는다는 사실을 받아들이지 못한 두 명의 젊은 산적이 그에게 만회할 수 있는 기회를 주고 싶어 했다. 이 산적들의 이름은 우가소와 벨로레로, 소년 시절에는 과일을 훔치는 좀도둑 일당이었다. 이제 청년이 되어 당연한 순서대로 산적이 되어 있었다.

그래서 이 두 젊은이는 잔 데이 브루기의 동굴로 그를 찾아갔다. 잔 데이 브루기는 거기 밀짚 더미 위에 있었다. "그래, 무슨 일이지?" 그는 책에서 눈을 떼지 않은 채 물었다.

"상의할 일이 하나 있어서 왔습니다, 잔 데이 브루기."

"음, 음…… 무얼?" 그러면서 계속 책을 읽었다.

"세금 징수원 코스탄초의 집을 아시지요?"

"그래, 그래…… 응? 뭐라고? 세금 징수원이 누군데?"

벨로레와 우가소는 안타깝다는 듯한 시선을 주고받았다. 산적의 눈 밑에 있는 그 염병할 책을 없애지 않는 한 그는 단 한마디도 제대로 알아들을 수 없을 것이다. "잠깐만 책을 좀 덮지요, 잔 데이 브루기. 우리 이야기 좀 들어 보세요."

잔 데이 브루기는 두 손으로 책을 움켜쥐고 무릎을 꿇었다. 읽던 부분을 표시해서 펴 든 채로 가슴에 책을 꼭 안았다. 그러다가 책을 계속 읽고 싶은 마음이 너무나 커 여전히 책을 꼭 쥔 채 코를 집어넣을 수 있을 정도까지 책을 들어 올렸다.

벨로레에게 좋은 수가 생각났다. 동굴 안에는 커다란 거미가 매달려 있는 거미집이 하나 있었다. 벨로레는 손으로 재빨리 이 거미집을 들어 올려, 잔 데이 브루기의 책과 코 사이에 집어던졌다. 이 불운한 잔 데이 브루기는 거미만 봐도 겁에 질릴 정도로 그렇게 나약해져 있었다. 그는 거미 다리와 끈적끈적한 거미줄들이 코 위에 달라붙은 걸 느끼자 그게 뭔지도 모르면서 공포의 비명부터 질러 댔다. 책을 떨어뜨린 채 얼굴 앞에서 두 손을 휘저었다. 눈은 휘둥그레졌고 입에서는 침이 질질 흘렀다.

우가소가 땅으로 달려들어 잔 데이 브루기가 발로 책을 밟기 전에 책을 집었다.

"그 책을 돌려줘!" 잔 데이 브루기가 한 손으로는 거미와 거미집을 떼어 내고 다른 손으로는 우가소의 손에서 책을 낚아채려고 애썼다.

"아니요, 먼저 이야기를 들으세요!" 우가소가 등 뒤로 책을 숨기며 말했다.

"난 지금 『클라리사』를 읽고 있어. 책을 이리 줘! 결론 부분을 읽고 있단 말이야……"

"이야기 좀 들어요. 우리는 오늘 밤 장작 자루를 싣고 세금 징수원의 집에 갈 겁니다. 장작 자루 속에 장작 대신 두목님이 들어가 있어야 합니다. 밤이 되면 자루에서 나와서……."

"난 『클라리사』를 다 읽고 싶어!" 잔 데이 브루기는 남아 있던 거미집을 얼굴에서 다 떼어 내 두 손이 자유로워졌기 때문에 두 젊은이와 싸워 보려고 했다.

"내 말을 들어요……. 밤이 되어 두목님이 권총을 몸에 지니고 장작 자루에서 나와 세금 징수원에게서 오늘 아침에 걷은 세금을 빼앗는 겁니다. 그는 그 세금을 침대 머리맡의 금고에 넣어 두었어요……."

"이 장(章)까지만이라도 읽게 해 줘……. 부탁이야."

두 젊은이는 잔 데이 브루기가 감히 자신에게 반항하는 사람이 있으면 두 개의 소총으로 그의 배를 겨누던 시절을 생각했다. 그들은 슬픈 향수에 잠겼다. "두목님이 돈 자루를 들고 오는 겁니다. 좋죠?" 그들은 쓸쓸하게 우겼다. "돈 자루를 가지고 오면 우리가 책을 돌려줄 거고, 그러면 원하는 만큼 읽을 수 있습니다. 그렇게 하면 되겠지요? 갈 거죠?"

"아니, 안 돼! 난 안 갈 거야!"

"아, 안 간다고요……. 안 간다고요, 그러면…… 그러면 보세요!" 우가소가 책의 끝부분의 페이지를 잡아("안 돼!" 잔 데이 브루기가 외쳤다.) 뜯더니("안 돼, 멈춰!") 둥글게 말아 불에 던졌다.

"아아아! 개새끼! 어떻게 끝나는지 알 수 없게 되었어!" 그러더니 책을 빼앗기 위해 우가소의 뒤를 쫓아 달렸다.

"그러면 세금 징수원의 집에 갈 거죠?"

"아니, 안 가!"

우가소가 다시 두 페이지를 뜯었다.

"멈춰! 아직 거기까지 읽지 않았어! 불에 태워선 안 돼!"

우가소는 벌써 그 두 페이지를 불에 던져 버린 뒤였다.

"개새끼! 『클라리사』! 안 돼!"

"그러면 갈 건가요?"

"난……."

우가소는 다시 세 페이지를 찢었고 그것들을 불에 던졌다.

잔 데이 브루기는 얼굴을 손으로 감싸 쥐고 털썩 주저앉았다. "갈게." 그가 말했다. "하지만 세금 징수원의 집 밖에서 너희들이 책을 가지고 나를 기다린다고 약속해 줘."

산적은 장작 자루에 들어갔고 두 젊은이가 머리 위에 잡목 더미를 얹었다. 벨로레가 자루를 어깨에 짊어졌다. 그 뒤로 책을 든 우가소가 따라왔다. 가끔씩 자루 안에서 잔 데이 브루기가 나가게 해 달라거나 투덜거리면서 후회를 하면 우가소는 책 찢는 소리를 들려주었고 그러면 잔 데이 브루기는 금방 다시 조용해졌다.

나무장수로 변장한 두 사람은 이런 식으로 세금 징수원의 집까지 잔 데이 브루기를 옮겨다 놓았다. 두 산적은 집에서 조금 떨어진 올리브나무 뒤로 가서 몸을 숨기고 잔 데이 브루기가 일을 다 치른 뒤 세금 징수원의 집으로 가야 할 시간을 기다렸다.

하지만 잔 데이 브루기는 너무 마음이 급한 나머지 어두워지기도 전에 자루에서 나왔다. 집에는 아직 사람들이 너무 많았다. "손들어!" 하지만 그는 이미 예전의 잔 데이 브루기가 아니었다. 그는 마치 밖에서 자신을 지켜보는 것 같았고 자기 꼴이 좀 우습다는 생각이 들었다. "손들라고 내가 말했지……. 이 방에 있는 사람은 모두 벽 쪽으로 돌아서……." 천만에, 이젠 잔 데이 브루기 자신도 자기 말을 믿을 수가 없었다. 그저 그런 말을 해야 했기 때문에 한 것뿐이었다. "도망간 사람 없지?" 그는 어린 소녀가 달아났다는 걸 눈치채지 못했다.

어쨌든 일 분도 지체해서는 안 되는 일이었지만 그는 질질 끌었고 세금 징수원은 말귀를 못 알아듣는 척하면서 열쇠를 찾지 않았다. 잔 데이 브루기는 사람들이 자신의 말을 진지하게 받아들이지 않는다는 것을 알게 되었다. 그런데 일이 그렇게 되었어도 마음속으로는 오히려 그렇게 된 걸 만족스럽게 생각했다.

마침내 은화 자루를 팔에 가득 들고 집에서 나왔다. 그는 무턱대고 부하들과 만나기로 약속한 올리브나무로 달려갔다. "여기 전부 다 있다! 『클라리사』 돌려줘!"

그때 넷, 일곱, 열 개의 팔이 그에게 달려들더니 어깨부터 발끝까지 꼼짝할 수 없게 만들었다. 순경 부대가 그의 몸을 들어올려 소시지처럼 묶었다. "감옥에서 클라리사를 보게 될 거다!" 그리고 그를 감옥으로 데려갔다.

감옥은 해변에 있는 탑이었다. 야생 소나무가 숲을 이루어 여기저기서 자라고 있었다. 이 소나무를 이용해 코지모 형은 잔 데이 브루기가 있는 감방 높이 가까이에 이를 수 있었는데 쇠창살 너머로 산적의 얼굴을 보았다.

산적에게는 심문이나 재판 같은 것이 조금도 중요하지 않았다. 일이 어떻게 되든 그는 교수형을 당할 것이다. 그가 걱정하는 것은 오히려 책을 읽을 수도 없고 『클라리사』를 반쯤 읽다 만 채 감옥에서 공허한 날을 보내는 것이었다. 코지모 형은 『클라리사』를 다시 한 권

구해 가지고 소나무 위에 와 있었다.

"넌 어디까지 읽었니?"

"클라리사가 매춘굴에서 도망치는 데요!"

코지모 형은 몇 쪽을 넘겨보았다. "아, 여기 있어요. 그러니까……." 그러고는 쇠창살을 향해, 쇠창살을 잡은 잔 데이 브루기의 움켜쥔 손이 보이는 쪽을 향해 큰 소리로 읽기 시작했다.

조사는 오랫동안 계속되었다. 산적은 고문을 견뎠다. 셀 수도 없이 많은 그의 범죄들을 실토시키는 데 여러 날이 걸렸다. 그래서 매일 심문을 받기 전이나 후에 코지모 형이 읽어 주는 소설을 들을 수 있었다. 『클라리사』를 다 읽자 그가 약간 우울해진 것을 느낀 코지모 형은 리처드슨은 폐쇄적인 사람이므로 그의 소설을 읽으면 약간 침울해질 수 있다고 생각했다. 대신 필딩[29]의 소설을 읽어 주는 게 좋을 것 같았다. 필딩의 소설에 등장하는 사건은 움직임이 많기 때문에 잔 데이 브루기가 잃어버린 자유를 조금이나마 보상해 줄 것 같았다. 재판이 진행되었지만 잔 데이 브루기는 오로지 조너선 와일드의 문제만 생각했다.

책이 다 끝나기 전에 사형 집행일이 되었다. 잔 데이 브루기는 신부와 함께 마차를 타고 살아생전 마지막이 될 길을 떠났다. 옴브로사에서 교수형은 광장 한가운데에 있는 큰 떡갈나무에서 집행되었다. 그 주변에 사람들이 둥글게 원을 만들어 서 있었다.

목에 올가미가 씌워졌을 때 잔 데이 브루기는 나뭇가지 사이에서 들려오는 휘파람 소리를 들었다. 책을 들고 서 있는 코지모 형이

---

29 Henry Fielding, 1707~1754. 영국의 소설가. 새뮤얼 리처드슨과 함께 영국 소설의 창시자로 평가된다. 『조너선 와일드』, 『아멜리아』, 『톰 존스』 등의 작품이 있다.

었다.

"어떻게 끝났는지 내게 말해 줘." 사형수가 말했다.

"당신에게 이런 결말을 이야기하게 돼서 유감이에요." 코지모 형이 대답했다. "조너선이 목매달아 죽었어요."

"고마워, 나도 그럴 건데! 안녕!" 그가 직접 사다리를 발로 차서 목이 졸렸다.

군중들은 그의 몸이 흔들림을 멈추자 자리를 떴다. 코지모 형은 밤이 될 때까지 사형수가 매달려 있는 나뭇가지에 걸터앉아 있었다. 시체의 눈과 코를 물어뜯기 위해 까마귀가 다가올 때마다 형은 모자를 흔들어 까마귀를 쫓았다.

# I3

그렇게 산적과 사귀면서 코지모 형은 독서와 공부에 대해 끝없는 열정을 갖게 되었고 그 열정은 이후 평생 지속되었다. 이제 형과 마주칠 때마다 흔히 볼 수 있는 자세는 편한 나뭇가지에 걸터앉거나 학교 의자같이 생긴 갈라진 나뭇가지에 기대앉아 손에 책을 펴 들고 작은 판자 위에 종이를 올려놓고 나무의 구멍에 잉크를 놓아둔 다음 긴 거위 깃털 펜으로 글을 쓰고 있는 모습이었다.

이제는 수업을 받고 타키투스와 오비디우스, 그리고 천체와 화학의 법칙들에 대한 설명을 들으려고 형이 먼저 포슐라플뢰르 신부를 찾아갔다. 하지만 늙은 신부는 약간의 문법과 신학 문제를 제외하면 불확실과 공백의 바다에서 허우적거리고 있었던지라 학생이 질문을 하면 팔을 벌리거나 눈을 들어 하늘을 보았다.

"무슈 라베, 페르시아에서는 부인을 몇 명이나 데리고 살 수 있어요? 무슈 라베, 비카리오 사보이아르도가 누구지요? 무슈 라베, 린네의 방식을 제게 설명해 주실 수 있어요?"

"알로르…… 부아용…… 맹트낭……[30]" 신부는 입을 열었으나 당황해서 더 이상 말을 잇지 못했다.

하지만 온갖 종류의 책을 탐독하고 자기 시간의 반은 책을 읽고 나머지 반은 책장수 오르베케에게 진 빚을 갚기 위해 사냥을 하는 코지모 형은 항상 새로운 이야깃거리를 가지고 있었다. 스위스의 숲에서 약초 채집을 하며 산책하는 루소에 대해, 연으로 번개를 잡는 벤저민 프랭클린에 대해, 아메리카의 인디언들 사이에서 살고 있는 혼탄 남작에 대해 이야기했다.

늙은 포슐라플뢰르는 이런 이야기에 놀라울 정도의 관심을 보이며 귀를 기울였는데 진짜 관심이 있던 건지, 그저 형에게 아무것도 가르치지 못한다는 사실에 위안이 필요했기 때문인지는 잘 모르겠다. 신부는 머리를 끄덕이고 이런 말로 참견을 했다. "농! 디트 르 무아![31]" 코지모 형이 질문하면서 그에게 몸을 돌렸다. "그러면 그게 어떻게 된 건지 알고 계세요……?" 아니면 이렇게 말하기도 했다. "티앵! 메 세 에파탕![32]" 그러면 코지모가 그에게 대답을 했다. 그러면 가끔씩 이런 말을 했다. "몽 디외![33]" 이 말은 그 순간 하느님의 위대하심을 새롭게 발견해 낸 기쁨을 표시할 때나, 또 가면을 완전히 뒤집어 쓴 채 전 세계를 지배하고 있어 피할 수 없는 절대적인 힘을 지닌 악에 대한 유감을 표현할 때 사용되곤 했다.

나는 아직 너무 어렸고 코지모 형에게 친구라고는 글을 읽을 줄 모르는 사람밖에 없었다. 그래서 비록 질문하고 답변을 들을 수는 없더라도 책을 통해 발견해 가는 사실들을 이야기하고 싶은 욕구를 이

---

30 저…… 자…… 지금…….
31 아니야! 내게 말해 보렴!
32 저! 놀라운데!
33 저런!

늙은 가정교사에게 털어놓았다. 알다시피 신부는 순종적이고 친절한 성격이었는데 이런 성격은 허영에 찬 우월 의식에서 기인한 것이었다. 그리고 코지모 형은 그의 이런 성격을 이용했다. 그래서 두 사람 사이의 선생과 제자 관계는 뒤바뀌어 버렸다. 코지모 형이 선생 노릇을 했고 포슐라플뢰르 신부는 학생 같았다. 우리 형은 나무 위로 돌아다니는 것을 겁내는 이 노인을 나무 위로 끌어올릴 정도로 선생으로서의 권위를 갖게 되었다. 신부는 형 때문에, 야윈 다리로 온다리바 정원에 있는 인도밤나무 가지에 매달려 희귀한 식물들과 분수가 있는 연못에 비치는 석양을 관조하며 군주제와 공화제, 여러 종교의 정당성과 진실, 중국의 의식들, 리스본 지진, 라이덴 전투, 감각주의 같은 것을 생각하며 오후를 보내게 되었다.

나는 그리스어 수업을 받아야 했지만 늙은 가정교사를 찾을 수가 없었다. 온 가족이 걱정했고 포슐라플뢰르를 찾기 위해 들판으로 달려 나갔다. 신부가 혹시 부주의하게 다니다가 양어장에 빠져 익사한 것은 아닌지 걱정하며 양어장까지 조사했다. 밤이 되어 신부는 너무 오랜 시간 불편한 자세로 나무 위에 앉아 있은 탓에 생긴 요통을 호소하며 돌아왔다.

하지만 잊지 말아야 할 것은 얀센주의자인 이 노인에게 모든 것을 긍정적으로 받아들이려는 순간과, 그가 본질적으로 좋아하는 엄격한 정신 상태를 고수하려는 경향이 번갈아가면서 나타났다는 점이다. 신부는 주의가 산만하고 유연한 상태일 때에는 새로운 사상이나 자유주의적인 사상, 예를 들면 법 앞에서의 인간의 평등이나 원시인들의 정직성, 미신의 좋지 않은 영향 같은 것들을 아무런 저항 없이 받아들였다. 하지만 십오 분 후면 지나친 엄격성과 절대성에 공격

당하고 말았다. 그래서 조금 전에 그렇게 가볍게 받아들였던 생각들에 완전히 빠져들어, 자신이 좋아하는 엄격성과 도덕성을 거기에 덧붙였다. 그러면 자유롭고 평등한 시민의 의무나 자연 종교를 따르는 인간의 덕성은 그의 입술 위에서 무자비한 규율, 광신의 조항이 되었다. 그 외에 신부가 본 것이라고는 부패한 검은 그림자밖에 없었다. 새로운 철학자들은 악을 고발하는 데 있어 너무 부드럽고 표면적인데, 비록 어렵기는 하지만 완벽에 도달하는 길은 타협이나 어중간한 결말을 허락하지 않는 것이라고 신부가 말했다.

신부의 이런 돌연한 태도 변화 앞에서 코지모 형은 일관성이 없다든지 엄격하지 않다는 비난을 받을까 두려워서 더 이상 감히 입을 벙긋할 수가 없었다. 형이 머릿속에서 만들어 내려고 애쓰는 풍요로운 세계가 대리석 묘지 같은 신부 앞에서 시들어 갔다. 다행히도 신부는 정신을 너무나 긴장시켜서 곧 피로를 느꼈고, 마치 모든 개념을 순수한 본질로 환원시키기 위해 잘게 자르다 보니 손으로 만질 수 없는 어두운 그늘 속에 빠져 버린 사람처럼 지친 기색으로 그 자리에 있었다. 그는 눈을 껌벅거리고 한숨을 쉬었는데 한숨은 하품으로 변하였고 그는 열반의 경지로 돌아갔다.

하지만 신부는 이 두 가지 성질 사이를 오가며 이제 코지모 형이 시작한 공부를 따라가는 데 하루의 시간을 모두 바쳤다. 그리고 암스테르담과 파리에 있는 서적상에게 주문할 책을 오르베케에게 알려 주고 새로 도착한 책들을 찾아오기 위해 오르베케의 가게와 코지모 형이 있는 나무 사이를 왔다 갔다 했다. 그렇게 신부는 자신의 불행을 준비해 갔다. 왜냐하면 옴브로사에 유럽에서 출판이 금지된 책을 모조리 가져다 읽는 신부가 있다는 소문이 교회 재판소에까지 들어갔기 때문이다. 어느 날 오후 순경들이 신부의 작은 방을 수색하기 위해 우리 저택에 나타났다. 그러더니 그의 성무 일과서 속에서 벨[34]의 저서들을 찾아냈다. 그 책들은 아직 펴 보지도 않은 새것이었지만 가지고 있다는 사실만으로도 경찰은 그를 체포해 갈 수 있었다.

구름이 많이 낀 그날 오후 벌어진 광경은 아주 슬펐다. 내 방 창문에서 놀라서 바라보았던 그 장면을 난 아직도 생생히 기억하고 있다. 난 그 광경을 지켜보다가 그리스어 동사 변형 공부를 그만두었다. 이제 그리스어 수업은 다시 할 수 없을 테니까. 늙은 포슐라플뢰르 신부는 무장한 순경들 틈에 끼어 오솔길을 따라 멀어져 갔다. 그는 나무들이 있는 쪽을 올려다보았고 갑자기 떡갈나무 쪽으로 달려가 그 위로 기어 올라가고 싶은 듯 재빨리 움직였지만 그에게는 힘이 없었다. 그날 코지모 형은 숲으로 사냥을 갔기 때문에 이런 일이 벌어진 것을 전혀 몰랐다. 그래서 그들은 작별 인사도 나누지 못했다.

우리는 신부를 전혀 도와줄 수가 없었다. 우리 아버지는 방 안에 틀어박혀 음식은 입에도 대지 않았는데, 예수회 회원들이 독을 넣어 놓았을까 두려워서였다. 신부는 계속되는 이단 행위 때문에 죽을 때까지 감옥과 수도원을 왔다 갔다 하며 여생을 보냈다. 그는 자신이 무얼 믿었는지 몰랐지만 마지막 순간까지 무엇인가를 확고하게 믿으려 애쓰면서 신앙에 완전히 자신의 삶을 바쳤다.

신부가 체포되긴 했지만 코지모 형의 공부에 별다른 해를 미치

---

**34** Pierre Bayle, 1647~1706. 프랑스의 철학자이자 평론가. 그의 저서 『역사와 비판 사전』은 정통 그리스도교 신앙을 파괴하도록 교묘히 꾸며진 주석이 달려 있다 하여 격렬한 비난을 받기도 했다.

지는 않았다. 바로 그 무렵부터 유럽의 중요한 철학자 및 과학자들과 서신 교환을 했기 때문이다. 형은 문제점이나 반론을 제기하기 위해, 혹은 단순히 훌륭한 사람들과 토론하고 동시에 외국어 연습을 하는 기쁨 때문에 편지를 썼다. 유감스럽게도 그 편지들은 모두 형만 아는 나무 구멍에 숨겨 두어서 절대 찾아낼 수가 없었다. 그리고 분명 다시 찾았다 하더라도 다람쥐가 물어뜯어 놓았거나 곰팡이가 슬었을 것이다. 그중에는 그 시대 가장 유명했던 학자들이 자필로 쓴 편지가 있었을 텐데 말이다.

책을 보관하려고 코지모 형은 공중 책꽂이 같은 것을 여러 개 만들었는데 비와 종이를 갉아 먹는 짐승들을 피하기 위해서였다. 하지만 형이 하는 공부나 순간순간의 기분에 따라 그 위치가 계속 바뀌었는데, 형은 책이 새와 비슷하다고 생각해 한자리에 가만히 있거나 갇혀 있는 걸 보지 못했기 때문이다. 그러면 책이 생기를 잃는다고 형은 말했다. 이 공중 책꽂이 중 가장 튼튼한 것에 리보르노의 서적상으로부터 한 권 한 권 도착하는 디드로와 달랑베르의 『백과전서』가 나란히 꽂혔다. 이제 그는 책에 묻혀 지냈기 때문에 약간 공상에 젖어 있었고 점점 더 자신의 주변 세계에 대한 관심이 줄어들었다. 그 후로는 『백과전서』를 읽지 않았다. 아베유, 아르브르, 부아, 자르댕[35] 같이 아름다운 말 때문에 그는 주변의 모든 사물을 새롭게 재발견할 수 있었다. 그가 주문한 책 중에서 예술서와 작업 교본, 예를 들면 수목 재배 교본 같은 책들이 모습을 보이기 시작했다. 그리고 형은 새로운 지식을 실험해 볼 날만을 애타게 기다렸다.

---

[35] 꿀벌, 나무, 숲, 정원.

코지모 형은 항상 일하는 사람들을 지켜보는 것을 좋아했지만 그때까지 형은 마치 작은 새처럼, 이따금 발동하는 앞뒤가 맞지 않는 충동을 따라 나무 위에서 생활하고 움직이고 사냥했다. 하지만 이제 형은 이웃에 도움이 될 만한 일을 무엇이든 할 필요가 있었다. 그리고 이런 점 역시 잘 살펴보면 산적과 사귀면서 배운 것임을 알 수 있는데, 다름 아닌 도움을 주는 사람이 된다는 기쁨, 다른 사람들에게 꼭 필요한 일을 하는 기쁨 같은 것이었다.

형은 가지 치는 법을 배웠다. 겨울이 되어 뒤엉킨 미궁처럼 뻗은 가지들을 좀 정리해서 꽃과 나뭇잎과 열매를 얻을 수 있을 것 같으면 과일나무를 키우는 농부들을 도왔다. 코지모 형은 가지치기를 썩 잘했고 질문은 거의 하지 않았다. 그래서 소작농이나 소지주들은 모두 형에게 자기 집에 들러 달라고 청했다. 그러고 나면 수정처럼 맑은 아침에 나뭇잎이 다 떨어져 버린 키 작은 나뭇가지에서, 목도리를 목에 둘러 귀까지 감싼 채 다리를 벌리고 서서 큰 가위를 들어 싹둑! 싹둑! 정확한 가위질로 쓸모없고 날카로운 가지를 잘라내고 있는 형의 모습이 보였다. 형은 또 정원에서 짧은 톱을 들고 과수원에서와 똑같은 기술로 그늘이 생길 수 있도록 나뭇가지를 자르고 관상용으로 키우는 나무를 다듬었다. 숲에서는 나무 몸통을 수십 번 찍어 나무를 완전히 쓰러뜨리는 나무꾼의 도끼 대신 자신의 손도끼로 나무 윗부분과 가지만 쳐 냈다.

간단히 말해, 진실한 사랑이 다 그렇듯 나무 요소요소에 대한 사랑은 형을 잔인하게 만들기도 했고 형에게 고통을 주기도 했다. 그래서 형은 나무를 성장하게 만들고 모양을 갖추어 가게 하려고 나무를 상처 내고 잘랐다. 물론 가지를 치고 나무를 벨 때면 나무 소유주의 관심뿐만 아니라 이용하는 길을 보다 편리하게 만들어야 하는 여행자의 입장에 있는 자신의 관심에도 신경을 썼다. 그래서 나무와 나무 사이에 다리가 되어 줄 만한 가지들은 언제나 그대로 남겨 둔 채 가지를 쳤고 주변 가지들에서 힘을 받을 수 있게 했다. 그렇게 해서 형은 이미 자신을 따뜻하게 맞아 주었던 옴브로사의 나무들을 가지치기 기술을 이용하여 더욱더 도움이 되는 존재로 만들었고, 동시에 이웃과 자연, 그리고 형 자신의 친구가 되게 해 주었다. 특히 형이 나이가 든 뒤, 이 슬기로운 작업의 결과로 인해 나무들은 형이 공을 들인 것보다 훨씬 더 많은 이점을 베풀어 주었고, 형은 그것을 누릴 수 있었다. 남을 배려하지 않는 세대, 앞을 내다보지 못하고 욕심을 부리며 세상 모든 것, 심지어는 자기 자신에게도 호의적이지 않은 세대의 출현으로 세상은 변해 버렸다. 이제 나무 위로 당당히 걸을 수 있는 코지모 같은 사람은 그 어디에도 없다.

# 14

코지모 형의 친구가 점점 늘기는 했지만 적 또한 생겨났다. 사실 숲 속의 떠돌이들은 잔 데이 브루기가 독서로 전향했다가 사형을 당한 뒤 형에게 적개심을 품게 되었다. 어느 날 밤 우리 형은 숲에서 물푸레나무에 걸어 둔 자루에서 잠을 자다가 닥스훈트가 시끄럽게 짖는 소리에 잠이 깼다. 눈을 뜨자 불빛이 보였다. 밑에서부터 올라오는 불빛이었는데, 형이 자던 나무 몸통에 불이 붙어 타고 있었고 불길은 이미 나무 몸통을 타고 넘실거리며 올라오고 있었다.

숲에 불이 난 것이다! 누가 불을 질렀을까? 코지모 형은 그날 밤 분명 부싯돌 한번 만지지 않았다. 그렇다면 그 악당들의 짓이 분명했다! 그들은 땔나무를 마련하는 동시에 화재의 탓을 코지모 형에게 돌리고 그를 산 채로 불태워 죽이고 싶은 마음에 불을 지른 것이었다.

그 순간 코지모 형은 도처에 자신을 위협하는 위험이 도사리고 있다는 생각밖에 떠오르지 않았다. 형만 아는 길과 은신처로 가득 찬 이 끝없는 나무 왕국이 파괴될 수도 있다는 사실은 형에게는 정말 끔찍한 일이었다. 벌써 불에 타지 않으려고 달아나고 있던 오티모 마시모는 가끔씩 몸을 돌리고 절망적으로 짖어 댔다. 불은 관목으로 번져 가고 있었다.

코지모는 정신을 잃지 않았다. 그 당시 은신처로 사용하던 물푸레나무 위에 형은 언제나처럼 많은 물건을 옮겨 놓았었다. 거기 있는 물건 중에는 여름철 갈증을 해소해 주는 보리차가 가득 든 큰 병 하나가 있었다. 형은 병이 있는 곳까지 기어 올라갔다. 놀란 다람쥐와 올빼미가 물푸레나무 가지 위로 도망가고 있었고 새 둥지에서는 새들이 날아갔다. 형은 병을 꼭 붙잡고 마개를 열어 물푸레나무 몸통에 뿌려 물푸레나무에 불이 번지지 않게 하려다가 이미 풀과 마른 나뭇잎과 관목에 불이 번져가고 있어서 곧 주위의 나무 전체로 불길이 번지리라는 생각을 했다. 형은 위험을 감수하기로 결정했다. '물푸레나무도 불에 타게 내버려 두는 거야! 이 보리차로 불길이 아직 닿지 않은 땅과 그 주변을 모두 적실 수 있다면 불길을 잡을 수 있어!' 그래서 병마개를 열고 물결치듯 병을 흔들어 땅 위로 점점 더 퍼져 나가는 불길에 원 모양으로 보리차를 쏟아 부었다. 그러자 불은 꺼져 들어갔다. 그렇게 해서 관목 숲에 붙은 불은 둥글게 원을 그린 축축한 풀과 나뭇잎에 둘러싸여 더 이상 번질 수가 없었다.

코지모 형은 물푸레나무 꼭대기에서 그 옆에 있는 너도밤나무 위로 뛰었다. 형은 정말 아슬아슬하게 제때 몸을 피한 것이었다. 아랫부분이 불에 탄 나무 몸통은 다람쥐들의 헛된 울음 속에서 요란한 소리를 내며 화형 기둥처럼 쓰러져 버렸다.

화재가 이 정도로 끝나고 말았을까? 벌써 불똥과 불꽃이 튀어 사방으로 번져 나갔다. 축축하게 젖은 나뭇잎으로 만든 임시방편의 바리케이드로는 불길이 번지는 것을 막을 수가 없었다. "불이야! 불이야!" 코지모 형이 있는 힘을 다해 소리치기 시작했다. "불이야!"

"누구야? 누가 소리치는 거야?" 사람들의 목소리가 들렸다. 불이 난 그 근방에 숯장수들이 살았고 그리 멀지 않은 곳에 형의 친구인 베르가모 사람들이 잠자고 있는 오두막이 있었다.

"불이야! 서둘러요!"

곧 온 산에 고함 소리가 울려 퍼졌다. 숲으로 흩어진 숯장수들은 알아들을 수 없는 사투리로 소식을 전했다. 그들은 사방으로 달렸다. 불은 진화되었다.

형의 생명을 위협한 이 최초의 방화는 틀림없이 숲에서 떠나라는 경고였을 것이다. 하지만 형은 화재로부터 몸을 보호할 수 있는 방법을 찾는 일에 몰두하기 시작했다. 가뭄이 들고 무더위가 극성을 부리던 여름이었다. 프로방스 지역 쪽에 있는 해안가 숲은 일주일 전부터 끝을 알 수 없는 불길에 타올랐다. 밤이 되면 마치 석양이 남아 있는 것처럼 산 위로 희미한 빛이 비치는 것을 볼 수 있었다. 대기는 건조했고 바싹 마른 나무와 덤불은 화재가 노리는 단 하나의 먹이였다. 온 해안을 뒤덮은 불기둥과 하나가 된 바람이, 지금까지 방화나 우연한 화재가 단 한 번도 일어난 적 없는 우리 풀밭 쪽으로 화염을 몰고 오는 것 같았다. 옴브로사는 짚으로 지붕을 얹은 요새 마을이 불을 든 적에게 공격당했을 때처럼 위험 앞에 망연자실해 있었다. 하늘도 이 화염의 공격에서 자유로울 수 없을 것 같았다. 매일 밤 유성이 하늘 한가운데로 촘촘히 흘러갔고 우리는 그 별들이 우리에게로 쏟아져 내리기를 기다렸다.

전반적으로 사람들이 공포에 질려 있던 그 무렵, 코지모 형은 작은 통 여러 개를 준비해서 그 안에 물을 가득 담아 눈에 띄는 장소에 서 있는 키 큰 나무 꼭대기에 매달았다. '조금이지만 이게 어떤 도움이 될지도 몰라.' 형은 여기에 만족하지 않고 이제는 거의 말라 버린 숲을 가로지르는 냇물과 겨우 한 줄기 물이 졸졸 흐르는 샘물의 상태에 대해 연구했다. 형은 기사 변호사 삼촌에게 의논하러 갔다.

"아, 그래!" 에네아 실비오 카레가는 손바닥으로 이마를 치며 외쳤다. "급수 탱크! 제방! 설계도를 만들어야 해!" 그러고는 작게 소리를 지르며 좋아서 펄쩍펄쩍 뛰었는데, 그사이 삼촌의 머릿속에는 수많은 생각들이 밀려들었다.

코지모 형은 삼촌에게 계산하고 설계도를 그리는 일을 맡겼고, 그사이 자신은 개인 숲을 소유한 사람들과 국유림의 관리자, 나무꾼, 숯장수 들에게 신경 썼다. 기사 변호사 삼촌의 지휘 아래(아니, 사람들과 코지모 형의 강압에 못 이겨 어쩔 수 없이 그들을 지휘하고 딴 데로 한눈을 팔지 못하게 된 삼촌의 지휘 아래), 그리고 높은 곳에서 작업을 감독하는 코지모 형과 함께 모두들 물 보호 구역을 만들어서 화재가 발생할 수 있는 지역에서 펌프질을 시작해야 할 지점을 모두 표시해 놓았다.

하지만 이것만으로는 충분하지 않았고 경보가 울릴 경우 곧 줄을 서 양동이를 손에서 손으로 전하고 불길이 번지기 전에 불길을 잡을 수 있는 진화대를 조직할 필요가 있었다. 이 진화대를 시작으로 교대로 보초를 서고 야간 순찰을 도는 민병대 같은 것이 만들어졌다. 코지모 형이 옴브로사의 농부와 장인(匠人) 사이에서 민병대 남자들을 뽑았다. 모든 단체에서 그렇듯이 곧 단결심이 샘솟았고 진화대 사이에 경쟁심이 생겨났다. 사람들은 큰일을 해낼 준비가 된 것 같은 기분을 느꼈다. 코지모 형도 새로운 힘과 만족감을 느꼈다. 형은 사람들을 단결시켰고 자신에게 그들의 지도자가 될 수 있는 자질이 있음을 발견했다. 다행스럽게도 형은 일생 동안 그런 성질을 단 한 번도 악용할 일이 없었으며 꼭 달성해야 할 중요한 일이 있을 때에만, 그리고 성공할 수 있을 때에만 불과 몇 번 사용했을 뿐이다.

형은 이런 사실을 깨달았다. 단체라는 것은 아주 강한 인간을 만들어 내고 개개인의 훌륭한 소질을 부각시키며, 드물기는 하지만 본래의 자신의 모습을 찾을 수 있는 기쁨과 정직하고 착하고 능력 있는 사람들이 얼마나 많은지, 그리고 그들을 위해 훌륭한 일을 하는 게 얼마나 값어치 있는 일인지 알게 되는 기쁨을 맛보게 해 준다는 것을.(반면 자신만을 위해 살게 되면 정반대의 일이 벌어지는 경우가 종종 있는데, 사람들의 전혀 다른 얼굴, 즉 항상 손에 칼을 쥐고 경계하게 만드는 그런 얼굴을 보게 된다.)

그러므로 화재가 났던 그 여름은 아주 뜻깊은 계절이 되었다. 힘을 합쳐 해결해야 할 공동의 문제가 있었기에 각자 다른 개인적인 관심을 뒤로 미루었는데, 자신의 생각이 다른 훌륭한 사람들과 일치하고 또 그들로부터 존경받고 있다는 기쁨이 모든 것을 보상해 주었다.

얼마 뒤 공동의 문제가 해결되어 아무런 문제도 존재하지 않게 되면, 코지모 형은 연합한다는 게 처음처럼 그렇게 좋지만은 않고 지도자가 아닌 인간으로서 존재하는 것이 더 가치 있음을 알게 될 것이다. 그러나 지금으로서는 형이 대장이었기 때문에 이제껏 살아온 대로 숲 속 나무 위에서 매일 밤 혼자 보초를 섰다.

만약 발화 요인이 보이면 경보를 울려 멀리까지 들리게 하려고 나무 꼭대기에 종을 준비해 놓았다. 서너 번 화재가 발생했을 때 이런 체계로 제때 진화해서 숲을 구할 수 있었다. 그 세 번의 화재는 방화였기 때문에 사람들은 우가소와 벨로레 두 산적의 짓임을 밝혀 냈다. 그래서 그 둘을 코무네의 땅에서 추방시켜 버렸다. 8월 말이 되자 집중 호우가 시작되었다. 화재의 위험은 이제 사라졌다.

그 무렵 옴브로사에서는 우리 형에 대한 칭찬밖에 들리지 않았다. 우리 집에까지 이런 호의적인 소문이 들려왔다. 사람들은 이렇게들 말했다. "어쨌든 그렇게 훌륭하잖아." "어쨌든 일을 아주 잘하잖아." 사람들은 마치 자신들이 열린 정신을 소유하고 있어서 다른 종교를 가진 사람이나 반대파에게도 객관적인 평가를 내릴 수 있고, 자신들과는 아주 거리가 먼 생각까지도 이해할 수 있음을 보여 주고 싶어 하는 듯한 말투로 그렇게 말했다.

이런 소식을 듣는 여장군의 반응은 무뚝뚝하고 간단했다. 화재를 막기 위해 코지모 형이 사람들과 함께 만든 진화대에 대해 이야기해 주자, "무기를 가졌나?"라고 물었다. "훈련은 했나?" 어머니는 벌써 전쟁이 벌어졌을 때 군사 작전의 일역을 담당할 수 있게 무장된 민병대를 생각했기 때문에 그렇게 물은 것이었다.

반면에 아버지는 그저 고개만 흔들며 가만히 듣고 있었다. 아들에 대해 들려오는 이런 소식 때문에 아버지가 고통스러웠던 건지, 아니면 오로지 아들이 돌아오기만을 바라는 헛된 희망이 되살아난 건지는 알 수 없었다. 그러나 며칠 후 말을 타고 코지모 형을 찾으러 간 것으로 보아 후자 쪽이었던 게 틀림없다.

두 사람이 만난 장소는 작은 나무들이 한 줄로 서 있는 탁 트인 곳이었다. 남작은 분명 아들을 보았지만 못 본 체하며 위아래로 두서

너 번 말머리를 돌렸다. 형은 맨 끝에 있던 나무에서 껑충껑충 뛰어 점점 아버지 근처에 있는 나무로 갔다. 아버지 앞에 오자 밀짚모자 (여름에 들고양이 모자 대신 쓰는)를 벗고 말했다. "안녕하세요, 아버지."

"잘 있었느냐, 아들아."

"건강은 어떠십니까?"

"내 나이와 근심을 지탱해 줄 정도는 된다."

"건강하신 아버지를 뵈니 기쁩니다."

"그런데 너에게 할 말이 있다. 코지모, 네가 공동의 이익을 위해 노력했다는 이야기를 들었다."

"전 제가 사는 숲을 보호할 겁니다, 아버지."

"넌 이 숲의 일부가 돌아가신 네 불쌍한 할머니, 엘리자베타가 우리에게 물려준 것이라는 걸 잘 알고 있지?"

"예, 아버지. 벨리오 지역이지요. 그곳에는 밤나무 서른 그루, 너도밤나무 스물두 그루, 소나무 여덟 그루와 단풍나무 한 그루가 자라고 있습니다. 제가 토지 대장을 모두 베껴 놓았습니다. 숲을 소유한 가문의 일원으로 숲을 보전할 당사자들 모두와 협력하고 싶어서였습니다."

"그래." 남작은 형의 대답을 기분 좋게 받아들이며 대답했다. 하지만 이렇게 덧붙였다. "네가 빵집 주인, 야채 장수 그리고 대장장이와 협력하고 있다고들 하더구나."

"그렇습니다, 아버지. 정직하기만 하다면 어떤 직업이든 상관없습니다."

"넌 공작 작위를 가진 가신들에게도 명령할 수 있다는 걸 알고 있는 거냐?"

"저는 다른 사람들보다 저에게 생각이 많이 있을 때 사람들이 제 생각을 받아들이려 한다면 전해 줘야 한다는 건 압니다. 그리고 이게 바로 명령입니다."

'그러면 요즈음에는 나무 위에 살면서 명령을 하는 게 유행인가?' 남작의 입술에서 이런 말이 나올락 말락 했다. 하지만 그 이야기를 다시 꺼내는 게 무슨 소용이 있겠는가? 남작은 생각에 잠겨 한숨을 쉬었다. 그러다가 검이 매달려 있는 허리띠를 풀었다. "넌 이제 열여덟 살이다……. 성인으로 생각해도 되는 나이야……. 난 살 날이 그렇게 많이 남지 않았다……." 그러더니 두 손으로 검을 수평으로 받쳐 들었다. "네가 디 론도 남작이라는 걸 기억하고 있겠지?"

"예, 아버지, 제 이름을 기억하고 있습니다."

"그 이름과 네게 주어진 작위에 걸맞은 사람이 되고 싶으냐?"

"제가 할 수 있는 한 그 이름에 맞는 사람이 되도록 애쓰겠습니다. 그리고 작위도 값어치 있는 것으로 만들 겁니다."

"이 검을 받아라, 내 것이다." 남작은 등자 위에서 일어섰고 코지모 형은 아래쪽 나뭇가지로 내려갔다. 그러자 남작이 와서 검을 그에게 채워 주었다.

"고맙습니다, 아버지……. 좋은 일에 사용하겠다고 약속드리겠습니다."

"잘 있어라, 내 아들아." 남작은 말을 돌려 잠깐 말고삐를 잡아당겼다가 천천히 말을 타고 떠나갔다.

코지모 형은 그 순간 아버지에게 검으로 인사해야 하는 건 아닌가 하는 생각이 들었다. 그러다가 아버지가 의장용이 아니라 방어용으로 주셨을 거라 생각하고 검을 칼집에 넣었다.

# 15

코지모 형이 기사 변호사 삼촌과 사귀면서 삼촌의 태도에서 무언가 이상한 점, 아니 좀 더 정확히 말하자면 보통 때와는 다른, 더 이상하거나 아니면 너무 이상하지 않은 점을 발견하게 된 것은 바로 이 무렵이었다. 무엇엔가 열중해 있는 것 같은 분위기는 삼촌의 종잡을 수 없는 마음에서 나온 게 아니라 삼촌을 지배한 어떤 생각에서 비롯된 것이었다. 삼촌은 이제 점점 더 수다를 떠는 일이 많아졌고 얼마 전까지만 해도 사교적이지 못해 시내에는 발도 들여놓지 않던 사람이 이제는 항상 항구에 가서 사람들 틈에 섞여 있거나 늙은 선주나 선원들과 함께 방파제에 앉아 들어오고 나가는 기선이나 해적들의 악행에 대해 이런저런 이야기를 나누었다.

우리 해변 저쪽에는 아직도 바르바리 지방[36] 해적들의 소형 범선들이 나타나 우리의 해상 교통을 방해하곤 했다. 얼마 전부터는 소규모로 해적질을 했기 때문에, 해적들을 만나기만 했다 하면 튀니지나 알제리의 노예가 되거나 귀와 코가 잘리던 때 같지는 않았다. 이제 회

---

**36** 모로코, 알제리, 튀니지, 트리폴리를 포함한 지역. 바르바리 해안은 옛 해적의 근거지였다.

교도들은 옴브로사의 범선을 따라잡을 수 있으면 말린 대구가 든 통이나 네덜란드 산 원형 치즈, 목화 꾸러미 같은 뱃짐을 빼앗아 갔다. 때로는 우리가 그들보다 더 민첩해 그들의 손아귀에서 벗어나 펠러커 선의 돛대를 향해 포도탄을 쏘기도 했다. 그러면 이교도들도 침을 뱉는 등 꼴사납게 행동하고 고함을 치며 응대했다.

요컨대 그들은 그저 단순한 해적에 불과했다. 그들은 그 지역의 파샤[37]들이 우리 상인들과 선주들에게 받아야 할 빚이 있다고 주장하면서 해적질을 계속했다. 그들의 말에 따르면 우리 상인들과 선주들이 물품을 제대로 갖다 주지 않고 거래에서 사기를 쳤다는 것이었다. 그래서 그들은 조금씩이라도 계산을 맞추어야 하기 때문에 약탈하려고 애쓰는 동시에 이의를 제기하고 협상을 벌이면서 우리와 합법적인 상거래는 계속했다. 그러니까 어느 쪽도 관계를 단절할 생각이 없었던 셈이다. 그래서 항해는 언제 어떤 일이 벌어질지 모르는 위험천만한 것이었지만 절대 약탈 이상의 비극적인 일은 일어나지 않았다.

지금부터 내가 하려는 이야기는 코지모 형이 여러 가지 다른 버전으로 들려주었던 것이다. 난 아주 상세하고 가능하면 논리적으로 이 이야기를 기억하고 싶다. 형은 직접 겪은 모험담을 이야기하면서 자신의 생각을 많이 덧붙인 게 분명하지만 나로서는 다른 곳에서 사건에 관해 듣지 못했기 때문에 형이 말했던 한마디 한마디를 모두 믿으려고 애쓰고 있다.

그러니까 화재를 감시할 때부터 밤을 새우는 습관이 생긴 코지

---

**37** 터키의 문관.

모 형은 한밤중에 등불 하나가 계곡으로 내려가는 것을 보았다. 형은 고양이처럼 나뭇가지 위를 기어서 조용히 그 불빛을 따라갔고, 터키 모자에 긴 로브를 입고 손에 램프를 들고 아주 빠르게 걷고 있는 에네아 실비오 카레가를 보았다.

보통 때 같으면 닭이 잠들 때 함께 잠자리에 들었을 기사 변호사 삼촌이 왜 이 시간에 돌아다니는 걸까? 코지모 형은 삼촌의 뒤를 밟았다. 삼촌이 그렇게 정신없이 걷고 있을 때는 귀머거리처럼 아무 소리도 듣지 못하고 그저 자기 발만 쳐다본다는 것을 알고 있긴 했지만 소리를 내지 않으려고 주의했다.

노새들이 다니는 길과 지름길을 지나 기사 변호사 삼촌은 조약돌이 깔린 해변에 도착해 램프를 흔들기 시작했다. 달이 뜨지 않아 바다에서는 아주 가까이에서 밀려오는 파도의 흰 거품 이외에는 아무것도 보이지 않았다. 코지모 형은 해변에서 조금 떨어진 소나무 위에 있었는데 나무 아래쪽으로는 나무나 풀이 점점 줄어들어 나뭇가지를 타고 여기저기로 움직이기가 그다지 쉽지 않았기 때문이다. 어쨌든 형은 아무도 없는 해변에서 어두운 바다 쪽을 향해 램프를 흔들고 있는, 높다란 터키모자를 쓴 노인의 모습을 잘 볼 수 있었다. 그런데 갑자기 그 어둠 속에서 또 다른 불빛 하나가 삼촌에게 대답했다. 그 불빛은 아주 가까이에서 비쳤고 바로 그 순간 켜진 것 같았다. 그러더니 짙은 색 가로 돛과 노가 달린, 우리 지방의 배와는 모양이 다른 작은 배가 눈 깜짝할 사이에 나타나 해변으로 왔다.

램프의 불빛이 요동칠 때 코지모 형은 머리에 터번을 두른 사람을 보았다. 남자 몇 명은 그냥 배에 남아 노를 조금씩 저어 배를 해변에 갖다 대고 있었고 다른 남자들은 배에서 내렸다. 그들은 부풀어

오른 빨간색의 통 넓은 바지에 번쩍이는 초승달 모양의 칼을 허리에 차고 있었다. 코지모 형은 눈과 귀를 모두 그곳에 집중시켰다. 삼촌과 그 회교도들은 전혀 알아들을 수 없는 말로 자기들끼리 쑥덕거렸는데, 그 유명한 프랑크어[38]가 분명했다. 가끔씩 에네아 실비오가 이해할 수 없는 다른 말들과 함께 우리 말을 한마디씩 섞어 강력하게 자기주장을 할 때는 한마디씩 알아들을 수 있었다. 코지모 형이 알아들은 우리 말은 대개 배의 이름이나 유명한 소형 범선의 이름, 옴브로사 선주들의 수하에 있고 우리 항구와 다른 항구를 드나드는 산적들의 이름이었다.

기사 삼촌이 지금 무슨 말을 하는 건지 이해하기는 그다지 어렵지 않았다! 삼촌은 그 해적들에게 옴브로사의 배들이 도착하고 출발하는 날짜와 그 배에 실린 짐과 항로와 배에 가지고 들어갈 무기에 대한 정보를 주고 있었다. 노인이 몸을 돌려 재빨리 사라진 것을 보면 이제 자신이 알고 있는 사실을 다 일러 준 게 틀림없었다. 그사이 해적들은 다시 작은 배를 타고 어두운 바다 속으로 사라졌다. 대화가 그렇게 신속하게 진행된 것으로 봐서 이런 일은 전에도 자주 일어난 게 분명했다. 얼마나 오래전부터 우리 삼촌의 정보에 따라 회교도들이 함정을 만들어 놓았는지 누가 알겠는가!

코지모 형은 거기, 그 한적한 해변에서 떠날 수가 없어 소나무 위에 앉아 있었다. 바람이 불었다. 파도가 바위를 핥았고 나뭇가지가 맞닿는 곳에서 신음 소리 같은 게 들렸다. 형은 이를 딱딱 부딪쳤는데 날씨가 추워서가 아니라 이 슬픈 사실을 알게 되어 한기를 느꼈기

---

[38] 지중해 연안의 항구에서 널리 쓰인 이탈리아어, 프랑스어, 스페인어, 그리스어, 터키어, 아라비아어 따위의 혼성어.

때문이다. 어린 시절에는 형과 내가 믿을 만한 사람이 못 된다는 평가를 내렸지만 그 뒤 코지모 형이 점점 존경하고 인정할 수 있는 인물이라고 생각하게 되었던 소심하고 미심쩍은 점이 많았던 삼촌이, 이제 용서받을 수 없는 배신자이자 실수투성이의 삶을 산 낙오자인 자신을 받아 들여준 고향에 해를 끼친 배은망덕한 인간이라는 게 드러났다……. 왜 그랬을까? 일생에 단 한 번 행복을 느끼게 해준 나라와 사람들에게 이런 일을 저지르도록 어느 순간 향수가 삼촌을 자극한 것일까? 아니면 만나는 사람마다 자신에게 굴욕을 주는 이 고장에 대해 잔인한 원한을 품고 있었던 것일까? 코지모 형의 마음속에는 밀정의 음모를 알리기 위해 달려가고 싶은 충동과 이복동생에게 말로는 표현할 수 없을 정도로 깊은 애정을 보이는 우리 아버지가 겪어야 할 고통에 대한 생각이 교차했다. 벌써 코지모 형은 이런 장면들을 상상해 보았다. 수갑을 찬 기사 삼촌이 경찰들에게 에워싸여, 두 줄로 늘어서 삼촌에게 욕을 해대는 옴브로사 사람들 사이를 지나 광장으로 끌려가 삼촌의 목에 올가미가 씌워지고 교수형에 처해진다……. 죽은 잔 데이 브루기 곁에서 밤을 새운 뒤 형은 두 번 다시 사형 집행장에 가지 않으리라 자신에게 맹세했다. 그랬던 형이 지금 직접 가족의 사형 선고를 좌지우지하는 처지에 놓인 것이다!

그날 밤 내내 형은 그 생각으로 괴로웠고 그 다음 날도, 하루 종일 어떤 생각에 깊이 빠졌을 때의 버릇대로 이 나무 저 나무로 사납게 옮겨 다녔다. 형은 발을 굴러 높은 나무 위로 뛰어오르고 두 팔로 기어오르고 나무 몸통을 타고 미끄러져 내리며 계속 삼촌 생각을 했다. 마침내 형은 결정을 내렸다. 중간에 해당하는 방법을 선택한 것이다. 재판을 받지 않고도 그들의 수상한 관계를 청산할 수 있도록 해적들과 삼촌을 놀라게 하기로 했다. 형이 한밤중에 서너 자루의 권총을 가지고 해변의 그 소나무 위에 숨어 있는 것이다.(이제 형은 사냥을 할 때 여러 모로 필요해서 완전한 무기고를 갖추어 놓았다.) 기사 삼촌이 해적들을 만날 때 소총을 쏘아서 그들의 머리 위로 총알이 소리를 내며 날아가게 만드는 것이 작전이었다. 그 일제 사격 소리를 듣고 해적들과 삼촌은 각자 숨기 편한 곳으로 달아날 것이다. 그러면 분명 대담한 남자는 못 되는 우리 삼촌은 자기 행동이 발각되었을지도 모른다는 의심을 하게 될 테고 해변에서의 그 만남도 감시당하고 있다고 확신하고서 회교도 선원들에게 다시 접근하려는 시도를 삼가게 될 것이다.

그래서 코지모 형은 총을 장전시켜 놓고 이틀 밤 동안 소나무 위에서 기다렸다. 그런데 아무 일도 일어나지 않았다. 사흘째 되는 날 터키모자를 쓴 노인이 해변 자갈에 발을 부딪치며 종종걸음으로 걸어와 램프로 신호를 보내자 터번을 쓴 선원들을 태운 배가 도착했다.

코지모 형은 손가락을 방아쇠 위에 올려놓았지만 쏘지는 않았다. 이번에는 상황이 완전히 달랐기 때문이다. 간단히 몇 마디 나눈 뒤 해변에 내려온 두 해적이 배를 향해 신호를 보냈고 다른 해적들이 통, 궤짝, 짐 꾸러미, 부대, 유리병, 치즈가 가득 든 통 등의 물건들을 내려놓았다. 배는 한 척이 아니라 여러 척이었는데 모두 짐을 싣고 있었다. 그리고 터번을 쓴 운반자들이 한 줄로 해변을 따라 구불구불 걸어갔다. 우리 삼촌이 그들 앞에 서서 머뭇거리는 듯한 걸음으로 그들을 이끌고 바위틈에 있는 동굴까지 갔다. 무어인들은 최근 해적질의 성과가 분명한 그 물건들을 그곳에 숨겨놓았다.

왜 그것들을 해변으로 옮기는 것일까? 사건을 재구성하기는 아주 쉬웠다. 회교도의 범선이 해적질을 하다가 우리 지역의 어떤 항구에 닻을 내려야 했기 때문에(언제나 그렇듯이 그런 해적질을 하는 와중에도 우리와 약속한 합법적인 상거래를 하기 위해), 그리고 세관 검사 때 의심을 받지 않으려고 약탈한 물건들을 동굴에 숨겨 놓았다가 돌아가는 길에 다시 가져가려는 것이었다. 이렇게 해서 회교도의 배는 최근의 해적질과 무관하다는 것을 증명하고 이 지역과의 정상적인 상거래 관계를 한층 견고하게 할 수 있었다.

　이런 모든 배경을 분명히 알게 된 것은 그 뒤의 일이었다. 그 순간 코지모 형은 자꾸만 생겨나는 의구심을 억누를 수가 없었다. 동굴 안에는 해적들이 숨겨 놓은 보물이 있었다. 해적들은 다시 배를 탔고 보물들은 거기 남겨져 있었다. 가능한 한 빨리 그것들을 손에 넣을 필요가 있었다. 잠깐 동안 우리 형은 그 물건들의 합법적인 소유주임이 틀림없을, 옴브로사의 상인들을 깨우러 가야겠다고 생각했다. 하지만 곧 숲 속에서 가족들과 함께 굶주림으로 고통받는 숯장수 친구들이 생각났다. 주저할 필요가 없었다. 그는 나무를 타고 회색빛으로 다져진 작은 공터 주변의 오두막에서 잠을 자고 있는 베르가모인들에게 달려갔다.

　"빨리요! 모두 이리 오세요! 내가 해적들의 보물을 찾아냈어요!"

　천막과 나뭇가지를 이어 만든 오두막집 밑에서 돌풍이 이는 것 같더니 벌떡 일어나는 소리와 욕설을 퍼붓는 소리가 들리다가 마지막으로 놀라움의 탄성과 질문이 터져 나왔다. "금인가요? 은인가요?"

　"잘 보진 못했어요……." 코지모 형이 말했다. "냄새로 봐선 말린 대구하고 페코리노 치즈[39]가 굉장히 많은 것 같아요!"

---

**39** 염소젖으로 만든 치즈.

코지모 형의 말에 숲 속의 남자들이 모두 일어났다. 소총이 있는 사람은 소총을 들고 그렇지 않은 사람들은 도끼, 꼬챙이, 삽이나 가래 같은 것을 들었다. 그러나 무엇보다도 그들은 물건들을 담아 올 수 있는 그릇과 다 떨어진 석탄 바구니와 시커먼 자루까지 손에 들었다. 긴 행렬이 움직였다. "후라! 호타!" 여자들은 머리에 빈 광주리를 이고 내려갔고 아이들은 횃불을 들고 머리에 자루를 뒤집어쓰고 내려갔다. 코지모 형은 숲의 소나무에서 올리브나무로, 올리브나무에서 바닷가의 소나무로 옮겨 가면서 앞장섰다.

그들이 동굴 입구를 가리고 있는 우뚝 솟은 바위를 돌아가려고 할 때 비틀어진 무화과나무 꼭대기에서 해적의 흰 그림자가 나타나서 초승달 칼을 들더니 고함을 쳐 비상사태를 알렸다. 코지모 형이 몇 발짝 뛰어 해적이 있는 나무 바로 위로 가서 검으로 허리를 찔러 절벽 아래로 떨어뜨렸다.

동굴에서는 해적 대장들의 회의가 있었다.(코지모 형은 아까 짐들이 오갈 때 그들이 거기 있었다는 것을 눈치채지 못했다.) 보초의 비명 소리를 듣고 그들이 밖으로 나왔다. 그리고 얼굴에 검댕을 묻히고 자루를 머리에 뒤집어쓰고 가래를 든 남녀 무리가 동굴 주위를 에워싼 것을 보았다. 그들은 초승달 칼을 높이 들고 돌파구를 열기 위해 앞으로 달려들었다. "후라! 호타!" "인샬라![40]" 싸움이 시작되었다.

숯장수들의 수가 더 많았지만 해적들은 무장이 잘 되어 있었다. 그렇지만 잘 알다시피 초승달 칼과 결투하는 데에는 가래보다 더 좋은 게 없었다. 댕! 댕! 그러면 모로코 검의 칼날은 모두 톱니 모양으

---

**40** 신의 뜻대로!

로 울퉁불퉁해져 힘을 잃고 말았다. 반면 구식 소총은 소리만 요란하고 연기만 냈지 아무런 소용이 없었다. 어떤 해적들은(물론 장교들인) 처음부터 끝까지 돋을새김을 해 보기에도 아주 멋진 권총을 가지고 있었다. 하지만 동굴 속에 있었기 때문에 부싯돌이 축축해져서 발사가 되지 않았다. 아주 날렵한 숯장수 몇몇은 권총을 빼앗기 위해 가래로 해적 장교들의 머리를 때려 기절시키려 했다. 하지만 터번 때문에 머리를 때려도 쿠션을 내리친 것처럼 그 충격이 완화되었다. 바르바리인들은 배꼽을 내놓고 있었으므로 차라리 무릎으로 배를 공격하는 게 나았다.

도처에 자갈이 널려 있어 이것을 무기로 이용할 수 있겠다고 생각한 숯장수들은 돌을 던지기 시작했다. 그러자 무어인들도 돌을 던졌다. 드디어 돌을 던짐으로써 전투는 아주 질서 있는 모양새를 갖추게 되었다. 하지만 마른 대구에서 풍겨 나오는 냄새에 자꾸만 유혹을 느낀 숯장수들은 동굴 안으로 들어가려 하고 바르바리인들은 해변에 남아 있는 작은 배 쪽으로 달아나려고 했기 때문에 두 편이 싸워야 할 커다란 이유는 없었다.

그때 갑자기 베르가모인들 편에서 돌격해 오더니 동굴 입구를 열었다. 무함마드 편에서는 여전히 비 오듯 쏟아지는 돌을 맞으며 저항하다가 해변에 아무도 없는 것을 발견했다. 그런데 뭐 하러 계속 버티고 있는 거지? 돛을 올리고 달아나 버리는 게 훨씬 나았다.

작은 배가 도착하자 모두 귀족 장교인 해적 세 명이 돛을 올렸다. 코지모 형은 해변 근처에 있던 소나무에서 펄쩍 뛰어 돛대 위로 뛰어들어 활대를 붙잡았다. 그리고 그 위에서 무릎으로 활대를 꼭 쥐고 칼을 뺐다. 세 명의 해적들이 초승달 검을 들었다. 우리 형은 오른쪽

왼쪽으로 검을 휘두르며 그들 셋을 모두 막아 냈다. 아직 해변에 있던 배가 이제 이리저리 흔들리기 시작했다. 그 순간 달이 떠올라 남작이 아들에게 선사한 검과 무함마드의 검이 번쩍였다. 우리 형은 돛대를 잡고 밑으로 미끄러져 내려가 한 해적의 가슴에 검을 찔러 배 밖으로 떨어뜨렸다. 도마뱀처럼 날쌔게 다른 해적들이 내리치는 칼을 막아 내 방어하며 돛대 위로 올라갔다가 다시 아래로 미끄러져 내려 두 번째 해적을 찌른 다음 다시 올라갔다. 세 번째 해적과 잠깐 난투를 벌이다가 다시 돛대에 올라갔다 내려와 그를 찔렀다.

수염이 해초에 뒤덮인 세 명의 무함마드 장교의 몸이 반쯤 잠긴 채 물 위에 떠 있었다. 동굴 입구에 있던 다른 해적들은 돌덩이와 가래에 맞아 기절해 버렸다. 코지모는 아직도 돛대 위에 서서 승리감에 젖어 주변을 돌아보았다. 그때 지금까지 숨어 있던 기사 변호사 삼촌이 꼬리에 불이 붙은 고양이처럼 동굴 밖으로 미친 듯이 달려 나왔다. 삼촌은 고개를 숙이고 해변으로 달려 나와 배가 해변에서 멀어질 수 있도록 배를 밀었고 배 위에 올라타 노를 붙잡고 바다를 향해 열심히 저었다.

"기사 삼촌! 뭐 하시는 겁니까? 미치셨어요?" 돛대를 움켜쥔 코지모가 소리쳤다. "해변으로 돌아가세요! 지금 어디 가는 겁니까?"

생각지도 못한 일이었다. 에네아 실비오 카레가는 피신하기 위해 해적들의 배를 타려고 했던 게 분명했다. 이미 삼촌의 배신행위는 만천하에 드러났고 해변에 그대로 있다가는 분명 교수형에 처해지고 말 것이다. 삼촌은 노를 젓고 또 저었다. 코지모 형으로서는 아직 검을 칼집에 넣지 않은 채 손에 들고 있는 데다 노인은 무기도 없고 힘도 없었으니 어떻게 할 수도 있었겠지만 대체 어떻게 해야 하는 건지 판단이 서질 않았다. 일단 삼촌을 다치게 하고 싶지 않았고, 또 삼촌에게 가려면 돛대에서 밑으로 미끄러져 내려야만 했는데 배에 내려간다는 게 땅에 내려간다는 것과 마찬가지인지, 혹은 이미 땅에 뿌리를 박은 나무에서 배의 돛대로 뛰어왔기 때문에 자신의 원칙을 위반한 것이나 아닌지 하는 문제가 그 순간 해결하기에는 너무나 복잡했다. 그래서 형은 아무것도 하지 않고 가만히 있었다. 두 다리를 양쪽으로 벌리고 돛대 위에 앉아 있었다. 배는 파도 위로 떠갔고 가벼운 바람에 돛이 부풀었다. 그리고 노인은 쉬지 않고 노를 저었다.

개 짖는 소리가 들렸다. 형은 기쁨으로 몸이 떨렸다. 싸움이 벌어졌을 때 계속 눈에 보이지 않던 오티모 마시모가 거기 배 끝 쪽에 웅크리고 앉아 아무 일도 없다는 듯 꼬리를 흔들고 있었다. 잠시 후 코지모 형은 생각했다. 삼촌과 개가 한 가족이 되어 배를 타고 가는 것이니까 그렇게 염려할 일은 아닌 것 같았다. 나무 위에서 몇 년을 살았으니 이렇게 배를 타고 여행하는 것도 색다른 기쁨이리라.

바다 위로 달이 떴다. 노인은 이제 지쳤다. 겨우겨우 노를 저으며 눈물을 흘렸다. 그리고 이렇게 말하기 시작했다. "오, 차이라……. 오, 알라, 알라, 차이라……. 오, 차이라, 인샬라……." 그렇게 이해할 수 없는 터키어를 중얼거리며 코지모 형이 한번도 들어 본 적 없는 이 여인의 이름을 울면서 계속 불렀다.

"무슨 말씀이세요, 기사 삼촌? 왜 그러세요? 지금 우린 어디로 가는 거지요?" 형이 물었다.

"차이라, 오, 차이라……. 알라, 알라……." 노인이 말했다.

"차이라가 누굽니까, 기사 삼촌? 이 길로 가면 분명 차이라에게로 갈 수 있나요?"

에네아 실비오 카레가는 고개를 끄덕여 그렇다는 표시를 했다. 그리고 흐느껴 울면서 터키어로 말하고 달을 올려다보며 그 이름을 외쳤다.

코지모는 곧 머릿속으로 이 차이라라는 여인에 대해 수많은 추측을 하기 시작했다. 어쩌면 이 소심하고 신비에 싸인 남자의 마음 깊은 곳에 감추어진 비밀이 드러나고 있는 중인지도 모른다. 만약 기사 삼촌이 차이라에게 가고 싶어서 해적의 배 쪽으로 갔다면 그 여자는 거기, 터키 땅에 있는 게 틀림없다. 어쩌면 삼촌은 이 여자에 대한 향수 속에서 평생을 살아왔는지도 모른다. 어쩌면 그녀는 삼촌이 꿀벌을 키우거나 수로의 설계도를 그리면서 뒤쫓았던 잃어버린 행복의 이미지일 수도 있다. 그녀는 연인이거나 터키에서, 바다 너머 먼 나라의 정원에서 결혼했던 아내일 수도 있다. 혹은 가장 그럴듯한 가정으로, 어릴 적 헤어져 그 후 한 번도 만난 적이 없는 삼촌의 딸일 수도 있다. 그녀를 찾기 위해 삼촌은 몇 해 동안 우리 항구에 드나드는 터키나 무어의 배에 탄 사람과 관계를 가져온 게 틀림없었다. 그리고 마침내 그들이 그녀의 소식을 전해 주었던 것이다. 어쩌면 그녀가 노예가 되었다는 사실을 알게 되었는지도 모른다. 그래서 옴브로사의 배들의 항해에 대한 정보를 주면 그녀를 해방시켜 주겠다는 제안을 그들이 했는지도 모른다. 아니면 해적들과 합의가 되어 삼촌이 직접 배를 타고 차이라가 있는 지방으로 가서 몸값을 지불하려 했는지도 모른다.

이제 삼촌이 해적들과 밀통해 왔음이 밝혀졌으므로 삼촌은 어쩔 수 없이 옴브로사에서 몸을 피해야만 했다. 그래서 그 바르바리인들도 더 이상 삼촌을 차이라에게 데려다 줄 수 없다고 거절할 수가 없었다. 숨을 헐떡이며 띄엄띄엄 말하는 삼촌의 이야기 속에는 희망과 애원과 두려움이 뒤섞여 있었다. 아직 시기상조일지도 모른다는 두려움, 아직도 어떤 불행이 남아 삼촌이 그토록 갈망하는 그 여인을 다시 만날 수 없을지도 모른다는 두려움이었다.

삼촌이 더 이상 노를 저을 수 없게 되었을 무렵 그림자 하나가 다가왔는데, 바르바리인들의 작은 배였다. 아마도 큰 배에서 해변의 싸움 소리를 듣고 정찰선을 보낸 것 같았다.

코지모 형은 돛으로 몸을 가리기 위해 돛대의 중간 정도까지 미끄러져 내려갔다. 하지만 삼촌은 자기를 데려가 배를 태워 달라고 프랑크어로 소리치기 시작하더니 팔을 벌렸다. 사실 삼촌의 부탁은 받아들여졌다. 삼촌이 터번을 쓴 터키 병사의 손을 잡자마자 그들이 삼촌의 어깨를 잡아 가볍게 들어 자신들의 배로 끌어올렸다. 코지모 형이 탄 배는 그 반동으로 밀려났고 돛은 바람에 흔들렸다. 그래서 이제 죽었구나 하고 생각했던 우리 형은 눈에 띄지 않게 달아날 수 있었다.

바람에 밀려 멀어지면서 코지모 형은 해적의 작은 배에서 말다툼하는 것 같은 목소리들을 들었다. 무어인들이 이렇게 말하는 것 같았다. "배신자!" 그리고 바보같이 같은 말만 되풀이하는 노인의 목소리가 들렸다. "오, 차이라!" 기사 삼촌이 전혀 환영받지 못했을지도 모른다는 의심이 떠나지 않았다. 동굴 앞에 사람들이 잠복해 있던 일과 잃어버린 약탈물과 싸우다 죽은 자들에 대한 책임을 묻고 배신자라고 몰아붙이기 위해 삼촌을 데려간 것이 분명했……. 비명 소리와 풍덩 하는 소리가 들리더니 잠잠해졌다. 코지모 형은 아버지가 들판으로 이복동생을 쫓아가며 "에네아 실비오! 에네아 실비오!" 하고 부를 때의 목소리가 바로 옆에서 나는 소리처럼 생생하게 생각났다. 그래서 얼굴을 돛으로 가렸다.

형은 배가 어디쯤 가고 있는지 보려고 다시 활대 위로 올라갔다. 무엇인가가 바다 한가운데 둥둥 떠 있었는데 물결에 밀려온 물건, 일종의 부표 같았으나 꼬리가 달려 있었다……. 그 위로 달빛이 비치자 부표가 아니라 머리, 술이 달린 터키모자를 쓴 머리가 보였다. 그리고 위로 젖혀져 입을 벌리고 평상시처럼 놀라 공포에 질린 듯한 분위기로 바라보는 기사 변호사의 얼굴이 보였다. 수염 아래쪽은 모두 물에 잠겨 잘 보이지 않았다. 그래서 코지모 형이 소리쳤다. "기사 삼촌! 기사 삼촌! 뭐 하세요? 왜 배로 올라오지 않으시지요? 배를 잡으세요! 제가 올라오게 해 드릴게요! 기사 삼촌!"

하지만 삼촌은 대답하지 않았다. 마치 아무것도 보이지 않는 듯, 공포에 질린 눈으로 하늘을 바라보면서 계속 둥둥 떠다녔다. 그래서 코지모 형이 말했다. "자, 가봐, 오티모 마시모! 물로 뛰어들어! 기사 삼촌의 목덜미를 물어! 삼촌을 구해! 구해야 해!"

말 잘 듣는 개는 물에 뛰어들어 노인의 목덜미를 이빨로 물려 했지만 물 수가 없었다. 개는 수염을 물었다.

"목덜미를 물으라고 했지, 오티모 마시모!" 코지모가 계속 고집했지만 개는 수염을 물어 머리를 들어 올렸다. 그리고 그것을 배의 가장자리까지 밀었다. 그래서 코지모는 이제 기사 삼촌의 목덜미가 없다는 것을 알게 되었다. 몸도, 그 무엇도 없었다. 오로지 머리, 초승달 검의 일격에 잘려 버린 에네아 실비오 카레가의 머리밖에 없었다.

# 16

맨 처음에 코지모 형이 이야기한 기사 변호사 삼촌의 최후는 전혀 달랐다. 활대 위에 웅크리고 앉은 형을 실은 배와 삼촌의 잘린 머리를 끌며 그 배 뒤를 따르는 오티모 마시모가 바람에 실려 해변에 도착했을 때 형은 자기 목소리를 듣고 달려온 사람들에게 — 그사이 형은 재빨리 밧줄을 이용해 나무 위로 옮겨 가 있었다 — 아주 간단하게 이야기를 들려주었다. 즉 기사 삼촌이 해적들에게 납치되었다가 살해되었다는 것이었다. 아마도 이건 우리 아버지를 생각해서 이야기한 것이리라. 이복동생이 죽었다는 소식을 듣고 이 가엾은 유해를 보면 아버지의 고통이 너무나 클 게 분명하므로 코지모 형은 기사 삼촌의 배신행위를 밝혀 아버지를 괴롭히고 싶은 생각이 조금도 없었다. 뿐만 아니라 남작이 큰 실의에 빠져 있다는 이야기를 듣자 우리 삼촌을 명예로운 사람으로 만들기 위해 거짓말을 했는데, 오래전부터 기사 변호사 삼촌이 해적들을 무찌르기 위해 은밀하고도 빈틈없는 싸움을 해 왔으며 기사는 그 싸움에 자신을 바쳤고 들통이 나서 목숨을 잃게 되었다는 것이었다. 하지만 이것은 모순되고 허점이 많은 이야기였다. 코지모 형이 숨기고 싶어 하는 다른 사실, 즉 해적들의 장물이 동굴에 숨겨져 있는 데다 숯장수들이 그 사건에 개입해 있는 것 때문이었다. 사실 사건이 제대로 알려졌다면 옴브로사의 주민 전체가 베르가모인들을 도둑 취급하면서 물건을 되찾으러 숲으로 올라갔을 것이다.

몇 주 뒤 숯장수들이 물건을 다 처분해 버렸다는 확신이 서자 동굴을 공격했었다는 이야기를 했다. 그래서 빼앗긴 물건을 되찾으러 숲으로 올라갔던 사람들은 빈손으로 돌아왔다. 숯장수들은 말린 대구, 소시지, 치즈를 하나하나 똑같이 분배했고 남은 것으로는 하루 종일 큰 잔치를 벌였다.


우리 아버지는 몹시 늙었고 에네아 실비오 삼촌을 잃은 고통으로 성격이 이상해졌다. 아버지는 죽은 이복동생이 하던 일들이 중단되어서는 안 된다는 불안에 사로잡혔다. 그래서 직접 양봉 일을 하기로 했다. 아버지는 그때까지 벌집 근처에 가본 일도 없으면서 의기양양하게 준비했다. 조언을 얻기 위해 양봉에 대해 무엇인가 배운 게 있는 코지모 형을 찾아갔다. 하지만 형에게 질문하는 대신 양봉에 대한 화제를 끌어내어 코지모 형이 하는 말을 가만히 들었다. 그런 다음 농부들에게, 마치 아버지가 아주 잘 아는 일을 명령할 때처럼 성이 난 듯 거만한 어조로 명령을 내렸다. 벌에 쏘일지도 모른다는 두려움 때문에 벌통 근처에는 가지 않으려 했지만 그 두려움을 이겨 냈다는 것을 보여주고 싶기도 했는데, 그러기 위해 아버지가 얼마나 노력했는지 누가 알겠는가. 동시에 불쌍한 에네아 실비오가 시작한 계획을 완수하기 위해 수로를 파라는 명령을 내리기도 했다. 그런데 죽은 이복동생이 제대로 끝내 놓은 설계도가 단 한 장도 없어서 수로가 하나라도 완성되기란 하늘의 별 따기였다.

뒤늦게 남작에게 현실적인 일에 관여하고 싶은 열망이 찾아들었지만 그 열정은 불행히도 그다지 오래 지속되지 않았다. 어느 날 아버지는 신경질적으로 분주하게 벌집과 수로 사이를 왔다 갔다 하고 있었다. 그런데 아버지가 갑작스레 움직이는 바람에 벌 두 마리가 날아올랐다. 아버지는 두려움에 사로잡혀 두 손을 젓기 시작하더니 결국 벌통을 뒤집어엎고 구름같이 따라오는 벌 떼 속으로 달렸다. 아버지는 무턱대고 도망가다가 그때 막 물을 채우려던 수로에 빠지고 말았다. 사람들이 완전히 물에 젖은 아버지를 끌어냈다.

아버지는 침대에 드러누웠다. 벌에 쏘인 데다 물에 빠져 감기에 걸렸기 때문에 아버지는 고열 속에서 일주일을 보냈다. 그 후에는 회복이 된 것 같았다. 하지만 아버지는 기운을 되찾을 수 없다는 절망감에 빠졌다.

아버지는 계속 침대에 누워 있었고 삶에 대한 애착을 모조리 잃어버렸다. 아버지 당신이 원했던 일은 단 한 가지도 이룰 수가 없었다. 이제는 공국에 대해 이야기하는 사람도 없었고, 장남은 성인이 된 지금도 여전히 나무 위에서 살고 있고 이복동생은 살해되었으며 딸은 그녀보다 더 혐오스러운 사람과 결혼해 멀리 떨어져 살고 있고 둘째 아들은 친구가 되기에는 너무 어렸고 아내는 너무 성격이 급하고 권위적이었다. 이제 예수회 회원들이 우리 집을 차지하고 있어서 방에서 나갈 수가 없다고 헛소리를 하기 시작했다. 평생 그랬듯이 아버지는 고통과 망상에 가득 차 숨을 거두었다.

코지모 형도 나무와 나무를 지나 장례 행렬을 따랐지만 삼나무의 잔가지들이 너무 촘촘해 어떤 방법으로도 그 나무 위에 올라갈 수 없었기 때문에 묘지에는 들어가지 못했다. 형은 담 너머에서 장례에 참석했고 우리가 관 위에 흙 한 줌을 던질 때 그는 나뭇잎이 달린 작은 나뭇가지를 던졌다. 나는 우리가 나무 위에서 사는 코지모 형처럼 아버지에게서 항상 너무 멀리 떨어져 있었다는 생각을 했다.

이제 디 론도 남작은 코지모 형이었다. 그의 생활은 달라진 것이 없었다. 정말로 형은 나무 위에서 우리 재산 관리를 했는데 항상 종잡을 수 없게 일을 처리했다. 토지 관리인들과 소작인들은 형을 만나고 싶을 때 어디 가서 형을 찾아야 할지 알 수가 없었다. 그리고 사람들이 형을 만나길 별로 기대하지 않을 때면 나무 위에 나타났다.

가문의 일을 처리하기 위해 코지모 형은 이제 시내에 자주 모습을 보였는데 형은 광장의 커다란 호두나무 위나 항구 옆의 감탕나무 위에 머물렀다. 사람들은 형을 존경했고 그를 '남작 나리'라고 불렀다. 그러면 형은 가끔씩 젊은이들이 흉내 내고 싶어 하는 노인 같은 자세를 취했다. 그리고 거기 멈춰 서서 나무 밑에 무리를 지어 모여든 옴브로사 사람들에게 이야기를 들려주었다.

형은 계속 다른 식으로 우리 삼촌의 이야기를 들려주었다. 차츰 기사 삼촌이 해적과 공범이었다는 사실이 밝혀졌지만 시민들의 즉각적인 분노를 억누르기 위해 차이라의 이야기를 덧붙였다. 마치 노인이 죽기 전 그에게 그녀에 대해 털어놓기라도 한 것처럼 이야기해서 사람들은 노인의 슬픈 운명에 감동하기도 했다.

내가 생각하기에 코지모 형은 꾸며 낸 이야기로 시작해 사건에 비슷하게 접근하다가 마침내 완전한 전말을 밝혀 내기에 이른 것 같았다. 형은 두 번인가 세 번 그 이야기를 했다. 그 뒤에도 옴브로사 사람들이 지치지도 않고 계속 그 이야기를 들으려고 하는 데다 언제나 새로운 청중이 가세하여 처음부터 다시 자세히 이야기해 달라고 요청했기 때문에 형은 항상 새로운 인물과 일화를 끌어들여 이야기를 덧붙이고 확대시키고 과장하기에 이르렀다. 그래서 이야기는 변형되었고 처음보다 훨씬 더 허구적인 이야기가 되어갔다.

이제 코지모 형에게는 입을 떡 벌리고 그의 이야기를 듣는 청중이 있었다. 형은 이야기하는 취미를 갖게 되었고 나무 위에서 자신의 생활, 사냥, 산적 잔 데이 브루기, 오티모 마시모는 끝도 없는 이야기의 주인공이 되었다.(내가 지금까지 형의 생활을 회상하며 썼던 몇 개의 일화는 청중의 성화에 못 이겨 형이 들려줬던 이야기를 인용한 것이다. 내가 이런 말을 하는 건, 혹시 지금 내가 쓰는 이야기에 등장하는 인간과 사건이 조화롭지 못하고 다소 사실 같지 않더라도 용서해 달라는 뜻에서이다.)

예를 들면 할 일 없는 사람 하나가 형에게 물었다. "그런데 나무 밖으로 한 발도 디디지 않았다는 게 사실입니까, 남작 나리?"

그러면 코지모 형이 말하기 시작했다. "맞아. 딱 한 번만 빼면. 하지만 그건 실수였지. 사슴뿔 위에 올라간 적이 있었어. 난 내가 단풍나무 위로 지나가고 있는 줄 알았는데 왕궁 사냥터에서 달아난 사슴이 거기 서 있었던 거야. 사슴은 뿔 위에서 내 무게를 느끼고 숲으로 달아났지. 찢어질 것 같은 그 고통은 말로 다 할 수 없을 걸세! 나는 사슴뿔 위에서 그 뿔의 뾰족한 끝 부분과 가시덤불과 내 얼굴을 후려치는 나뭇가지 때문에 사방에서 날 찌르는 것 같은 통증을 느꼈다네……. 사슴은 날 떨어뜨리려고 전력을 다했고 난 사슴뿔을 꼭 쥐고……."

형이 이야기를 멈추었다. 그러자 사람들이 물었다. "그런데 어떻게 무사하실 수가 있었습니까, 나리?"

형은 가끔씩 다른 결말을 끌어냈다. "사슴은 달리고 달려 사슴 떼가 있는 곳에 이르렀어. 뿔 위에 사람을 매달고 있는 그 사슴을 보자 어떤 놈들은 조금씩 그 사슴을 피했고 어떤 것들은 호기심에 조금씩 가까이 오기도 했지. 난 항상 어깨에 메고 다니는 소총을 겨누어 사슴을 볼 때마다 쓰러뜨렸지. 사슴을 오십 마리나 죽였어……."

"그런데 우리 지역에 사슴이 오십 마리씩이나 있는 곳이 대체 어디 있습니까?" 어떤 불량배가 형에게 물었다.

"지금은 사슴의 씨가 말랐어. 내가 죽인 그 오십 마리가 모두 암사슴이었거든, 알겠어? 내가 탄 수사슴이 암사슴에게 다가갈 때마다 총을 쏘았지. 그러면 그 암사슴은 죽어 쓰러졌어. 수사슴은 그런 사실을 인정할 수 없었어. 그래서 절망했지. 그리고…… 그리고 자살하기로 결심한 거야. 그래서 높은 바위 위로 달려가 아래로 뛰어내렸어. 난 바위 옆에 서 있던 소나무를 움켜잡은 덕에 지금 여기 있는 거야!"

아니면 두 사슴 사이에 뿔이 뒤얽힐 정도의 싸움이 벌어졌다. 사슴의 뿔이 부딪칠 때마다 형은 이 사슴의 뿔에서 저 사슴의 뿔로 내던져졌고, 그러다가 결국은 뿔들이 너무 세게 충돌해서 형은 궤도를 벗어나 떡갈나무 위에 있게 되었다…….

요컨대 형은 광적인 이야기꾼이 되었다. 이제는 형에게 정말 일어났던 일들로, 그것을 회상하면 지나간 시간, 섬세한 감정, 권태, 행복, 불확실, 자만심, 자신에 대한 혐오감 등이 되살아나는 사건들과, 꾸며 낼 수 있고 예리하게 잘라 낼 수 있으며 꾸며 낸 이야기가 여러 가지 모양으로 변할수록 실제로 우리가 살면서 경험했던 것, 혹은 이해했던 것을 다시 이야기하고 있음을 깨닫게 되는 그런 종류의 사건들 중 어느 쪽이 더 좋은지 구별할 수가 없었다.

코지모 형은 아직 이야기를 들려주고 싶은 열망이 삶의 희망이 되어 주는 나이였다. 그리고 자신이 아직 이야깃거리가 충분할 만큼 살지 못했다고 믿었다. 그래서 사냥을 떠나 몇 주씩 돌아오지 않았고 그 후 족제비, 오소리, 여우 꼬리를 들고 광장의 나무 위로 돌아와 옴브로사 사람들에게 진짜는 허구가 되고 허구는 진짜가 되어 버리는 새로운 이야기를 들려주었다.

하지만 이 모든 열광 속에 아주 깊은 불만족과 부족감이 자리 잡고 있었는데, 이것은 형의 이야기를 들어 줄 사람을 찾는 것과는 다른 종류의 갈망이었다. 코지모 형은 아직 사랑을 몰랐다. 그런데 사랑을 모르고 다른 경험을 다 해보는 게 무슨 소용 있겠는가? 아직까지 인생의 참맛을 모르면서 목숨을 건다는 게 무슨 가치가 있겠는가?

야채 장수나 생선 장수 처녀들이 옴브로사의 광장으로 지나갔고 귀족 아가씨들은 마차를 타고 지나갔다. 그러면 코지모 형은 나무 위에서 재빨리 그들을 살펴보았는데 형은 왜 그 많은 여자들 중 형이 찾는 어떤 여자, 그 누구와도 완전히 다른 여자는 없는 것인지 이해할 수가 없었다. 밤이 되어 집집마다 불이 켜지면 코지모는 노란 눈의 올빼미와 함께 혼자 나뭇가지 위에서 사랑의 꿈을 꾸었다. 관목 뒤나 나란히 선 나무 사이에서 만나는 연인들을 보면 감탄과 질투의 마음이 가득 찼다. 그래서 어둠 속으로 사라져 가는 그들의 뒷모습을 눈으로 쫓았지만 그들이 형이 있는 나무의 발치에 누우면 부끄러워 달아나 버렸다. 그래서 형은 자연스러운 수치심을 극복하기 위해 가만히 동물들의 사랑을 관찰했다. 봄이 되면 나무 위는 교미의 세계였다. 다람쥐들은 인간과 거의 비슷한 동작과 울음소리를 내며 사랑을 나누었고 새들은 날개를 부딪치며 교미했으며 도마뱀들도 마디가 있는 단단한 꼬리로 결합되어 달렸다. 바늘두더지들은 보다 다정하게 포옹하기 위해 부드러워지는 것 같았다. 오티모 마시모는 자신이 옴브로사에서 유일한 닥스훈트라는 사실에 전혀 개의치 않고, 자신을 매료시킨 자연적인 호감을 믿으면서 대담하게 목동의 커다란 암캐나 경찰견을 쫓아다녔다. 그러다 종종 다른 개에게 물려서 엉망진창이 되어 돌아왔다. 하지만 한 번이라도 사랑만 나눌 수 있다면 그 모든 실패는 보상되고도 남았다.

코지모 형도 오티모 마시모와 똑같이 일종의 독특한 표본이었다. 형은 공상에 잠길 때면 너무나 아름다운 처녀들에게 사랑받고 있는 자신을 보았다. 하지만 나무 위에 사는 형이 어떻게 사랑하는 사람을 만날 수 있겠는가. 공상할 때 형은 사랑하는 사람을 만나는 장소를 상상하지 않을 수 있었기 때문에 땅 위든 지금 그가 있는 나무위든 상관없었다. 밑으로 내려가는 게 아니라 올라가야만 닿을 수 있는 장소가 아닌 장소를 상상했다. 어쩌면 그 나무를 타고 높이 올라가면 또 다른 세상에 닿고 달을 만질 수 있을 정도로 높은 나무가 있을지도 모를 일이었다.

형은 갈수록 광장에서 이야기하는 게 따분해졌다. 그런데 어느 장날 올리바바사라는 옆 도시에서 온 사람이 이렇게 말했다. "오, 당신네 마을에도 스페인 사람이 있군요!" 사람들이 그게 무슨 말이냐고 묻자 그가 대답했다. "올리바바사에는 나무 위에 사는 스페인 사람들이 있답니다." 그때부터 코지모 형은 숲을 통해 올리바바사로 여행 가기로 결정할 때까지 평화를 찾을 수가 없었다.

# 17

올리바바사는 내륙 지방이었다. 코지모 형은 나무도 거의 없는 위험한 길을 지나 이틀 뒤 그 지방에 닿았다. 주택이 있는 길을 지나 다 보면 형을 한 번도 본 적이 없는 사람들이 놀라 비명을 질렀고 어떤 사람은 돌을 던지기도 했다. 그래서 형은 가능하면 사람들의 눈에 띄지 않고 지나가려고 애썼다. 하지만 차츰 올리바바사에 가까이 갈수록 나무꾼이나 농부나 올리브를 따는 여자들이 자기를 보고도 전혀 놀라지 않는다는 사실을 발견했다. 뿐만 아니라 남자들은 형을 알기라도 하듯 모자를 벗으며 인사하기도 했다. 그리고 분명 그 지방 사투리가 아닌 말을 했는데 그들의 입에서는 이런 이상한 말들이 흘러나왔다. "세뇨르! 부에노스 디아스, 세뇨르!⁴¹"

겨울이어서 나뭇잎이 다 떨어지고 없는 나무도 있었다. 올리바 바사에는 두 줄의 플라타너스와 느릅나무가 마을을 가로질러 서 있었다. 형은 마을에 가까이 가면서 앙상한 나뭇가지 사이에 사람들이 앉아 있는 것을 발견했다. 나무마다 한 사람이나 두 사람, 혹은 세 사

---

**41** 나리! 안녕하세요, 나리!

람까지 심각한 자세로 앉아 있거나 서 있었다. 코지모 형은 몇 발짝 뛰어 그들에게 갔다.

귀족 복장에 깃털 달린 삼각 모자를 쓰고 큰 망토를 두른 남자들과 얼굴에 베일을 쓴, 마찬가지로 귀족 분위기가 나는 여자들이었다. 여자들은 한 나뭇가지에 두서너 명씩 앉아 있었는데 어떤 여자들은 수를 놓다가 가끔씩 상반신을 옆으로 조금 돌리고 나뭇가지가 창턱이라도 되는 양 가지에 팔을 올려놓고 길 아래쪽을 내려다보았다.

남자들은 쓸쓸한 연민이 가득 담긴 듯한 인사를 형에게 건넸다. "부에노스 디아스, 세뇨르!" 그래서 코지모 형은 허리를 숙이고 모자를 벗었다.

그들 중 가장 권위가 있어 보이는, 몸이 너무 뚱뚱해서 플라타너스 가지가 갈라진 곳에 몸이 끼어 일어설 수 없는 듯하고 간장병을 앓는 사람 같은 피부에 나이가 들긴 했지만 면도질한 콧수염과 수염 자국 아래의 피부가 거뭇거뭇한 사람이 그의 옆에 자리한 쇠약하고 삐삐 말랐으며 검은색 옷을 입고, 역시 면도한 수염자리가 거무스름한 사람에게 죽 늘어선 나무를 타고 온 이 낯선 사람이 누구냐고 묻는 것 같았다.

코지모 형은 자신을 소개할 순간이 왔다고 생각했다.

그래서 뚱뚱한 신사가 있는 플라타너스 위로 가서 머리를 숙이며 말했다. "코지모 피오바스코 디 론도 남작이라고 합니다. 뭐든 물어보십시오."

"론도스? 론도스?" 뚱뚱한 사람이 말했다. "아르고네스? 가예고?"

"아닙니다."

"카탈란?"

"아닙니다. 저는 이 고장 출신입니다."

"데스테라도 탐비엔?"

깡마른 신사가 대화에 끼어들어 통역을 해 주는 게 자기의 임무라고 생각하고 아주 장황하게 이야기했다. "우리 프레데리코 알론소 산체스 데 과타무라 이 토바스코 전하께서는 경이 나뭇가지를 타고 오는 것을 보고 경도 추방된 거냐고 물으신 겁니다."

"아닙니다. 아니, 적어도 어떤 법령을 위반해서 추방당한 것은 아닙니다."

"비아하 우스테드 소브레 로스 아르볼레스 포르 구스토?"

그러자 통역관이 말했다. "우리 프레데리코 알론소 전하께서는 당신이 그저 기분 전환으로 이런 여행을 한 것인지 알고 싶으시답니다."

코지모 형은 잠시 동안 생각한 다음 대답했다. "아무도 제게 강요하지는 않았지만 스스로 이런 일에 몰두해 보고 싶다고 생각했기 때문이지요."

"펠리스 우스테드!⁴²" 프레데리코 알론소 산체스는 한숨을 쉬며 감탄했다. "아이 데 미, 아이 데 미!⁴³"

그러자 검은 옷을 입은 남자가 더욱 장황하게 설명을 늘어놓았다. "우리 전하께서는, 경께서 그런 자유를 즐길 수 있는 것을 행운으로 생각해야 한다고 말씀하십니다. 우리는 비록 하느님의 뜻에 맡기고 참고 있기는 하지만 우리의 강요된 상황과 경의 자유를 비교하지

---

**42** 좋겠소!
**43** 내 신세야, 내 신세야!

않을 수가 없습니다." 그러더니 성호를 그었다.

그래서 산체스 왕자의 짧은 감탄과 검은 옷을 입은 신사의 아주 상세한 이야기를 통해 코지모는 플라타너스 위에서 살고 있는 이 이민 가족의 이야기를 재구성해 볼 수 있었다. 그들은 스페인의 귀족으로 서로 의견을 달리하는 봉토의 특전 문제로 카를로스 3세 국왕에게 반항했다. 그래서 가족과 함께 추방당했다. 올리바바사에 도착했을 때 그들은 여행을 계속할 수 없게 억류되었다. 사실 스페인 국왕과의 옛 조약을 바탕으로 이 지역에서는 스페인에서 추방당한 사람들에게 은신처를 제공해 줄 수 없을 뿐만 아니라 이 땅을 지나가게 할 수도 없었다. 이 귀족 가족들의 상황은 해결하기 아주 어려운 문제였지만 외국 재판소와의 성가신 일에 얽히고 싶지 않은 데다 이 부유한 여행객들에게 적대감을 품을 만한 타당한 이유도 없었던 올리바바사의 판사들은 타협했다. 조약에는 추방자들이 이 지역의 '땅을 밟을' 수 없다고 규정되어 있었으므로 그들이 나무 위에 있기만 하면 그만이었고 규정을 이행한 게 되었다. 그래서 추방자들은 코무네에서 마련해 준 사다리를 타고 플라타너스와 느릅나무 위로 올라갔다. 그러고 나자 사다리들은 치워졌다. 그들은 몇 달 전부터 날씨가 따뜻할 것이라 믿고, 가까운 시일 내에 카를로스 3세의 특별 사면이 내려지리라 믿고, 또 신의 섭리를 믿으며 그 위에 앉아 있었다. 그들은 가져온 스페인 금화로 시내와 거래를 트고 음식물을 샀다. 음식을 끌어올리기 위해 그들은 도르래를 설치해 놓았다. 다른 나무 위에는 차양이 쳐져 있어 그 밑에서 잠을 잤다. 사실 그들은 필요한 것을 모두 잘 갖추고 있었다. 아니, 그들에게 그렇게 장비를 잘 갖추어 준 사람들은 바로 올리바바사 사람들이었다. 그들에게도 돌아가는 게 있었기 때문이다. 추방자들은 하루 종일 직접 손 하나 까딱하지 않아도 되었다.

코지모 형이 나무 위에서 살고 있는 다른 사람들을 만나보기는 이번이 처음이었다. 그래서 현실적인 문제에 관해 질문을 하기 시작했다.

"비가 올 때는 어떻게 하십니까?"

"사크라모스 토도 엘 티엠포, 세뇨르!"

예수회 교단의 술피시오 데 과달레테라는 신부가 통역을 했다. 이 신부는 그의 교단이 스페인에서 쫓겨날 때 추방되었다. "우리 차양의 보호를 받으며 하느님 생각을 합니다. 보잘것없는 것이지만 우리는 충분하게 여기고 감사를 드리는 거죠⋯⋯!"

"사냥은 다니지 않습니까?"

"세뇨르, 알구나스 베세스 콘 엘 비스코."

"종종 재미 삼아 나뭇가지에 끈끈이를 발라 놓는 사람들도 있답니다."

코지모는 자기도 직면한 바 있는 문제들을 그들이 어떻게 풀어 나가는지 알아내고 싶은 마음에 지치지도 않고 물었다.

"그러면 씻는 건, 씻는 건 어떻게 하시지요?"

"파라 라바르? 아이 라반데라스!" 돈 프레데리코가 어깨를 으쓱이며 말했다.

"우리는 이 마을 세탁부에게 맡깁니다." 돈 술피시오가 통역했다. "정확히 말하자면 매주 월요일마다 더러워진 옷을 바구니에 담아 밑으로 내려 보냅니다."

"아니, 제 말은 몸과 얼굴을 씻기 위해 어떻게 하느냐는 거지요."

돈 프레데리코가 투덜거렸고 마치 자신은 그런 문제를 생각조차 해 보지 않았다는 듯이 어깨를 으쓱했다.

돈 술피시오는 통역을 해 주는 게 자신의 의무라고 믿었다. "우리 전하의 생각으로는 그런 것은 각자의 개인적인 문제일 뿐입니다."

"그러면 용서해 주세요, 볼일은 어디서 봅니까?"

"오야스, 세뇨르."

그러자 여전히 겸손한 듯한 말투로 돈 술피시오가 말했다. "우린 사실 요강 같은 것을 사용합니다."

돈 프레데리코가 있는 곳을 떠나 코지모는 술피시오 신부의 안내를 받아 다양한 구성원들로 이루어진 이주 가족들을 만나러 갔다. 그들은 각자의 거주지에 살고 있었다. 이 이달고[44]들과 귀부인들은 자신들이 머무는 곳이 뭐라 말할 수 없을 정도로 불편한데도 일상적이고 침착한 태도를 잃지 않았다. 어떤 남자들은 말안장을 이용해 나무 위에 걸터앉아 있었다. 코지모 형은 그동안 나무에 살면서도 이런 방법을 한 번도 생각해 보지 못했기 때문에 이게 정말 마음에 들었다.(다리가 흔들릴 수밖에 없고 잠시 후면 발이 저리게 되는 불편함을 제거하는 데 등자가 아주 쓸모 있다는 것을 곧 알게 되었다.) 몇몇 사람들은 해군용 망원경을 보고 있었는데(그들 중 한 사람은 해군 제독처럼 소리를 질렀다.) 아마 호기심을 풀고 이야깃거리를 만들기 위해 그 망원경으로 자기들끼리 이 나무 저 나무를 살펴보는 것 같았다. 부인들과 아가씨들은 모두 자신이 수놓은 쿠션 위에 앉아 있었다. 바느질을 하거나(어찌 되었든 바느질하는 여자들이 이들 중 유일하게 일을 하는 사람들이라고 할

---

[44] 스페인의 세습 귀족.

수 있었다.) 살찐 고양이를 쓰다듬었다. 나무 위에 있는 고양이들은 새만큼이나 그 수가 엄청났다. 새들은(가지에 발라 놓은 끈끈이의 희생자들인 것 같았다.) 처녀들의 손에 내려앉아 처량하게 손을 쓰다듬는 자유로운 비둘기 몇 마리를 빼고는 모두 새장에 갇혀 있었다.

나무 위의 응접실 같은 곳에서 코지모 형은 아주 정중한 환대를 받았다. 그들은 코지모 형에게 커피를 대접하고 자신들이 떠나온 세비야와 그라나다의 저택과 토지와 곡물 창고와 마구간에 대해 이야기를 시작했고 그들이 명예 회복되는 날 그곳을 방문해 달라고 초대했다. 그들을 추방한 국왕에 대해서는 광적인 적의와 헌신적인 존경이 함께 뒤섞인 어조로 이야기했는데, 종종 그들 가족의 투쟁 상대였던 카를로스라는 개인과 고유한 권위를 발산하는 국왕이라는 지위를 정확히 분리해서 이야기하기도 했다. 하지만 또 한 사람의 격한 행동 속에 개인과 국왕이라는 상이한 두 개의 입장이 뒤섞여 있는 듯이 말하기도 했다. 코지모 형은 화제가 국왕에게로 옮겨 갈 때마다 몸 둘 바를 몰랐다.

추방자들의 모든 몸짓과 대화 속에는 슬픔과 비탄의 분위기가 감돌았다. 그것은 얼마간 그들의 성질과 일치하기도 했고 또 다소는 결단력 있는 의지와 일치하기도 했는데 이는 부분적으로는 그들의 성격 탓인 것 같았고 또 설득력 있게 분명히 정의할 수 없는 이유 때문에 투쟁했고, 그래서 보다 위엄 있는 태도로 투쟁의 동기를 보완해 보려고 애쓰는 사람들이 그렇듯, 의식적으로 그런 분위기를 만들어 내려고 결심했기 때문인 것 같기도 했다.

젊은 여자들 사이에서 — 첫눈에는 너무 솜털이 많고 피부색이 검어 보였던 — 즐거운 기운이 조용히 퍼져 나갔는데 언제나 지나치지 않게 제때에 제지되었다. 그들 중 두 처녀가 각각 다른 플라타너스 나무에서 배드민턴을 쳤다. 틱, 탁, 틱, 탁, 그러다가 작은 비명 소리. 배드민턴공이 땅에 떨어졌다. 올리바바사의 거지 소년이 그것을 주워 나무에 올려주는 대가로 2페세타[45]를 요구했다.

맨 끝의 느릅나무 위에는 가발도 쓰지 않고 남루한 옷을 입은 백작이라고 불리는 노인이 있었다. 술피시오 신부는 그 노인의 곁으로 가면서 말소리를 낮추었고 코지모 형에게도 그렇게 하라고 권했다. 백작 노인은 가끔씩 한 손으로 나뭇가지를 치웠다. 그는 비탈진 언덕과 저 멀리 사라져 가는, 초록색과 금색의 평야를 바라보았다.

술피시오 신부는 카를로스 국왕의 감옥에 갇혀 고문을 당했던 노인의 아들 이야기를 코지모에게 조그맣게 들려주었다. 코지모 형은 여기 있는 이달고들이 모두 말로만 추방자이지, 자신들이 추방당했다는 사실을 별로 떠올리지 않으며 무엇 때문에 여기 있는지 곰곰 생각해 보지 않는 반면 여기 있는 이 노인은 정말 혼자서 고통받고 있다는 것을 알게 되었다. 마치 또 다른 새로운 땅이 나타나는 것을 볼지도 모른다고 기대하듯, 나뭇가지를 헤치는 이 노인의 행동, 지평선이 아니라 아득히 멀리 떨어진 마을이 나타나기를 바라기라도 하듯, 높아졌다 낮아졌다 하는 먼 언덕 너머로 시선을 천천히 돌리는 모습은 코지모 형이 처음으로 본 추방의 표식 같은 것이었다. 이 백작이라는 노인은 이달고들을 하나로 이어 주는 존재로서 그들이 이 노인에게 얼마나 의존하고 있는지 형은 이해하게 되었다. 지금은 고통을 겪고 있지만 희망을 가져야만 한다고 이야기해 주는 사람은 바

---

**45** 스페인 은화.

로 이 노인, 그들 중 어쩌면 가장 가난하고 지위도 가장 낮았을 이 노인이었다.

사람들을 방문하고 돌아오다가 코지모 형은 오리나무 위에서 아까 보지 못했던 처녀를 발견했다. 몇 발짝 뛰어 그곳으로 갔다.

보랏빛이 감도는 매우 아름다운 하늘색 눈에, 피부에서는 좋은 냄새가 나는 처녀였다. 그녀는 양동이를 들고 있었다.

"아까 모두 만나 봤는데 당신은 왜 눈에 띄지 않았지요?"

"샘에 물을 길러 갔었거든요." 그러더니 미소를 지었다. 약간 기울어진 양동이에서 물이 떨어졌다. 형은 그녀를 도와 양동이를 들어주었다.

"그러면 이 나무 밑으로 내려갔다 왔단 말인가요?"

"아니에요. 휘어진 벚나무 한 그루가 샘 위로 가지를 뻗어 그 위에 그늘을 만들었거든요. 그 나무에서 아래로 양동이를 내려 보내는 거예요. 이리 와 보세요."

그들은 나뭇가지 위로 걸어 어떤 뜰의 담을 넘었다. 그녀는 벚나무가 있는 곳으로 가는 길을 인도했다. 벚나무 밑에 샘이 있었다.

"보셨죠, 남작님?"

"내가 남작이라는 걸 어떻게 알았소?"

"전 모두 알고 있어요." 그녀가 미소를 지었다. "우리 동생들이 당신이 방문했다는 걸 금방 제게 알려 주었죠."

"배드민턴을 치던 그 아가씨들인가요?"

"맞아요, 이레나와 라이문다죠."

"돈 프레데리코의 따님들이죠?"

"예……."

"그러면 당신 이름은?"

"우르술라예요."

"당신은 여기 있는 그 누구보다 나무로 잘 다니는군요."

"어릴 때부터 나무 위에 올라갔었거든요. 그라나다의 파티오[46]에 커다란 나무가 많이 있었어요."

"저 장미를 꺾으실 수 있나요?" 나무 끝까지 뻗은 덩굴에 장미한 송이가 피어 있었다.

"유감이지만, 못해요."

"좋아요, 제가 꺾어다 드리지요." 코지모 형이 그곳으로 가 꽃을가지고 돌아왔다.

우르술라는 미소를 지으며 팔을 내밀었다.

"제가 직접 꽂아 드리고 싶습니다. 어디에 꽂을지 말씀해 주십시오."

"고마워요, 머리 위에 꽂아 주세요." 그러더니 형의 손을 잡아 주었다.

"이제 말씀해 보세요. 저 아몬드나무 위로 가실 수 있습니까?" 코지모 형이 그녀에게 물었다.

"어떻게요? 전 새가 아니랍니다." 그녀가 웃었다.

"기다리세요." 그러더니 형은 줄을 꺼냈다. "이 끈을 몸에 묶으시면 제가 저쪽으로 밀어 드리겠습니다."

"싫어요……. 무서워요." 그렇지만 그녀는 웃었다.

"이게 제가 사용하는 방법입니다. 전 오래전부터 혼자 이런 방법

---

46 정원.

을 이용해 여행했지요."

"세상에!"

코지모 형은 그녀를 아몬드나무 위로 옮겨 가게 해 주었다. 그런 다음 자신도 그 나무로 갔다. 아몬드나무는 아직 어려서 크지 않았다. 그들은 나란히 앉았다. 우르술라는 아직도 숨을 헐떡이고 있었고 얼굴이 새빨갰다.

"놀라셨습니까?"

"아니에요." 하지만 그녀의 가슴은 뛰고 있었다.

"장미가 달아나지는 않았군요." 그가 말하고 다시 잘 꽂아 주기 위해 장미를 만졌다.

그렇게 그들은 나무 위에 앉아 있었는데 움직일 때마다 점점 더 서로의 품에 안기게 되었다.

"아!" 그녀가 소리쳤다. 그리고 형은 생전 처음 입맞춤을 했다.

그렇게 사랑이 시작되었다. 청년은 행복했고 정신을 잃을 정도로 어리둥절했다. 처녀는 행복했고 전혀 놀라지 않았다.(처녀들에게 이런 일이 우연히 일어나는 경우는 절대 없다.) 코지모 형이 너무나 기다렸으나 지금 전혀 예기치도 않게 다가왔고, 예전에 어떠리라 생각했는지 상상조차 할 수 없을 정도로 멋진 사랑이었다. 사랑의 미덕 중 가장 새로운 것은 아주 단순한 존재가 될 수 있다는 점이었는데, 형은 그때 자신이 평생 그렇게 단순하게 살 수 있을 것이라 생각했다.

# 18

복숭아꽃, 아몬드꽃, 벚꽃이 피었다. 코지모와 우르술라는 매일 같이 꽃 핀 나무 위에서 시간을 보냈다. 봄은 우르술라와 가까운 친척의 장례식마저도 밝은 색으로 물들여 놓았다.

우리 형은 추방당한 이민자들에게 나무와 나무 사이를 건너다닐 수 있는 여러 가지 방법을 가르쳐 주고 이 귀족 가문 사람들에게 습관화된 점잖은 태도를 버리고 몸을 조금씩 움직여 보라고 권유함으로써 그들 사이에서 쓸모 있는 존재가 되어 갔다. 나무 사이사이를 끈으로 이어 연로한 추방자들도 서로 방문할 수 있게 해 주었다. 그렇게 이달고들과 거의 일 년을 함께 생활하는 동안 자신이 고안해 낸 여러 가지 도구들, 즉 샘, 화덕, 안에 들어가 잠잘 수 있는 가죽 자루를 이민자들에게 만들어 주었다. 언제나 새로운 발명에 몰두하는 성격 때문에 형은 이달고들이 관습을 지키며 살 수 있게 도와줄 수 있었다. 그들이 우리 형이 좋아하는 작가들을 좋아하지 않는다는 것을 알게 되었을 때에도 그 일은 계속되었다. 그래서 믿음이 강한 이 사람들이 정기적으로 고해 성사를 하고 싶어 하는 것을 보고서는 나무 몸통에 마른 돈 술피시오 신부가 들어갈 수 있을 정도의 구멍을 파서

고해실을 만들어 주었기 때문에 신부가 그 안에 들어가 커튼이 쳐진 창살문을 통해 그들의 죄를 들을 수 있었다.

사실 기술 혁신에 대한 순수한 열정 때문에 코지모 형은 기존의 형식들을 존중하고 있을 수만은 없었다. 그에게는 아이디어가 필요했다. 코지모 형은 책장수 오르베케에게 편지를 써서 그 무렵 도착한 책들을 우편으로 옴브로사에서 올리바바사로 보내 달라고 했다. 그렇게 해서 우르술라에게 『폴과 비르지니』[47], 『신(新) 엘로이즈』[48]를 읽어 줄 수 있었다.

추방자들은 종종 큰 떡갈나무 위에서 모임을 가졌고 회의를 열어 국왕에게 보낼 편지를 작성했다. 처음에는 편지에 분노 서린 항의와 위협, 그리고 거의 최후통첩 같은 분위기가 있었다. 하지만 어느 순간에 이르러 그들 중 이런저런 사람이 좀 더 부드럽고 예의 바른 형식을 취하는 게 어떻겠냐고 제안하자 결국은 자비로운 국왕 폐하의 발치에 엎드려 용서를 비는 애원조로 바뀌고 말았다.

그때 백작 노인이 일어섰다. 모두들 입을 다물었다. 백작은 하늘을 바라보면서 낮고 떨리는 목소리로 말을 시작했다. 그는 마음속에 간직하고 있던 것을 모두 말했다. 그가 다시 자리에 앉았을 때 다른 사람들은 심각해졌고 아무 말도 하지 않았다. 이제 청원서에 대한 말을 비치는 사람이 아무도 없었다.

코지모 형도 이미 이 공동체의 일원이 되어 회의에 참가했다. 형

---

**47** 프랑스 작가 베르나르댕 드 생 피에르의 작품(1788). 섬에서 태어나 어린 시절부터 서로를 사랑한 두 젊은이의 순결한 사랑을 다룬 목가 소설이다.
**48** 프랑스 작가 장자크 루소의 서간체 소설(1761). 귀족 가문의 딸과 가난한 평민 출신 가정교사와의 애틋한 사랑을 그린 작품이다.

은 회의에서 솔직하고 젊은 열의로 철학자의 사상과 군주의 과실과 이성과 정의에 따라 국가가 어떻게 통치될 수 있는지 설명했다. 하지만 그 많은 사람들 중에서 형에게 귀를 기울이는 사람이라고는 나이는 들었지만 항상 형의 말을 이해하고 어떻게든 반응을 보이려고 애쓰는 백작 노인과 몇 권의 책을 읽은 우르술라와 다른 처녀들보다 조금 더 영리한 두어 명의 처녀뿐이었다. 다른 이민자들의 머리는 구두 안에 못으로 박아 넣은 구두 깔창 같았다.

사실 이 백작 노인은 이제 하염없이 길을 바라보고 있는 대신 책들을 읽고 싶어 했다. 루소는 약간 그를 괴롭게 만들었지만 몽테스키외는 마음에 들었다. 그는 이미 첫걸음을 떼었다. 다른 이달고 중에는 술피시오 신부 몰래라도 코지모 형에게 『오를레앙의 처녀』를 빌려다가 노골적으로 표현된 글을 단 몇 페이지라도 읽어 보려는 사람이 한 명도 없었다. 어쨌든 새로운 사상들을 받아들이는 백작 때문에 떡갈나무의 모임은 다른 경향을 띠게 되었다. 이제 백작은 스페인에 가서 혁명을 일으켜야 한다고 말했다.

술피시오 신부는 처음에는 위험을 감지하지 못했다. 그는 그다지 예리한 사람이 못 되는 데다 모든 상류 성직자 계층과 단절되어 있었기 때문에 당시 유행하던 사상들 중 어떤 게 사람들의 의식에 해를 끼치는지 알지 못했다. 하지만 그 사상들을 재정리할 수 있게 되자 곧 (혹은 다른 사람들의 말에 따르면 주교의 서명이 들어 있는 편지를 몇 통 받자마자) 악령이 그들의 공동체에 소리 없이 숨어 들어와 있으니 그들은 곧 번개를 맞아 앉아 있던 나무와 함께 잿더미로 변하게 될 거라고 말하기 시작했다.

어느 날 밤 코지모 형은 신음 소리에 잠이 깼다. 형은 램프를 들고 달려갔다. 그리고 백작의 느릅나무 위에서 이미 밧줄에 묶여 있는 노인과 그 끈을 묶고 있는 예수회 신부를 발견하게 되었다.

"멈춰요, 신부님! 이게 무슨 짓입니까?"

"성스러운 종교 재판소의 팔이다, 형제여! 지금 그 손이 이 못된 늙은이에게 닿았다. 이단자라는 고백을 받고 악령을 쫓아내기 위해서야. 다음은 네 차례다."

코지모 형은 검을 꺼내 밧줄을 잘라 버렸다. "당신 걱정이나 하시지, 신부! 여기 이성과 정의를 섬기는 또 다른 팔들도 있소!"

예수회 신부가 칼집에서 칼을 빼 들었다. "디 론도 남작! 당신 가문은 이미 오래전부터 우리 교단에 갚아야 할 빚이 있지!"

"돌아가신 우리 아버님이 옳으셨어!" 코지모 형이 검을 막아 내며 소리쳤다. "교단이 용서하지 않을 거다!"

두 사람은 나뭇가지 위에서 균형을 잃지 않고 결투를 벌였다. 돈 술피시오는 뛰어난 검객이었다. 우리 형은 여러 번 위기를 맞았다. 정신을 차린 백작이 소리를 지르기 시작한 것은 그들이 세 번째로 돌격했을 때였다. 다른 추방자들이 일어나 달려와서 두 결투자 사이에 끼어들었다. 술피시오는 얼른 검을 감추었고 마치 아무 일도 없었다는 듯이 모두에게 침착해 달라고 부탁하기 시작했다.

그와 같이 심각한 사건을 조용히 없었던 일로 한다는 것은 어떤 공동체에서도 불가능한 일이었고, 이는 자신들의 머리에 떠오르는 생각을 최소한으로 축소시켜 버리고 싶어 하는 이 공동체에서도 마찬가지였다. 그래서 돈 프레데리코가 중재해서 돈 술피시오와 백작을 화해시켜 모든 걸 예전처럼 되돌려 놓았다.

물론 코지모 형은 경계해야만 했다. 그래서 우르술라와 함께 나무 위로 갈 때는 항상 그 예수회 신부의 감시를 받고 있는 것 같아 두려웠다. 코지모 형은 신부가 돈 프레데리코에게 자신의 이야기를 나쁘게 해서 돈 프레데리코가 우르술라와 형이 함께 돌아다니지 못하게 하려고 애쓴다는 걸 알게 되었다. 사실 이 귀족 가문들은 아주 보수적인 관습에 익숙해져 있었다. 하지만 추방을 당해 그곳, 나무 위에서 생활하게 되면서부터는 많은 것에 그다지 신경을 쓰지 않았다. 코지모 형은 그들이 보기에 작위가 있는 훌륭한 청년이었다. 형은 자신을 필요한 존재로 만들 줄 알았고 아무도 강요하지 않았는데도 그들과 함께 나무 위에서 지냈다. 그리고 형과 우르술라가 서로 사랑하고 있다는 것을 알고 있었고 그 두 사람이 꽃이나 과일을 찾아 종종 과수원으로 멀어지는 모습을 보았을 때에도 사람들은 이야깃거리를 만들지 않기 위해 한 눈을 감아 버렸다.

하지만 이제 형과 불편한 관계에 있는 돈 술피시오 때문에 돈 프레데리코는 더 이상 그런 일들을 모르는 척할 수가 없었다. 그는 자신의 플라타너스 위로 코지모 형을 불러 접견했다. 그의 옆에는 키가 크고 거무스름한 술피시오가 있었다.

"바론[49], 자네가 종종 우리 니나와 다닌다는 소문이 있던데."

"그녀가 제게 아블라르 부에스트로 이디오마[50]를 가르쳐 주었습니다, 전하."

"자넨 몇 살인가?"

"디에스 이 누에베[51]가 다 되어 갑니다."

---

**49** 남작.
**50** 당신네 말 하는 것.
**51** 열아홉.

"호벤!⁵² 너무 젊어! 우리 딸은 결혼할 나이가 되었지. 포르 케⁵³ 그 애와 같이 다녔지?"

"우르술라는 열일곱 살입니다……."

"이미 카사르테⁵⁴는 생각하고 있겠지?"

"뭘 말입니까?"

"우리 딸이 자네에게 엘 카스테야노⁵⁵를 잘못 가르쳤구먼. 노비아⁵⁶를 고르려면 자네 집을 지어야 한다고 말했네."

술피시오와 코지모는 동시에 손을 앞으로 젓는 것 같은 동작을 했다. 대화는 예수회 신부가 원하는 방향도, 우리 형이 원하는 방향도 아닌 다른 곳으로 가고 있었다.

"저의 집은……." 코지모 형은 이렇게 말하면서 주위의 높은 나뭇가지와 구름을 가리켰다. "저의 집은 사방 천지입니다. 제가 위로 올라갈 수 있는 곳이면 어디든 제 집입니다."

"노 에스 에스토.⁵⁷" 프레데리코 알론소 왕자는 고개를 저었다. "바론, 우리가 그라나다에 돌아갔을 때 그곳에 오게 되면 시에라에서 가장 풍요로운 영지를 보게 될 걸세. 메호르 케 아키.⁵⁸"

돈 술피시오는 더 이상 입을 다물고 있을 수가 없었다. "하지만 전하, 이 젊은이는 볼테르주의자입니다. 더 이상 따님과 교제하게 해

---

**52** 젊어!
**53** 왜.
**54** 결혼.
**55** 스페인어.
**56** 신부.
**57** 그건 그렇지 않아.
**58** 여기보다 낫지.

서는 안 됩니다⋯⋯."

"오, 에스 호벤, 에스 호벤.[59] 사상이란 것은 오고 가는 거야, 케 세 카세,[60] 결혼을 하면 생각이 바뀔 거야. 그라나다에 오게나, 오라고."

"무차스 그라시아스 아 우스테드⋯⋯.[61] 생각해 보겠습니다." 코지모 형은 손으로 고양이 가죽 모자를 빙 돌리며 여러 번 절을 하고 물러 나왔다.

우르술라를 다시 만났을 때 그는 깊은 생각에 잠겨 있었다. "들어 봐, 우르술라, 당신 아버지가 내게 말씀하셨어⋯⋯. 어떤 이야기를 하셨는데⋯⋯."

우르술라는 깜짝 놀랐다. "우리보고 다시 만나지 말라고 하세요?"

"그게 아니야⋯⋯. 내가, 당신들의 유형 생활이 끝나게 되면 나도 함께 그라나다에 가길 바라시는 것 같아⋯⋯."

"아, 그래요! 정말 멋져요!"

"글쎄, 이봐, 난 당신을 정말 사랑해. 하지만 난 계속 나무 위에서 살았고 앞으로도 나무 위에서 살고 싶어⋯⋯."

"오, 코지모, 우리 고향에도 멋진 나무들이 있어요⋯⋯."

"그렇지. 하지만 당신들과 여행하려면 난 나무에서 내려가야만 해, 그런데 한번 내려가면⋯⋯."

"걱정하지 마요, 코지모. 지금 우리는 이렇게 추방당해 있으니 어쩌면 평생 이렇게 살지도 모르잖아요."

---

**59** 오, 젊은이야, 젊은이라고.

**60** 결혼을 하면.

**61** 대단히 감사합니다⋯⋯.

그래서 우리 형은 더 이상 걱정하지 않았다.

하지만 우르술라의 예상은 빗나갔다. 그 후 얼마 지나지 않아 스페인 왕실의 문장이 찍힌 편지가 돈 프레데리코에게 도착했다. 스페인 국왕의 관대한 사면으로 추방령이 폐지된 것이다. 추방당했던 귀족들은 자기 집과 영지로 돌아갈 수 있었다. 곧 플라타너스 위로 사람들이 모여들었다. "돌아간다! 돌아간다! 마드리드로! 카디스로! 세비야로!"

소문이 시내에 퍼졌다. 올리바바사 사람들이 사다리를 가지고 왔다. 추방자들 중에는 시민들의 환영을 받으며 나무에서 내려가는 사람도 있었고 짐을 끌어 모으는 사람도 있었다.

"그래도 끝난 게 아니오!" 백작이 소리쳤다. "스페인 의회에서 우리 말에 귀를 기울여야 해! 그리고 왕실에서도!" 그런데 추방당한 그의 동료들은 그 순간 아무도 그의 말에 귀 기울이려 하지 않았다. 귀부인들은 이미 유행에 너무 뒤떨어진 자신들의 드레스와, 새로 채워 넣어야 할 옷장을 걱정하고 있었다. 백작은 올리바바사의 주민들에게 연설을 하기 시작했다. "지금 우리는 스페인으로 갑니다! 두고 보십시오! 거기서 우리는 빚을 청산할 겁니다! 나와 이 젊은이가 정의를 실현시킬 겁니다!" 그러더니 코지모 형을 가리켰다. 그러자 당황한 코지모 형은 아니라는 표시를 했다.

돈 프레데리코는 다른 사람의 도움을 받아 땅에 내려왔다. "바하, 호벤 비사로![62]" 코지모 형에게 소리쳤다. "용감한 젊은이, 내려오게! 우리와 함께 그라나다에 가세나!"

---

**62** 내려오게, 용감한 젊은이!

나뭇가지 위에 앉아 있던 코지모 형은 주저했다.

그러자 왕자가 말했다. "코모 노?[63] 자넨 내 아들처럼 대접받을 걸세!"

"추방 생활은 끝났소!" 백작이 말했다. "마침내 우리는 오랫동안 생각해 왔던 것을 실행에 옮길 수 있게 되었소! 나무 위에 남아서 무얼 하겠다는 거요, 남작? 이제 나무 위에 있을 이유가 없어요!"

코지모 형은 두 팔을 벌렸다. "저는 여러분보다 먼저 이 위에 올라왔습니다. 여러분, 그리고 이후에도 여기 머물 겁니다."

"물러서고 싶은 거로군요!" 백작이 소리쳤다.

"아니, 난 저항을 하고 싶소." 남작이 대답했다.

맨 먼저 내려간 사람들 틈에 섞여 나무에서 내려간 우르술라는 동생들과 함께 바쁘게 짐을 마차에 싣고 있었다. 그녀는 나무가 있는 쪽으로 달려왔다. "그러면 전 당신과 함께 남겠어요! 당신과 남겠어요!" 그러더니 사다리 쪽으로 달렸다.

네댓 명의 사람들이 그녀를 말리며 나무에서 강제로 끌고 가 버렸다. 그리고 나무에 기대여 있던 사다리들을 치웠다.

"아디오스, 우르술라, 행복해!" 사람들이 그녀를 억지로 마차에 태워 떠나가는 동안 코지모가 소리쳤다.

갑자기 즐겁게 개가 짖어 대는 소리가 들렸다. 자기 주인이 올리바바사에 머무는 내내 기분 나쁜 듯이 으르렁거리고 스페인인들의 고양이와 끊임없이 싸우느라 성도 났을 법한 닥스훈트 오티모 마시모가 이제 다시 행복해진 것 같았다. 그는 마치 장난을 치듯, 나무 위

---

**63** 왜 그러나?

에 남아 털을 꼿꼿이 세우고 그를 향해 쉿 소리를 내쉬는 고양이 몇 마리를 쫓아 버리기 시작했다.

어떤 사람은 말을 타고, 또 어떤 사람은 사륜마차를 타고 추방자들은 떠났다. 길이 텅 비었다. 올리바바사의 나무 위에는 우리 형만 남아 있었다. 아직도 나뭇가지에는 깃털과 리본, 바람에 흔들리는 장갑 한 짝, 레이스 양산, 부채, 박차가 달린 장화 등이 매달려 있었다.

# 19

보름달이 뜨고 개구리가 울어 대고 되새가 지저귀는 한여름 밤이었다. 바로 그날 남작은 옴브로사에 다시 모습을 드러냈다. 형은 안절부절못하는 새 같았다. 그는 쓸데없는 참견을 하고 신경질을 내고 쓸모없는 짓을 하며 이 나뭇가지 저 나뭇가지 위로 뛰어다녔다.

곧 계곡 저쪽에 사는 케키나라는 여자가 형의 애인이라는 소문이 퍼졌다. 이 처녀는 외딴 집에서 귀머거리 아주머니와 살고 있는 게 분명한데, 올리브나무 가지 하나가 그 집 창문 옆으로 지나간다는 것이었다. 할 일 없는 사람들은 광장에서 사실이네 아니네 하며 다투었다.

"내가 그들을 봤어. 처녀는 창가에 서 있었고 남작은 나뭇가지 위에 있었지. 남작이 마치 박쥐처럼 팔을 휘두르니까 그녀가 웃었어!"

"갑자기 남작이 뛰어내렸어!"

"무슨 소리야. 남작은 평생 나무에서 내려오지 않겠다고 맹세했는데……."

"글쎄, 그런 규정은 스스로 만든 거니까, 예외 규정도 만들 수 있겠지……."

"에, 예외가 생기기 시작하면⋯⋯."

"내가 분명히 말하겠는데, 아니야. 창문에서 올리브나무 위로 뛰어오른 것은 바로 그 처녀야."

"그러면 그들이 어떻게 했을까? 아주 불편했을 텐데⋯⋯."

"분명히 말하지만 그들은 서로 털끝도 안 건드렸어. 그래, 남작이 그녀에게 구애했지. 아니, 그녀가 그를 유혹한 것인지도 몰라. 하지만 남작은 그 위에서 내려올 수 없으니⋯⋯."

그렇다, 아니다, 남작, 그녀, 창틀, 뛰어오름, 나뭇가지⋯⋯. 그들의 입씨름은 끝이 없었다. 약혼한 남자들과 남편들은 이제 자기 애인이나 아내가 나무 쪽으로 눈을 들기만 해도 난리를 쳤다. 여자들은 자기들끼리 서로 만나자마자 쑥덕거렸다. 누구 이야기를 한 것일까? 형에 대해서였다.

케키나이든 아니든 우리 형은 나무에서 내려오지도 않은 채 연애 사건을 만들어 냈다. 난 딱 한 번, 침구를 어깨에 메고 나뭇가지 위로 달려가는 형을 만났는데 그 모습은 총이나 밧줄, 도끼, 자루, 탄약통을 어깨에 메고 다니던 형의 모습과 다를 바 없이 자연스러웠다.

도로테아라고 하는 고급 창녀가 자발적으로 형을 만나러 갔었는데 그것은 돈 때문이 아니라 아이디어를 얻기 위해서였다고 내게 고백했다.

"그래서 무슨 아이디어를 얻었지?"

"오! 난 정말 만족했어요⋯⋯."

초베이다라는 또 다른 여자는 자신이 '나무 위에 올라간 남자'(형을 그렇게 불렀다.) 꿈을 꾸었다고 내게 이야기했는데, 그 꿈이 어찌나 자세하고 많은 것을 알려 주었는지 정말 겪은 일이라고 믿을 정도였다.

물론 난 이런 이야기들이 어떻게 된 건지 자세히 알지 못했지만 여자들이 코지모 형에게 어떤 매력을 느꼈던 것만은 틀림없었다. 형은 그 스페인인들과 함께 생활할 때부터 외모에 많은 신경을 쓰기 시작했다. 곰처럼 짐승 가죽으로 둘둘 감고 돌아다니던 짓은 그만두었다. 대신 바지를 입고 한껏 모양을 낸 연미복을 입고 영국식 실크 모자를 쓰고 면도를 하고 가발을 빗질해서 정리했다. 뿐만 아니라 사람들은 이제 형의 옷을 보고 사냥을 가는 건지 누구를 만나러 가는 건지 분명하게 알 수 있었다.

　　사실 내가 이름을 밝힐 수 없는 한 성숙한 귀부인은(그녀의 딸들과 손자들이 아직도 옴브로사에 살고 있어서 그들의 기분을 상하게 할 수도 있다. 하지만 그 당시에는 아주 잘 알려진 이야기였다.) 항상 늙은 마부가 작은 마부석에 앉아 모는 마차를 타고 혼자 돌아다니곤 했다. 그녀는 마부에게 숲을 가로지르는 큰길로 가라고 했다. 그러다가 갑자기 마부에게 말했다. "조비타, 숲 속이 버섯 천지야. 자, 가서 이 바구니에 버섯을 가득 따 가지고 와." 그러면서 그에게 커다란 광주리를 주었다. 류머티즘을 앓고 있는 이 불쌍한 마부는 마부석에서 내려 어깨에 광주리를 짊어지고 길을 벗어나 이슬에 젖은 풀고사리 틈을 헤매고 다녔다. 그리고 산새버섯이나 말불버섯을 찾기 위해 허리를 숙여 풀잎 하나하나를 뒤지면서 너도밤나무 사이로 자꾸만 깊숙이 들어갔다. 그사이 마차에 있던 귀부인은 마치 하늘에 납치되기라도 한 듯, 길 위를 뒤덮은 울창한 나뭇잎 사이로 사라지고 없었다. 지나가던 사람이 여러 번 숲 속에 텅 빈 채 서 있는 마차를 발견한 것 이외에는 사람들에게 알려진 다른 사실은 없었다. 귀부인은 사라졌을 때와 마찬가지로 신비하게 다시 나타나 마차 안에 앉아 힘없이 밖을 보고 있었다. 이슬에 흠뻑 젖은 조비타가 겨우 몇 개 딴 버섯을 광주리에 담아 들고 돌아오면 다시 출발했다.

사람들은 이런 이야기를 수도 없이 해 댔는데, 특히 부유한 남자들을 위한 모임을 마련한(나도 결혼하기 전에는 드나들었다.) 다섯 제노바 여자들의 집에서는 더욱 심했다. 그래서 이 다섯 부인들은 남작을 만나고 싶은 마음이 생겼다. 사실 아직도 '다섯 참새들의 떡갈나무'라고 불리는 나무가 있는데 우리 노인들만이 그게 무슨 뜻인지 알고 있다. 그 이야기를 들려준 사람은 믿을 만한 건포도 상인인 제였다. 태양이 눈부신 날이었다. 이 제라는 상인이 숲으로 사냥을 갔다. 그 떡갈나무에 이르렀을 때 그는 무엇을 보았을까? 코지모 형은 그 다섯 여자들을 모두 나뭇가지 위로 올라오게 해서 여기저기에 앉혔다. 그녀들은 모두 알몸이 되어 따사로움을 즐기고 있었고 남작은 그들 한가운데에 앉아 라틴 시를 읽어 주고 있었다. 제는 그게 오비디우스의 것인지 루크레티우스의 것인지 알 수가 없었다.

아주 많은 이야기가 떠돌았는데 그중 어떤 것이 진실인지 나는 모르겠다. 그 당시에 코지모 형은 이런 일들에 대해 과묵했고 수줍음을 탔다. 하지만 나이가 들어서는 그런 이야기를 계속 되풀이해 들려 주었다. 그러나 대개 하늘에서도 땅에서도 있을 수 없는 이야기였고 그 자신조차도 별로 믿지 않는 이야기였다. 사실 그 무렵에 어떤 처녀가 임신을 했는데 누가 그렇게 만들었는지 모르면 편리하게 형에게 책임을 돌려 버리는 습관이 생겼다. 한번은 어떤 처녀가 올리브를 따라 갔다가 원숭이처럼 긴 두 팔에 들려지는 것을 느꼈다고 이야기했다……. 그런 이야기를 한 뒤 얼마 되지 않아 그녀는 쌍둥이를 낳았다. 옴브로사에는 진짜일 수도 있고 가짜일 수도 있는 남작의 사생

아가 넘쳐났다. 이제 그 아이들은 성장했고 어떤 아이는 진짜 남작을 닮기도 했다. 임신한 여자들이 이 나뭇가지에서 저 나뭇가지로 뛰어 다니는 코지모 형을 보고 기절할 듯 놀란 데서 기인한 암시 효과 때문일 것이다.

하지만 나는 처녀의 출산을 설명하기 위한 이런 이야기들은 보통 믿지 않는다. 소문대로 그렇게 많은 여자들이 있었는지도 잘 모르겠다. 하지만 정말로 형을 알았던 여자들은 오히려 조용히 있고 싶어 했다.

또한 형이 도처에 그렇게 많은 여자들을 두었다면, 무엇 때문에 달이 뜨는 밤마다 사람들이 사는 집 근처나 옴브로사의 집들을 에워싼 성벽이 내려다보이는 과수원 지대에서 무화과나무, 자두나무, 석류나무 위로 마치 고양이처럼 헤매 다니면서, 비탄에 젖어 내뱉는 한숨 소리나 하품, 신음 소리, 억누르려 애쓰기도 하고 보통 때같이 참고 들어 줄 만한 소리를 내려 해보지만 막상 목구멍에서 나올 때는 울부짖음 소리나 고양이 울음소리가 되고 마는 그런 소리를 내곤 했는지 설명할 수가 없을 것이다. 이제 옴브로사 사람들은 형을 잘 알았기 때문에 잠에 취해 있을 때 그런 소리를 들어도 전혀 놀라지 않았고 이불 속에서 몸을 뒤척이며 이렇게 말할 뿐이었다. "남작이 여자를 찾는군. 제발 좀 빨리 찾아서 잠 좀 자게 해 줘라."

가끔씩 남작 때문에 잠을 설쳐 고생하던 노인들은 그 소리를 들어 보려고 자진해서 창가로 가기도 했는데 어떤 노인이 밭을 살펴보려고 얼굴을 내밀었다가 달빛 때문에 땅에 드리워진 무화과나무 가지의 그림자 속에서 남작의 그림자를 보았다. "오늘 밤엔 잠이 오지 않습니까, 나리?"

"잠이 오지 않소. 계속 돌아다니기 때문에 난 항상 깨어 있지."
코지모 형은 마치 침대에 누워, 베개에 얼굴을 깊숙이 파묻고 눈꺼풀
이 내려앉기만을 기다리며 이야기하는 것처럼 말했다. 하지만 실제
로는 그와 반대로 곡예사처럼 나무에 매달려 있었다. "오늘 밤 무슨
일인지 모르겠군요. 덥고 신경질이 나요. 아마 날씨가 변하려는 모양
이오. 노인도 그렇소?"

"오, 그렇습니다, 그렇습니다……. 하지만 저는 늙은이입니다,
나리. 그리고 나리는 저와는 달리 혈기를 발산시켜야 할 나이시지
요……."

"그렇소, 발산시켜야지……."

"그런데, 남작 나리, 여기서 조금만 더 떨어진 곳에 가셔서 혈기
를 발산시켜 보십시오. 여기는 나리께 위안을 드릴 만한 게 전혀 없으
니까요. 그저 새벽에 일찍 일어나기 때문에 지금은 오로지 잠을 자고
싶을 뿐인 불쌍한 가족들밖에 없답니다."

코지모 형은 대답하지 않고 다른 과수원으로 사라졌다. 형은 항
상 경계를 정확히 지킬 줄 알았고 옴브로사 사람들은 언제나 형의 이
런 이상한 행동을 참아 낼 줄 알았다. 어떻든 형은 남작이었고 또
다른 사람들과는 구별되는 존재라는 생각도 얼마간 작용했기 때문
이다.

종종 형의 가슴에서 나오는 짐승 같은 이런 소리는 그 소리를 들
으려고 하는, 호기심으로 가득 찬 다른 창문을 찾았다. 촛불이 켜져
있는 흔적, 부드럽게 속삭이는 듯한 웃음소리, 잘 알아들을 수는 없
지만 분명 형에 대한 농담이거나 그를 비웃거나 그를 부르는 척하는
여자들의 말소리가 불빛과 그림자 사이에서 들려오는 낌새만 보여도

족했다. 그것은 나뭇가지 위로 뛰어다니는 그 외로운 인간에게는 진실한 사랑만큼이나 심각하게 받아들여졌다.

자, 지금 대담한 한 여자가 밖에 무엇이 있는지 보려고 창가에 서 있다. 아직도 그녀에게서는 침대의 온기가 느껴지고 가슴은 다 드러나 있으며 머리는 풀어헤쳐졌고 벌어진 강렬한 입술로 하얀 미소를 보였다. 그들은 대화를 나누었다.

"누구세요, 고양이인가요?"

"사람이오, 사람이오." 형이 대답했다.

"고양이처럼 우는 사람인가요?"

"오, 한숨을 쉬었다오."

"왜요? 당신에게 뭐가 부족하죠?"

"당신이 가진 게 내게 필요하다오."

"뭔데요?"

"이리 와 봐요, 말해 줄 테니……."

내가 보기에 형은 절대 사람들에게 모욕을 주거나 보복을 당할 짓, 혹은 큰 위험을 초래할 만한 행동은 하지 않았다. 그러나 딱 한 번 이유는 알 수 없으나 상처를 입은 일이 있었다. 아침에 그 소문이 퍼졌다. 옴브로사의 외과의사가 형이 고통을 호소하고 있는 호두나무 위로 기어 올라가야만 했다. 참새 사냥을 할 때 사용하는 작은 포도탄이 한쪽 다리에 잔뜩 박혀 있었다. 의사가 핀셋으로 하나하나 뽑아내야만 했다. 그는 앓기는 했지만 곧 회복되었다. 어찌된 일인지는 아무도 자세히 알 수 없었다. 나뭇가지를 뛰어넘고 있을 때 예상치도 못한 총알이 자기에게 날아오기 시작했다고 형이 말했다.

형은 회복되어 갔고 호두나무 위에서 꼼짝하지 않으면서 아주 진지한 자기 연구에 몰두했다. 그는 이 무렵 선한 인간들이 사는 가상의 공화국 아르보레아를 묘사한 「나무 위에 건설한 이상 국가의 헌법 개요」를 쓰기 시작했다. 처음 시작할 때는 법률과 통치에 관한 학술서를 쓰려고 했지만 글을 써나가면서 복잡한 이야기를 만들어 내는 형의 이야기꾼다운 기질이 튀어나왔다. 그래서 중간에 모험, 결투, 그리고 성적인 이야기가 들어간 잡문(雜文)이 탄생했는데 성적인 이야기는 혼인법을 다룬 장에 들어갔다. 책의 결말은 틀림없이 이렇게 되었어야 할 것이다. 나무 꼭대기에서 완벽한 국가를 건설하고 모든 인간들이 나무 위에 정착해 행복하게 살고 있다고 믿은 작가가 이제는 아무도 살지 않는 땅으로 내려와 살게 되었다. 틀림없이 이런 결말이었을 테지만 작품은 미완성으로 남았다. 그는 디드로에게 '『백과전서』의 독자 코지모 디 론도'라고 간단히 서명해서 이 책의 요약본을 보냈다. 디드로는 감사하다는 짧은 답장을 보냈다.

# 20

그 당시 나는 생애 첫 유럽 여행길에 올랐기 때문에 그 시기에 대해서 많은 이야기를 할 수가 없다. 난 스물한 살이 되었고 가문의 재산을 마음대로 쓸 수 있었다. 형에게는 돈이 거의 필요하지 않았고 그 무렵 갑자기 너무 늙어 버린 불쌍한 우리 어머니도 그다지 돈을 많이 쓰지 않았기 때문이다. 우리 형은 자신에게 다달이 용돈을 주고 세금을 대신 내 주고 자신이 처리해야 할 일들을 약간 정리해 주는 조건으로 내가 전 재산을 사용할 수 있도록 증서에 서명해 주고 싶어 했다. 난 그저 영지를 관리하고 신붓감을 고르기만 하면 되었다. 그래서 나는 이미 눈앞에 잘 정리되고 평화로운 삶이 펼쳐지는 것을 보았는데, 실제로 과도기의 대격변에도 불구하고 그렇게 살 수 있었다.

하지만 그런 생활을 시작하기 전 나는 여행할 시간을 갖기로 했다. 나는 파리에도 머물렀는데, 때마침 오랫동안 파리를 떠나 있다가 자신의 비극 공연을 위해 파리에 되돌아온 볼테르의 개선을 환영하는 광경을 보기 위해서였다. 하지만 내 삶에서 중요한 기억은 이런 게 아니었고 분명 여기 적을 가치도 없는 것일 것이다. 내가 여기서 말하고 싶은 것은 외국에까지도 널리 퍼져 있는 나무 위에 올라간 옴브로사의 남작의 명성에 내가 얼마나 놀랐는가 하는 사실뿐이다. 심지어 달력의 어떤 그림 밑에 이렇게 적혀 있는 것도 보았다. "롬므 소바주 동브뢰즈(레퓌블리크 제누아즈). 비 쉴르망 쉬르 레 자르브르.[64]" 사람들은 형을 긴 수염에 긴 꼬리가 달리고 털에 뒤덮여 메뚜기를 먹는 인간으로 그려 놓았다. 이 그림은 괴물들이 등장하는 장(章)에서 헤르마프로디토스[65]와 세이렌[66] 사이에 들어 있었다.

이런 종류의 상상 앞에서 나는 대개 이 야만인이 내 형이라는 게 밝혀지지 않도록 주의했다. 하지만 파리에서 볼테르를 위해 마련된 어떤 만찬에 초대받았을 때는 아주 큰 소리로 그가 내 형이라고 선언했다. 늙은 철학자가 여러 부인들에 둘러싸여 안락의자에 앉아 있었다. 그는 고슴도치처럼 날카로워 보였는데 부활절 때처럼 즐거워했다. 내가 옴브로사에서 왔다는 것을 알게 되자 나를 불렀다. "세 쉐부, 몽 쉐르 슈발리에, 킬 이 아 스 파뢰 필로조프 키 비 쉬르 레 자르브르 콤 욍 생주?[67]"

그래서 난 너무 기쁜 나머지 그에게 이렇게 대답하지 않을 수 없었다. "세 몽 프레르, 무슈, 르 바롱 드 롱도.[68]"

볼테르는 몹시 놀랐는데 아마도 그 대단한 사람의 동생이 이렇게 평범하다는 사실 때문이기도 했을 것이다. 그러더니 그는 이런 질

---

**64** 옴브로사의 야만인(제노바 공화국). 나무 위에서만 산다.
**65** 헤르메스와 아프로디테의 아들. 요정 살마키스와 결합하여 양성의 존재가 되었다.
**66** 상반신은 여자이고 하반신은 새의 모습을 한 요정. 아름다운 목소리로 섬 부근을 지나던 뱃사람들을 홀렸다고 한다.
**67** 당신네 고장에 원숭이처럼 나무 위에 사는 그 유명한 철학자가 있나요, 기사님?
**68** 제 형인 디 론도 남작입니다, 선생님.

문들을 하기 시작했다. "메 세 푸르 아프로셰 뒤 시엘, 크 보트르 프레르 레스트 라오?[69]"

"우리 형은 땅을 제대로 보고 싶은 사람은 적당한 거리를 유지해야만 한다고 주장합니다." 내가 대답하자 볼테르는 그 대답을 아주 높게 평가했다.

"자디, 세테 쇨르망 라 나튀르 키 크레 데 페노멘 비방, 맹트낭 세라 레종.[70]" 그러더니 현명한 노인은 다시 유신론자인 숭배자들의 잡담에 끼어들었다.


나는 곧 전보를 받아 여행을 중단하고 옴브로사로 돌아와야만 했다. 불쌍한 어머니는 천식이 갑자기 심해져 침대를 떠날 수가 없었다.

철문을 지나 우리 저택 쪽을 쳐다보면서 나는 형을 볼 수 있을 것이라고 확신했다. 코지모 형은 어머니 방의 창턱 바로 앞에 있는 뽕나무의 높은 가지 위에 올라가 있었다. "코지모 형!" 형을 불러 보았지만 내 목소리는 작았다. 형이 내게 신호를 보냈는데, 어머니가 약간 기운을 찾았지만 계속 위독하다고, 올라가 보라고, 하지만 천천히 서두르지 말라고 말하는 듯했다.

방 안은 약간 어슴푸레했다. 어깨를 받칠 수 있도록 침대에 쌓아 놓은 베개에 기대고 있는 어머니는 지금까지 한 번도 본 적이 없을 정도로 아주 커 보였다. 주위에는 집안일을 돌보는 여자들이 몇 명 있었다. 바티스타 누나는 아직 오지 않았는데 누나를 데려다 주어야만

---

**69** 그런데 당신 형은 왜 하늘 가까이, 그 위에서 사는 건가요?
**70** 옛날에는 자연만이 살아 있는 현상을 창조했는데 지금은 이성이 그 일을 대신하지요.

하는 백작 남편이 포도 수확에 발이 묶여 있기 때문이었다. 나뭇가지 위에 꼼짝 않고 앉아 있는 코지모 형의 모습이 한눈에 들어오게 열어 놓은 창문이 어두운 방 안에서 특히 두드러졌다.

내가 몸을 숙이고 어머니의 손에 입을 맞추었다. "오, 돌아왔구나, 비아조……." 천식 때문에 가슴이 막히지 않았을 때 어머니는 가느다란 목소리로 말을 했지만 분명한 말투였고 감정이 많이 담겨 있었다. 하지만 어머니가 나에게 말할 때와 코지모 형에게 말할 때 별 차이를 두지 않는다는 걸 느끼자 정말 놀라지 않을 수 없었다. 어머니는 형이 머리맡에 와 있기라도 한 듯 말했다.

"내가 약을 먹은 지가 너무 오래되지 않았니, 코지모?"

"아니에요. 몇 분밖에 안 됐어요, 엄마. 조금 기다리셨다가 드세요. 지금 다시 먹어도 별 효과가 없어요."

갑자기 어머니가 말했다. "코지모, 오렌지 한 조각만 다오." 나는 깜짝 놀랐다. 하지만 내가 더 놀랐던 것은 코지모가 배에서 사용하는 작살 같은 것을 창문을 통해 방 안으로 뻗쳐서 화장대 위에 있던 오렌지 조각을 찍어 어머니의 손에 내밀 때였다.

나는 이 사소한 모든 일을 통해서 어머니가 형에게 말을 걸고 싶어 한다는 것을 알아차렸다.

"코지모, 숄 좀 주렴."

그러면 형은 안락의자 위에 던져둔 물건 중에서 숄을 찾아 그것을 들어 올려 어머니에게 내밀었다. "여기 있어요, 엄마."

"고맙다, 내 아들아."

어머니는 계속 형이 바로 옆에 있는 듯이 말했지만 나는 형이 나무 위에서 할 수 없는 일은 절대 부탁하지 않는다는 것을 알게 되었다. 형이 할 수 없는 일을 부탁해야 할 경우 어머니는 나나 다른 여자들을 찾았다.

밤이 되었는데도 어머니는 잠을 이루지 못했다. 코지모 형은 어둠 속에서도 자기 모습이 보이도록 나뭇가지에 작은 램프를 걸어 놓고 나무 위에서 밤새 어머니를 지켜 드렸다.

아침이 되자 어머니의 천식이 몹시 심해졌다. 유일한 치료책은 어머니의 신경을 다른 곳으로 돌리려 애쓰는 것밖에 없었다. 그래서 코지모 형은 피리로 짧은 곡을 불거나 새의 노랫소리를 흉내 내거나 나비를 잡아 어머니의 방으로 날려 보내거나 등나무 꽃으로 꽃줄을 만들어 펼쳐 보였다.

해가 뜬 맑은 날이었다. 코지모 형은 나무 위에서 큰 그릇을 들고 비눗방울을 만들어 방 안으로, 환자의 침대 쪽으로 불었다. 엄마는 방 안에 가득 날아다니는 그 무지갯빛 방울을 보고 말했다. "오, 너희들 무슨 장난을 하는 거니!" 우리가 어린아이였고, 언제나 쓸데없고 유치하기만 하던 놀이를 엄마가 금지하던 그 옛날 같았다. 하지만 이제 어머니도 아마 처음으로 우리의 놀이가 즐거우셨을 것이다. 비눗방울이 엄마의 얼굴에까지 내려앉자 엄마는 후 하고 불어 방울을 터뜨렸고 웃으셨다. 방울 하나가 엄마의 입술 위까지 날아갔는데 터지지 않고 그냥 그대로 있었다. 우리는 엄마에게 몸을 숙였다. 코지모 형은 그릇을 떨어뜨렸다. 어머니는 돌아가셨다.

슬픈 일 다음에는 곧 즐거운 일이 생기기 마련인데 이게 바로 삶의 법칙이다. 어머니가 돌아가시고 일 년 뒤 나는 근방의 귀족 처녀와 약혼했다. 옴브로사에 와서 살아야 한다고 약혼녀를 설득하는 데는 많은 인내심이 필요했다. 그녀는 형을 겁냈다. 형이 나뭇잎 속에서 움직이고 창문 밖에서 창문 안의 모든 움직임을 엿보고, 나타나리라고 기대하지도 않았는데 나타날 수도 있다는 생각이 그녀를 공포에 떨게 했다. 게다가 또 그녀는 코지모 형을 한 번도 보지 못했기 때문에 형이 인디언 같은 사람일 거라고 상상했다. 이런 두려움을 머릿속에서 없애 주기 위해 나는 야외에서, 나무 밑에서 오찬을 마련해 코지모 형을 초대했다. 코지모 형은 우리 위에 있는 너도밤나무에서 작은 쟁반에 음식을 담아 식사했다. 비록 형은 이런 사교적인 식사를 해 본 적이 없었지만 아주 훌륭하게 행동했다. 내 약혼녀는 형이 사람들과 떨어져 나무 위에서 살고 있기는 해도 우리와 같은 사람이라는 것을 알고 어느 정도 안심했다. 하지만 그녀에게는 극복할 수 없는 불신감이 남아 있었다.

우리가 결혼해서 옴브로사의 저택에 보금자리를 꾸몄을 때에도 그녀는 시아주버니와 대화하는 일뿐만 아니라 그를 보는 것조차 가능한 한 피하려고 했다. 그럼에도 불구하고 가엾은 우리 형은 가끔 꽃다발이나 귀한 모피 같은 것들을 그녀에게 갖다 주었다. 아이들이 태어나고 성장하기 시작하자 그녀는 삼촌이 가까이에 있는 게 아이들의 교육에 나쁜 영향을 줄 수도 있으리란 생각이 들기 시작했다. 그녀가 계속 불만스러워 했기 때문에 결국 아이들이 삼촌의 나쁜 영향을 받지 않도록 옴브로사보다 훨씬 위쪽에 있는 디 론도 가문의 옛 영지에 자리한, 오래전부터 아무도 살지 않던 성을 다시 수리해서 들어가 살기로 결정할 수밖에 없었다.

코지모 형도 세월이 흘러가고 있다는 것을 깨닫기 시작했다. 점점 나이가 들어가는 닥스훈트 오티모 마시모에게서 그 신호가 나타났다. 오티모 마시모는 이제 더 이상 여우 뒤를 쫓아 달리는 사냥개 무리에 뒤섞이고 싶어 하지도 않았고 불도그나 맹견 암캐와 쓸데없이 사랑을 나누려 하지도 않았다. 그는 항상 웅크리고 있었는데 마치 일어서 봤자 배가 땅에서 떨어지는 거리가 아주 짧기 때문에 힘들여 서 있는 게 별 의미가 없다고 생각하는 듯했다. 그래서 거기, 코지모 형이 있는 나무의 발치에 꼬리에서부터 코까지 길게 쭉 뻗고 누워 주인을 향해 지친 눈길을 들었고 간신히 꼬리를 흔들었다. 코지모 형은 기분이 좋지 않았다. 세월이 흐른다는 것을 실감함으로 해서 형은 그저 늙은 나무 위를 오르내리기만 하고 있는 자기 삶에 불만을 느끼게 되었다. 형에게 완전한 만족감을 주는 것은 아무것도 없었다. 사냥도, 허무한 사랑도, 책도 아무런 만족을 주지 못했다. 형 자신조차도 자기가 무엇을 원하는지 알 수 없었다. 형은 분노에 사로잡혀 아주 부드럽고 연약한 나무 꼭대기에 재빠르게 기어 올라갔는데 꼭 이 어린 나무 위에 다른 나무들이 자라고 있어 그 나무들을 찾아 올라가려고 애쓰는 듯했다.

어느 날 오티모 마시모가 초조해 보였다. 봄 냄새를 느낀 것 같았다. 그는 코를 들고 끙끙거리며 쓰러졌다. 두세 번 다시 일어서더니 주위를 돌다가 누웠다. 오티모 마시모가 갑자기 달렸다. 다시 천천히 걷다가 가끔씩 멈춰 서서 숨을 가다듬었다. 코지모는 나뭇가지를 따라 그를 쫓았다.

오티모 마시모는 숲 속의 길로 접어들었다. 가끔씩 멈춰 서서 소변을 보고 혀를 밖으로 늘어뜨린 채 주인을 쳐다보며 잠시 쉬다가 곧 몸을 심하게 흔들고 주저 없이 다시 길을 가기 시작하는 것으로 봐서 오티모 마시모는 자기가 가는 길의 방향을 아주 정확하게 기억하고 있는 듯했다. 오티모 마시모는 그렇게 톨레마이코 공작의 사냥 금지 구역 쪽으로 가고 있었다. 그쪽은 금지 구역이어서 코지모 형이 자주 다니지 않는, 아니 거의 알지도 못하는 곳이었다. 톨레마이코 공작은 나이가 많은 노인이었고 언제부터인지는 알 수 없지만 분명 사냥을 다니지 않았다. 하지만 그의 사냥 금지 구역에는 그 어떤 밀렵꾼도 발 디딜 수가 없었다. 여러 명의 사냥터 관리인이 항상 감시하고 있었기 때문이다. 코지모 형 역시 벌써부터 그곳에 유감이 있어 접근하고 싶지 않았다. 이제 오티모 마시모와 코지모 형이 톨레마이코 공작의 사냥 금지 구역에 숨어 들어가기는 했지만 둘 다 귀중한 사냥감을 추적할 생각은 전혀 하지 않았다. 닥스훈트는 은밀한 부름을 따라 종종걸음으로 걸었고 남작은 대체 개가 어디로 가는 건지 알고 싶은 초조한 호기심에 사로잡혀 있었다.

그렇게 해서 닥스훈트는 숲이 끝나고 풀밭이 시작되는 지점에 도착했다. 기둥 위에 앉아 있는 두 마리의 돌사자가 문장을 떠받치고 있었다. 아마도 여기서부터 톨레마이코 공작의 소유지 중 가장 사적인 공간인 정원이 시작되는 듯했다. 하지만 돌사자 말고는 아무것도 없었고 풀밭 너머 역시 초록의 키 작은 풀들이 자라는 넓은 풀밭으로, 멀리 보이는 끝에는 시커먼 떡갈나무들이 배경처럼 서 있었다. 그 뒤편 하늘은 구름 때문에 엷은 녹청색이었다. 새 한 마리 지저귀지 않았다.

코지모 형에게 그 풀밭은 절망을 가득 담은 풍경이었다. 나무가 울창한 옴브로사에 살면서 나무 위의 자기 길을 통해 어느 곳이든 갈 수 있다고 믿었던 남작은 아무것도 없고 지나갈 수도 없으며 하늘 아래 숨김없이 다 드러나 있는 드넓은 공간 앞에 있다는 것만으로도 현기증이 날 것 같았다.

오티모 마시모는 초원으로 달려 들어갔다. 개는 다시 젊어지기라도 한 듯 전속력으로 달렸다. 코지모는 앉아 있던 물푸레나무에서 휘파람으로 개를 불렀다. "여기야, 이리 돌아와, 오티모 마시모! 어디 가는 거냐!" 하지만 개는 이제 형의 말을 듣지 않았고 뒤도 돌아보지 않았다. 꼬리가 멀리서 쉼표처럼 보일 때까지 풀밭으로 달리고 또 달려 그 꼬리조차도 사라져 버렸다.

코지모 형은 물푸레나무 위에서 손을 비틀었다. 닥스훈트가 어디론가 달아나 버려 그의 곁에 없는 것이 별로 드문 일은 아니었지만 지금 오티모 마시모는 코지모 형이 건너갈 수 없는 풀밭으로 사라졌다. 오티모 마시모의 도주로 인해 조금 전 느꼈던 불안감을 다시 맛보게 되었다. 형의 마음속은 불확실한 기다림으로, 풀밭 저 너머에 있는 무엇인가에 대한 기대로 가득 찼다.

형이 이런 생각을 하고 있을 때 물푸레나무 밑에서 사람의 발소리가 들렸다. 주머니에 손을 찌르고 휘파람을 부르며 지나가고 있는 사냥터 관리인 한 사람이 보였다. 사실대로 말하자면 그는 이 소유지의 무시무시한 사냥터 관리인이라고 하기에는 너무 건들거리고 흐트러진 듯한 분위기였지만 제복의 기장은 공작 가문 하인들의 것이었다. 그래서 코지모 형은 나무 몸통에 몸을 기대고 납작하게 엎드렸다. 하지만 갑자기 오티모 마시모 생각이 났다. 그래서 사냥터 관리인을 불렀다. "이봐요, 관리인. 혹시 닥스훈트 개 한 마리 못 보셨소?"

관리인이 얼굴을 들었다. "아, 당신이군요! 땅을 기어 다니는 개와 함께 날아다니는 사냥꾼 말입니다! 아니요, 닥스훈트는 못 봤는데요! 그런데 오늘 아침에 뭐 좀 많이 잡았습니까?"

코지모 형은 그가 경쟁자 중 한 사람이라는 것을 알아차렸다. "웬걸요. 개가 달아나는 바람에 개를 쫓아 여기까지 왔다오……. 총알도 다 빼 놓았는걸요."

사냥터 관리인이 웃었다. "오, 그러면 장전을 하시지요. 그리고 원하는 만큼 쏘십시오! 이제는 그래도 됩니다!"

"이제는이라니, 무슨 말이오?"

"이제 공작님이 돌아가셨는데 누가 사냥터에 신경을 쓰려고 하겠어요?"

"아, 그렇군요, 돌아가셨군요. 난 몰랐소."

"돌아가셔서 석 달 전에 장례를 치렀지요. 그런데 지금 첫째, 둘째 부인과 이번에 과부가 된 세 번째 새색시, 이 세 상속인 사이에 싸움이 벌어졌죠."

"세 번째 부인이 있었나요?"

"공작이 죽기 일 년 전, 그러니까 여든한 살 때 스물한 살이든가 그보다 어리든가 한 신부와 결혼했지요. 당신이니까 하는 말인데 미친 짓이오. 말이 신부지 둘이 하루도 같이 지내지 않았어요. 그리고 이제야 셋째 부인이 공작의 영지를 하나씩 방문하기 시작했는데 그녀는 별로 마음에 들어하지 않는답니다."

"왜요, 왜 마음에 들어하지 않죠?"

"글쎄요, 어떤 저택이나 영지에 머물 때 그녀는 자기 하인들을 전부 데리고 간답니다. 그녀 뒤에는 항상 수많은 구혼자들이 따라다니고 있어요. 그러다가 사흘만 지나면 모든 게 싫고 너무 우울해 보이는 겁니다. 그러면 다시 떠나지요. 그러고 나면 다른 두 상속자가 갑자기 나타나서 그 소유지에 달려들어 자신들의 권리를 주장하는 겁니다. 그러면 새색시가 말하지요. '그래요, 그래요. 당신들이 다 가져요!' 지금은 그녀가 여기 사냥터 별장에 와 있긴 한데 얼마나 머물겠어요? 내 생각엔 며칠 못 갈 겁니다."

"그런데 별장은 어디 있습니까?"

"풀밭 건너, 저 떡갈나무 아래쪽에요."

"그러면 내 개가 그리로 갔군요……."

"뼈다귀를 찾으러 갔을 겁니다……. 용서해 주십시오. 하지만 나리가 그 개를 너무 마르게 했다는 생각이 나서요!" 그러고는 웃음을 터뜨렸다.

코지모 형은 아무 대답도 하지 않고 건너갈 수 없는 풀밭을 바라보며 개가 돌아오기를 기다렸다.

개는 하루 종일 돌아오지 않았다. 다음 날 코지모 형은 다시 물푸레나무 위로 가서 초원을 물끄러미 바라보았다. 그는 너무나 절망해 아무것도 할 수 없는 사람 같았다.

저녁 무렵이 되자 닥스훈트가 다시 나타났다. 코지모 형의 예리한 눈으로만 겨우 알아볼 수 있을 정도로 작은 점이 풀밭 위에 나타났다. 그리고 앞으로 나오면 나올수록 점점 더 잘 보였다. "오티모 마시모! 이리 와! 너 어디 갔었니?" 개가 그 자리에 멈춰 섰다. 그러더니 꼬리를 흔들고 주인을 보며 짖었다. 자기에게 오라고, 자기 뒤를 따르라고 주인을 부르는 것 같았다. 하지만 그 공간을 주인이 건너갈 수 없다는 것을 알아차리자 뒤로 돌아섰다. 망설이듯 몇 발짝 가더니 다시 돌아섰다. "오티모 마시모! 이리 와! 오티모 마시모!" 하지만 닥스훈트는 달려가 버렸다. 그리고 풀밭 저 멀리로 사라졌다.

한참 뒤에 사냥터 관리인 두 명이 지나갔다. "나리, 아직도 여기서 개를 기다리시는군요! 그런데 별장에서 그 개를 보았는데 확실한 사람이 잘 보호하고 있는 것 같던데요……."

"뭐라고요?"

"어쨌든 그렇습니다. 여후작이, 그러니까 미망인이 된 공작 부인이(우리는 공작 부인이 어렸을 때부터 여후작이라고 불렀답니다.) 그 개를 계속 키워 온 것처럼 그렇게 귀여워해 주었지요. 이렇게 말해도 된다면 나리, 그 개는 애완견입니다. 이제야 푹신한 곳을 찾았으니 거기서 지내게 해 주시지요……."

그러더니 두 관리인들이 키득거리며 멀어져 갔다.

오티모 마시모는 다시 돌아오지 않았다. 코지모 형은 매일매일 물푸레나무 위에서 초원을 바라보고 있었다. 마치 그 풀밭에서, 오래전부터 마음속에서 자신을 괴롭혀 오던 어떤 것, 그러니까 거리, 결핍감, 저세상까지 이어질 수도 있는 기다림에 대한 생각을 읽을 수 있기라도 하듯.

# 21

어느 날 코지모 형은 물푸레나무에서 아래를 내려다보았다. 태양이 빛나고 있었고 그 빛이 풀밭을 비추어 완둣빛 초록색이 에메랄드 빛 초록색으로 변하고 있었다. 시커먼 떡갈나무 숲 아래쪽에서 나뭇가지가 움직이더니 말 한 마리가 튀어나왔다. 말안장에는 검정색 옷을 입고 망토를 두른 기사가 앉아 있었다. 아니, 망토가 아니라 치마였다. 남자 기사가 아니라 여승마자였다. 말고삐를 느슨히 하고 달리는 그녀는 금발 머리였다.

코지모 형은 가슴이 뛰기 시작했고 이 여승마자가 물푸레나무 가까이로 와서 얼굴을 자세히 볼 수 있기를, 또 그 얼굴이 정말 아름답기를 바랐다. 그런데 다가오기를 바라는 기대와 아름답기를 바라는 기대 이외에도 세 번째 기대, 처음 두 개의 기대와 뒤섞이는 세 번째 희망의 가지가 있었다. 그것은 눈부시게 빛나는 여인의 아름다움이 예전에 형이 잘 알고 있었지만 지금은 거의 잊어버린 어떤 인상, 윤곽만 남아 있는 기억, 색깔과 일치하기를 바라는 갈망이었고 이 아름다움으로 인해 잊힌 나머지 것들이 모두 되살아나거나 현재의 것들 속에서 그것을 되찾을 수 있기를 바라는 마음이었다.

이런 생각 때문에 코지모 형은 여승마자가 자기 근처 풀밭의 가장자리로, 두 개의 돌사자 기둥이 탑처럼 서 있는 곳으로 다가와 주길 간절히 기다렸다. 하지만 이러한 기다림은 고통으로 변하기 시작했다. 여승마자가 돌사자들이 있는 쪽을 향해 직선으로 풀밭을 가로지르는 게 아니라 재빨리 숲으로 다시 사라질 수 있도록 대각선으로 풀밭을 지났기 때문이다.

그녀가 시야에서 막 사라지려던 순간 말머리를 거칠게 돌려 이제 다른 대각선 방향으로 풀밭을 지났기 때문에 형과 좀 더 가까워질 수 있었지만 아까와 마찬가지로 숲의 반대쪽으로 사라져 버릴 수도 있었다.

그사이 코지모 형은 숲에서 기사들을 태운 갈색 말 두 마리가 풀밭으로 나오는 것을 보고 불쾌해졌다. 하지만 곧 이런 불쾌한 생각을 지우려 애쓰면서 기사들 따위는 조금도 중요하지 않다고 생각하기로 마음먹었다. 그녀 뒤에서 좌충우돌하고 있는 것만 보아도 그들이 별것 아니라는 게 충분히 드러났다. 분명 그들은 고려할 만한 가치가 전혀 없었지만 그들 때문에 불쾌하다는 것을 형은 인정해야만 했다.

바로 그때 숲으로 사라지려던 여승마자가 다시 말을 돌렸다. 하지만 이번에는 다른 방향으로 돌려 코지모 형에게서 더 멀어졌다……. 아니다. 지금 말이 스스로 방향을 바꾸어 코지모 형이 있는 쪽으로 달려왔는데 서로 부딪치고 있는 그 두 기사를 혼란스럽게 하려고 일부러 그렇게 한 것 같았다. 사실 그 두 기사는 말을 달려 멀어지고 있었는데 아직도 그녀가 정반대 방향으로 달리고 있다는 것을 깨닫지 못했다.

이제 정말 모든 게 형이 원하던 대로 되어 가고 있었다. 여승마저는 햇볕 속에서 말을 달렸다. 그녀는 더욱더 아름다워 보였고 점점 더 코지모 형의 기억의 갈증에 답해 주는 것 같았다. 단 한 가지 불안한 점은 그녀가 지그재그로 길을 가고 있어서 도무지 방향을 예상할 수 없다는 점이었다. 두 기사조차도 그녀가 지금 어디로 가고 있는지 전혀 알지 못했다. 그래서 그녀가 방향을 바꾸는 대로 쫓아가 보려 애썼지만 쓸데없는 길로 달려가고 말았다. 하지만 그들은 언제나 기꺼이, 그리고 뛰어난 솜씨로 말을 달렸다.

이제 코지모 형이 예상했던 것보다 더 빨리 말을 탄 여자가 형이 있는 근처 풀밭의 가장자리에 도착했다. 여자는 마치 그녀에게 경의를 표하기 위해 그곳에 세워져 있는 것 같은, 돌사자가 우뚝 선 두 기둥 사이로 지나갔다. 이제 그녀는 마치 작별 인사라도 하듯 커다란 동작으로 풀밭과 풀밭 저 너머에 있는 모든 것을 향해 몸을 돌렸다. 그리고 앞으로 달렸다. 물푸레나무 밑을 지나갔고 코지모 형은 이제 그녀의 얼굴을 잘 볼 수 있었다. 말안장 위에 꼿꼿이 앉은 몸과 거만하면서도 어린아이 같은 여자의 얼굴, 행복해 보이는 이마, 그 얼굴의 맨 위에 있는 행복해 보이는 눈을 비롯해 코, 입, 턱, 목 모두가 행복에 가득 차 있는 것 같았다. 그리고 모든 것, 모든 것이 코지모 형이 열두 살 때 나무 위에 올라온 첫날 그네 위에서 보았던 소녀의 모습을 그대로 간직하고 있었다. 바로 소포니스바 비올라 비올란테 돈다리바였다.

이러한 발견으로, 아니 바꾸어 말하자면 그녀를 처음 본 순간부터 이러한 발견을 확인할 수 있을 때까지 이 사실을 밝히지 않고 가슴속에 숨겨 놓으려는 생각 때문에 코지모 형은 계속 열에 들뜬 것 같았다. 형은 그녀의 이름을 소리쳐 불러 그녀가 물푸레나무 위로 눈을 들어 형을 볼 수 있게 하고 싶었지만 목에서는 새 울음소리밖에 나오지 않았고 그녀는 돌아보지 않았다.

이제 하얀 말은 밤나무 숲으로 달려갔다. 말발굽이 땅에 흩어져 있는 밤송이들을 밟아 윤기 나는 알밤이 껍질 벗겨진 밤송이 속에서 드러났다. 여승마자는 이쪽저쪽으로 말을 몰았다. 그래서 코지모 형은 어느 순간에는 그녀가 멀리 가 버려 쫓아갈 수 없을 것이라고 생각하다가 또 갑자기 이 나무 저 나무 사이로 말을 타고 뛰어다니다가 배경으로 늘어선 나무들 속에서 나타나는 그녀를 보기도 했다. 이런 식의 움직임이 남작의 머릿속에서 불타오르던 기억에 점점 더 불을 붙였다. 형은 자신의 외침, 자기가 여기 있다는 신호가 그녀에게 닿을 수 있기를 간절히 바랐다. 하지만 형의 입술에서는 회색 자고새가 우는 것 같은 소리만 새어 나왔고 그녀는 그 소리에 귀를 기울이지 않았다.

그녀를 뒤쫓던 두 명의 기사는 그녀의 의도와 가는 길을 아직도 제대로 파악하지 못한 것 같았다. 계속 길을 잘못 접어들어 떡갈나무 숲으로 가거나 진흙탕으로 들어가 진흙 범벅이 되기도 했다. 그사이 그녀는 확실하게, 그리고 뒤쫓아 잡을 수 없게 쏜살같이 달려가 버렸다. 뿐만 아니라 가끔씩 채찍을 든 손을 들거나 쥐엄나무 열매를 따서 던졌다. 마치 두 기사에게 그 열매가 날아가는 곳으로 가야 한다고 말하기라도 하는 것 같았다. 그녀는 이렇게 두 기사에게 명령을 내리거나 선동했다. 곧 두 기사는 그녀가 가리킨 방향으로 말을 달려 풀밭이나 낭떠러지 쪽으로 갔다. 하지만 그녀는 그들과는 전혀 다른 방향으로 몸을 돌렸고 더 이상 그들을 보지 않았다.

'그녀다! 그녀다!' 코지모 형이 점점 더 희망에 불타 생각했다. 그리고 그녀의 이름을 소리쳐 부르고 싶었다. 하지만 입에서는 물떼새의 길고 구슬픈 울음소리밖에 나오지 않았다.

이런 지그재그의 움직임과 기사들을 골탕 먹이는 놀이는 모두 하나의 선을 따라 전개되었는데 그 선이 비록 불규칙적이고 파동 치는 것 같기는 했지만 예측이 전혀 불가능하지는 않았다. 코지모 형은 이 의도를 추측해 보고 그녀를 쫓는 모험을 포기하면서 혼자 말했다. "그녀가 맞다면 틀림없이 오게 될 장소로 가야지. 아니, 그곳으로 가기 위해 여기 올 수밖에 없었을 거야." 그래서 자신만의 길을 따라 온 다리바 가문에서 버려 둔 그 정원 쪽으로 뛰어갔다.

정원의 그늘 속에서, 향기로 가득 찬 그 공기 속에서, 나뭇잎과 가지마저도 색과 질이 달라지는 장소에서 형은 거의 현재의 여승마자를 잊게 하는 한 소녀의 기억에 사로잡혔다. 아니, 지금의 여승마자의 모습을 잊고 소녀의 기억에 사로잡히지 않았다면 그녀가 아닐 수도 있다고 혼자 말했을 것이다. 그 정도로 그녀에 대한 기다림과 희망은 마치 그녀가 형이 있는 곳에 함께 있기라도 하듯 벌써 현실적이 되어 있었다.

그런데 어떤 소리가 들렸다. 자갈을 밟는 하얀 말의 말발굽 소리였다. 여승마자는 모든 것을 자세히 살펴보고 기억을 떠올리고 싶은 듯 이제 말은 달리지 않고 정원으로 걸어오고 있었다. 멍청한 기사들의 흔적은 전혀 느껴지지 않았다. 틀림없이 그녀는 기사들에게 자취도 남기지 않고 사라졌을 것이다.

그녀를 보았다. 그녀는 분수로, 작은 정자로 돌아다녔다. 이제 훌쩍 커 하늘을 향해 덩굴을 뻗어가는 풀과 숲을 이룬 목련나무를 보왔다. 하지만 형을 보지 못했다. 형은 오디새처럼 꾸꾸거리는 소리로, 종달새가 지저귀는 소리로, 정원에서 정신없이 쩍쩍대는 새들의 울음소리에 잠겨 버리고 마는 그런 소리로 그녀를 불러 보려고 애썼다.

그녀는 말에서 내려 말고삐를 잡고 걸어갔다. 저택에 도착하자 말을 놓아두고 주랑 현관으로 들어갔다. 그녀가 갑자기 고함을 치기 시작했다. "오르텐시아! 가에타노! 타르퀴니오! 여기 흰색을 칠하고 덧창에 니스를 칠하고 아라스 천을 걸어! 이쪽에 탁자를 놓고 저쪽에는 화장대를 놓고 싶어. 가운데에는 스피넷[71]을 놓을 거야. 그림들은 모두 바꾸어 달아야 해."

그제야 코지모 형은 자세히 살펴보지 않았을 때는 평상시처럼 문이 닫혀 있고 아무도 살지 않는 것 같던 저택이 지금은 문이 열려 있고, 청소하고 정리하고 환기시키고 가구들을 제자리에 놓고 카펫의 먼지를 터는 사람들과 하인들로 가득 차 있다는 것을 알게 되었다. 그렇다면 비올라가 돌아온 것이다. 비올라가 다시 옴브로사에 정착하고 그녀가 어릴 적 떠났던 이 저택을 다시 소유하게 된 것이다! 코지모의 가슴은 기쁨으로 두방망이질 치기 시작했는데 이것은 두려움에 차 있을 때의 가슴 떨림과 별로 다르지 않았다. 그녀가 돌아온다는 것, 바로 눈앞에서 그렇게 예측할 수 없고 거만한 그녀의 모습을 본다는 것은 기억 속에, 그 비밀스러운 나뭇잎의 향기와 초록을 뚫고 들어오는 햇빛 속에 그녀를 간직하고 있을 수 없음을 뜻할 수도 있었다. 이제 형은 그녀를 피해야 하고, 어린 시절의 추억마저도 떠올려서는 안 된다는 것을 의미할 수도 있었다.

---

**71** 하프시코드의 작은 형태.

교차되는 기쁨과 두려움으로 가슴이 떨리던 코지모 형은 하인들 한가운데서 움직이고 있는 그녀를 보았다. 그녀는 소파, 스피넷, 화장대를 옮기게 한 뒤 서둘러 정원으로 가서 다시 말을 탔고 아직도 명령을 기다리는 사람들이 그 뒤를 쫓았다. 이제 그녀는 정원사들에게 잡초가 무성한 화단을 어떻게 다시 정리해야 하는지, 비 때문에 다 없어져 버린 오솔길의 자갈을 어떻게 다시 깔아야 하는지, 그리고 등나무 의자들과 그네를 어디에 다시 갖다 놓아야 하는지 말했다.

그녀는 팔을 들어 그네가 예전에 어떤 나무에 걸려 있었는지, 지금은 다시 어디에 매달아야 하는지, 그리고 그네 줄은 얼마나 길어야 하는지, 그네를 뛰었을 때 그네가 어디까지 나가야 하는지 일러주었다. 동작을 섞어 그런 말을 하다가 코지모 형이 예전에 그녀 앞에 나타났던 그 목련나무로 눈길이 향했다. 그런데 바로 그때 그 목련나무 위에서 형을 다시 발견하게 되었다.

그녀는 놀랐다. 정말 놀랐다. 두말할 필요가 없었다. 물론 그녀는 곧 제정신을 되찾고 보통 때처럼 거만해졌으나 그 당장에는 몹시 놀랐다. 웃고 있는 그녀의 눈과 입과 치아가 어릴 때와 똑같았다.

"너구나!" 그러더니 아무렇지도 않은 듯이 이야기해 보려고 애썼다. 하지만 기쁨과 관심을 숨길 수는 없었다. "오, 그러면 넌 그때부터 단 한 번도 땅에 내려오지 않고 여기 있었던 거니?"

코지모 형은 목소리를 바꾸는 데 성공해서 원했던 대로 참새가 지저귀는 것 같은 소리를 내보낼 수 있었다. "그래, 나야, 비올라. 날 기억하니?"

"한 번도, 정말 한 번도 땅에 발을 디디지 않았어?"

"한 번도."

그러더니 그녀는 이미 너무 많이 코지모 형을 인정해 주었다는 듯 이렇게 말했다. "아, 네 생각엔 네가 성공한 것 같으니? 뭐 그렇게 어려운 일도 아니잖아."

"난 네가 돌아오길 기다렸어……."

"아주 좋아. 이봐, 그 커튼을 어디로 가져가는 거지? 내가 살펴볼 수 있게 모두 여기 놔둬요!" 그리고 다시 형을 쳐다보았다. 코지모 형은 그날 사냥복을 입고 있었다. 털이 텁수룩했고 고양이 가죽 모자를 쓰고 소총을 차고 있었다. "너 로빈슨 같구나!"

"그 책을 읽었니?" 형은 자기도 유행에 뒤처지지 않았다는 것을 보여 주려고 즉시 물었다.

비올라는 벌써 몸을 돌렸다. "가에타노! 암펠리오! 마른 나뭇잎들 좀 봐! 마른 나뭇잎이 여기 잔뜩 있어!" 그리고 형에게 이렇게 말했다. "한 시간 후에 정원 끝 쪽에서 나를 기다려." 그러더니 명령을 내리기 위해 말을 타고 달렸다.

코지모는 울창한 나무 속으로 몸을 던졌다. 그는 숲을 이룬 나뭇잎과 가지와 가시덤불과 고사리와 공작고사리가 지금보다 수천 배 더 울창해져서 그 속에 깊이 잠겨 들 수 있기를 바랐다. 그렇게 완전히 가라앉은 다음에야 자기가 지금 행복한 것인지 아니면 두려움에 떨고 있는 것인지 이해할 수 있을 것 같았다.

형은 정원 끝에 있는 큰 나무 위에서 무릎을 가지에 꼭 붙이고 외할아버지인 폰 쿠르테비츠 장군이 물려준 회중시계로 시간을 보았다. 그리고 혼자 말했다. 오지 않을 거야. 하지만 돈나[72] 비올라는 거

---

**72** 귀부인.

의 정각에 말을 타고 나타났다. 위쪽을 올려다보지도 않고 나무 아래에 말을 세웠다. 그녀는 이제 승마용 모자도 쓰지 않았고 승마용 상의도 입지 않았다. 검정색 치마와 레이스로 테를 두른 하얀색 블라우스는 거의 수녀복 같았다. 그녀는 등자를 딛고 일어서서 나뭇가지 위에 있는 형에게 손을 내밀었다. 코지모 형이 그녀를 도와주었다. 그녀는 말안장을 밟고 올라서서 나뭇가지를 잡았고 여전히 형을 쳐다보지 않은 채 재빨리 가지 위로 올라왔다. 그러고는 앉기 편한 나무 갈래를 찾아 거기 앉았다. 코지모 형이 무릎을 웅크렸다. 그리고 이렇게밖에 말을 시작할 수가 없었다. "다시 돌아온 거지?"

비올라가 비웃듯이 형을 쳐다보았다. 그녀의 머리는 어릴 때처럼 금발이었다. "네가 어떻게 그걸 아니?" 그녀가 말했다.

형은 이 말이 농담이란 걸 이해하지 못하고 대답했다. "공작의 사냥터 풀밭에서 너를 봤어……."

"사냥터는 내 거야. 잡초투성이야! 너 모두 다 아니? 내 말은 나에 대해서 아느냐고?"

"아니……. 난 그저 지금 네가 미망인이 되었다는 것밖에 몰라……."

"맞아, 난 과부야." 그녀는 검은 치마를 한 번 털어서 펼쳤다. 그리고 아주 빠르게 말하기 시작했다. "넌 지금까지 아무것도 몰랐을 거야. 하루 종일 나무 위에서 다른 사람들 일에 참견하며 지내니까 아무것도 모르겠지. 난 우리 부모님의 강요로 늙은 톨레마이코와 결혼했어. 부모님이 내게 강요했지. 부모님은 내가 바람기가 있어서 남편 없이는 살 수 없을 거라고 말했어. 일 년 동안 난 톨레마이코 공작 부인이었어. 내 인생에서 가장 따분한 일 년이었어. 비록 그 노인네와 함께 지낸 것은 일주일도 안 되지만 말이야. 난 톨레마이코의 성이든, 폐허든, 쥐구멍이든 그 어느 곳에도 발을 대지 않을 거야. 뱀이 우글거리게 될 거야! 앞으로 난 어린 시절 살았던 여기서 살 거야. 내가 있고 싶을 때까지 머물 거야. 물론 그리고 떠날 거야. 난 과부고 드디어 내가 하고 싶은 대로 할 수 있게 되었어. 사실대로 말하자면 난 항상 내가 하고 싶은 대로 하고 살아왔어. 톨레마이코와 결혼한 것도 그렇게 하는 게 내게 좋았기 때문이야. 부모님이 그와 결혼하라고 강요했다는 것은 사실이 아니야. 부모님은 내가 꼭 결혼하길 바라셨어. 그래서 난 구혼자들 중 제일 나이 많은 사람을 택했어. '그러면 일찌감치 과부가 될 수 있을 거야.' 난 혼자 이렇게 말했었는데 지금 실제로 그렇게 됐어."

코지모는 이 산더미 같은 이야기와 단호한 어조에 반쯤 넋이 빠져 있었다. 그리고 비올라가 그 어느 때보다 더 멀리 있는 것 같았다. 바람기, 과부와 공작 부인, 그녀는 닿을 수 없는 세계의 일부분이었다. 그래서 형이 할 수 있는 말이라고는 이것이 전부였다. "그런데 넌 누구랑 바람을 피웠니?"

그녀가 말했다. "이봐, 너 질투하는구나. 앞으로 네가 질투하면 가만히 있지 않을 테니 조심해."

코지모 형은 바로 이런 입씨름에서 유발된 질투심 때문에 깜짝 놀랐다. 하지만 그 후 곧 생각했다. '뭐라고? 질투? 하지만 무엇 때문에 내가 자기에게 질투한다고 생각하는 거지? 무엇 때문에 '앞으로 네가 질투하면 가만히 있지 않을 거야.'라고 말했지? 그건 그녀가 생각하기를 우리 둘이…….'

그래서 흥분해 얼굴이 빨개진 형은 그녀에게 말하고 묻고 그녀의 대답을 듣고 싶었다. 하지만 무미건조하게 질문을 던진 사람은 바로 그녀였다. "이제 네 이야기 좀 해 봐. 넌 뭐 하고 지냈니?"

"오, 여러 가지 일을 했지." 형이 말을 시작했다. "사냥을 다녔어. 멧돼지도 잡았지. 하지만 대부분은 여우나 토끼, 꿩을 잡았어. 물론 개똥지빠귀와 검은 새도 잡았어. 그리고 해적들이, 그러니까 터키 해적들이 왔었어. 큰 싸움이 벌어졌었지. 우리 삼촌이 돌아가셨어. 그리고 난 책을 아주 많이 읽었어. 나 자신과 교수형을 당한 산적인 내 친구를 위해서였지. 난 디드로의 『백과전서』를 모두 읽었어. 그리고 그에게 편지를 썼어. 그가 파리에서 답장을 보냈어. 또 난 일을 많이 했어. 나뭇가지를 치고 화재로부터 숲을 지켰지……."

"…… 그리고 무슨 일이 있어도 항상 날 사랑해 줄 거지, 그리고 나를 위해 뭐든지 해 줄 수 있지?"

그녀의 말에 당황한 코지모 형이 말했다. "그래……."

"넌 오로지 나를 위해, 나를 사랑하는 법을 배우기 위해 나무 위에서 살았던 남자야……."

"그래……. 그래……."

"입 맞춰 줘."

형은 그녀를 나무 몸통 쪽으로 밀고 입을 맞추었다. 얼굴을 들었을 때는 지금처럼 아름다운 그녀의 모습을 본 적이 없는 것 같았다. "말해 봐, 어떻게 이렇게 아름다울 수 있는지……."

"너를 위해서야." 그러더니 그녀는 하얀 블라우스의 단추를 풀었다. 그녀의 가슴은 장밋빛 젖꼭지가 달린 젊은 처녀의 가슴이었다. 코지모 형이 막 그 가슴을 만지려는 순간 비올라는 날아가는 것처럼 재빠르게 나뭇가지 위로 달아나 버렸고 그는 그녀의 뒤를 쫓아 기어

올라갔다. 치마는 계속 그의 눈앞에 있었다.

"그런데 날 어디로 데려가는 거지?" 마치 형이 앞장서 데리고 가기라도 하듯 비올라가 이렇게 말했다.

"이쪽으로." 코지모 형이 이렇게 말하고 그녀를 인도하기 시작했다. 나뭇가지 위로 걸어갈 때마다 그녀의 손을 잡거나 허리를 안아 주었다. 그리고 그녀에게 어떻게 걸어야 할지 일러 주었다.

"이쪽으로." 그들은 급경사 위에 펼쳐진 올리브 밭으로 갔다. 지금까지는 그저 나뭇가지와 나뭇잎 틈으로 산산이 부서진 조각처럼 보이던 바다가 올리브나무의 꼭대기에서 보니 고요하고 투명하며 하늘처럼 광대하다는 것을 깨닫게 되었다. 멀리 넓게 트인 수평선이 보였고, 배 한 척 지나가지 않는 텅 빈 남빛의 바다가 펼쳐져 있었다. 두 사람은 파도라고 하기에는 미미한 잔물결을 보았다. 탄식 같은 아주 가벼운 살랑거림이 해변의 조약돌 위를 스치고 지나갔다.

코지모와 비올라는 반쯤 취한 것 같은 눈으로, 진녹색 나뭇잎의 그늘 속으로 다시 내려왔다. "이쪽으로."

어떤 호두나무의 나무 몸통이 갈라지는 곳에 움푹 들어간 구멍이 있었다. 옛날에 도끼질을 하다 생긴 것이었는데 그곳은 코지모 형의 은신처 중 하나였다. 바닥에는 멧돼지 가죽이 깔려 있고 주변에는 병과 연장 몇 개와 큰 그릇이 하나 있었다.

비올라는 멧돼지 가죽 위에 몸을 던졌다. "다른 여자들도 이곳에 데려왔었니?"

형이 주저했다. 그러자 비올라가 말했다. "네가 다른 여자를 데려오지 않았었다면 넌 남자도 아니야."

"데려왔었어……. 몇 명……."

그녀는 손바닥으로 그의 얼굴을 후려쳤다. "너 그러면서 나를 기다렸구나?"

코지모 형은 손으로 새빨개진 뺨을 쓸어 보았다. 그는 뭐라고 해야 할지 알 수가 없었다. 하지만 어느새 그녀는 다시 아주 침착해진 것처럼 보였다. "그 여자들은 어땠니? 말해 줘, 어땠어?"

"너하고는 달라, 비올라. 너 같지가 않았어……."

"내가 어떤지 네가 어떻게 아니, 응, 어떻게 알아?"

그녀는 아주 부드러웠다. 그래서 코지모 형은 갑작스러운 그녀의 변화에 놀라지 않을 수 없었다. 형은 그녀의 곁으로 갔다. 비올라는 아름답고도 달콤했다.

"말해 봐……."

"말해 봐……."

그들은 서로를 알게 되었다. 그는 그녀를 알게 되었고 사실은 지금까지 알지 못했던 자기 자신을 알게 되었다. 그녀는 그와, 언제나잘 알고 있기는 했지만 이렇게 제대로 알 수는 없었던 자기 자신을 알게 되었다.

# 22

그들이 맨 처음 순례한 나무는 나무껍질에 깊이 글자를 새겨 놓은 그 나무였다. 이제 너무 오래되어 모양이 변해 버린 커다란 글자는 사람이 손으로 새긴 것처럼 보이지 않았다. '코지모, 비올라' 그리고 밑에는 '오티모 마시모'라고 쓰여 있었다.

"이 위에? 누가 이렇게 한 거니? 언제?"

"내가 그랬어. 그때."

비올라가 감동했다.

"그런데 이게 무슨 뜻이야?" 그녀는 오티모 마시모라는 글자를 가리켰다.

"내 개 이름이야. 그러니까 네 개지. 닥스훈트 말이야."

"투르카레트?"

"난 오티모 마시모라고 불렀어."

"투르카레트! 떠날 때 마차에 그 개를 태우지 않은 걸 알고 얼마나 울었는데……. 오, 널 다시 못 만나는 건 별 문제가 아니었지만 그 닥스훈트를 만나지 못했다면 정말 실망했을 거야!"

"오티모 마시모가 아니었다면 널 다시 만날 수 없었을 거야! 바람 속에서 네가 가까이 있다는 냄새를 맡은 건 바로 그 녀석이야! 너를 찾으러 갈 때까지 계속 안절부절못했었어……."

"숨이 턱까지 차서 별장으로 달려오는 그 개를 보자마자 난 금방 알아봤지……. 다른 사람들이 말했어. '이 개가 어디서 튀어나온 거지?' 난 몸을 숙이고 그 개의 색깔과 얼룩을 잘 살펴보았지. '이 개는 투르카레트야! 내가 어릴 때 옴브로사에서 길렀던 닥스훈트야!'"

코지모 형이 웃었다. 그녀가 갑자기 코를 비틀었다. "오티모 마시모라니……. 이름이 왜 이렇게 듣기 싫으니? 넌 어디서 그렇게 흉한 이름을 골라 온 거야?" 코지모 형의 얼굴이 금방 어두워졌다.

하지만 그 무엇도 오티모 마시모의 행복에 그늘을 드리우지 못했다. 그 늙은 개의 마음은 마침내 두 주인 사이에서 평화를 찾았다. 오티모 마시모는 사냥 금지 구역의 경계에서 여후작의 관심을 끌기 위해 며칠씩 고생한 후에는 코지모 형이 웅크리고 있는 물푸레나무로 왔다. 그녀의 치마를 잡아끌거나 물건을 입에 물고 풀밭 쪽으로 달아나 그녀가 자기 뒤를 쫓아오게 만들었다. 그러면 그녀가 말했다. "왜 그러니? 날 어디로 끌고 가는 거야? 투르카레트! 그만둬! 왜 이렇게 심술궂은 개를 다시 만났는지 몰라!" 하지만 닥스훈트로 인해 그녀의 기억 속에 자리 잡고 있던 어린 시절의 추억들이 되살아났다. 그녀는 곧 공작의 별장에서 희귀한 식물들이 자라는 옛 저택으로 이사할 준비를 했다.

그녀, 비올라가 돌아왔다. 코지모 형에게는 가장 멋진 시절이 시작되었다. 그녀에게도 마찬가지였다. 그녀는 하얀 말을 타고 들녘을 달리다가 무성한 나뭇잎과 하늘 사이에서 남작의 모습이 나타나기만 하면 말안장 위에 올라서 비스듬히 기울어진 나무 몸통과 나뭇가지로 기어 올라갔다. 그녀는 곧 남작과 거의 맞먹을 정도로 나무 타기에 능숙해져서 그가 가는 곳이면 어디든 따라갈 수 있었다.

"오, 비올라, 난 이제 모르겠어, 어디로 올라가야 할지 모르겠어……."

"내게 올라와." 비올라가 천천히 말했고 그는 거의 미칠 것 같았다.

그녀에게 사랑이란 영웅적인 운동이었다. 그 쾌감 속에는 대담함, 관대함, 몰두, 팽팽하게 긴장된 정신력, 이 모든 것을 시험하려는 마음이 뒤섞여 있었다. 복잡하게 얽히고 비틀려 통과할 수 없는 나무들은 비올라와 형의 세계였다.

"저기!" 그녀가 높은 나뭇가지들이 갈라져 있는 곳을 보고 소리쳤다. 그리고 둘이 함께 그곳에 가기 위해 돌진했다. 그들 사이에 곡예 경기가 시작되었는데 그 경기는 새로운 포옹으로 절정을 이루었다. 그들은 공중에 매달려 서로의 버팀대가 되어 주거나 나뭇가지에 매달리거나 거의 날아가고 있는 그에게로 그녀가 몸을 던져 사랑을 나누었다.

사랑에 대한 비올라의 고집과 코지모 형의 고집은 일치하기도 했고 충돌하기도 했다. 코지모 형은 질질 끄는 것, 연약한 것, 타락한 우아함을 몹시 싫어했다. 형은 자연스러운 사랑만을 좋아했다. 공화주의적인 덕성이 공중에 떠돌았다. 엄격한 동시에 방종한 시기가 다가오고 있었다. 만족을 모르는 연인인 코지모는 금욕주의자이자 고행자이며 청교도였다. 항상 행복한 사랑을 갈구했지만 그러면서도 언제나 육체적 쾌락의 적으로 남아 있었다. 그는 입맞춤, 애무, 유혹적인 말, 그리고 건강한 자연에 그늘을 드리우거나 그런 건강함을 대신하려 하는 모든 것을 불신하기에 이르렀다. 형에게 사랑의 충만함을 발견할 수 있게 해 준 사람은 비올라였다. 그녀와 함께 있으면서 신학자들이 설교한 사랑이 끝난 후의 서글픔을 느낀 적이 없었다. 그래서 그는 루소에게 이런 주제로 철학적 편지를 적어 보냈는데 루소는 당황했는지 답장을 보내오지 않았다.

반면 비올라는 우아하긴 했지만 변덕스럽고 정열적이며 부도덕한 여자였다. 코지모 형의 사랑은 그녀의 감각을 채워 주었지만 그녀가 품었던 환상을 충족시켜 줄 수는 없었다. 이 때문에 불화가 생기고 그늘진 분노가 탄생했다. 하지만 그들의 삶과 주변 세계가 너무나 다양해 그런 감정은 그다지 오래 지속되지 않았다.

그들은 몹시 지쳐서 아주 짙은 나뭇잎들 속에 숨어 있는 은신처를 찾았다. 원추형 나뭇잎처럼 그들의 몸을 감싸 주는 해먹이나 바람에 날리는 커튼이 달린 공중 천막 또는 깃털 침대 같은 것이 그들의 은신처였다. 이러한 장치를 통해 돈나 비올라의 재능이 펼쳐졌다. 여후작은 어디에 있든 자신의 주변을 편리하고 호사스럽고 복잡하지만 쉽게 만드는 재능이 있었다. 보기에는 복잡하고 세심하게 공을 들여 만든 것 같았지만 그녀는 기적적일 정도로 쉽게 만들어 냈는데, 이는 원하는 것이라면 무엇이든, 어떤 일이 있어도 즉시 완성되는 것을 보아야만 직성이 풀리는 성격 때문이었다.

이러한 그들의 공중 침실에 울새들이 내려앉아 노래를 불렀다. 그리고 천막 사이로 공작나비가 짝을 지어 서로 뒤쫓으며 들어왔다. 여름날 오후 두 연인이 살을 맞대고 잠에 빠져 있을 때 다람쥐 한 마리가 갉아 먹을 것을 찾아 들어왔다. 그리고 털로 뒤덮인 꼬리로 그들의 얼굴을 스치거나 엄지발가락을 물었다. 그래서 그들은 더 신경을 써서 천막을 꼭 닫았다. 하지만 들쥐 가족들이 천막의 천장을 갉아 대기 시작했고 그러다가 그들 위로 뚝 떨어지고 말았다.

그 당시는 서로를 알게 되면서 자신의 삶을 이야기하고 상대에게 질문하던 시기였다.

"넌 외롭지 않았니?"

"네가 그리웠어."

"하지만 세상의 다른 사람들과 비교하면 외롭잖아."

"아니야, 왜 그렇겠니? 난 항상 다른 사람들과 더불어 할 일이 있었어. 과일을 재배하고 가지치기를 하고 신부와 함께 철학을 공부했어. 그리고 해적들과 싸우기도 했지. 모두들 다 그렇게 하지 않니?"

"너만 그렇게 한 거야. 그래서 난 널 사랑해."

하지만 남작은 아직도 비올라가 자신의 어떤 것을 받아들였고 어떤 것을 받아들이지 않았는지 잘 이해할 수가 없었다. 때로는 아무것도 아닌 일, 말 한마디 혹은 그의 억양 하나 때문에 여후작은 분노를 터뜨렸다.

예를 들면 그가 이렇게 말한다. "잔 데이 브루기와 소설을 읽었어. 기사 삼촌과는 수로 시설을 계획했지……."

"그러면 나하고는……?"

"너하고는 사랑을 하지. 나뭇가지를 자르고 과일을 따듯이……."

그녀는 아무 말 없이 가만히 있었다. 코지모 형은 곧 자신이 그녀의 화를 돋웠다는 것을 깨달았다. 그녀의 눈이 갑자기 얼음처럼 차가워졌다.

"왜 그래, 무슨 일이야, 비올라? 내가 뭐 잘못 말했니?"

그녀는 너무나 멀리, 그에게서 수천 마일 떨어진 곳에 있어 마치 그를 볼 수도 없고 그의 말을 들을 수도 없는 것 같았다. 얼굴은 대리석같이 차갑게 변했다.

"왜 그래, 비올라, 무슨 일이야. 왜 그래, 내 말 좀 들어 봐……."

비올라는 자리에서 일어나 도움을 받을 필요도 없이 민첩하게 나무에서 내려가기 시작했다.

코지모 형은 자신의 잘못이 무엇인지 아직도 알 수 없었고 그점에 대해 계속 생각할 수도 없었다. 어쩌면 자신의 결백을 좀 더 분명히 주장하기 위해 자신의 잘못에 대해 생각하거나 이해하고 싶지 않았는지도 모른다. "왜 그래, 내 말은 그런 게 아니야, 비올라, 들어 봐……."

형은 제일 밑의 나뭇가지까지 내려갔다. "비올라, 가지 마, 그런 게 아니야, 비올라……."

그녀는 이제 말을 했지만 형에게 한 게 아니라 다가간 말에게 하는 말이었다. 그녀는 말을 묶은 끈을 풀고 안장 위에 올라타고 가 버렸다.

코지모 형은 절망하기 시작했고 이 나무 저 나무로 뛰었다. "안돼, 비올라, 말해 줘, 비올라!"

그녀는 말을 달렸다. 형은 나뭇가지를 타고 그녀의 뒤를 쫓았다. "용서를 빌게. 비올라, 널 사랑해!" 하지만 이제 그녀의 모습은 더 이상 보이지 않았다. 형은 불안정한 나뭇가지 위로 위험스럽게 몸을 던져 뛰었다. "비올라! 비올라!"

이제 그녀가 완전히 사라져 버렸다고 믿었을 때, 그래서 흐느낌을 참을 수 없게 되었을 때, 그녀가 다시 나타나 나무 쪽으로 눈도 돌리지 않은 채 말을 타고 지나갔다.

"이것 봐, 이것 봐, 비올라, 내가 뭘 하는지 봐!" 그리고 나무 몸통을 향해 모자도 쓰지 않은 머리를(사실 형의 머리는 아주 단단했다.) 갖다 박았다.

그녀는 눈길조차 주지 않았다. 벌써 멀어져 가고 있었다.

코지모 형은 그녀가 돌아오기를 기다리며 나무 사이를 지그재 그로 뛰었다. "비올라! 난 절망하고 있어!" 그리고 고개를 아래로 숙이고 두 다리를 나뭇가지에 건 채 거꾸로 공중으로 몸을 던져 주먹으로 얼굴과 머리를 때렸다. 아니면 파괴적인 분노 때문에 나뭇가지를 부러뜨리기 시작했다. 그래서 몇 발짝 떨어지지 않은 곳에 있던 울창한 느릅나무는 잎이 다 떨어져 버렸고 우박이 지나간 것처럼 헐벗게 되었다.

하지만 형은 절대 자살하겠다는 위협은 하지 않았다. 아니, 그 어떤 위협도 하지 않았다. 감정을 이용한 공갈 협박은 형의 것이 아니었다. 그는 자신이 해야겠다고 생각한 일은 꼭 했다. 이미 그 일을 시작하고 나서야 사람들에게 알렸고 그전에는 말하지 않았다.

화를 내는 순간을 예측할 수 없었듯이 예상치도 못했던 순간에 갑자기 돈나 비올라는 기분이 풀어졌다. 그녀가 전혀 개의치 않았던 코지모 형의 그 모든 광기에 대해 갑자기 불같은 연민과 사랑을 느꼈다. "안 돼, 코지모, 내 사랑, 기다려!" 그리고 말안장에서 뛰어내려 나무 몸통을 타고 나무 위로 기어 올라갔다. 그러면 높은 곳에 있던 형이 그녀를 안아 올리려고 했다.

싸울 때와 똑같이 격렬한 사랑이 다시 시작되었다. 사실 사랑과 말다툼은 똑같은 것이었지만 코지모 형은 그런 것을 전혀 몰랐다.

"넌 왜 나를 괴롭히는 거지?"

"널 사랑하기 때문이야."

이제는 형이 화를 냈다. "아니야, 넌 날 사랑하지 않아! 사랑하는 사람은 행복을 원하지, 고통을 원하지는 않잖아."

"사랑하는 사람은 오로지 사랑만을 원할 뿐이야, 사랑 때문에 고통을 받더라도."

"그래서 일부러 나를 괴롭히는 거로구나."

"그래, 네가 나를 사랑하는지 보려고."

남작의 철학은 더 이상 앞으로 나갈 수가 없었다. "고통은 영혼의 부정적인 상태야."

"사랑은 모든 것이야."

"언제든 고통과 싸워야만 해."

"사랑은 그 어떤 것도 거부해서는 안 돼."

"내가 절대 인정할 수 없는 것들이 있어."

"나를 사랑하고 고통을 경험하기 위해 넌 그런 것들도 인정해야 해."

억누를 수 없는 폭발적인 기쁨은 절망과 마찬가지로 코지모 형의 내면을 시끄럽게 만들었다. 종종 그는 너무나 행복해서 어쩔 수 없이 연인과 떨어져 나무 위로 뛰어다니면서 애인의 경이로움을 소리치고 공표하기도 했다.

"요 키에로 더 모스트 원더풀 푸엘람 데 토도 엘 문도![73]"

옴브로사의 벤치에 앉아 있던 사람들, 할 일 없는 사람들과 늙

---

**73** 나는 이 세상에서 가장 아름다운 소녀를 사랑한다!

은 선원들은 이미 이렇게 눈 깜짝할 사이에 나타났다 사라지는 그의
모습에 익숙해져 있었다. 시를 읊으며 감탕나무 위로 올라오는 그의
모습이 보였다.

> 추 디어, 추 디어, 구나이카.
> 보 체르칸도 일 미오 벤,
> 엔 라 이슬라 데 하마이카
> 뒤 수아르 쥐스코 마탱![74]

아니면

> 일 이 아 윙 프레 웨어 더 그래스 토도 데 오로
> 테이크 미 어웨이, 테이크 미 어웨이, 케 이오 치 모로![75]

그러고는 사라졌다.

비록 형이 그다지 깊이 있게 고전어와 현대어를 공부한 것은 아
니었지만 그래도 그 덕분에 자신의 감정을 이렇듯 요란하게 표현할
수 있었다. 형의 정신이 강렬한 감정에 동요되면 될수록 그의 언어는
점점 더 모호해졌다. 이런 일이 생각난다. 수호성인 축제가 열려 옴브
로사의 주민들이 광장에 모였다. 광장은 꽃줄과 깃발로 장식되고 그
가운데 비누를 칠해 놓은 장대가 서 있었다. 남작이 플라타너스 꼭
대기에 나타났다. 그러더니 그밖에 할 수 없는, 곡예사처럼 날렵한 몇

---

**74** 너에게, 너에게, 난 아침부터 밤까지 자메이카 섬에서 나의 사랑을 찾고 있다.
**75** 황금빛 풀들이 자라는 초원이 있다. 날 데려가 줘, 날 데려가 줘, 난 죽을 것 같아!

번의 뜀박질로 나무에서 기름 장대 위로 뛰어 꼭대기로 올라가 소리 쳤다. "케 비바 디 쇠네 비너스 포스티어리어르!⁷⁶" 비누를 칠해 놓은 장대를 타고 밑으로 미끄러져 내리다가 거의 땅에 닿는 부분에서 멈춰 서서 다시 꼭대기로 재빨리 올라갔다. 상품에서 둥근 형태의 장밋 빛 치즈를 떼어 내고 다시 몇 번 뛰어 플라타너스로 날아가더니 어리 둥절해하는 옴브로사 사람들을 남겨 두고 도망쳤다.

형이 보여 준 이런 풍부한 표현들이 여후작을 기쁘게 한 것은 절 대 아니었다. 그녀는 그것들을 자신에 대한 격렬한 사랑의 표현으로 바꾸어 주길 원했다. 옴브로사 사람들은 그녀가 고삐를 풀어 놓은 채 하얀 말의 갈기에 얼굴을 거의 파묻고 달려가는 모습을 보면 그녀 가 남작을 만나러 가고 있다는 것을 알았다. 말을 타고 가면서도 그 녀는 강한 사랑을 표현했다. 하지만 이 점에서 코지모는 더 이상 그 녀를 따라갈 수가 없었다. 형은 말에 대한 비올라의 애정에 감탄했지 만 은근히 질투를 느꼈고 화가 나기도 했다. 비올라가 그의 세계보다 훨씬 더 넓은 세계를 지배하는 것을 보았고 자신만이 그녀를 소유하 고 자기 왕국의 경계 내에 그녀를 가두어 둘 수 없다는 사실을 알았 기 때문이다. 여후작의 입장에서는 한 남자의 연인이 되었다 해도 자 유롭게 말을 탈 수 없다면 아마 괴로웠을 것이다. 가끔 그녀는 자신 과 코지모가 말 위에서 사랑을 나누어야 할 것 같은 막연한 필요성 을 느꼈다. 이제 그녀는 나무 위로 달리는 것만으로는 충분하지 않았 고 자신의 준마 위에 앉아 나무 위를 질주하고 싶었다.

---

**76** 후세의 아름다운 비너스가 살고 있다!

그리고 사실 말은 급경사지나 절벽 위를 달려야 할 때 노루처럼 뒷발로 선 적이 있었다. 그래서 비올라는 이제 어떤 나무들, 예를 들면 몸통이 구부러진 올리브나무 위로 뛰어갈 수 있도록 나무 쪽으로 말을 밀었다. 말은 가끔씩 나무의 몸통이 처음 갈라지는 곳까지 올라가기도 했고 그녀는 이제 땅이 아니라 그 위의 올리브나무에 말을 묶어 놓게 되었다. 말에서 내린 그녀는 말이 나뭇잎과 잔가지를 뜯게 내버려 두었다.

어떤 수다쟁이가 올리브 밭을 지나다 호기심에 눈을 들어 보았는데 나무 위에서 꼭 껴안은 남작과 여후작이 보였다. 그래서 사람들에게 가서 그 이야기를 하고 덧붙였다. "하얀 말도 나뭇가지 위에 있었어!" 그는 미치광이 취급을 당했고 아무도 그의 말을 믿지 않았다. 그 일은 다시 연인들만의 비밀로 간직되었다.

# 23

내가 지금 이야기한 사건은, 그 이전 우리 형의 연애 생활에 대해
쓸데없는 말을 해 댔던 옴브로사 사람들이 지금은 자기들 머리 위에
서 열정을 발산해 내는 형을 보게 되자, 자신들은 꿈도 꿀 수 없는 위
대한 어떤 것을 두 눈으로 직접 보았을 때처럼 신중하고 사려 깊은
태도를 취했다는 걸 증명해 준다. 그렇지만 여후작의 행실을 비난하
지 않았던 것은 아니다. 하지만 대개는 급히 말을 달린다거나("대체
저렇게 급하게 어딜 가는 거야?" 사람들은 그녀가 코지모 형을 만나러 간다는
것을 잘 알면서도 이렇게 말했다.) 나무 꼭대기에 가구를 걸어 놓았다거
나 하는 등의 외면적인 면에 관해서만 이러쿵저러쿵했다. 사람들은
이미 그런 행동을 귀족들의 유행으로, 그들의 기이한 행동 중의 하나
로 간주하는 분위기였다.("이제는 나무마다 남자 여자가 올라가 있어. 앞으
로 또 무슨 짓은 못하겠어?") 요컨대 이제 더 많은 일들이 묵인되는 시
대, 하지만 그만큼 더 위선적인 시대가 다가오고 있었다.

이제 남작은 광장의 감탕나무에 가끔씩 모습을 보였다. 그녀가
떠났다는 표시였다. 비올라는 유럽 전역에 흩어져 있는 재산을 관리
하기 위해 종종 몇 달씩 멀리 떠나 있었다. 하지만 이런 출발은 항상

그들 관계에 틈이 생기거나 여후작이 코지모 형에게 사랑에 대해 이해시키고자 했지만 코지모 형이 전혀 이해하지 못해 화가 난 시기와 일치했다. 비올라가 화가 나서 형을 떠난 것만은 아니었다. 그들은 언제나 그녀가 떠나기 전에 화해했지만 남작은 비올라가 자신에게 싫증이 나서 여행을 떠나기로 결정한 것은 아닌지 항상 의심을 품었다. 그랬기 때문에 형은 그녀를 말릴 수 없었는데, 어쩌면 그녀는 이미 형에게서 떠나가고 있는지도 몰랐고 여행 중에 어떤 기회가 생겨, 혹은 두 사람의 관계를 깊이 생각하다가 다시 돌아오지 않기로 마음먹을 수도 있었다. 그래서 우리 형은 불안 속에서 살았다. 그러는 한편 마치 아무 일도 없었던 것처럼 그녀를 만나기 전의 일상적인 생활을 되찾고 다시 사냥을 가고 낚시를 하고 농사일을 하고 공부를 하고 광장에서 허풍을 떨어 보려고 애썼다.(자신이 다른 사람의 영향을 받았다는 걸 전혀 인정하고 싶어 하지 않는 젊은이의 고집 센 자존심이 형의 내부에 끈질기게 자리 잡고 있었다.) 그와 동시에 비올라와의 사랑이 자신에게 얼마나 많은 활기와 자부심을 주었는지를 생각하면 기뻤다. 하지만 또다른 한편으로는 이제 수많은 일들이 그다지 중요하지 않으며 비올라가 없는 삶은 더 이상 아무런 맛도 없고 자신의 생각은 언제나 그녀에게로 달려가고 있다는 것을 깨달았다. 비올라라는 존재의 회오리바람에서 벗어나 현명한 정신의 경제학이라는 측면에서 자신의 열정과 욕망을 다스려 보려고 애썼지만 그러면 그럴수록 그녀가 남기고 간 공간만 더 크게 느껴지고 열렬하게 그녀를 기다리고 있는 자신을 발견할 뿐이었다. 결국 형의 사랑은 형이 주장하는 그런 사랑이 아니라 비올라가 원했던 바로 그 사랑이었다. 멀리 떨어져 있어도 항상 승리를 거두는 사람은 여자였고 코지모 형은 자신의 뜻과는 반대로 그런 상태를 즐기게 되고 말았다.

갑자기 여후작이 돌아왔다. 나무 위에서는 사랑의 계절이 시작되었다. 하지만 그것은 질투의 계절이기도 했다. 비올라는 어디에 갔던 것일까? 무엇을 했을까? 코지모 형은 그것을 알고 싶어 안절부절못했지만 동시에 형의 질문에 그녀가 어떻게 대답을 할지 걱정이 되었다. 그녀는 언제나 암시만 할 뿐이었다. 그리고 암시를 하면서 코지모 형이 의심할 만한 이야기들을 은근히 끼워 넣었다. 형은 그녀가 자기를 괴롭히려고 일부러 그런다는 것을 잘 알았다. 하지만 모든 게 정말 사실일 수도 있었다. 그래서 형은 이런 불확실한 정신 상태 속에서 일순간 질투로 눈이 멀기도 했고 일순간 화가 나서 폭발하기도 했다. 비올라는 항상 다른 식으로 대답했고 전혀 예측할 수 없는 반응을 보였다. 그래서 어떤 때는 예전보다 더 형과 가까워진 것 같기도 하다가 또 다른 때는 이제 형이 다시는 그녀의 욕망을 자극할 수 없을 것 같기도 했다.

유럽의 중심지와 그 중심지에 퍼진 소문들과 멀리 떨어져 살던 우리 옴브로사 사람들은 여행 중의 여후작의 생활이 진짜 어떠했는지 알 도리가 없었다. 하지만 그 무렵 나는 몇 건의 계약 때문에(레몬 납품 계약 때문이었는데 이제 많은 귀족들이 상업에 종사하기 시작했고 나는 그 최초의 귀족들 중 하나였다.) 두 번째 파리 여행을 하게 되었다.

어느 날 밤 파리의 한 유명한 살롱에서 나는 돈나 비올라를 만났다. 그녀는 너무나 화려한 머리 모양에 눈부신 옷차림을 하고 있어서 잘 알아볼 수가 없었다. 뿐만 아니라 나는 그녀를 처음 보았을 때 몸을 떨었다. 그녀가 그 어떤 여자와도 구별되는 바로 그런 여자였기 때문이다. 그녀는 심드렁하게 내게 인사하더니 곧 다시 다가와 서는 내게 대답할 틈도 주지 않고 몇 가지를 물었다. "형에 대한 새로운 소식 있어요? 옴브로사에 곧 돌아갈 거죠? 이걸 나에 대한 기억으로 형에게 전해 주세요." 그리고 가슴에서 명주 손수건을 꺼내 내 손에 밀어 넣었다. 그러더니 그녀를 뒤따르던 한 무리의 찬미자들에게로 가 버렸다.

"여후작을 알고 있나?" 파리에 사는 내 친구가 물었다.

"그냥 조금." 나는 대답했다. 그리고 이 말은 사실이었다. 돈나 비올라는 옴브로사에 머물 때 코지모 형과의 야생 생활에 젖어 이웃 귀족들과의 교제에 신경을 쓰지 않았다.

"저렇게 아름다운 여자가 저렇게 불안정한 경우는 드물지." 내 친구가 말했다. "소문에 의하면 여후작은 파리에서 이 애인 저 애인 사이를 왔다 갔다 한다는군. 회전목마처럼 그렇게 계속 돌기 때문에 어떤 남자도 저 여자를 자기 애인이라고 말할 수 없고 우선권이 있다고 주장할 수도 없다는 거야. 그런데 가끔 저 여자가 몇 달씩 사라지는 거야. 사람들은 수녀원에 은둔하면서 자기 죄를 속죄할 거라고 하더군."

나는 여후작이 옴브로사의 나무 위에서 살고 있는데 파리 사람들은 그 기간에 그녀가 속죄하고 있다고 믿는다는 얘기를 듣고서 터지려는 웃음을 겨우 참았다. 하지만 그와 동시에 당황하기도 했다. 우리 형에게 닥칠 슬픔의 시간이 눈앞에 보이는 듯했기 때문이다.

나는 이 좋지 않은 소식을 형이 알기 전에 미리 주의를 주어 형이 놀라는 일이 없게 하고 싶었기 때문에 옴브로사에 돌아오자마자 형을 만나러 갔다. 형은 긴 여행과 프랑스의 새로운 소식에 대해 물었지만 나는 형이 아직 모르고 있는 새로운 정치, 문학 소식을 하나도 알려 줄 수가 없었다.

결국 주머니에서 돈나 비올라의 손수건을 꺼내고 말았다. "파리의 어떤 살롱에서 형을 알고 있는 귀부인을 만났어. 그런데 형에게 이걸 인사로 전해 주라고 내게 주더군."

형은 재빨리 바구니를 끈에 매달아 밑으로 내려 보내 명주 손수건을 끌어올렸다. 그리고 그 향기를 빨아들이려는 듯 손수건을 얼굴에 갖다 댔다. "오, 그녀를 만났구나? 어땠? 말 좀 해봐. 어땠어?"

"아주 아름답고 눈부셨어." 내가 천천히 대답했다. "하지만 사람들 말로는 그 손수건의 향기를 맡은 사람이 여럿일 거라고 하더군."

형은 누가 손수건을 빼앗아 갈까 두려운 듯 손수건을 가슴에 밀어 넣었다. 그러면서 새빨개진 얼굴을 내게 돌렸다. "검을 가지고 있었으면 네게 그런 거짓말을 하는 사람들의 목을 찔러 버리지 그랬니?"

나는 전혀 생각지도 않았던 말까지 모두 털어놓을 수밖에 없었다.

형은 잠시 동안 가만히 있었다. 그러다가 어깨를 으쓱했다. "모두다 거짓말이야. 내가 아는 건 그녀가 오로지 나만의 여자라는 것뿐이야." 그러더니 내게 인사도 하지 않고 나무들 사이로 사라졌다. 나는 형이, 형만의 세계에서 벗어나도록 강요하는 세상의 모든 것을 거부할 때의 태도를 잘 알고 있었다.

그때부터 난 아무것도 하지 않으면서 슬프고 초조한 모습으로 여기저기로 뛰어다니는 형의 모습밖에 볼 수 없었다. 그리고 가끔씩 지빠귀들과 겨루는 형의 휘파람 소리를 들어 보면, 형의 목소리는 점점 더 신경질적이고 어두워져 갔다.

여후작이 돌아왔다. 언제나처럼 형의 질투심이 그녀를 기쁘게 했다. 그녀는 질투심을 조금씩 조장하기도 하고 장난으로 만들어 버리기도 했다. 그래서 다시 아름다운 사랑의 나날이 시작되었고 우리 형은 행복해했다.

하지만 여후작은 기회가 있을 때마다 형이 사랑에 대해 편협한 생각을 가지고 있다고 비난했다.

"무슨 소리야? 내가 질투심이 많다는 거야?"

"질투하는 건 좋아. 하지만 넌 질투심을 이성에 복종시켜야 한다고 주장하잖아?"

"맞아, 그래야 좀 더 효과가 있으니까."

"넌 너무 생각을 많이 해. 도대체 사랑을 왜 머리로 생각해야 하는 거야?"

"너를 더 많이 사랑하기 위해서야. 생각하면서 사랑하면 그 힘이 더 커지는 거야."

"넌 나무 위에 살면서 생각하는 건 꼭 고리타분한 공중인 같아."

"아주 순수한 영혼을 지닌 사람만이 가장 힘든 모험을 시작할 수 있어."

형이 끝없이 격언을 토해 내면 그녀는 결국 달아나 버리고 말았다. 그러면 형은 그녀의 뒤를 쫓으며 절망하고 머리를 쥐어뜯었다.


그 무렵 영국 해군의 군함이 우리 항구에 닻을 내렸다. 제독은 옴브로사의 유지들과, 지나가던 길에 우리 항구에 들른 다른 배들의 장교를 위해 파티를 열었다. 여후작도 파티에 갔다. 그날 밤부터 코지모 형은 질투의 고통을 다시 맛보아야 했다. 서로 다른 두 배에 탄 두 장교가 돈나 비올라에게 반해 버렸다. 형은 귀부인의 환심을 사고 관심을 끌어 보려고 애쓰는 두 장교의 모습을 해변에서 계속 지켜보았다. 한 사람은 영국 군함의 사령관이고 다른 사람 역시 사령관이었지만 그는 나폴리 군대 소속이었다. 짙은 갈색의 말 두 필을 빌린 사령관들은 여후작의 테라스 밑에서 어슬렁거렸다. 그러다가 서로 마주치게 되면 나폴리 사령관은 영국군 사령관을 향해, 그를 불태워 재로 만들어 버릴 듯한 눈길을 보냈다. 그사이 반쯤 감겨진 영국군 사령관의 눈꺼풀 사이로 칼날처럼 날카로운 시선이 날아왔다.

그러면 돈나 비올라는? 그 바람둥이는 마치 방금 상복을 벗은 아주 정숙한 미망인처럼 몇 시간씩 집 안에 틀어박혀 실내복을 입고 창가를 왔다 갔다 할 뿐이었다! 형은 이제 그녀와 나무 위에 함께 있을 수 없고 달려오는 흰 말 소리를 들을 수 없어 거의 미쳐 가고 있었다. 그래서 형 역시 그녀와 두 사령관을 감시하기 위해서 결국 비올라의 테라스 앞 나무에 자리를 차지하고 앉아 있게 되었다.

형은 두 적수를 가능한 한 빨리 각자의 배로 돌아가게 하려고 그들을 골탕 먹일 방법을 연구 중이었다. 하지만 비올라가 똑같은 태도로 두 사람의 구애에 감사의 표시를 하는 것을 보고 그녀가 그저 두 사람을 놀리려는 것뿐일지도 모른다는 희망을 다시 갖게 되었다. 그래서 형도 함께 장난을 하기로 했다. 그렇다고 해서 그녀에 대한 감시를 소홀히 하지는 않았다. 그녀가 두 사람 중에 한 사람을 더 좋아한다는 낌새만 나타나면 형은 그 즉시 그들 사이에 끼어들 준비를 했다.

그런데 어느 날 아침 영국인이 지나갔다. 비올라는 창문에 서 있었다. 두 사람은 미소를 지었다. 여후작이 편지를 떨어뜨렸다. 장교가 날아가는 종이를 잡아 내용을 읽더니 얼굴이 빨개진 채 허리를 숙여 인사하고 말을 달려가 버렸다. 약속이다! 행운을 잡은 사람은 영국인이다! 코지모 형은 그날 밤까지 그 영국인을 가만두지 않겠다고 혼자 맹세했다.

같은 날 나폴리 사령관이 지나갔다. 비올라는 그에게도 편지를 던졌다. 장교는 편지를 읽더니 편지에 입을 맞추었다. 그러면 이 나폴리인은 자기가 선택되었다고 생각하는 걸까? 그러면 다른 사람은? 코지모 형은 둘 중 어떤 사람에게 행동을 개시해야 하는 걸까? 분명 둘 중 한 사람과 돈나 비올라는 약속을 했다. 다른 한 사람은 분명 웃음거리가 되고 말 것이다. 아니면 혹시 그녀가 두 사람 모두를 놀리려는 게 아닐까?

코지모 형은 정원 끝에 있는 정자가 약속 장소가 아닐까 의심해 보았다. 그러자 질투심 때문에 몹시 괴로웠다. 이제 그녀가 커튼이나 소파를 나무 위로 가져오던 시절은 지나가 버렸다. 지금 그녀는 형이 절대 들어갈 수 없는 장소에 온 신경을 집중시키고 있다. "정자를 감시할 거야. 두 사령관 중 한 사람과 약속했다면 거기밖에 없어." 코지모 형은 혼자 중얼거렸다. 그리고 인도밤나무의 무성한 잎들 속에 앉았다.

해가 지기 직전에 말달리는 소리가 들렸다. 나폴리인이 도착했다. '이제 저 사람의 화를 돋워야지!' 코지모 형은 이렇게 생각하고 새총으로 그의 목에 다람쥐 똥으로 만든 총알을 쏘았다. 사령관이 깜짝 놀라 주변을 둘러보았다. 코지모 형은 나뭇가지에서 몸을 내밀었는데 바로 그때 영국인 사령관이 말에서 내려 말뚝에 말을 매어 놓는 모습이 울타리 너머로 보였다. '그러면 저 사람이다. 아마 다른 사람은 우연히 여기 들른 건가 보군.' 그러고는 새총을 아래로 해서 영국인의 코에 다람쥐 똥을 쏘았다.

"후즈 데어?" 영국인이 이렇게 말하고 울타리를 넘어가려고 했다. 하지만 그때 역시 말에서 내려 "거기 누구냐?" 하고 외치던 나폴리인과 정면으로 마주쳤다.

"아이 베그 유어 파든, 서. 그런데 전 당신에게 즉시 이 자리를 떠나라고 권해야겠군요!" 영국인이 말했다.

"제가 여기 있는 건 완전히 제 권리입니다. 경께서 떠나 주십시오!" 나폴리인이 말했다.

"내 권리보다 더 나은 권리는 그 어디에도 없을 거요. 아임 소리. 전 당신이 여기 계시는 걸 허락할 수 없습니다." 영국인이 말했다.

"이건 명예 문제요. 양 시칠리아 왕국의 해군 가문인 살바토레 디 산 카탈도 디 산타 마리아, 카푸아 베테레 가문의 명예를 걸고 대답하는 거요." 나폴리인이 대답했다.

"나는 오스버트 캐슬파이트 경이오! 내 명예를 걸고 이 지역에서 떠나라고 당신에게 명령하겠소." 영국인이 자기소개를 하며 말했다.

"이 칼로 당신을 찌르기 전에는 떠나지 않겠소!" 그러더니 나폴리인이 칼을 뽑았다.

"경, 당신은 결투를 원하는군요!" 오스버트 경이 방어에 나서며 소리쳤다.

두 사람은 결투를 벌였다.

"난 바로 이곳에서 당신을 만나길 바랐소, 동료. 벌써 오래전부터!" 그러더니 그를 공격했다.

그러자 오스버트 경이 말했다. "오래전부터 당신의 움직임을 주시하고 있었소, 경. 난 바로 이걸 기다렸소!"

힘이 거의 비슷한 두 사람은 공격과 방어로 기진맥진해졌다. 그들의 결투가 절정에 이르렀을 때였다. "제발, 싸움을 멈추세요!" 정자 입구에 돈나 비올라가 나타났다.

"후작님, 이 사람이……." 두 장교는 검을 내리고 서로 상대방을 가리키며 한 목소리로 말했다.

그러자 돈나 비올라는 이렇게 말했다. "친구분들! 제발 그 칼을 제자리에 꽂으세요! 이게 귀부인을 놀라게 하는 방법인가요? 전 이 정자가 정원에서 가장 조용하고 은밀한 장소라서 특히 좋아하고 있어요. 그런데 깜빡 잠이 들었다가 당신들의 칼 소리에 잠이 깼어요!"

"하지만 밀레이디," 영국인이 말했다. "당신이 저를 이곳으로 초대한 게 아니었나요?"

"당신은 저를 기다리기 위해 여기 계셨던 거죠, 부인……." 나폴리인이 말했다.

돈나 비올라의 목에서 새가 날개를 푸드덕거리는 것 같은 가벼운 웃음소리가 흘러 나왔다. "아, 그래요, 그래요. 내가 당신을…… 아니, 당신을 초대했죠. 오, 내 머리가 이렇게 복잡해서야……. 그런데 뭘 기다리시죠? 들어가세요, 앉으세요, 자……."

"밀레이디, 전 저 혼자만 초대하신 줄 알았습니다. 실망했습니다. 저의 숭배를 받으시고 이만 물러가게 허락해 주십시오."

"저 역시 그 말씀을 드리고 싶었습니다, 부인. 물러가게 해 주십시오."

여후작이 웃었다. "친구분들…… 좋은 친구분들……. 제가 정신이 좀 없었어요……. 전 오스버트 경은 이 시간에…… 그리고 돈 살바토레는 다른 시간에 초대했다고 생각했어요……. 아니에요, 아니에요. 용서해 주세요. 똑같은 시간에 다른 장소로 초대했다고 생각했어요……. 오, 아닌데, 어떻게 그럴 수 있죠……? 어쨌든 두 분이 여기 모였으니 같이 앉아 교양 있는 대화나 나누는 게 어떨까요?"

두 장교는 서로를 쳐다보다가 그녀를 보았다. "후작님, 저희는 당신이 우리의 관심에 호의를 보이는 게 그저 우리 두 사람을 놀리려고 그러시는 게 아닌지 알아야겠습니다."

"왜 그렇게 생각하지요, 친구분들? 그 반대예요, 반대예요……. 당신들의 배려 때문에 전 그냥 무심하게 있을 수가 없었답니다. 당신들은 모두 정말 좋은 분들이에요……. 이게 제 고통이랍니다……. 만약 오스버트 경의 세련됨을 선택하면 전 제가 열렬히 좋아하는 돈 살바토레를 잃게 되겠지요……. 산 카탈도 사령관님의 정열을 선택하면 전 경을 포기해야만 해요! 오, 도대체 어째서…… 도대체 어째서……."

"도대체 뭐가 어째서입니까?" 두 장교가 함께 물었다.

돈나 비올라가 고개를 떨어뜨리며 말했다. "도대체 어째서 동시에 두 사람을 선택할 수 없는 걸까요……?"

높은 인도밤나무 위에서 가지가 요란하게 흔들리는 소리가 났다. 코지모 형은 더 이상 조용히 있을 수가 없었다.

하지만 두 장교들은 너무 당황해 그 소리를 들을 수 없었다. 둘이 함께 한 걸음 물러섰다. "절대 그런 일이 있어서는 안 됩니다, 부인."

여후작은 눈부신 미소와 함께 아름다운 얼굴을 들었다. "그러면 저는 두 분 중, 저를 정말 즐겁게 해 주겠다는 사랑의 증거로, 적수와 저를 공유하겠다고 먼저 선언하는 분께 저를 드리겠어요!"

"부인······."

"밀레이디······."

두 대위는 비올라 쪽으로 몸을 숙여 차가운 작별 인사를 한 다음 몸을 돌려 자기들끼리 서로 마주 보았고 손을 내밀어 악수했다.

"아이 워즈 슈어 유 워 어 젠틀맨, 오스버트 경." 영국인이 말했다.

"당신도 그러리라 믿어 의심치 않았습니다, 미스터 오스버트." 나폴리인이 말했다.

그들은 여후작에게 등을 돌리고 말을 향해 갔다.

"친구분들······. 왜 그렇게 화를 내는 거지······. 바보들 같으니······." 비올라가 말했지만 두 장교는 이미 등자 위에 발을 올려놓았다.

코지모 형이 조금 전부터 고대하며 기다리던, 계획된 복수를 할 순간이 찾아왔다. 이제 두 사람은 정말 펄쩍 뛰며 놀라고 아파하게 될 것이다. 그렇지만 파렴치한 여후작을 떠날 때 그들의 남자다운 행동을 보고 코지모 형은 갑자기 그들과 화해하고 싶은 기분을 느꼈다. 하지만 너무 늦었다! 이미 가공할 복수의 도구를 제거할 수가 없었다. 순식간에 코지모 형은 그들에게 사실을 알리겠다는 관대한 결정을 내렸다. "멈춰요!" 형이 나무 위에서 소리쳤다. "안장 위에 앉지 말아요!"

두 장교는 깜짝 놀라 고개를 들었다. "왓 아 유 두잉 업 데어? 그 위에서 뭐 하는 거요? 어떻게 그러고 있는 거요? 컴 다운!"

그들 뒤에서 돈나 비올라의 웃음소리, 새 날개가 부딪치는 것 같은 그 웃음소리가 들렸다.

두 사람은 창백해졌다. 그러니까 이 사람은 세 번째 남자로, 미루어 짐작컨대 이 모든 광경을 지켜본 게 틀림없었다. 상황은 점점 더 복잡해져 갔다.

"인 애니 웨이," 그들이 말했다. "우리 두 사람은 단결하자고요!"

"우리의 명예를 걸고!"

"그런데 우리 둘 중 한 사람이 후작의 뜻을 따르기로 결정한다면……."

"그럴 경우에도 우린 계속 함께 행동하는 거요! 그녀의 제의를 수락할 때도 함께하는 거요!"

"좋소! 그러면 이제 갑시다!"

이런 새로운 대화를 듣고 코지모 형은 복수를 목전에 두고 그것을 피하게 해 준 자신에게 화가 치밀어 손톱을 물어뜯었다. '그렇다면 복수를 하면 되지!' 그러더니 나뭇잎 속으로 몸을 숨겼다. 두 장교는 말 위에 뛰어올랐다. '이제 비명 소리가 들릴 거야.' 코지모가 생각했다. 그리고 자기 귀를 틀어막았다. 이중의 비명이 울려 퍼졌다. 두 장교는 말안장을 덮은 장식 덮개 밑에 숨겨 놓은 고슴도치 위에 앉아버린 것이다.

"배신자!" 그들은 비명을 지르며 땅으로 뛰어내려 펄쩍펄쩍 뛰며 이리저리 돌아다녔다. 그리고 여후작에게 화를 내고 싶어 하는 것 같았다.

하지만 돈나 비올라는 그들보다 더 화가 나서 나무 위를 향해 소리쳤다. "사악하고 괴물 같은 원숭이야!" 그리고 인도밤나무의 몸통으로 달려들었다. 그녀가 어찌나 빨리 시야에서 사라졌는지 두 장교는 그녀가 땅속으로 빨려들어 갔다고 생각할 정도였다.

나뭇가지 속에서 비올라는 코지모 형과 마주했다. 두 사람은 이 글거리는 눈길로 서로를 쳐다보았다. 그런데 이러한 분노는, 마치 대천사처럼 그들에게 일종의 순수함을 선사했다. 그들의 몸이 막 갈기갈기 찢기려는 듯 보이는 순간 여자가 말했다. "오, 내 사랑!" 그녀가 소리쳤다. "이렇게, 이렇게 너를 사랑하고 있어. 질투심에 불타 진정시킬 수 없는 너를!" 어느새 그녀는 그의 목을 팔로 감싸 안았고 그들은 서로를 껴안았다. 코지모 형은 이제 아무 생각도 나지 않았다.

그녀는 그의 품 안에서 몸을 떨었다. 그러더니 무슨 생각이 난 듯 그의 얼굴에서 자기 얼굴을 떼어 냈다. 그리고 말했다. "하지만 저 두 사람이 나를 얼마나 사랑하는지 너 봤지? 그들은 자기들끼리 날 공유할 준비가 되어 있어……"

코지모 형은 그녀를 향해 몸을 던지는 것 같았다. 그러더니 나뭇가지 사이로 벌떡 일어서서는 나뭇잎을 씹으며 머리를 나무 몸통에 갖다 박았다. "저자들은 두 마리의 벌레야……!"

비올라는 석상 같은 얼굴로 형에게서 멀어졌다. "넌 그들에게서 배울 게 아주 많아." 그러더니 몸을 돌려 재빨리 나무에서 내려갔다.

두 구애자는 지금까지의 싸움을 모두 잊고 서로 인내심을 가지고 고슴도치 가시를 빼 주는 일에 몰두하고 있었다. 돈나 비올라는 그들이 하는 일을 중단시켰다. "빨리요! 내 마차로 와 보세요!" 그들은 정자 뒤로 사라졌다. 마차가 떠났다. 인도밤나무 위에 있던 코지모 형은 손으로 얼굴을 가렸다.

코지모 형에게 고통의 시간이 시작되었다. 적수였던 두 사람에게도 마찬가지였다. 그러면 비올라는 행복한 시간을 보냈다고 말할 수 있을까? 나는 여후작이 다른 사람들을 괴롭힌 것은 오로지 자기 자신을 괴롭히기 위해서였다고 생각한다. 두 귀족 장교들은 계속 불안해했으며 서로 떨어지지 않고 비올라의 창문 밑에 있거나 그녀의 응접실에 초대받아 가거나 여관에서 외롭고 긴 휴식을 취했다. 그녀는 두 사람 모두를 유혹했다. 그리고 그들에게 경쟁 삼아 새로운 사랑의 증거를 보여 달라고 했고 그때마다 그들은 그 증거를 보여 줄 준비가 되었다고 밝혔다. 그리고 이미 그들은 그녀의 반쪽만을 소유할 준비가 되어 있을 뿐만 아니라 다른 사람들과도 공유할 준비가 되어 있었다. 결국은 각자 그런 식으로 그녀를 감동시킬 수 있고 그렇게 하면 그녀가 약속대로 하리라는 희망에 떠밀려, 그리고 적수와의 연대 조약에 얽매이는 동시에 질투심과 상대방을 제거해 버릴 수 있다는 희망에 사로잡혀, 또한 이제는 자신들이 빠져 들고 있는 것이 느껴지는 분명치 않은 타락의 유혹 때문에 그들은 더 이상 멈출 수도 없었다.

해군 장교들로부터 강제로 새로운 약속을 받아 낼 때마다 비올라는 말을 타고 코지모 형에게 가서 이야기해 주었다.

"말해 봐, 영국인이 이렇게 한다고 했는데 너 모르지⋯⋯. 그리고 나폴리인도⋯⋯." 그녀는 나무 위에 우울하게 웅크리고 앉아 있는 형을 보자마자 이렇게 소리쳤다.

코지모 형은 대답하지 않았다.

"이게 완전한 사랑이야." 그녀가 고집스럽게 계속 말했다.

"너희는 모두 정말 빌어먹을 인간들이야!" 코지모 형이 고함을 치고 사라졌다.

이것이 바로 이제 형과 비올라가 서로를 사랑하는 잔인한 방법이 되어 버렸고, 여기서 벗어날 길을 찾을 도리가 없었다.

영국 해군의 군함이 닻을 올렸다. "당신은 남을 거죠, 그렇죠?"

비올라가 오스버트 경에게 말했다. 오스버트 경은 배를 타지 않았다. 그는 탈영자로 보고되었다. 연대감과 경쟁심 때문에 돈 살바토레 역시 탈영했다.

"그들이 탈영했어!" 비올라가 의기양양하게 코지모 형에게 알렸다. "나를 위해서야, 그런데 너는……."

"그런데 나는???" 코지모 형은 비올라가 더 이상 아무 말도 할 수 없을 정도로 그렇게 잔인한 눈초리로 고함쳤다.

각자 자신의 국왕 전하의 해군에서 탈영한 오스버트 경과 살바토레 디 산 카탈도는 매일 선술집에서 노름을 하며 핼쑥해져 갔다. 그들은 초조감에 사로잡혀 서로를 파멸시키려고 기를 쓰며 하루하루를 보냈고 그동안 비올라는 자기 자신과 자신을 둘러싼 주변의 것들에 대해 극도로 불만족스러워 했다.

그녀는 말을 타고 숲으로 갔다. 코지모 형은 떡갈나무 위에 있었다. 그녀는 그 밑 풀밭에 멈춰 섰다.

"난 지쳤어."

"그 두 사람 때문에?"

"너희들 모두 때문에."

"아."

"그 두 사람은 내게 가장 위대한 사랑의 증거를 보여 주었어……." 코지모 형은 침을 뱉었다.

"……하지만 내겐 그것만으론 충분하지 않아."

코지모 형이 그녀를 쳐다보았다.

그러자 그녀는 말했다. "넌 사랑이 완전한 헌신이고 자신을 포기하는 것이라고 생각하지 않지……."

그녀는 거기 풀밭 위에 있었다. 그녀는 변함없이 아름다웠다. 그 저 한번 건드리기만 해도 그녀의 얼굴을 딱딱하게 만드는 차가움과 거만한 태도를 금방 무너뜨리고 그녀를 품에 안을 수 있을 것 같았 다……. 코지모 형은 무슨 말이든 할 수 있었고 그녀를 도와주기 위 해 무슨 일이든 할 수 있었다. 그녀에게 이렇게 말할 수도 있었다. '내 가 어떻게 하면 좋을지 말해 봐, 난 준비가 되어 있어…….' 그러면 그 녀는 다시 형으로 인해 행복해졌을 것이고 둘이 함께 그늘 없는 행복 을 느낄 수 있었을 것이다. 그러나 코지모 형은 이렇게 말했다. "만약 어떤 사람이 온갖 노력을 다 기울여 진정한 자신으로 남지 않는다면 사랑은 존재할 수 없는 거야."

비올라는 반대의 몸짓을 했는데 그것은 또한 피곤하다는 몸짓 이기도 했다. 하지만 그녀는 사실 지금까지 형을 이해해 왔던 것처럼 지금도 그를 이해할 수 있었다. 뿐만 아니라 그녀의 입술 위에서 이런 말이 맴돌았다. '너는 내가 원하는 그대로야…….' 그리고 당장 형이 있는 곳으로 올라갈 수도 있었다……. 그녀는 입술을 깨물었다. 그리 고 말했다. "그러면 넌 혼자 네 본래 모습으로 있으렴."

'하지만 나 혼자 있어야 한다면 내 본래 모습으로 있다는 건 아무 의미가 없어…….' 이게 바로 코지모 형이 하고 싶은 말이었다. 하지만 이렇게 말했다. "네가 그 두 기생충을 좋아한다면……."

"내 친구들을 그런 식으로 무시하면 가만 놔두지 않겠어!" 그녀 가 소리쳤지만 아직도 이렇게 생각하고 있었다. '내게 중요한 사람은 너밖에 없어! 내가 그렇게 행동한 건 모두 다 너 때문이었어!'

"나만 무시를 당해 마땅하군……."

"네 사고방식 때문이야!"

"내 사고방식은 바로 나야."

"그러면 잘 있어. 오늘 밤 난 떠나. 다시는 나를 보지 못할 거야."

그녀는 저택으로 달려가 짐을 꾸리고 두 장교에게는 한마디 말
도 하지 않은 채 떠났다. 그녀는 자신이 한 말을 지켰다. 다시는 옴브
로사에 돌아오지 않았다. 그녀는 프랑스로 갔는데 옴브로사로 돌아
가기만을 간절히 바라게 되었을 때는 역사적 사건들이 그녀의 의지
를 가로막아 버렸다. 혁명이 일어났고 전쟁이 벌어졌다. 처음에 여후
작은 새로운 사건의 흐름에 흥미를 느꼈고(그녀는 라파예트의 측근이었
다.) 그 후 벨기에로 이주했다가 거기서 영국으로 갔다. 영국이 나폴
레옹과 몇 년간 전쟁을 계속하는 동안 런던의 안개 속에서 그녀는 옴
브로사의 나무를 꿈꾸었다. 그 후 동인도 회사와 관계있는 영국 귀족
과 재혼해서 캘커타에 정착했다. 테라스에서 숲과 어린 시절 정원에
있던 나무들보다 더욱 이국적인 나무들을 바라보곤 했는데 그때마
다 나뭇잎을 헤치고 코지모가 움직이는 모습을 본 것 같았다. 하지만
그것은 원숭이나 재규어의 그림자였다.

오스버트 캐슬파이트 경과 살바토레 디 산 카탈도는 모든 일을
함께했다. 그들은 모험가로 경력을 쌓기로 했다. 베네치아의 도박장
을 찾았고 괴팅겐 대학교의 신학부, 페테르부르크에 있는 예카테리
나 2세의 궁정을 방문했다. 그 뒤로는 흔적을 찾을 수가 없었다.

코지모 형은 오랫동안 누더기를 걸친 채 울면서, 음식도 입에 대
지 않고 숲 속을 떠돌아 다녔다. 갓난아이처럼 큰 소리로 울었다. 그
래서 예전에는 절대 실수하지 않는 이 사냥꾼에게 다가오는 걸 피했
던 새 떼가 이제 형의 주변으로 다가와 나무 위에 앉거나 형의 머리

위로 날아다녔다. 그리고 참새는 쩩쩩 울어 대고 방울새는 고운 소리로 울어 대고 호도새는 구구 울고 지빠귀는 찍찍거리고 되새와 굴뚝새까지 울어 댔다. 키 큰 나무 몸통의 굴에서 다람쥐와 들쥐가 나와 길게 우는 새들의 합창을 함께했다. 우리 형은 이런 울음바다 속에서 움직였다.

그러다가 파괴적인 폭력의 시기가 찾아왔다. 형은 모든 나무의 나뭇잎을 꼭대기부터 모두 따서 눈 깜짝할 사이에 마치 겨울철이 된 것처럼 나무의 옷을 벗겨놓아 버렸다. 워낙 잎이 나지 않는 나무도 예외는 아니었다. 그러고는 나무 꼭대기로 다시 올라가 나뭇가지를 모두 부러뜨려 굵은 몸통만 남게 만들어 버리고 또 다른 나무 위로 올라갔다. 그러더니 주머니칼로 나무껍질을 벗기기 시작했는데, 이제 무시무시한 상처를 입고 하얗게 변해 가는 껍질 벗겨진 나무들이 보였다.

이런 분노 속에서 더 이상 비올라에 대한 분노는 찾아볼 수 없었다. 형의 분노는 오히려 그녀를 잃어버린 것에 대한 후회, 그녀를 자기 곁에 붙들어 두지 못한, 어리석고 부당한 자존심 때문에 그녀에게 상처를 준 데 대한 후회라고 할 수 있었다. 이제야 그녀가 자신에게 항상 충실했다는 진실을 이해했기 때문이다. 그 두 남자가 꽁무니를 따라다니게 내버려 두었던 건 자신의 유일한 연인이 될 만한 가치가 있는 사람은 코지모 형뿐임을 보여 주기 위해서였다. 그리고 그녀의 모든 불만과 변덕은, 금방 절정에 도달하지 않음으로써 그들의 사랑을 서서히, 절정에 이를 때까지 키워 나가려는 만족할 줄 모르는 강한 갈망일 뿐이었다. 형은 이런 사실을 전혀 이해하지 못하고 그녀가 떠나는 순간까지 그녀를 괴롭혔던 것이었다.

몇 주 동안 코지모 형은 숲 속에서 나오지 않았다. 항상 그랬듯이 혼자였다. 이제는 비올라가 오티모 마시모를 데리고 갔기 때문에 그마저도 곁에 없었다. 우리 형이 옴브로사에 다시 모습을 보였을 때 형은 변해 있었다. 더 이상 나 자신을 속일 수도 없었다. 이번에 형은 진짜 미쳐 버렸다.

# 24

 우리 형이 열두 살에 나무 위에 올라가 다시는 땅에 내려오지 않겠다고 했을 때부터 옴브로사 사람들은 언제나 코지모 형이 미쳤다고 말했다. 하지만 그 뒤, 알다시피 모든 이들이 그런 형의 광기를 인정했다. 지금 내가 말하는 건 나무 위에서 살려고 하는 형의 강박 관념만이 아니라 형의 여러 가지 기이한 면이다. 형을 괴짜라고 생각하지 않는 사람은 단 한 명도 없었다. 그러다가 비올라를 사랑하던 그 시기 내내, 그리고 특히 수호성인 축제 기간 동안에 그는 이해할 수 없는 이상한 언어들을 들려주었다. 많은 사람들은 그 말이 혹시 이단의 외침으로 펠라스기인[77]들이 쓰던 카르타고어이거나, 폴란드어로 된 소키노스주의[78]의 선언일지도 모른다고 추측하고 그 언어가 신성을 모독했다고 생각했다. 그때부터 이런 소문이 떠돌기 시작했다. "남작님이 미쳤대!" 그러자 사려 깊은 사람들이 덧붙였다. "항상 미쳐 있던 사람이 어떻게 또 미칠 수가 있지?"

---

**77** BC 12세기에 그리스, 소아시아, 동부 지중해에 살았다고 전해지는 사람들.
**78** 16세기에 폴란드에서 번성한 종교 운동으로 그리스도교의 중요한 교의인 삼위일체설을 부정했다.

이런 상반된 평가 속에서 코지모 형은 이제 정말 미쳐 버렸다. 처음 나무 위에 올라갔을 때 머리끝에서 발끝까지 짐승 가죽으로 뒤덮고 다녔다면 이제는 아메리카의 원주민처럼 깃털로 머리를 장식하고 다니기 시작했다. 선명한 색깔을 지닌 오디새나 방울새의 깃털이었다. 머리 이외에도 옷 여기저기에 깃털을 붙이고 다녔다. 결국은 완전히 깃털로 뒤덮인 연미복을 만들었다. 그리고 다양한 새들의 버릇을 흉내 내기 시작했다. 딱따구리처럼 나무 몸통 속에서 벌레를 꺼내 그것들을 대단한 재산이나 되는 양 자랑하기도 했다.

형의 이야기를 듣고 형을 놀려 대려고 나무 밑에 모여 앉은 사람들에게 새들을 변호하기도 했다. 그래서 이제 형은 사냥꾼에서 새들의 변호사로 탈바꿈했다. 그는 적당히 변장하고 어떤 때는 자기가 물까치, 어떤 때는 올빼미, 어떤 때는 울새라고 주장했다. 그리고 인간의 진정한 친구인 새를 제대로 알아보지 못한다고 사람들을 나무라는 연설을 했다. 그러다가 그 연설은 우화를 통해 인간 사회 전체를 비난하는 연설로 바뀌었다. 새들도 형의 이런 생각의 변화를 알아차리고는 형의 이야기를 들으러 온 사람들이 나무 밑에 있어도 형 근처로 날아왔다. 그래서 형은 주위의 나뭇가지를 가리켜 생생한 예를 보여 주며 설명할 수 있었다.

옴브로사의 사냥꾼 중 많은 사람들이 형의 이런 능력을 미끼로 사용하자고 이야기했지만 그 누구도 감히 남작 근처에 있는 새들에게 총을 쏠 수는 없었다. 지금은 비록 정신이 나가 있다 해도 남작은 계속해서 어떤 경외심 같은 것을 불러일으켰기 때문이다. 물론 그들은 남작을 놀렸다. 그리고 종종 장난꾸러기나 게으름뱅이들이 남작이 있는 나무 밑에 줄을 서 그를 놀려 대기도 했다. 하지만 형은 존경

받기도 했으며 사람들은 항상 그의 말을 주의 깊게 경청했다.

형의 나무들은 이제 글씨가 적힌 종이와 세네카와 샤프츠버리[79]의 격언이 쓰여 있는 도화지, 깃털 더미, 교회에서 사용하는 큰 초, 왕관, 여성용 코르셋, 권총, 저울 등 어떤 질서에 따라 연결된 물건들로 장식되어 있었다. 옴브로사 사람들은 그런 수수께끼 같은 물건들이 무엇을 말하는지, 귀족, 교황, 덕성, 전쟁 같은 것을 의미하는 것은 아닌지 추측해 보려고 애쓰면서 시간을 보냈다. 하지만 나는 그런 것들이 아무런 의미도 없고 그저 형의 재능을 북돋고 상식을 아주 많이 벗어난 생각들도 정당할 수 있음을 이해시키는 데 사용되리라 믿었다.

코지모 형은 또 「검은 지빠귀의 노래」, 「노크하는 딱따구리」, 「올빼미의 대화」 같은 작품도 쓰기 시작했고 그것들을 공개적으로 발표했다. 뿐만 아니라 인쇄 기술을 알게 되어 작은 책자와 신문을(그중에는 《까치 신문》이 있다.) 인쇄하기 시작한 것도 바로 이 광기의 시기였다. 그 후 이 모든 것을 '두 발 동물의 모니터'라는 제목으로 통합했다. 그는 호두나무 위에 작업대, 쥠틀, 인쇄기, 활자 상자, 잉크병을 옮겨 놓았다. 그리고 매일 자기가 쓴 글을 조판하고 복사본을 만들며 시간을 보냈다. 가끔 인쇄기와 종이 사이에 거미와 나비가 들어가서 그들의 흔적이 종이 위에 인쇄되기도 했다. 어떤 때는 들쥐가 잉크가 마르지 않은 종이 위로 뛰어내려 꼬리로 종이를 쳐 전부 망쳐놓기도 했다. 또 둥글고 꽃자루가 달린 것처럼 보여 과일로 생각하고 다람쥐들이 자기 굴로 가져가 버렸던 알파벳 Q의 경우처럼, 다람쥐들이 알

---

**79** Shaftesbury, 1671~1713. 영국의 정치가이자 철학자.

파벳 문자를 먹을 것으로 생각하고 활자를 가져가 버리는 경우도 있었다. 그래서 코지모 형은 몇몇 논문들을 '콴도(Cuando)'와 '콴툰퀘 (Cuantunque)'[80]로 시작해야만 했다.

모두 멋진 일이었지만 난 그 시기에 우리 형이 완전히 미쳤을 뿐만 아니라 또 약간 멍청해지기 시작했다는 인상을 받았다. 이는 아주 심각하고도 고통스러운 일이었다. 광기는 선이나 악으로 성격이 강하게 변하는 것인 반면 저능은 상대할 것이 없는 허약한 성질을 의미하기 때문이다.

사실 겨울에 형은 무기력 상태에 빠져든 것 같았다. 형은 보금자리를 떠나지 못하는 새처럼 나무 몸통에 매달아 놓은, 안에 털을 댄 자루에 들어가 머리만 밖으로 내놓고 지냈다. 그리고 가끔 아주 따뜻한 시간에는 메르단초 강 위에 있는 오리나무 위로 잠시 산책을 가서 볼일을 보았다. 형은 자루 속에서 가끔씩 독서를 하거나(어두울 때는 작은 기름 램프에 불을 켜서) 혼자 중얼거리거나 콧노래를 불렀다. 하지만 대부분 잠을 자며 시간을 보냈다.

식사는 형만이 알고 있는 은밀한 저장물을 이용했다. 하지만 선한 사람들이 찾아와서 사다리를 통해 나무 위의 형에게 전해 주는 야채 수프나 라비올리[81] 같은 음식을 받기도 했다. 사실 서민들 사이에는 남작에게 무엇인가를 가져다주면 행운이 찾아온다는 미신 같은 게 생겨났다. 그것은 형이 공포 혹은 호감을 불러일으켰다는 증거였다. 나는 후자 쪽이라고 믿는다. 디 론도라는 남작 칭호의 계승자가 공개적인 동냥을 받게 되었다는 이 사실이 내가 보기에는 타당하

---

**80** 정확한 철자는 Quando(~할 때)와 Quantunque(비록 ~이지만)이다.
**81** 다진 고기 속을 넣은 네모난 만두 모양의 파스타.

지 않은 것 같았다. 나는 특히 돌아가신 우리 아버지가 이런 사실을 알았다면 어떠했을지 생각했다. 나로서는 그 당시까지 양심에 거리낄 일은 단 한 가지도 없었다. 우리 형은 항상 가정의 안락함을 경멸했고, 내가 형에게 작은 액수의 수입만 보장해 주면(형은 그 돈을 대부분 책 사는 데 썼다.) 나는 형에게 그 어떤 의무도 없다는 서류에 서명했기 때문이다. 하지만 이제 음식을 스스로 마련할 수 없는 형을 보면서 나는 제복을 입고 하얀 가발을 쓴 하인에게 칠면조 4분의 1마리와 보르도 유리컵이 얹힌 쟁반을 들려 나무 사다리를 타고 형이 있는 곳으로 올라가게 해 보았다. 나는 형이 이상한 규칙을 내세워 그 음식을 거절할 것이라고 생각했다. 하지만 형은 아주 기꺼워하며 금방 음식을 받았다. 그래서 그때부터 우리는 생각날 때마다 1인분의 식사를 형이 있는 나무 위로 올려 보냈다.

요컨대 이것은 좋지 않은 쇠락이었다. 다행히도 늑대들의 침입이 있었고 코지모 형은 뛰어난 능력을 다시 한 번 사람들에게 보여 주었다. 추운 겨울날이었다. 우리 숲에까지 눈이 내렸다. 굶주림에 쫓긴 늑대들이 알프스에서 우리 해안으로 내려왔다. 우연히 이 늑대들을 본 나무꾼들은 공포에 질려 그 소식을 전했다. 화재를 막기 위해 진화대를 만들었을 때부터 위기에 서로 단결하는 법을 배웠던 옴브로사 사람들은 이 굶주린 맹수들의 접근을 막기 위해 순번을 정해 시내 주변에 보초를 섰다.

"남작님이 예전 같지 않은 게 정말 안타깝군!" 옴브로사에는 이런 말들이 떠돌았다.

그 힘겨웠던 겨울은 코지모 형의 건강에도 영향을 미쳤다. 그는 누에고치 속에 들어 있는 누에처럼, 콧물을 흘리며 나무에 매달려 흔들거리는 자루 속에 멍하면서도 거만한 분위기로 웅크리고 앉아 있었다. 늑대 경보가 울렸고 사람들이 형이 있는 나무 밑으로 지나가다가 형을 불렀다. "오, 남작님, 옛날에는 당신이 나무 위에서 우리를 보호해 줬지요. 이제는 우리가 당신을 보호해야 한다오."

남작은 마치 아무 말도 이해하지 못한 듯, 아니면 그런 것이 전혀 중요하지 않은 듯 눈을 반쯤 감고 있었다. 하지만 갑자기 고개를 들고 코를 훌쩍였다. 그리고 쉰 목소리로 말했다. "양이 있어야 해. 늑대를 쫓아내기 위해선. 양을 나무 위에 데려다 놓아야 해. 그리고 끈으로 묶어."

사람들은 형이 얼마나 미치광이 같은 말을 하는지 들어 보고 형을 놀려 주려고 어느새 그 나무 밑에 모여 있었다. 하지만 형은 콧소리를 내고 기침을 하며 자루에서 일어나 말했다. "어느 곳에 묶어야 하는지 보여 주지." 그러더니 나뭇가지 쪽으로 갔다.

코지모 형은 아주 세심한 주의를 기울여 선택한 위치인 숲과 경작지 사이에 서 있는 호두나무나 떡갈나무로 양을 데려오길 원했다. 그리고 형이 직접 비통하게 울부짖는 양들을 나뭇가지에 묶었는데 절대 밑으로 떨어지지 않도록 단단하게 묶었다. 그 뒤 양들이 묶여 있는 나무마다 탄알을 장전한 소총을 숨겨놓았다. 형 역시 양처럼 보이려고 모자와 윗도리, 바지 모두 곱슬곱슬한 양털로 된 것을 착용했다. 그리고 그 나무들 위의 한데서 밤에 늑대들이 오길 기다렸다. 모두들 이번 일이 남작이 한 미친 짓 가운데 가장 심각한 행동이라고 생각했다.

하지만 바로 그날 밤 늑대들이 내려왔다. 양 냄새를 맡고 양들이 우는 소리를 듣고 그 뒤 나무 위에 매달린 양들을 보자 늑대 떼는 나무 발치에 멈춰 섰다. 그리고 굶주린 입을 공중에 떡 벌리고 짖어 대면서 나무 몸통에 다리를 갖다 댔다. 바로 그때 나뭇가지 위로 껑충껑충 뛰어서 코지모 형이 다가왔다. 늑대들은 나무 위에서 새처럼 뛰어다니는, 사람과 양의 중간쯤으로 보이는 그 형상을 보고 입을 떡 벌린 채 멍하니 있었다. "탕탕!" 하고 총알 두 개가 그들의 목에 박힐 때까지 그러고 있었다. 한 방은 코지모 형이 항상 가지고 다니던 소총으로 쏜 것이고(그리고 나서 다시 장전했다.) 다른 한 방은 나무마다 숨겨 놓은 장전된 소총으로 쏜 것이었다. 그렇게 해서 코지모 형이 총을 쏠 때마다 늑대 두 마리가 얼어붙은 땅 위에 뻗어 버렸다. 곧 많은 수의 늑대가 죽어 갔다. 그리고 총알을 한 번 쏠 때마다 늑대 떼는 우왕좌왕하며 이리저리 흩어졌고 사냥꾼들은 늑대 울음소리와 총소리가 들리는 곳으로 달려가 나머지를 해치웠다.

후에 이 늑대 사냥에 대해 코지모 형은 여러 가지로 변형시켜 이야기했기 때문에 난 어떤 게 맞는 이야기인지 알 수가 없다. 예를 들면 이런 식이었다. "내가 마지막 양이 매달려 있는 나무로 옮겨 가고 있는데, 그때 나뭇가지 위로 기어 올라와 막 그 양을 잡아먹고 있던 늑대 세 마리를 발견했을 때 벌인 싸움이 제일 멋졌지. 난 감기 때문에 눈도 거의 안 보이고 주의도 산만해서 거의 늑대 코앞까지 갔는데도 깨닫지 못했어. 늑대들은 나뭇가지 위로 서서 걸어 다니는 또 다른 양을 보자 아직도 양의 피가 묻어 있는 입을 쩍 벌리며 달려들었지. 내 총에는 탄알이 없었어. 총을 너무 많이 쏘았기 때문에 화약이 하나도 남아 있지 않았던 거지. 그리고 나무 위에 늑대들이 있었기 때문에 내가 나무 위에 준비해 두었던 총을 가지러 갈 수가 없었어. 나는 약간 힘이 없는 두 번째 나뭇가지 위에 있었지만 바로 위에, 내

팔이 닿는 곳에 아주 튼튼한 나뭇가지가 하나 있었어. 난 천천히 나무 몸통에서 멀어지기 위해 내가 있는 나뭇가지에서 뒤로 걷기 시작했지. 늑대 한 마리가 천천히 나를 쫓았어. 하지만 나는 손으로는 내 머리 위에 있는 나뭇가지를 붙들고 발로는 계속 그 약한 나뭇가지 위로 걷는 척했던 거야. 사실 난 계속 튼튼한 나뭇가지에 매달려 있었지. 늑대는 나한테 속아서 자기도 계속 앞으로 걸어갈 수 있다고 믿은 거야. 그런데 나뭇가지는 늑대의 발밑에서 아래로 휘어졌고 난 그 사이 펄쩍 뛰어 위쪽의 가지로 올라갔지. 늑대는 겨우 개처럼 몇 번 짖어 대며 밑으로 떨어져 버렸어. 그리고 땅에 떨어져 뼈가 산산조각 나 즉사해 버렸지."

"그러면 다른 두 마리 늑대는 어떻게 되었죠?"

"……다른 두 마리는 꼼짝 않고 서서 나를 관찰했어. 그래서 난 갑자기 양털 윗도리와 모자를 벗어던져 버렸지. 두 마리 중 한 마리가 이 하얀색 양 껍질이 자기 쪽으로 날아오는 것을 보자 그것을 양이라고 생각하고 이빨로 물려고 했지. 하지만 늑대는 양의 무게를 떠받칠 준비를 하고 있었는데 생각과는 달리 그 양가죽이 빈 껍질이었기 때문에 당황해서 균형을 잃고 만 거야. 결국엔 그놈 역시 다리가 부러지고 목은 땅에 거꾸로 처박혔지."

"아직 한 마리가 남아 있는데……."

"……아직 한 마리가 남아 있지만 내가 윗도리를 벗어던져 갑자기 무거운 옷으로부터 해방되자 하늘을 진동시킬 정도로 큰 재채기가 터져 나왔어. 늑대는 그렇게 갑작스럽고 신기하게 터져 나오는 소리에 너무나 놀라 그만 나무에서 떨어져 다른 놈들처럼 목이 부러져 죽고 말았지."

이렇게 우리 형은 그날 밤 자신의 전투에 대해 이야기했다. 분명한 것은 이미 병들어 있던 형에게 찾아온 감기가 형에게 아주 치명적이었다는 사실이다. 형은 생과 사의 갈림길에서 며칠을 보냈다. 감사의 표시로 옴브로사 코무네가 경비를 대서 치료를 받았다. 해먹 위에 누워 있던 형은 사다리로 오르내리는 의사들에 둘러싸여 있었다. 근방에 있는 훌륭한 의사들이 초빙되어 진찰을 했다. 어떤 의사는 남작에게 관장을 해 주었고 어떤 의사는 피를 뽑았고 어떤 의사는 고약을 붙여 주고 어떤 의사는 찜질을 해 주었다. 이제 아무도 더 론도 남작이 미치광이라고 이야기하는 사람은 없었다. 모두들 이 세기의 위대한 천재, 비범한 인물 중의 한 사람이라고 말했다.

그런 말들은 형이 아팠을 때 들려왔다. 다시 회복이 되자 형이 예전처럼 현명하다고 말하는 사람도 있고 여전히 미치광이라고 말하는 사람도 있었다. 사실 형은 더 이상 그렇게 이상한 행동을 하지는 않았다. 그는 계속 주간지를 인쇄했는데 이제 제목은 '두 발 동물의 모니터'가 아니라 '이성적인 척추동물'이었다.

# 25

그 무렵 옴브로사에 벌써 프리메이슨 지부가 설립되어 있었는지는 잘 모르겠다. 나는 훨씬 뒤, 제1차 나폴레옹 전쟁 이후 우리 고장의 부유한 부르주아들과 지위가 낮은 귀족들과 함께 프리메이슨에 가입했다. 그래서 우리 형과 지부와의 초기 관계가 어떠했는지에 대해 이야기할 수 없다. 그에 관해서 나는 대략 지금 말하고 있는 그 무렵에 일어났던 일화를 이야기해 보려고 한다. 여러 가지 증거들이 그 이야기를 사실로 확인시켜 줄 수도 있을 것이다.

어느 날 스페인인 두 명이 옴브로사에 도착했는데, 그들은 지나가는 여행객이었다. 스페인인들은 프리메이슨의 조합원으로 알려진 바르톨로메오 카바냐라는 빵집 주인을 찾아갔다. 그들은 마드리드 지부의 동료 조합원인 것 같았다. 그래서 빵 장수는 그들이 옴브로사의 프리메이슨 집회에 참석하도록 한밤에 그들을 데리고 갔다. 그 당시 옴브로사의 프리메이슨은 숲 한가운데의 빈터에 횃불과 큰 초를 들고 모였다. 이런 사실들은 단지 소문과 추측으로만 알 수 있었다. 분명한 것은 그 다음 날 이 두 스페인인이 하룻밤 묵었던 여관에서 나오자마자 눈에 띄지 않게 높은 나무 위에서 그들을 감시하던 코지모 디 론도가 미행했다는 사실이다.

두 여행객은 성문 밖에 있는 선술집의 안뜰로 들어갔다. 코지모는 정자 위에 숨었다. 탁자에는 그 두 사람을 기다리는 손님이 한 사람 있었다. 챙이 넓은 검은 모자가 그늘을 드리워 그 남자의 얼굴은 보이지 않았다. 이 세 사람의 머리, 아니 정확히 말하면 이 세 모자가 하얀 식탁보를 깐 네모난 탁자에서 이야기를 나누었다. 그렇게 잠시 동안 이야기를 나눈 다음, 그 낯선 남자가 두 남자가 불러 주는 무엇인가를 폭이 좁은 종이 위에 적어 내려가기 시작했다. 한마디를 적고 그 밑에 또 한마디를 적어 넣는 순서로 보아 어떤 사람들의 명단인 것 같았다.

"여러분들, 안녕하시오!" 코지모 형이 말했다. 세 개의 모자가 위로 들리더니 세 개의 얼굴이 나타났다. 그들은 동그래진 눈을 정자 위에 있는 남자에게로 돌렸다. 하지만 세 사람 중의 하나, 그 챙이 넓은 모자를 쓴 사람은 곧 고개를 다시 숙였는데 코끝이 거의 탁자에 닿을 정도였다. 형은 때를 놓치지 않고 그 사람의 인상을 얼핏 살펴보았는데 모르는 사람 같지가 않았다.

"부에노스 디아스 아 우스테드![82]" 두 사람이 말했다. "그런데 비둘기처럼 하늘에서 내려오면서 이방인에게 인사하는 게 이 지방의 풍습입니까? 빨리 내려오셔서 저희에게 설명을 좀 해 주시겠습니까!"

"높은 곳에 있는 사람은 사방을 잘 볼 수 있지요. 하지만 얼굴을 감추기 위해 기어 다니는 사람도 있지요." 남작이 말했다.

---

82 안녕하시오!

"당신이 자신의 뒷모습을 보여주고 싶지 않은 것처럼 우리도 당신에게 얼굴을 보여 주고 싶지 않다는 걸 잘 아실 텐데요, 세뇨르."

"난 명예와 관계되기 때문에 그늘 속에 자기 얼굴을 숨기려 하는 사람이 있다는 걸 잘 알고 있소."

"예를 들면 어떤 사람인가요?"

"하나만 말하자면 밀정이지요!"

두 사람이 화들짝 놀랐다. 고개를 숙이고 있던 그 남자는 꼼짝하지 않았다. 하지만 처음으로 그의 목소리를 들을 수 있었다. "오, 다른 하나를 말하자면 비밀 단체의 회원이지요……." 그 남자가 또박또박 천천히 말했다.

그 말은 여러 가지로 해석될 수 있었다. 코지모 형은 잠시 생각한 후 큰 소리로 그에게 말했다. "이 말은 여러 가지로 해석될 수 있소, 선생. 당신은 '비밀 단체의 회원'이라고 했는데 그 말이 암시하는 게 나요, 아니면 당신들이요, 아니면 우리 모두요, 그도 아니면 나도 아니고 당신도 아닌 다른 사람들이요? 아니면 그저 사실이야 어찌 되어도 좋으니 내가 어떤 대답을 할지 두고 보려고 한 말이오?"

"코모 코모 코모?[83]" 챙이 넓은 모자를 쓴 남자는 머리가 복잡해져서 말했다. 그리고 이렇게 정신이 없어지자 고개를 숙이고 있어야 한다는 사실을 잊어버리고 직접 자기 눈으로 코지모 형을 보려고 일어서기까지 했다. 코지모는 그가 누구인지 알아보았다. 올리바바사 시절 그의 적이었던 예수회 신부 돈 술피시오였다!

"오! 내가 잘못 본 게 아니군! 가면을 벗으시지, 신부님!" 남작이

---

**83** 뭐라고 뭐라고 뭐라고?

소리쳤다.

"당신이군! 그럴 줄 알았소!" 스페인인이 이렇게 말하고 모자를 벗고 신분을 밝히며 고개를 숙였다. "수페리오르 데 라 콤파니아 데 헤수스[84], 돈 술피시오 데 과달레테요."

"프리메이슨 회원인 코지모 디 론도요!"

다른 두 명의 스페인인도 간단한 목례와 더불어 자기소개를 했다.

"돈 칼리스토입니다!"

"돈 풀헨시오입니다!"

"당신들도 예수회요?"

"노소트로스 탐비엔![85]"

"하지만 당신네 교단은 최근 교황령으로 해체되지 않았소?"

"당신 같은 자유주의자들과 이단자들에게 휴식을 주기 위해 해체된 것은 아니지!" 돈 술피시오는 이렇게 말하고 검을 뽑았다. 이들은 교단이 해체된 후, 시골에 숨어들어 새로운 사상과 유신론에 맞서 싸우기 위해 지방마다 무장한 민병대를 조직하려고 애쓰는 스페인 예수회 회원이었다.

코지모 형도 검을 뽑았다. 사람들이 조금씩 주위에 모여들었다. "카바예로사멘테[86] 싸우고 싶다면 내려오는 게 좋을 거요." 스페인인이 말했다.

그곳에서 조금 떨어진 곳에 호두나무 숲이 있었다. 호두를 따는

---

84 예수회 교단의 수도원장.

85 우리도 그렇습니다!

86 용감하게.

계절이어서 농부들이 막대기로 쳐서 떨어뜨린 호두를 받으려고 이 나무 저 나무에 시트를 묶어 놓았다. 코지모 형은 호두나무 위로 달려가 시트 속으로 뛰어들었다. 헝겊으로 만든 커다란 자루 같은 시트에서 자꾸 미끄러지려는 다리를 똑바로 하면서 그 위에 꼿꼿이 섰다.

"당신이 조금만 올라와 보시오, 돈 술피시오. 보통 때에 비하면 난 내려간 것이나 마찬가지요!" 그리고 형 역시 검을 뺐다.

스페인인도 팽팽하게 묶어 놓은 시트 위로 뛰어 올라갔다. 시트가 자루처럼 몸을 휘감아 똑바로 서 있기가 무척 힘들었다. 그러나 두 적수는 너무나 분노했기 때문에 검을 맞부딪칠 수 있었다.

"하느님에게 영광을!"

"위대한 우주의 건축자에게 영광을!"

그러고 나서 그들은 검을 휘두르기 시작했다.

"이 검이 당신 목을 찌르기 전에 세뇨리타 우르술라에 대한 소식이나 들려주시오." 코지모 형이 말했다.

"수녀원에서 죽었소!"

코지모는 그 소식을 듣고 동요했고(하지만 내가 생각하기에 그 소식은 일부러 꾸며 낸 이야기 같았다.) 전직 예수회 신부는 이때를 이용해 왼쪽에 일격을 가했다. 검은 호두나무 가지에 묶어 놓았던 시트의 매듭 하나를 깊숙이 찔렀는데, 그 시트는 코지모 쪽을 지탱해 주는 것이었다. 그는 매듭을 정확히 잘라 버렸다. 코지모 형이 돈 술피시오 편의 시트 위로 재빨리 몸을 던지지 않는다면 분명 땅에 떨어지고 말 상황이었다. 펄쩍 뛸 때 코지모 형의 검이 스페인인의 호위자를 쓰러뜨리고 그의 배를 찔렀다. 돈 술피시오는 자포자기했다. 그리고 자기가 매듭을 잘라 놓아 한쪽으로 기울어진 시트를 따라 미끄러져 내려가 땅으로 떨어졌다. 코지모 형은 호두나무 위로 올라갔다. 두 명의 전 예수회 회원이 상처를 입었는지 죽었는지 잘 알 수 없는 동료의 몸뚱이를 짊어지고 달아나 버렸다. 그리고 다시는 그들을 볼 수 없었다.

사람들이 피 묻은 시트 주변으로 모여들었다. 그날부터 우리 형은 프리메이슨이라고 널리 알려지게 되었다.

그 단체의 비밀상 나는 그 이상의 것을 알 수가 없었다. 내가 이미 말했듯이 그 단체의 일원이 되었을 때 나는 사람들이 코지모 형을 지부와의 관계가 분명하지 않는 나이 든 단원으로 이야기하는 것을 들었다. 형을 '잠꾸러기'라고 정의한 사람도 있었고 다른 종파로 옮겨 간 이단자라고 말하는 사람도 있었고 직설적으로 변절자라고 말하는 이도 있었다. 하지만 사람들은 언제나 형의 지나간 활동에 대해 커다란 존경심을 가지고 있었다. '동(東) 옴브로사' 지부를 설립했고 또 지부에서 지켜지고 있는 초기 전례의 설명서를 만드는 데 공헌했다고 전해지는 전설적인 인물 '딱따구리 프리메이슨' 선생이 우리 형일 가능성도 배제할 수 없었다. 그 설명서에서는 남작의 영향이 감지되었다. 신입 회원은 끈에 묶여 나무 꼭대기에 올라갔다가 끈에 매달려 내려와야 한다는 규정만 보아도 두말할 필요가 없었다.

우리 지역에서 초기 프리메이슨 집회는 한밤중에 숲 속 한가운데서 열렸던 게 분명했다. 그래서 코지모 형의 존재는 더욱더 정당하게 인정되었는데, 자신의 해외 통신원들로부터 프리메이슨 정관이 담긴 소책자를 받아보고 옴브로사에 지부를 설립한 사람이 바로 형이었거나 아니면 프랑스나 영국의 프리메이슨에 가입했던 어떤 사람이 그 의식들을 옴브로사에 소개했다 해도 마찬가지였을 것이다. 아마도 이미 오래전부터, 코지모 형도 모르게 지부가 존재하고 있었을 것이다. 그리고 형이 우연히 어느 날 밤 숲 속 나무 위로 돌아다니다가 빈터에서 이상한 옷을 입고 도구를 들고 촛불 밑에서 회합을 갖는 사람들을 발견하고 나무 위에 멈춰 서서 귀를 기울이다가 당혹스러운 농담 몇 마디를 던져 남자들을 혼란스럽게 만들며 그 회합에 끼어들었을지도 모른다. 예를 들면 이런 말이다. "당신이 벽을 쌓으려면 그 벽 바깥쪽을 생각해야 한다오!"(나는 형이 이렇게 말하는 것을 자주 들었다.) 아니면 형이 잘하는 다른 농담을 했을 것이고, 형의 수준 높은 학식을 잘 알고 있던 프리메이슨들은 그를 지부에 들어오게 해서 특별한 임무를 맡겼을 것이다. 형은 수많은 의식과 상징을 프리메이슨에 제시했다.

사실 우리 형이 책임을 맡았던 기간 동안 야외 프리메이슨은(그 뒤 닫힌 건물 내에서 모이게 될 프리메이슨과 구별하기 위해 이 시기의 프리메이슨을 이렇게 부르려고 한다.) 훨씬 풍성해진 의식을 거행했다. 올빼미, 망원경, 솔방울, 수압기, 버섯, 작은 무자맥질 인형[87], 거미집, 구구단이 의식에 사용되었다. 또 두개골이 등장할 때도 있었는데 인간의 것뿐만 아니라 젖소와 늑대와 독수리의 것도 쓰였다. 그런 물건들과 모종삽, 일반적인 프리메이슨 의식에 사용되는 컴퍼스와 자 같은 물건들이 그 무렵 기이한 대조를 이루며 나뭇가지 위에 매달려 있는 게 발견되었다. 그때 그런 수수께끼 같은 물건들이 지닌 심각한 의미를 이해하는 사람은 불과 몇 명에 지나지 않았다. 어쨌든 처음의 상징과 그 후의 것을 정확히 분리시켜 그 의미를 추적한다는 것도 불가능했

---

**87** 가하는 압력에 따라 물에 떴다 잠겼다 하는 유리관 속의 인형.

고 처음부터 어떤 비밀 단체의 비의적인 상징일 수 있다는 사실을 배제하기도 힘들었다.

이미 오래전부터, 그러니까 프리메이슨에 가입하기 전부터 코지모 형은 성 크리스피누스[88]나 제화공 조합, 또는 통 제조 장인 조합, 정의로운 무기 제작자 조합, 양심적인 모자 제조업자들 같은 다양한 여러 가지 단체나 수공업 조합에 가입했다. 형은 자신에게 필요한 거의 모든 물건을 자급자족하면서 다양한 기술을 익히게 되었고 많은 조합의 회원임을 과시할 수 있었다. 조합 측에서는 조합원들 중에 귀족 가문 출신에 기이한 재능을 지녔으며 사리사욕이 없음이 증명된 회원이 있다는 것에 아주 만족해했다.

인간 사회에서 영원히 도망쳐 버린 코지모 형이 어떻게 그 사회와 화해하고 조합 생활에 열정을 보였는지 난 잘 이해할 수가 없었다. 그래서 이런 면은 적지 않게 보인 형의 특이한 성격 중의 하나로 남아 있다. 형이 나뭇가지 속에 숨어 있기로 마음을 다져 먹으면 먹을수록 인간들과 새로운 관계를 맺을 필요를 느꼈다고 말할 수도 있으리라. 그런데 형이 새로운 단체를 조직할 때 그 단체의 규약과 목적, 각각의 임무에 적당한 사람을 선발하는 일을 세심하게 설정하면서 단체의 조직에 심신을 바쳐 몰두하긴 했지만, 형의 동료들은 형에게 어디까지 기대해도 좋은지 전혀 알 길이 없었고 언제 어디서 형을 만날 수 있는지조차도 알 수 없었다. 그리고 언제 형이 갑작스레 새와 같은 그 기질에 사로잡혀 그들에게서 날아가 버리려 할지도 알 수 없었다. 만약 형의 이 모순되는 태도를 유례없는 충동적인 행동으로 치부하

---

[88] 로마의 전설적인 수호자, 제화공의 수호신.

려는 사람이 있다면, 형이 그 시대에 번성했던 모든 유형의 사회 집단에 대해 똑같은 적의를 품고 있었기에 그 모두를 피했고, 고집스럽게 새로운 단체를 계속 실험하느라 애썼다는 점을 생각해 볼 필요가 있다. 형이 보기에 그 많은 단체들 중 정의롭다거나 다른 단체와 완전히 구별되는 곳은 단 한 군데도 없었다. 이 때문에 형은 철저한 자연 생활을 계속하게 되었다.

그가 머릿속으로 생각한 것은 보편적인 사회였다. 화재나 늑대의 침입을 막기 위해 방위대를 조직할 때처럼 분명한 목적을 위해서든, 완벽한 수레바퀴 제조인 조합이나 계몽된 제혁업자 조합 같은 수공업 조합을 통해서든, 형이 다른 사람들과 관계를 맺으려고 애쓸 때마다 항상 사람들은 한밤중에 형이 미리 정해 놓은 숲 속의 어떤 나무 주변에 모였기 때문에 그곳에는 언제나 공모와 비밀 결사와 이단의 분위기가 감돌았다. 그런데 그런 분위기 속에서도 특별한 일에서 일반적인 일로 쉽게 화제가 바뀌기도 했고, 단순한 수공업 규칙 이야기에서 평등과 자유와 정의의 세계 공화국을 건설할 계획에 대한 이야기로 아무렇지도 않게 넘어가기도 했다.

그러므로 코지모 형은 프리메이슨에서 그가 참여했던 다른 비밀 단체나 비밀 단체에 가까운 단체에서 이미 했던 일을 되풀이했을 뿐이다. 그리고 런던의 본부에서 대륙의 형제들을 방문하기 위해 파견한 리버픽 경이라는 사람은 우리 형이 지부장으로 있는 옴브로사에 왔을 때 옴브로사 지부에 정통성이 거의 없음을 발견하고 경악해서 런던에 편지를 썼다. 그 사람은 편지에서 재커바이트[89]의 왕조 복

---

**89** 1688년 영국 명예혁명으로 왕위에서 축출된 스튜어트 왕가의 제임스 2세 및 그 후손의 추종자를 가리킨다.

고 운동을 위해 스튜어트 왕가의 재정 지원을 받아 스코틀랜드식 의식을 거행하고 하노버 왕가를 반대하는 선전을 할 새로운 프리메이슨이 옴브로사에 필요하다고 말했다.

이런 일이 있고 나서 내가 말한 일, 그러니까 두 명의 스페인인이 바르톨로메오 카바냐에게 가서 자신들이 프리메이슨이라고 말한 일이 벌어졌다. 지부의 회합에 초대를 받은 그들은 모든 것이 아주 정상적임을 발견하게 되었다. 뿐만 아니라 동 마드리드 지부도 다름 아닌 옴브로사와 똑같은 의식을 거행한다고 말하기까지 했다. 의식의 어느 부분을 자신이 창안해 냈는지 너무나 잘 알고 있던 코지모 형이 의심하게 된 것은 바로 이 부분에서였다. 이 때문에 밀정들의 뒤를 밟게 되었고 그들의 정체를 밝혀 숙적인 돈 술피시오를 물리치게 되었다.

어쨌든 형이 이렇게 프리메이슨의 의식을 바꾼 것은 개인적 필요 때문이었으리라고 나는 생각한다. 벽돌집을 짓고 싶어 하지도, 그 안에 살고 싶어 하지도 않았던 형이 석공[90]의 일을 제외한 모든 수공업의 상징들을 필요에 따라 아주 간단하게 만들어 낸 것을 보면 말이다.

---

90 프리메이슨은 중세의 숙련 석공 조합의 조합원을 가리키기도 한다.

# 26

옴브로사는 포도나무가 자라는 땅이기도 했다. 나는 한번도 포도나무를 특별히 부각시켜 이야기해 본 적이 없는데 그것은 코지모 형을 따라다니자면 항상 키 큰 나무들에 주의를 기울여야 하기 때문이다. 하지만 옴브로사에는 경사지에 넓게 펼쳐진 포도밭이 있었다. 8월이면 늘어선 포도나무들의 이파리 밑에서 적색 포도가 벌써 포도주 색의 짙은 즙을 담은 포도송이로 익어 갔다. 어떤 포도나무들은 덩굴시렁 위로 가지를 뻗어 자랐다. 바로 이것이 내가 말하려는 것이기도 하다. 코지모 형은 나이가 들면서 몸이 아주 작고 가벼워져 자기가 밟는 덩굴시렁의 가로대에 몸무게를 전혀 싣지 않고도 걸어 다닐 수 있는 기술을 배웠다. 그렇게 스카라세라고 불리는 장대에 몸을 의지해, 주위에 있는 포도나무를 밟지 않고 가볍게 걸어서, 겨울이면 철사를 따라 어지럽게 뻗은, 이파리 하나 없는 포도 줄기를 가지치기하거나 여름에 너무 많이 달려 있는 잎을 따거나 벌레를 잡는 등의 많은 일을 했다. 그리고 9월이면 포도 수확철이었다.

포도 수확철에는 옴브로사 사람들 모두가 하루 종일 포도밭에 나와 살았다. 줄을 선 초록색 포도나무 사이로 밝은 색깔의 치마와 장식이 달린 모자밖에 보이지 않았다. 노새 몰이꾼들은 짐 싣는 안장 위에 포도가 가득 든 커다란 광주리들을 싣고 가서 큰 통에다 그것을 비웠다. 또 다른 광주리들은 경찰과 함께 온 세금 징수원들이 가져갔다. 세금 징수원들은 그 지역 귀족들과 제노바 공화국 정부와 성직자에게 갈 공물과 또 다른 십일조들이 제대로 징수되는지 감독하러 온 것이었다. 매년 이들과 약간의 충돌이 벌어지곤 했다.

　수확물을 사방팔방으로 할당해 나누는 문제는 바로 프랑스에서 혁명이 일어났을 때 '불평 노트'에 적힌 항의의 대부분을 차지했다. 옴브로사에서는 별 쓸모가 없었지만 시험 삼아 노트 위에 불평을 적어 보기 시작했다. 이것은 코지모 형이 생각해 낸 일 중의 하나였다. 형은 그 무렵 고루한 프리메이슨들과 토론하러 지부의 회합에 나갈 필요가 없어졌다. 형은 광장의 나무 위에 앉아 있었는데, 우편으로 신문을 받아 보는 데다 형에게 편지를 보내오는 친구들이 있었기 때문에 바깥소식을 듣고 싶어 하는 바닷가 사람들과 시골 사람들이 모두 형의 주변에 모여들었다. 형 친구들 중에는 후에 파리 시장이 된 천문학자 바이이와 다른 클럽의 회원들이 있었다. 매일 새로운 소식이 전해졌다. 네케르와 테니스 코트와 바스티유와 흰 말을 탄 라파예트와 하인 옷을 입고 변장한 루이 16세에 대한 소식이었다. 코지모 형은 이 나무 저 나무로 뛰어다니며 그 소식들을 모두 설명해 주고 읽어 주었다. 어떤 나뭇가지 위에서 형은 연단에 선 미라보였고 다른 나뭇가지에서는 자코뱅 당인 마라였고 또 다른 가지 위에서는 파리에서 걸어온 주부들을 즐겁게 해 주기 위해 프리지아 모자[91]를 쓴

---

91 머리에 꼭 눌러 쓰는 원추형 모자. 프랑스 혁명이 한창이던 18세기에 혁명가들이 붉은색 프리지아 모자를 자유의 모자로 채택하면서 자유의 상징이 되었다.

베르사유의 루이 16세였다.

'불평 노트'가 무엇인지 설명하기 위해 코지모가 말했다. "우리도 하나 만들어 봅시다." 형은 학생들이 쓰는 공책을 가져와 끈으로 나무에 매달아 놓았다. 사람들 각자 그곳에 와서 제대로 되지 않는 일을 적어 놓았다. 별의별 일이 다 세상에 알려졌다. 어부는 생선 가격에 대해, 포도 재배자는 세금에 대해, 목동은 목초지의 경계에 대해, 나무꾼은 국유림 문제에 대해 적었다. 그리고 부모 형제가 감옥에 갇혀 있는 사람, 나쁜 짓을 해서 매를 맞았던 사람, 여자 문제로 귀족과 해결할 일이 있는 사람 모두가 왔다. 끝이 없었다. 코지모 형은 아무리 '불평 노트'라 하더라도 그렇게 슬픈 일만 있다는 건 별로 좋은 일이 아니라고 생각했다. 그래서 사람들에게 아주 즐거울 수 있는 일을 적어 보라고 해야겠다는 생각이 들었다. 그러자 다시 사람들이 와서 자기 일을 적었는데, 그러자 모든 게 훨씬 좋아졌다. 포카치아[92]에 대해 쓴 사람도 있었고 야채수프 이야기를 쓴 사람도 있었다. 어떤 사람은 금발 머리 여자를 원한다고 했고 갈색 머리 여자를 둘이나 원하는 사람도 있었다. 하루 종일 잠을 자고 싶다는 사람, 일 년 내내 버섯을 따러 가고 싶다는 사람, 말 네 필이 끄는 마차를 갖고 싶다는 사람, 염소 한 마리면 족하다는 사람도 있었다. 돌아가신 어머니를 다시 만나고 싶어 하는 사람도 있고 올림포스의 신들을 만나고 싶다는 사람도 있었다. 요컨대 이 세상의 좋은 일이란 일은 모두 노트에 쓰였다. 글을 쓸 줄 모르는 사람들은 그림을 그리거나 색을 칠해 놓기도 했다. 코지모 형도 한 사람의 이름을 썼다. 비올라. 몇 년 전부터 그가 여기

---

**92** 이탈리아 사람들이 즐겨 먹는 빵.

저기 써 놓은 이름이었다.

멋진 노트가 만들어지자 코지모 형은 그 노트에 '불평과 만족 노트'라는 제목을 붙였다. 하지만 노트가 다 채워졌을 때에도 그것을 보낼 집회가 없었다. 그래서 그 노트는 끈으로 나무에 묶인 채 그대로 매달려 있었고 비가 오면 글씨가 지워지고 비에 젖었다. 그 모습은 해결되지 못하고 그대로 남아 있는 가난을 상징하듯 옴브로사 사람들의 마음을 조여 놓았고 변화의 열망을 가슴 가득 심어 놓았다.

사실 우리 고장에도 프랑스 혁명이 일어날 수밖에 없었던 동기가 모두 존재했다. 다만 우리는 프랑스에 살지 않았고 혁명이 일어나지 않았을 뿐이다. 우리는 언제나 원인만 확인될 뿐 그 결과는 확인되지 않는 지역에 살고 있었다.

하지만 옴브로사에도 심각한 시기가 빠르게 찾아오고 있었다. 제노바 공화국의 군대가 오스트리아-사르데냐 군에 대항해 옴브로사와 아주 가까운 곳에서 전투를 벌였다. 콜라르덴테에서는 맛세나가, 네르비아에서는 라하르페가, 해안 지대에서는 무레트가 싸웠는데 무레트는 그 당시 포병 대장에 불과했던 나폴레옹과 전투를 벌였다. 그래서 전투에 관한 소문들이 바람에 실려 번갈아 가며 옴브로사에 들려왔다. 그 소문들을 들려준 사람은 바로 코지모 형이었다.

9월에 사람들은 포도를 수확할 준비에 들어갔다. 비밀스럽게 무서운 일을 준비하는 것 같기도 했다.

이 집 저 집에서 비밀스러운 대화가 오갔다.

"포도가 익었다는군!"

"익었다고! 벌써!"

"물론 익었지! 포도를 따러 가야겠군!"

"포도를 밟아 으깨러 가야겠군!"

"우리 모두 함께하지! 자넨 어디로 갈 건가?"

"다리 건너 포도밭으로 갈 걸세. 그런데 자네는? 자네는?"

"피냐 백작네 포도밭으로 갈 거야."

"난 물레방앗간 집 포도밭이야."

"경찰들이 얼마나 되는지 봤나? 포도송이를 쪼아 먹으러 내려앉은 지빠귀들 같더라고."

"하지만 올해는 쪼아 먹지 못할 거야!"

"검은 새들이 아무리 많아도 여기 있는 우리가 다 사냥꾼인데 뭘!"

"포도를 수확하러 가고 싶어 하지 않는 사람도 있더군. 달아나 버린 사람도 있고."

"도대체 왜 사람들이 올해엔 포도 수확을 별로 달가워하지 않지?"

"우리 동네에서는 수확을 미루고 싶어 한다네. 하지만 벌써 포도가 다 익었는걸!"

"다 익었지!"

하지만 다음 날 포도 수확은 조용히 시작되었다. 포도밭마다 나란히 늘어선 포도나무를 따라 줄을 선 사람들로 붐볐다. 하지만 노랫소리 하나 들리지 않았다. 가끔씩 누군가 크게 소리를 질렀다. "자네들도 왔지? 포도가 다 익었군!" 여러 사람들의 움직임, 음울한 분위기, 하늘마저도 아주 흐리지는 않지만 구름이 좀 끼어 있었다. 어떤 사람이 노래를 부르다가 중간에서 그만두어도 그 노래를 받아 합창하는 소리가 들리지 않았다. 노새 몰이꾼들은 포도가 가득 든 광주리를 받아 통으로 가져갔다. 대개 귀족, 주교, 정부의 몫을 나누어 놓는 것이 관례였지만 그해에는 그렇지가 않았다. 마치 모두들 세금에 대해 잊고 있는 것 같았다.

십일조를 거두러 온 세금 징수원들은 신경질적이 되었고 어찌할 바를 몰랐다. 시간이 흐르면 흐를수록 점점 더 아무 일도 일어나지 않았고, 무슨 일인가 분명 벌어지고 말 것이라고 느끼면 느낄수록 경찰관들은 어떤 행동을 개시해야 할 필요가 있음을 깨달았다. 하지만 그러면 그럴수록 어떻게 해야 하는 건지 점점 더 알 수가 없어졌다.

코지모는 고양이처럼 살금살금 덩굴시렁 위로 걷기 시작했다. 손에는 가위를 들고 여기저기서 아무렇게나 포도송이를 따서 그 밑에서 포도를 따고 있던 여자들과 남자들에게 포도를 전해 주면서 한 사람 한 사람에게 작은 목소리로 무슨 말인가를 했다.

경찰 대장은 더 이상 참을 수가 없었다. 그가 말했다. "그런데, 그러면, 그러니까 십일조는 어떻게 된 건가?" 그는 그 말을 내뱉자마자 후회했다. 포도밭에서 고함 소리 같기도 하고 쉿 하는 소리 같기도 한 음울한 소리가 울려 퍼졌다. 포도 수확하던 남자가 고동 껍질을 불었던 것이다. 경보음이 계곡으로 퍼져 나갔다. 언덕마다 똑같은 소리가 이 소리에 답했고 포도 수확하던 사람들이 고동을 트럼펫처럼 들고 불었다. 코지모 형도 높은 덩굴시렁 위에서 고동을 불었다.

늘어선 포도나무 사이로 노래가 퍼져 나갔다. 처음에는 무슨 소리인지 알아들을 수 없을 정도로 찢어질 듯한 불협화음이었다. 곧 목소리들이 합쳐져 화음이 맞추어졌고 노래에 힘이 붙었다. 그들은 마치 전력으로 달리듯이 노래를 불렀다. 남자와 여자 모두 포도나무를 따라 포도나무를 받쳐 주는 기둥, 포도나무, 포도송이 뒤에 반쯤 숨어 꼼짝 않고 있었는데 모두 달리는 것처럼 보였다. 그리고 포도 알이 저 혼자 송이에서 떨어져 통 안에 들어가 저절로 밟히는 것 같았다. 공기와 구름과 태양이 모두 포도즙으로 변한 듯했다. 그리고 이제 그 노래를 알아들을 수 있었다. 처음에는 몇 개의 멜로디였고 그 뒤에는 이런 말들이었다. "사 이라! 사 이라! 사 이라![93]" 그리고 젊은 남자들은 양말을 신지 않아 포도 물이 붉게 든 발로 포도들을 밟았다. "사 이라!" 처녀들은 단검처럼 예리한 가위를 초록의 포도잎 속에 넣어 포도송이가 매달려 있는 비틀린 꼭지에 상처를 냈다. "사 이라!" 구름 같은 각다귀 떼가 밟으려고 산더미같이 쌓아 놓은 포도 위로 몰려들었다. "사 이라!" 경찰이 자제력을 잃은 것은 바로 그때였다. "멈춰라! 조용히! 이 정도 난동으로 충분하다! 노래를 부르는 사람에게 총을 쏠 것이다!" 그리고 허공에 총을 쏘기 시작했다.

전투를 벌이려는 연대처럼 언덕 위에 정렬한 소총 대대가 총을 쏘아 경찰에 응대했다. 옴브로사에 있는 사냥용 소총들이 모두 불을 뿜었고 코지모 형은 높은 무화과나무 꼭대기에서 고동 트럼펫으로 공격 신호를 보냈다. 포도밭마다 사람들이 움직였다. 이제는 포도를 따는 사람인지 싸움을 하는 사람인지 구별할 수가 없었다. 남자, 포도, 여자, 포도 덩굴, 낫, 포도나무 잎, 스카라세, 권총, 광주리, 말, 철사, 주먹질, 노새의 발길질, 정강이 뼈, 가슴, 이 모든 것이 함께 노래했다. "사 이라!"

"네놈들의 십일조가 여기 있다!" 결국 경찰들과 세금 징수원들

---

**93** 분노! 분노! 분노!

은 다리를 밖으로 내놓은 채 포도통에 거꾸로 처박혀 발을 버둥거렸다. 그들은 머리에서 발끝까지 포도즙과 짓밟힌 포도 씨와 즙을 짜낸 포도 찌꺼기와 포도 껍질에 뒤덮여 집으로 돌아왔다. 총과 탄약통과 콧수염에는 포도 알이 달라붙어 있었다.

포도 수확은 무슨 축제가 벌어진 듯 계속되었다. 모두들 봉건적인 특권을 폐지시켜 버렸다고 믿었다. 그사이 우리 귀족들과 소지주들은 저택에 바리케이드를 치고 무장하고 방어할 준비를 했다.(나는 정말 문밖으로 코도 내밀지 않았다. 무엇보다도 다른 귀족들에게 이 지역 내에서 가장 질이 나쁜 선동가이며 자코뱅 당을 지지하는 자코뱅주의자라는 평을 받는 우리 형의 반기독교적인 행동에 내가 동의했다는 말을 듣지 않기 위해서였다.) 하지만 사람들은 그날 세금 징수원들과 경찰대를 몰아낸 뒤 그 누구도 해치지 않았다.

모두들 잔치를 준비하느라 분주했다. 프랑스식대로 하기 위해 '자유의 나무'도 만들었다. 다만 그들은 그 나무가 어떻게 만들어졌는지 잘 몰랐고 또 우리 고장에는 나무가 너무나 많아서 그런 가짜 나무를 만드는 게 별 의미가 없었다. 그래서 사람들은 꽃과 포도송이와 꽃줄과 '비브 라 그랑드 나시옹![94]'이라고 쓴 플래카드로 진짜 나무인 느릅나무를 장식했다. 나무 맨 꼭대기에는 고양이 가죽 모자 위에 삼색의 꽃 장식을 단 우리 형이 있었다. 그는 루소와 볼테르에 관한 강연을 하고 있었지만 사람들이 모두 나무 밑에서 원을 만들어 빙빙 돌며 노래를 불렀기 때문에 무슨 말을 하는지 한마디도 알아들을 수가 없었다. "사 이라!"

---

**94** 위대한 국가 만세!

기쁨은 오래 지속되지 않았다. 강력한 힘을 가진 부대들이 도착했다. 십일조 세금을 요구하고 이 지역의 중립성을 보장하기 위해 제노바 군대가 왔으며, 옴브로사의 자코뱅들이 '위대한 세계 국가', 즉 프랑스 공화국과의 병합을 선언하고 싶어 한다는 소문이 널리 퍼져 있었기 때문에 오스트리아-사르데냐 군대도 왔다. 반역자들은 저항해 보려 애썼고 바리케이드를 세우고 도시의 문을 봉쇄했다……. 하지만 뭔가 다른 게 필요했다! 군대들은 사방에서 도시로 들어왔고 시골의 길마다 검문소를 만들었다. 그리고 선동자로 알려진 사람들이 체포되었는데, 귀신 잡는 사람만이 잡을 수 있다는 우리 코지모 형과 형과 함께 있던 몇몇 사람들만이 제외되었다.

혁명자들에 대한 재판은 신속하게 진행되었다. 하지만 피고인들은 자신들은 아무 관련이 없으며 진짜 주동자는 다 도망가 버렸다는 걸 증명할 수 있었다. 그래서 그들은 모두 석방되었고 옴브로사에 주둔한 군대 덕택에 이제 더 이상의 반란을 두려워하지 않아도 되었다. 오스트리아-사르데냐의 수비대도 주둔했는데 그 사령부에 우리 매형, 그러니까 바티스타 누나의 남편인 에스토막도 있었다. 그는 드 프로방스 백작의 수행원 역할을 맡아 프랑스에서 옴브로사로 이주해 왔다.

그래서 나는 다시 우리 누나 바티스타의 발밑에서 살게 되었다. 그 기쁨이 어떠했는지는 여러분의 상상에 맡기겠다. 그녀는 장교 남편과 말들과 한 부대의 당번병들을 데리고 우리 집에 들어앉았다. 그녀는 밤마다 우리에게 파리에서 최근 있었던 사형식 이야기를 들려주었다. 뿐만 아니라 진짜 칼날이 달린 작은 단두대 모형을 가지고 와서 그녀가 사귄 친구들과 친지들의 종말을 설명하기 위해 도마뱀,

지네, 지렁이 그리고 생쥐의 목을 잘랐다. 우리는 매일 밤을 그렇게 보냈다. 나는 사람들이 아무도 모르는 숲에 숨어 은밀히 자신만의 낮과 밤을 보내는 코지모 형이 정말 부러웠다.

# 27

코지모 형은 전쟁 기간 동안 숲에서 겪은 모험 이야기들을 많이
해 주었다. 어떤 표현을 사용하더라도 믿기 어려운 이야기들이었다.
나는 형의 말을 그대로 인용해 몇 가지 이야기를 형에게 들은 그대
로 옮겨 보겠다.

숲에서는 서로 적수인 두 군대의 정찰대가 정찰에 나서곤 했어.
난 높은 나뭇가지 위에서 오스트리아-사르데냐 군인의 발소리인지,
프랑스 군인의 발소리인지 구별해 보려고 관목을 둔탁하게 내려 밟
는 발소리 하나하나에 귀를 기울였지.

금발 머리의 나이 어린 오스트리아 군 중위가, 머리를 뒤로 묶고
장식 술을 달고 삼각 모자에 가죽 장화를 신고 십자로 하얀 띠를 두
르고 권총에 총검을 든, 어디 하나 나무랄 데 없는 군복을 입은 정찰
병들을 지휘했어. 그리고 그 군인들을 두 줄로 세워 험한 오솔길에서
열을 맞추어 걷게 하려고 애썼지. 이 숲이 어떤 숲인지, 어떤 종류의
숲인지 모르지만 자기가 받은 명령들을 정확하게 수행할 수 있다고
확신한 어린 중위는 지도 위에 그려진 선만 따라 전진했기 때문에 부

대원들은 계속 나무 몸통에 코를 박기도 하고 징이 박힌 구두 때문에 미끄러운 돌 위에서 미끄러지기도 하고 가시나무에 찔려 눈알이 빠질 것 같기도 했어. 하지만 항상 자신들이 황제군이라는 우월감만은 의식하고 있었지.

그들은 훌륭한 군인들이었어. 난 소나무 위에 숨어서 그들이 오기를 기다렸지. 500그램 정도의 솔방울을 들고 있었는데 열의 맨 끝에 가는 군인의 머리 위에 그것을 떨어뜨렸어. 보병이 두 팔을 벌리더니 무릎을 꿇었고 관목의 고사리들 속으로 쓰러져 버렸어. 하지만 아무도 그 사실을 알지 못했지. 정찰대는 행군을 계속했어.

나는 다시 그들을 따라잡았어. 이번에는 몸을 둥글게 만 바늘두더지를 하사의 목에 던졌지. 하사는 고개를 숙이더니 기절해 버렸어. 이번에는 중위가 이 사실을 알고서 병사 둘을 보내 들것을 가져오라고 하고 계속 앞으로 나가더구나.

정찰대는 일부러 그러듯 이 숲에서 가장 빽빽한 노간주나무들 속으로 들어갔어. 그리고 계속 새로운 함정이 그들을 기다렸지. 나는 털이 난 파란색 유충들을 종이 봉지에 잡아 담았는데 그것들은 피부에 닿기만 해도 쐐기풀보다 더 심하게 피부를 부어오르게 만드는 곤충이야. 그 유충들을 백여 마리 정도 비 오듯 떨어뜨려 버렸지. 소대들이 벌레가 쏟아진 곳을 지나 숲 속으로 사라졌어. 그러다가 빨간 물집이 생긴 손과 얼굴을 긁으며 다시 나타나 앞으로 행진을 계속했지.

굉장한 부대였고 놀라운 장교였어. 장교에게는 숲 속에 있는 모든 것들이 생소해서 어떤 게 이상한 것인지도 구별하지 못할 지경이었지. 점점 수가 줄어들었지만 여전히 자부심 강하고 그 무엇에도 굴하지 않는 부대원들과 장교는 행군을 계속했어. 그래서 나는 들고양이 가족에게 달려갔지. 고양이들의 꼬리를 잡아 공중에서 몇 바퀴 돌린 뒤 그들에게 던져 버린 거야. 입으로는 말할 수 없을 정도로 그들을 화나게 만들 수 있었어. 큰 소동이 벌어졌지. 특히 고양이 소리가 요란했어. 그러다가 조용해졌고 휴전 상태가 되었어. 오스트리아 인들은 상처를 치료했지. 붕대를 하얗게 감은 정찰대가 다시 행군을 시작했어.

"여기서 할 수 있는 일은 저들이 포로가 되게 만드는 것밖에 없어!" 나는 서둘러 그들보다 앞서 가려고 애쓰면서, 또 프랑스 정찰대를 만나 적들이 가까이 오고 있다는 것을 알려 줄 수 있길 바라면서 혼잣말을 했어. 하지만 얼마 전부터 프랑스 군은 그 전선에서 움직이는 기색이 전혀 보이지 않았어.

이끼 긴 어떤 지역을 지나는데 뭔가 움직이는 게 보였어. 난 멈춰 서서 귀를 기울였지. 시냇물이 졸졸 흐르는 소리 같은 게 들리더군. 잠시 후 그 소리는 웅얼웅얼 계속 말하는 것 같은 소리로 바뀌더니 이제 이런 말들이 들렸어. "메 알로르……. 크레 농 드……. 포테 무아 동크……. 튀 메메……. 쿠아……." 나는 어슴푸레한 그곳에 시선을 집중시켜 그 부드러운 이끼가 특히 털가죽 모자와 숱이 많은 콧수염과 턱수염과 뒤섞여 있는 것을 발견했어. 프랑스 경기병 소대였지. 겨울에 전투를 벌였을 때 군인들의 몸이 축축하게 젖어 있었던 탓에 봄이 되자 그들의 가죽 모자에 곰팡이와 이끼가 피어오른 거야.

공화국 군대에 자원입대한 루앙 출신의 시인, 아그리파 파피용 중위가 전초 부대를 지휘했어. 자연이 지닌 보편적인 미덕을 신뢰하는 파피용 중위는 자기 부대원들이 소나무 잎이나 밤송이, 잔 나뭇가지, 나뭇잎, 숲을 지나갈 때 어깨 위에 달라붙은 달팽이들을 밟지 않기를 바랐지. 그러다 보니 정찰대는 어느새 주변의 자연과 뒤섞여 그들을 구별해 내기 위해선 잘 훈련된 내 눈이 필요했던 거야.

삼각 모자를 쓴 시인 장교는 야영하는 부하들 틈에서 숲 속을 향해 낭송했는데, 긴 고수머리가 모자 밑의 마른 얼굴을 감싸주었어. "오 숲이여! 오 밤이여! 난 여기 당신의 권능 속에 들어와 있다! 용감한 군인들의 발목에 휘감기는 부드러운 공작고사리가 프랑스의 운명을 지켜 줄 수 있을까? 오 발미! 당신은 너무나 멀리 있군!"

내가 앞으로 나갔어. "파르동, 시투아앵.[95]"

"뭐요? 거기 누구요?"

"이 숲의 애국자입니다, 시민 장교님."

"아! 여기? 어디 있소?"

"당신 코 위입니다, 시민 장교님."

"어디 한번 봅시다! 누구죠? 새 인간이군요, 하르피아아[96]의 아들이군요! 당신은 혹시 신화에 나오는 인물 아닌가요?"

"전 인간의 아들, 시민 론도입니다. 저희 아버지 집안도 어머니 집안도 모두 인간이었다는 것을 분명히 말씀드릴 수 있습니다, 시민 장교님. 뿐만 아니라 어머니는 왕위 계승 전쟁 시대의 용감한 군인이셨습니다."

"알겠습니다. 오 세월이여, 오 영광이여. 당신의 말을 믿습니다, 시민. 그런데 당신이 제게 무슨 소식을 알리러 온 것 같은데 그게 무엇인지 빨리 듣고 싶군요."

---

**95** 실례합니다, 시민.(프랑스 혁명 당시 '무슈' 대신 사용하던 호칭이다.)
**96** 여성의 머리와 새의 몸을 지닌 그리스 신화의 괴물.

"오스트리아 군 정찰대가 당신들의 진지로 침투해 오고 있는 중입니다!"

"무슨 소리요? 전투다! 때가 되었다! 오 시냇물이여, 부드러운 시냇물이여, 이제 곧 너도 피로 물들겠구나! 자! 무기를 들어라!"

시인 장교의 명령에 따라 경기병들은 무기와 소지품을 집어 들었지. 하지만 손발을 쭉 펴고 침을 뱉고 욕을 해 대며 침착하지 못하고 무기력하게 움직였기 때문에 나는 차츰 군인으로서 그들의 능력이 염려스러워졌어.

"시민 장교님, 작전 계획이 있습니까?"

"계획이요? 적을 향해 행군하는 거지요!"

"그렇지요. 하지만 어떻게요?"

"어떻게라뇨? 밀집 대열이지요!"

"좋아요. 제가 충고를 해도 괜찮다면 병사들을 여기저기 배치시켜 제자리에 꼼짝 않고 있게 하세요. 그렇게 해서 적의 정찰대가 스스로 함정에 빠지게 하는 거지요."

파피용 중위는 협조적인 사람이어서 내 계획에 반대하지 않았지. 숲 속에 흩어진 경기병들은 초록색 수풀과 잘 구별되지 않았어. 그리고 오스트리아 중위는 병사와 풀을 구별할 능력이 전혀 없었지. 황제군의 정찰대는 가끔씩 들리는 "오른쪽으로!", "왼쪽으로!" 하는 날카로운 소리와 함께 지도에 그려진 길을 따라 행군했어. 그들은 그렇게 프랑스 군의 경기병들이 숨어 있는 것도 모르고 적군의 코앞을 지나가고 있었어. 경기병들은 조용히, 나뭇잎이 살랑거리는 소리나 새가 날개를 퍼덕이는 것 같은 자연의 소리만을 주위에 퍼뜨리면서 포위 작전을 준비했어. 나는 높은 나무 위에서 산 메추라기 소리나 올빼미 울음소리로 적의 움직임과 경기병들이 가야 할 지름길을 알려주었어. 오스트리아 군은 자기도 모르는 사이에 함정에 빠진 거지.

"멈춰라! 자유와 박애와 평등의 이름으로 너희는 모두 포로가 되었음을 알린다!" 오스트리아 군은 갑자기 나무 위에서 고함치는 소리를 들었어. 그리고 나뭇가지들 사이에서 나타나는 총신이 긴 소총을 겨눈 인간의 그림자를 본 것 같기도 했어.

"우라라! 비브 라 나시옹!" 그러자 주위에 있던 수풀이 모두 프랑스 경기병들이라는 게 드러났어. 선두에는 파피용 중위가 있었지.

오스트리아-사르데냐 군인들의 음침한 욕설이 울려 퍼졌어. 하지만 그들은 반항할 틈도 없이 어느새 무장 해제되어 버렸지. 오스트리아 중위는 창백해졌지만 이마를 높이 들고 검을 적군의 동료에게 넘겼어.

나는 공화국 군대의 귀중한 협조자가 되었어. 하지만 행군하던 오스트리아 군인들에게 말벌 집을 집어 던져 혼비백산해서 달아나게 만들 때처럼 숲 속의 동물을 이용해 나 혼자 추적하는 게 더 좋았어.

무장한 자코뱅 당원들이 숲 속 나무 위에 떼 지어 모여 있다는 소문이 돌 정도로 나에 대한 소문은 과장되게 오스트리아-사르데냐 진영에 퍼져 있었어. 왕실 군대와 황제 부대 군인들은 길을 가면서 귀를 기울였어. 밤송이에서 알밤이 떨어지는 아주 작은 소리나 다람쥐가 작게 우는 소리만 들려도 벌써 자코뱅 당원들에게 포위되었다고 생각하고 진로를 변경했지.

그런 식으로 겨우 알아들을 수 있을 정도의 소음이나 스치는 소리를 만들어 내서 나는 피에몬테 군대[97]나 오스트리아 군대의 행렬의 방향을 바꾸어 놓았고 내가 원하는 곳으로 그들을 이끌 수 있었어.

어느 날 나는 가시 돋친 관목들이 우거진 곳으로 한 부대를 데리고 가서 그곳에서 길을 잃게 했어. 관목 숲에는 멧돼지 가족들이 살고 있었어. 천둥 같은 대포 소리 때문에 산에서 쫓겨난 멧돼지들은 낮은 숲 속에서 몸을 피하려고 떼를 지어 내려왔어. 길을 잃은 오스트리아 군은 코앞도 제대로 보지 못하고 행군하고 있었는데 갑자기 털투성이의 멧돼지 떼가 찌를 듯이 꿀꿀거리며 발밑에서 일어난 거야. 멧돼지들은 멍청한 오스트리아 군인들 앞에 코를 들이밀며 다리 사이로 뛰어들어 이들을 공중으로 날려 보냈고 셀 수도 없이 많은 뾰족한 발로 쓰러진 사람을 밟고 송곳니로 배를 찔렀어. 전 대대가 멧돼지에 치였지. 동료들과 나무 위에 숨어 있던 나는 그들과 함께 총을 쏘며 군인들을 추격했어. 진지로 돌아간 이들 중에는 지진이 일어나 그들 발밑의 가시 돋친 땅이 갑자기 갈라졌다고 말한 병사도 있고 땅속에서 갑자기 튀어나온 자코뱅 당들과 싸웠다고도 말하는 병사도 있었는데, 이 자코뱅 당이란 바로 반인반수의 악마로 나무 위에서 살거나 관목 속에서 산다는 거였어.

나는 나 혼자, 혹은 포도 수확 사건이 벌어진 뒤 나와 함께 도망 온 옴브로사의 몇몇 사람들과 공격하는 걸 좋아했다고 아까 말했지. 프랑스 군대와는 가능한 한 관계를 맺지 않으려고 애썼어. 잘 알다시피 군대는 움직이기만 하면 큰 불행을 초래하기 때문이야. 하지만 나는 전초 부대의 파피용 중위를 정말 좋아했고 그래서 그의 운

---

**97** 사르데냐 군대를 가리킨다.

명을 걱정하지 않을 수가 없었단다. 사실 시인이 지휘하는 소대에 움직이지 않는 전선은 치명적인 위협을 가했다. 군인들의 군복 위에 이끼가 끼었고 종종 히스와 고사리도 자랐어. 가죽 모자 꼭대기에 굴뚝새가 집을 짓기도 했고 은방울꽃이 싹을 틔우거나 꽃을 피우기도 했지. 장화는 흙 때문에 딱딱한 나막신처럼 굳어 버렸어. 전 소대원이 뿌리를 내려 가고 있었지. 아그리파 파피용 중위의 자연에 순응하는 태도는 용감한 소대원들을 동물과 식물이 뒤섞인 상태 속으로 침몰시키고 있었어.

그들을 일깨워 줄 필요가 있었지. 하지만 어떻게? 나는 좋은 수가 생각나서 파피용 중위에게 제안하러 갔지. 시인은 달을 보며 시를 읊고 있었어.

"오 달님? 총구처럼, 이제 화약을 다 밀어 내고 하늘을 향해 조용히 느리게 탄도를 돌리는 대포의 포탄처럼 둥근 달님! 달님이 언제쯤 환하게 세상을 밝혀, 먼지와 불꽃 구름을 일으켜 적군과 왕좌를 그 속에 잠기게 하며, 나의 가치를 인정하지 않는 내 조국 사람들의 단단한 무관심의 벽 속에 영광의 돌파구를 열어 줄런지! 오 루앙이여! 오 달님이여! 오 운명이여! 오 약속이여! 오 개구리들이여! 오 처녀들이여! 오 내 삶이여!"

그래서 내가 말했어. "시투아엥……."

언제나 자기 말을 끊는 나를 성가시게 생각했던 파피용 중위는 차갑게 물었다. "왜 그러시죠?"

"시민 장교님, 이미 위험 수위에 도달한 당신 부하들의 무기력함을 타파할 방법이 있을 거라는 걸 말씀드리고 싶습니다."

"하늘도 바라는 일일 거요, 시민. 당신도 보다시피 나는 움직이기를 몹시 바라고 있소. 그런데 방법이란 게 어떤 거요?"

"벼룩입니다, 시민 장교님."

"실망시켜서 미안하오, 시민. 공화국 군대에 벼룩 같은 것은 없소. 봉쇄와 물가고로 인한 굶주림 때문에 모두 죽었다오."

"제가 공급해 드릴 수 있습니다."

"당신이 제정신으로 그런 소리를 하는 건지, 장난으로 그러는 건지 모르겠소. 어쨌든 상부에 제안해 볼 테니 두고 봅시다. 공화국의 대의를 위해 당신이 하는 일에 감사드리오, 시민! 오 영광이여! 오 루앙이여! 오 벼룩들이여! 오 달님이여!" 그는 이상한 말을 중얼거리며 멀어졌지.

나는 직접 행동에 나서야겠다고 생각했어. 나는 수많은 벼룩을 준비해서 나무 위에서 프랑스 경기병을 보기만 하면 새총으로 날려보냈지. 벼룩이 경기병의 옷깃 안으로 들어갈 수 있게 정확히 겨냥하려 애쓰면서 말이야. 그런 다음 전 부대에 벼룩을 한 줌 가득 뿌리기 시작했어. 그것은 아주 위험한 일이었어. 현장에서 잡힐 경우 애국자로서의 명성이 물거품이 되어 버릴 수 있었기 때문이지. 나를 체포해 프랑스로 데려가 피트[98]의 밀사처럼 단두대에서 처형시켜 버릴 수도 있으니까. 하지만 나의 개입은 신의 섭리였어. 벼룩 때문에 온몸이 가려운 경기병들은 어쩔 수 없이 몸을 긁고 몸의 여기저기를 뒤져 보고 벼룩을 잡아야 하는, 인간이자 문명인으로서의 필요에 따라야만 했어. 그들은 이끼 낀 옷과 버섯과 거미줄투성이가 된 배낭과 짐을 공중으로 던져 버리고 몸을 씻고 면도를 하고 머리를 빗었지. 간단히 말

---

[98] William Pitt, 1759~1806. 영국의 정치가. 프랑스 혁명과 나폴레옹 전쟁 기간 동안 총리로 재직하였다.

해 자신들의 개별적인 인간성에 대한 의식을 되찾았던 거야. 그리고 문명의 의미, 불합리한 자연으로부터의 해방의 의미를 되찾은 거지. 더욱이 오랫동안 잊고 있었던 활동에 대한 강한 충동, 열의, 투쟁 의식이 그들을 자극했어. 공격 시기가 되었을 때 그들은 이런 열정에 넘쳐 있었어. 공화국의 군대는 적의 저항을 물리치고 전선을 뚫고 데고와 밀레시모에서 승리할 때까지 전진했지…….

# 28

우리 누나와 망명자 에스토막은 프랑스 공화국 군대에 체포되지 않으려고 옴브로사에서 몸을 피했다. 그들은 아슬아슬하게 위기를 모면했다. 옴브로사의 주민들에게는 포도를 수확하던 그때가 돌아온 것 같았다. 사람들은 자유의 나무를 세워 올렸는데 이번에는 프랑스 것과 아주 비슷했다. 즉 약간 기름 방망이를 닮은 모양이었다. 코지모 형은 아무 말도 하지 않고 프리지아 모자를 쓰고 그 나무 위에 올랐다. 하지만 곧 피곤을 느껴 그곳을 떠났다.

귀족들의 저택 주변에서 떠드는 소리와 고함 소리가 들렸다. "아리스토, 아리스토[99], 처형하라, 사 이라!" 나로 말하자면 우리 형의 동생이었고 형과 내가 귀족이라는 사실을 별로 중시하지 않았기 때문에 그들은 나를 조용히 놓아두었다. 뿐만 아니라 그 뒤 나를 애국자로 간주하기까지 했다.(그래서 다시 세상이 변했을 때 나는 곤경에 처했다.)

그들은 모두 프랑스식으로 뮈니시팔리테[100]를 세우고 메르[101]를

---

**99** 귀족, 귀족.
**100** 시청.
**101** 시장.

314

선출했다. 우리 형은, 많은 사람들이 그를 미치광이로 생각해 동의하지 않기는 했지만 임시 위원회에 임명되었다. 구체제의 사람들은 위원회를 비웃으면서 완전히 미치광이들의 수용소 같다고 말하곤 했다.

위원회 회의는 제노바 총독의 옛 저택에서 열렸다. 코지모 형은 창문 높이 정도에 뻗은 쥐엄나무 가지 위에 걸터앉아 토론에 참가했다. 가끔씩 큰 소리로 토론에 끼어들기도 했고 의사 결정에 표를 던지기도 했다. 혁명가들이 보수주의자들보다 훨씬 더 형식주의자라는 건 잘 알려진 사실이다. 혁명가들은 코지모 형으로 인해 체계가 제대로 잡히지 않고 회의의 품위가 떨어지며 그 외에도 기타 등등의 문제가 있다고 불평했다. 그래서 제노바의 과두 공화국 대신에 리구리아 공화국을 세울 때 우리 형을 새 정부에 참여시키지 않았다.

그 대신 코지모 형은 「남자, 여자, 어린이, 가축과 새와 물고기와 곤충을 포함한 들짐승, 키 큰 나무, 야채, 잡초를 망라한 식물의 권리 선언이 들어 있는 공화정 도시를 위한 헌법 개요」라는 글을 써서 출간하였다. 그것은 모든 통치자들의 지침으로 쓰일 만한 아주 멋진 작품이긴 했지만 주의를 기울이는 사람이 아무도 없어 죽은 글이 되어 버렸다.

하지만 코지모 형은 여전히 대부분의 시간을 숲에서 보냈는데 그 숲에서는 프랑스 군 공병대의 공병들이 대포를 운반할 길을 닦고 있었다. 공병들은 털모자 밑으로 흘러나와 가죽으로 된 큰 앞치마 속으로 사라지는 긴 수염을 길렀는데 그들은 다른 군인들과는 전혀 달랐다. 그것은 아마도 재난과 파괴의 흔적만 남기는 다른 부대와 달리, 자신들이 해야 할 일에 대한 만족감과 할 수 있는 한 최선을 다해 그 일을 하겠다는 욕심만을 가지고 있기 때문일 것이다. 또한 그들은 사람들에게 들려줄 이야기를 많이 알고 있었다. 여러 국가를 거쳐 왔고 포위 공격과 전투를 경험한 사람들이었다. 그들 중에는 파리에서 벌어졌던 중요한 사건들을 목격하고, 바스티유 공격과 단두대를 본 사람도 있었다. 그래서 코지모 형은 밤마다 그들의 이야기를 들었다. 그들은 삽과 가래를 내려놓고 불가에 둘러앉아 짧은 파이프 담배를 피우며 기억을 떠올렸다.

낮이 되면 코지모 형은 길의 윤곽을 잡는 측량사들을 도와주었다. 이 일을 우리 형보다 더 잘할 수 있는 사람은 아무도 없었다. 형은 길을 모두 알고 있었기 때문에 가능한 고르게, 그리고 나무를 베지 않으면서 수레가 지나갈 길을 만들게 할 수 있었다. 형이 염두에 둔 것은 언제나 프랑스의 대포가 아니라 길이 없는 이 지역 주민들의 요구였다. 약탈자인 군인들이 통과함으로써 적어도 우리는 하나의 이득을 취할 수 있었다. 바로 그들의 비용으로 닦아 놓은 길이었다.

그나마 잘된 일이었다. 프랑스 공화군이 나폴레옹 황제군으로 이름을 바꾸었을 때부터 점령군은 모든 이들을 고통스럽게 했다. 그래서 사람들은 애국자들에게 가서 울분을 토했다. "당신들의 친구가 무슨 짓을 했는지 한번 보시오!" 그러면 애국자들은 팔을 벌리고 하늘로 눈길을 돌리며 대답했다. "글쎄! 군인들이란! 그저 그들이 지나가 버리기만 바랍시다!"

나폴레옹의 군대는 가축우리에서 돼지, 암소, 심지어 염소까지 징발해 갔다. 세금과 십일조로 말하자면 이전보다 더 많이 내야 했다. 게다가 징병까지 해 갔다. 우리 고장에서 군인이 되고 싶어 하는 사람은 아무도 없었다. 소집된 젊은이들은 숲으로 몸을 피했다.

코지모 형은 이런 고통을 줄이기 위해 자신이 할 수 있는 모든 일을 했다. 약탈당할 것을 두려워한 소지주들이 가축을 관목 숲으로 보내면 형이 숲에서 가축을 감시했다. 아니면 나폴레옹의 군인들이 와서 하나라도 가져가지 못하도록 몰래 밀을 방앗간으로 옮겨 주거나 올리브를 착유장으로 옮길 때 보호해 주었다. 혹은 징병을 피해 온 젊은이들에게 몸을 숨길 수 있는 동굴을 알려 주었다. 요컨대 형은 폭정에서 민중을 지켜 주었다. 그 무렵 '콧수염들'이라고 불리는 무장 의용군이 이 숲 저 숲 떠돌아다니며 프랑스인들을 괴롭히기 시작했지만 형은 점령군을 공격하는 일은 절대 하지 않았다. 고집 센 코지모 형은 언제나 그랬던 것처럼 자신이 했던 행동을 절대 부인하고 싶어 하지 않았다. 이전에 프랑스인들과 친구였기 때문에 지금 많은 변화가 있고 자신이 기대했던 것과는 전혀 다른 상황이 되었다 하더라도 프랑스인들에게 의리를 지켜야 한다고 생각했다. 그리고 이제 형이 나이를 먹기 시작한 탓에 이편을 위해서도 저편을 위해서도 그다지 많은 일을 할 수가 없었다는 점 역시 고려해야 할 것이다.

나폴레옹이 자신의 대관식을 거행하기 위해 밀라노에 왔다. 그 뒤 이탈리아를 여행했다. 도시마다 축제를 열어 그를 성대하게 맞았고 그에게 진귀한 물건이나 기념물을 관람시켜 주었다. 옴브로사에서는 '나무 위의 애국자'를 방문하는 일정이 잡혀 있었다. 항상 그랬듯이 우리 고장에서는 아무도 코지모 형에게 신경을 쓰지 않았지만 다른 지방, 특히 외국에서는 아주 유명했기 때문이다.

만남은 쉽게 이루어지지 않았다. 나폴레옹에게 좋은 인상을 주기 위해 시의 축제 준비 위원회에서 만반의 준비를 했다. 위원회는 멋진 나무를 골랐다. 그들은 떡갈나무를 원했지만 가장 적당한 위치에 있는 것은 호두나무였다. 그러자 그들은 떡갈나무 잎사귀로 호두나무를 치장하고 그 나무에 프랑스를 상징하는 삼색과 롬바르디아를 상징하는 삼색 리본과 장미꽃 장식과 장식 깃발을 달았다. 우리 형에게 예복을 입혔지만 형 고유의 고양이 가죽 모자는 그대로 쓰게 하고 어깨에 다람쥐를 앉힌 뒤 그 나무 꼭대기에 앉아 있게 했다.

모든 것은 10시로 정해져 있었다. 많은 사람들이 주위에 둥글게 원을 만들어 서 있었다. 물론 11시 30분이 되어도 나폴레옹은 모습을 보이지 않았다. 나이가 들어 가면서 방광 때문에 고통받기 시작해 이따금씩 소변을 보기 위해 나무 뒤로 몸을 숨겨야 했던 우리 형은 몹시 짜증을 냈다.

번쩍번쩍 빛나는 견장을 단 수행원들을 거느리고 황제가 도착했다. 어느새 정오였다. 나폴레옹은 고개를 들어 나뭇가지 사이로 코지모 형을 보았다. 햇살 때문에 눈이 부셨다. 나폴레옹은 코지모 형에게 의례적인 말 몇 마디를 건넸다. "주 세 트레 비앵 크 부, 시투아 엥…….[102]" 그리고 손차양을 만들었다. "……파르미 레 포레…….[103]" 그리고 눈 위에 바로 내리쬐는 햇볕을 피하기 위해 옆쪽으로 살짝 비켜섰다. "파르미 레 프롱데종 드 보트르 뢰쉬리앙트…….[104]" 코지모 형이 찬성의 뜻으로 깊숙이 머리를 숙이자 해가 다시 나타났기 때문에 그는 다시 옆쪽으로 비켰다.

보나파르트가 안절부절못하는 것을 본 코지모 형은 정중하게

---

**102** 나는 당신 같은 사람을 잘 아네, 시민…….

**103** ……숲 사이로…….

**104** 너무 무성한 나뭇잎 속에서…….

물었다. "제가 좀 도와드릴까요, 몽 앙프뢰르?[105]"

"그렇게 해 주게, 그렇게 해 주게." 나폴레옹이 대답했다. "부탁 인데 이쪽으로 조금만 움직여서 해를 좀 가려 주게, 자, 그렇지, 가만 히……." 그런 다음 갑자기 무슨 생각에 빠진 듯 아무 말도 하지 않았 다. 그러더니 총독 에우제니오에게 말했다. "투 슬라 므 라펠 켈크 쇼 즈……. 켈크 쇼즈 크 제 데자 뷔…….[106]"

코지모 형이 끼어들어 도왔다. "당신이 아니십니다, 폐하. 알렉산 드로스 대왕이었습니다."

"아, 그렇군!" 나폴레옹이 말했다. "알렉산드로스와 디오게네스 의 만남이었지!"

"부 누블리에 자메 보트르 플뤼타르크, 몽 앙프뢰르.[107]" 보아르 네[108]가 말했다.

"알렉산드로스가 디오게네스에게 그를 위해 해 줄 수 있는 일이 무엇이냐고 묻자 디오게네스가 조금만 비켜 달라고 했지요……." 코 지모 형이 덧붙였다.

나폴레옹은 마침내 자신이 찾던 문장을 발견한 듯 손가락으로 딱 소리를 냈다. 그는 수행원들 중 지위가 높은 사람들이 그 이야기 를 듣고 있는지 곁눈질로 확인한 다음 빼어난 이탈리아어로 말했다. "내가 황제 나폴레옹이 아니라면 정말이지 코지모 론도 같은 시민 이 되고 싶군!"

---

**105** 폐하?
**106** 어떤 일이 생각나는데……. 예전에 있었던 어떤 일이…….
**107** 폐하께서는 플루타르크를 절대 잊지 않을 것입니다.
**108** 나폴레옹의 아내였던 조세핀(Joséphine, 1763~1814)을 가리킨다.

그러더니 몸을 돌려 가 버렸다. 수행원들이 요란스럽게 박차를 가하며 그 뒤를 따랐다.

　모든 것은 거기서 끝났다. 코지모 형에게 일주일 안에 레지옹 도뇌르 훈장이 도착하리라고 사람들은 기대했다. 하지만 형에겐 조금도 중요한 일이 아니었다. 코지모 형은 그런 것에 신경도 쓰지 않았지만 우리는 가문의 영광으로 생각했다.

# 29

땅 위에서 젊음은 아주 빠르게 지나간다. 그러니 나뭇잎이나 열매처럼 모든 것이 떨어질 운명을 타고난 나무 위에서는 어떨지 한번 상상해 보라. 코지모 형은 늙었다. 오랫동안 쓰러져 가는 허름한 피난처 하나 없이, 주위에 아무것도 없고 공기에 둘러싸여 집도 불도 따뜻한 음식도 없이, 추위와 바람과 비 속에서 밤을 보낸 결과였다……. 흰 다리에 원숭이처럼 긴 팔, 꼽추처럼 굽은 등, 신부복처럼 모자가 달린 털가죽 망토를 뒤집어쓴 코지모 형은 이미 수족을 제대로 움직일 수 없는 노인이 되어 버렸다. 얼굴은 햇볕에 그을었고 밤송이처럼 자글자글했는데 주름 진 얼굴 사이로 맑고 둥근 눈이 빛났다.

나폴레옹의 군대는 베레시나에서 패했다. 영국 함대가 제노바에 상륙했다. 우리는 전세가 역전되었다는 소식이 들려오길 기다리며 하루하루를 보냈다. 코지모 형은 옴브로사에 모습을 보이지 않았다. 형은 숲 속의 '공병 대원의 길' 가장자리에 서 있는 소나무 위에 걸터앉아 있었다. 마렝고로 가는 대포들이 그 길로 지나갔다. 형은 이제 염소를 모는 목동이나 장작을 실은 노새밖에 보이지 않는 한적한 길 위에서 동쪽을 바라다보고 있었다. 무엇을 기다렸던 것일까? 형은 나폴레옹을 만났고 혁명이 어떻게 끝나고 말았는지 알았기 때문에 기다려야 할 것은 최악의 사태밖에 없었다. 그렇지만 형은 마치 금방이라도 길모퉁이에서 온몸에 아직도 러시아의 고드름이 뒤덮여 있는 프랑스 군대와 면도를 제대로 하지 않은 턱을 가슴 쪽으로 숙이고 열에 들뜬 데다 혈색이 좋지 않은 보나파르트가 말을 타고 나타나기라도 할 듯, 동쪽을 뚫어져라 쳐다보며 그렇게 있었다……. 보나파르트가 소나무 밑에 멈춰 설 수도 있었고(그의 뒤에서 어지럽게 멈춰 서는 발걸음 소리가 들리거나 배낭과 총이 땅에 내던져지는 모습, 기진맥진한 군인들이 길가에서 양말을 벗거나 다친 다리의 붕대를 푸는 모습이 보일 수도 있다.) 이렇게 말할 수도 있었다. '당신 말이 맞았소, 시민 론도. 당신이 저술한 헌법을 다시 내게 주시오. 위원회에서도 통령 정부에서도 제국에서도 귀 기울이려 하지 않았던 당신의 충고를 내게 들려주시오. 우리 처음부터 다시 시작합시다. 자유의 나무를 다시 일으켜 세우고 전 조국을 구합시다!' 이것은 분명 코지모의 꿈이고 희망이었다.

이런 희망과는 달리 어느 날 동쪽에서 세 사람이 '공병 대원의 길' 위를 뚜벅뚜벅 걸어 나왔다. 한 사람은 다리를 절어 목발을 짚고 있었고 다른 사람은 머리에 터번처럼 붕대를 감고 있었으며 세 번째 사람은 한쪽 눈을 검은 끈으로 묶은 것을 빼면 제일 건강한 것 같았다. 빛바랜 누더기 옷을 입은 이들의 가슴에 달린 장식 술은 너덜너덜했고 가죽 모자는 윗부분이 다 떨어져 나가 버렸지만 그들 중 한 사람의 모자에는 깃털 장식이 달려 있었다. 이들이 신은 장화 역시 윗부분이 다 찢긴 상태였는데, 아마도 나폴레옹 수비대 소속 같았다. 하지만 무기는 가지고 있지 않았다. 아니, 정확히 말하자면 한 사람은 텅 빈 칼집을 쥐고 있고 또 한 사람은 짐 보따리를 매단 총신을 막대기처럼 어깨에 메고 있었다. 그들은 노래를 부르며 걸어왔다. "드 몽 페이…… 드 몽 페이…… 드 몽 페이……[109]" 술 취한 사람들 같았다.

"헤이, 낯선 사람들, 당신들은 누구요?" 우리 형이 그들에게 소리쳤다.

"저 이상한 새 좀 봐! 그 위에서 뭘 하는 거지? 소나무 열매를 먹고 있나?"

그러자 다른 이가 말했다. "누가 우리에게 소나무 열매 좀 안 주려나? 우린 너무나 굶주려 있는데 소나무 열매 좀 먹게 해 주시겠소?"

"그리고 갈증! 눈을 먹어 갈증을 달랬어!"

"우리는 제3경기병 연대 소속이지!"

"모두 다!"

"생존자는 우리밖에 없어!"

"삼백 명 중에서 세 명이면 그렇게 적은 수는 아니군!"

"나로서는 내 목숨을 구했으니 그것으로 족해!"

"오, 아직 그렇게 말하면 안 되지. 아직 집에 무사히 도착한 것은 아니니까!"

"빌어먹을 놈 같으니!"

"우리는 아우스터리츠에서 승리한 사람들이야!"

"빌나에서는 패했지! 힘내!"

"이봐, 말하는 새, 이 근방에 술집이 어디 있는지 말해 봐."

"우리는 유럽 포도주의 반 정도를 다 비웠지. 그런데도 갈증이 가시질 않아!"

---

[109] 내 고향의…… 내 고향의…… 내 고향의…….

"총알 때문에 우리 몸에 구멍이 뚫려서 포도주가 새어 나가는 거야."

"넌 그곳에 구멍이 뚫렸어."

"우리에게 외상을 주는 술집!"

"다음에 들러 갚을 거야!"

"나폴레옹이 갚아야지!"

"푸르르르……"

"차르가 갚을 거야! 우리 뒤를 쫓아올 테니 그에게 계산서를 주라고!"

코지모 형이 말했다. "이 근방에는 포도주가 없다네. 하지만 저쪽으로 가면 시냇물이 있으니 갈증을 해소할 수 있을 걸세."

"너나 시냇물에 빠져라, 올빼미야!"

"내가 비스톨라에서 권총만 잃어버리지 않았다면 벌써 너를 쏴서 지빠귀처럼 꼬챙이에 꿰어 구워 버렸을 거다."

"기다려 봐. 난 그 시냇물에 가서 발을 좀 씻고 와야겠어. 발에 불이 나는 것 같아……."

"내 생각엔 거기서 네 똥구멍도 좀 닦았으면 좋겠는데……."

하지만 말과는 달리 셋 다 시냇물 쪽으로 가서 양말을 벗고 발을 담그고 얼굴을 씻고 옷을 빨았다. 비누는 코지모 형의 것을 썼다. 형은, 나이가 들수록 젊은 시절에는 느끼지 못했던 자신에 대한 혐오감에 사로잡혀서 점점 더 깨끗해지는 그런 사람 중의 하나였다. 그래서 항상 어디를 가든 비누를 가지고 다녔다. 찬물 때문에 이 세 명의 귀환병은 술이 조금 깼다. 그런데 취기가 사라지자 유쾌함도 사라져 버려 그들은 곧 자신들의 처지를 생각하고 슬퍼져서 한숨을 쉬고 한탄했다. 그렇지만 그렇게 슬픈 가운데서도 맑은 물은 즐거움을 주었고 그들은 노래를 부르며 물에서 놀았다. "드 몽 페이…… 드 몽 페이……."

코지모 형은 길 가장자리에 있는 망보는 자리로 돌아갔다. 바로 그때 먼지를 일으키며 기병 대대가 달려왔다. 그들은 한번도 본 적이 없는 군복을 입고 있었다. 그리고 무거운 가죽 모자 밑으로 피부 빛이 희고 수염이 많이 났으며 초록색 눈을 반쯤 감은, 약간 밋밋해 보이는 얼굴들이 보였다. 코지모 형이 모자로 그들에게 인사했다. "무슨 좋은 일인가요, 기사님들?"

그들이 멈추었다. "즈드라스트부이![110] 말해 주시오, 바튜슈카[111], 그곳에 가려면 얼마나 더 가야 합니까?"

"즈드라스트부체[112], 군인 양반들, 쿠다 밤?[113] 어디로 가는 거지요?" 모든 언어를 조금씩 공부해서 러시아어도 알고 있던 코지모가 말했다.

"이 길이 가는 곳으로 가려고 하는데……."

"아, 이 길은 여러 곳으로 가지요……. 당신들은 어디로 가는 거요?"

"푸 파리슈.[114]"

"에, 파리로 가려면 더 편한 길이 있는데……."

"녜트, 네 파리슈, 바 프란치유, 자 나폴레오놈. 쿠다 베조트 에

---

[110] 안녕하시오!
[111] 나리.
[112] 안녕하시오.
[113] 어디로 갑니까?
[114] 파리로 가오.

타 도로가?[115]"

"에, 여러 곳이 나오지요. 올리바바사, 사소코르토, 트랍파……"

"칵? 알리비아바사 네트, 네트.[116]"

"글쎄, 원한다면 마르세유로도 갈 수 있지요……"

"푸 마르셸…… 다, 다, 마르셸…… 프란치아.[117]"

"그런데 프랑스에는 무엇 하러 가는 거요?"

"나폴레옹이 우리 차르와 전쟁을 하러 왔었으니까 이제 우리 차르가 나폴레옹을 추격하는 거요."

"그런데 어디서 오는 거요?"

"이즈 하르코바. 이즈 키예바. 이즈 로스토바.[118]"

"그렇게 멋진 곳들을 봤단 말이오! 그런데 당신들은 여기 우리 고장이 더 좋소, 아니면 러시아가 더 좋소?"

"좋은 곳이든 나쁜 곳이든 마찬가지요. 우리는 러시아가 좋소."

말이 달려오면서 먼지가 일었다. 그러더니 장교가 탄 말 한 마리가 멈춰 섰고 장교가 카자크인들에게 소리쳤다. "본! 마르슈! 크토 밤 파즈볼릴 아스타노비차?[119]"

"도 스비다니야, 바튜슈카! 남 파라![120]" 그들이 코지모에게 말했다. 그러더니 박차를 가해 달려갔다.

---

**115** 아니요, 파리가 아니라 프랑스로, 나폴레옹에게로 가는 거요. 이 길로 가면 어디가 나옵니까?

**116** 뭐라고요? 올리바바사는 안 돼요, 안 돼.

**117** 마르세유로…… 그렇소, 그렇소, 마르세유…… 프랑스.

**118** 하리코프요. 키예프요. 로스토프요.

**119** 거기! 행진하라! 누가 서 있으라고 했나?

**120** 나리! 때가 되었소!

장교는 소나무 발치에 남아 있었다. 그는 키가 크고 호리호리하고 귀족적이었으며 쓸쓸한 분위기를 풍겼다. 그는 모자를 쓰지 않은 머리를 들어 구름이 뜬 하늘을 바라보았다.

"봉주르, 무슈, 부 코네세 노트르 랑그?[121]" 그가 코지모에게 물었다.

"다, 가스파진 아피체르! 메 파 미외 크 부 르 프랑세, 캉멤.[122]" 우리 형이 대답했다.

"에트 부 욍 아비탕 드 스 페이? 에티에 부 이시 팡당 킬 이 아베 나폴레옹?[123]"

"위, 무슈 로피시에.[124]"

"코망 사 알레 틸?[125]"

"부 사베 무슈, 레 자르메 퐁 투주르 데 데가, 켈 크 수아 레 지데 켈 자포르트.[126]"

"위, 누 조시 누 프종 보쿠 드 데가……. 메 누 나포르통 파 디데…….[127]"

그는 승리자였지만 우울하고 불안해 보였다. 코지모는 그가 좋아져서 그를 위로했다. "부 자베 뱅퀴?[128]"

---

**121** 안녕하십니까, 무슈. 우리 말을 아십니까?
**122** 예, 장교님! 그러나 당신의 프랑스어보다는 못합니다.
**123** 당신은 이 고장 주민인가요? 나폴레옹이 통치할 때도 여기에 있었습니까?
**124** 예, 장교님.
**125** 어땠나요?
**126** 당신도 아시겠지요, 무슈. 군대는 약탈을 많이 한답니다. 그들이 어떤 이상을 추구하든 그것은 마찬가지지요.
**127** 그렇습니다. 우리도 약탈을 많이 했어요……. 하지만 우린 추구하는 이상이 없습니다…….
**128** 당신네는 승리하지 않았습니까?

"위. 누 자봉 비앵 콩바튀. 트레 비앵. 메 푀테트르…….[129]"

갑자기 고함 소리와 둔탁한 소리, 무기들이 부딪치는 소리가 들렸다. "크토 탐?[130]" 장교가 말했다. 카자크인들이 돌아왔는데 반쯤 옷을 벗은 사람들을 땅에 질질 끌고 왔으며 왼손에는 무엇인가를 들고 있었다.(오른손에는 피가 묻어 — 그렇다 — 뚝뚝 떨어지는, 구부러진 넓은 칼을 쥐고 있었다.) 그런데 그들이 들고 오는 건 술 취한 세 명의 경기병의 숱 많은 머리였다. "프란투치![131] 나폴레옹! 모두 죽었습니다!"

젊은 장교는 그것들을 치우라고 냉정하게 명령을 내렸다. 그가 고개를 돌렸다. 다시 코지모에게 말했다.

"부 부아예……. 라 게르……. 일 리 아 플뤼지외르 자네 크 주 페르 미외 크 주 퓌 윈 쇼즈 아프뢰즈. 라 게르……. 에 투 슬라 푸르 데지데알 크 주 느 소레 프레스크 엑스플리케 무아 멤…….[132]"

"나도 그렇소. 나 자신에게도 설명할 수 없는 이상들을 위해 오래전부터 나무 위에 살고 있소. 메 주 페 윈 쇼즈 투 타 페 본. 주 비 당 레 자르브르.[133]" 코지모 형이 대답했다.

장교의 우울한 분위기는 신경질적으로 변했다. "알로르, 주 두아 망 알레. 아디외, 무슈……. 켈 레 보트르 농?[134]" 그가 군대식으로 인사했다.

---

**129** 그래요. 우리는 잘 싸웠지요. 하지만 아마도…….

**130** 거기 누구냐?

**131** 프랑스인들!

**132** 당신도 보셨겠죠……. 전쟁이란……. 난 그 소름 끼치는 것을 위해 몇 년 동안 최선을 다했소. 전쟁……. 그리고 아마 나 스스로에게도 충분히 설명할 수 없을 이상을 위해 이 모든 것을…….

**133** 하지만 난 아주 잘 해내고 있다오. 난 나무 위에 살지요.

**134** 이제 가야겠군요. 잘 있으시오, 무슈……. 그런데 성함이 어떻게 되시지요?

"프로사이체 가스파. 르 바롱 코스므 드 롱도. 에 르 보트르?[135]"
코지모가 그의 뒤에 대고 소리쳤는데 그는 벌써 떠나고 있었다.

"주 쉬 르 프랭스 안드레이……[136]" 질주하는 말 때문에 성(姓)은
알아들을 수가 없었다.

135 안녕히 가시오. 난 코지모 디 론도 남작이오. 당신은?
136 안드레이 왕자요…….

# 30

나는 이 19세기, 출발도 좋지 않았고 계속 나빠지기만 하는 이 세기가 우리에게 무엇을 가져다줄 것인지 알 수 없다. 왕정복고의 그림자가 전 유럽에 드리워졌다. 모든 개혁자들 ── 자코뱅 당이든 나폴레옹 지지자이든 ── 은 패배했다. 절대주의와 예수회가 영역을 장악했다. 젊은이들의 이상과 빛과 18세기의 희망은 모두 재가 되었다.

나는 이 노트에 나의 생각을 모두 털어놓았다. 난 그것들을 달리 어떻게 표현해야 할지 잘 모르겠다. 나는 커다란 열정이나 갈망 같은 것을 지니지 않은 냉정한 남자이며 한 가정의 아버지이고 귀족 출신이며 여러 사상들로 계몽되었고 법을 존중하는 사람이다. 과격한 정치 상황들도 나를 그렇게 크게 동요시키지는 않았고 나는 계속 그러길 바라고 있다. 하지만 속으로는 얼마나 슬펐는지!

예전에는 달랐다. 우리 형이 있었다. 나는 혼자 이렇게 말하곤 했다. '벌써 형이 생각해 놓았을 거야.' 그래서 나는 사는 일에만 신경을 쓰면 되었다. 내게 세상이 변했음을 알려준 것은 오스트리아-러시아 군의 도착도 피에몬테로의 합병도 새로운 세금이나 내가 아는 다른 그 어떤 일도 아니었다. 바로 창문을 열고 저 나무 위에 균형 있게 앉아 있는 형을 다시는 볼 수 없다는 것이었다. 이제 형은 여기 없다. 나는 이제 많은 것들, 즉 철학, 정치, 역사에 대해 생각해야만 할 것 같다. 골치가 아플 정도로 신문을 읽고 책을 읽지만 형이 말하고자 했던 것들은 거기 없다. 형이 생각했던 것은 다른 것, 모든 것을 포용하는 그 어떤 것으로, 말로 표현하지는 않았지만 바로 삶으로 보여 주었다. 형은 죽는 순간까지 스스로에게 그렇게 냉혹했기 때문에 모든 인간들에게 무엇인가를 줄 수 있었다.

형이 앓던 때가 생각난다. 형이 광장 한가운데에 있는 그 떡갈나무 위로 침구를 옮겨 왔기 때문에 우리는 형이 아프다는 걸 알 수 있었다. 전에 형은 야생 동물 같은 본능으로 자신의 잠자리를 항상 비밀로 했다. 이제 형은 항상 다른 사람들의 눈앞에 있어야 할 필요를 느꼈다. 나는 가슴이 찢어지는 것 같았다. 난 언제나 형이 혼자 쓸쓸히 죽고 싶어 하지 않을 것이라고 생각했고 어쩌면 이게 바로 그 표시일지도 몰랐다. 우리는 사다리로 의사를 보냈다. 그가 밑으로 내려왔을 때 얼굴을 찌푸리며 어깨를 으쓱했다.

나도 사다리로 올라갔다. "형님." 나는 이렇게 운을 떼었다. "형님도 벌써 예순다섯이 넘었어요. 어떻게 계속 나무 위에 있을 수 있어요? 형님이 말하고 싶어 했던 것은 이제 다 말했어요, 우린 다 이해했다고요. 형님은 정말 강한 정신력을 가진 분이에요. 이제 내려와도 돼요. 바다에서 인생을 다 보낸 사람도 배에서 내릴 때가 있는 법이에요."

아무 소용이 없었다. 형은 싫다는 손짓을 했다. 그는 이제 거의 말을 하지 않았다. 가끔씩 머리끝까지 담요를 둘둘 말고 일광욕을 조금 하기 위해 앉아 있기도 했다. 거기서 더 이상은 움직이지 않았다.

이웃 중에 아주 선량한 노파가 한 사람 있었는데(어쩌면 형의 옛 애인일
지도 모른다.) 형에게 가서 청소를 해 주기도 하고 따뜻한 음식을 가져
다주기도 했다. 언제나 형을 도우러 가야 할 필요가 있기도 하고 형
이 빨리 밑으로 내려올 결심을 하길 바라는 마음에서(다른 사람들도
그것을 바랐다. 나는 형이 사람들에게 어떻게 행동했는지 너무나 잘 알고 있었
다.) 우리는 항상 나무에 사다리를 기대어 놓았다. 나무 주변의 광장
에는 항상 사람들이 둥글게 모여서, 자기들끼리 이야기를 하거나 이
제 형이 별로 말하고 싶어 하지 않는다는 것을 잘 알면서도 형에게
말을 걸어 친구가 되어 주었다.

병세는 더 악화되었다. 우리는 침대를 나무 위로 올려 균형을 맞
추어 놓을 수 있었다. 그는 기꺼이 침대에 누웠다. 우리는 조금 더 일
찍 그 생각을 하지 못했던 것을 후회했다. 사실대로 말하자면 형은
편리함을 절대 거부하지 않았다. 나무 위에서 살기는 했지만 형은 항
상 될 수 있는 대로 편리하게 살려고 애썼다. 그래서 우리는 서둘러
바람을 막을 커튼, 침대 위에 치는 차양, 화로 같은 다른 보조 용품도
가져다주었다. 형은 약간 회복되었고 우리는 안락의자를 가져다가
두 나뭇가지 사이에 묶어 주었다. 형은 매일 담요로 몸을 감싸고 그
의자에 앉아 시간을 보내기 시작했다.

그런데 어느 날 아침 침대에서도 의자에서도 형의 모습이 보이지
않아 우리는 깜짝 놀라 눈을 들었다. 형은 나무 꼭대기에 있었는데
셔츠 하나만 입고 아주 높은 나뭇가지에 걸터앉아 있었다.

"그 위에서 뭘 하는 거예요?"

형은 대답하지 않았다. 반쯤 굳어 있었다. 그 꼭대기 위에 앉아
있는 것이 거의 기적 같았다. 우리는 올리브 수확할 때 사용하는 커

다란 시트를 준비했고 형이 떨어질 때를 대비해 이십여 명의 사람들이 그 시트를 팽팽히 붙잡았다.

그사이 의사가 나무 위로 올라갔다. 힘겨운 등반이어서 사다리두 개를 연결해야 했다. 의사가 내려와서 말했다. "신부님이 올라가셔야겠어요."

우리는 이미 코지모 형의 친구로, 프랑스인의 시대에 입헌 교회의 신부였고 성직자의 가입이 금지되지 않았을 때 프리메이슨 지부에 가입했으며 불행한 일을 수없이 겪은 후 최근 주교에게 다시 임무를 수행해도 된다는 허락을 받은 돈 페리클레라는 신부가 시도해 보기로 합의해 두었다. 사제복을 입은 신부는 성합을 들고 올라갔고 복사가 그 뒤를 따랐다. 신부는 나무 위에 잠깐 머물렀는데 무슨 이야기를 나누는 것같이 보이더니 잠시 후 나무에서 내려왔다. "고해 성사를 했습니까, 돈 페리클레?"

"아니요, 아니요, 하지만 좋다고, 자기는 좋다고 말하더군요." 신부에게서는 그 이상의 이야기를 들을 수가 없었다.

시트를 들고 있던 남자들은 지쳐 갔다. 코지모 형은 여전히 꼼짝도 하지 않은 채 나무 위에 앉아 있었다. 남서쪽에서 바람이 불어오자 나무 끝이 흔들렸고 우리는 준비했다. 그때 하늘에서 기구(氣球)가 나타났다.

영국인 비행사 몇 명이 기구를 타고 해안에서 시험 비행을 하고 있었다. 아주 커다란 풍선은 장식 술과 깃발과 리본으로 장식되어 있고 등나무로 만든 작은 배 같은 것이 매달려 있었다. 황금색 견장을 달고 뾰족한 모자를 쓴 장교 두 사람이 그 안에서 망원경으로 아래의 풍경을 살펴보았다. 그들은 광장으로 망원경을 돌렸다가 나무 위에 있는 남자와 그 밑에 펼쳐져 있는 시트와 모여 있는 사람들, 그러니까 이 세상에서 가장 희한한 광경을 보게 되었다. 코지모 형도 고개를 들더니 풍선을 주의 깊게 살펴보았다.

바로 그때 기구가 남서쪽에서 불어오는 돌풍에 휘말렸다. 기구는 팽이처럼 어지럽게 돌면서 날아가더니 바다 쪽으로 갔다. 기구 조종사들은 정신을 잃지 않고 기구의 압력을 줄이려고 애썼던 것 같다. 동시에 닻을 아래로 내리면서 그것을 걸 마땅한 곳을 찾았다. 긴 줄에 매달린 은색의 닻이 하늘에서 왔다 갔다 했고 비스듬히 날아가는 기구를 따라 광장 위를 지나가고 있었는데 호두나무 꼭대기와 거의 비슷한 높이로 지나가고 있어서 우리는 그 닻이 코지모 형을 치지나 않을까 하고 두려움에 떨었다. 하지만 우리는 잠시 후 우리 눈으로 직접 보게 될 그런 일을 상상조차 할 수 없었다.

죽어 가던 코지모 형이 자기 옆으로 닻이 달린 밧줄이 지나는 바로 그 순간 젊었을 때처럼 펄쩍 뛰어올라 끈을 붙잡고 두 발로 닻을 밟으면서 몸을 웅크렸다. 그렇게 해서 우리는 가까스로 기구의 진행을 늦추면서 바람에 끌려 날아가는 형의 모습과 바다 쪽으로 사라져 가는 형을 보았다…….

기구는 만을 가로질러 가서 다른 해안에서 겨우 멈춰 설 수 있었다. 밧줄의 끝에는 닻밖에 없었다. 진로를 유지하느라 너무나 지쳐 버린 기구 조종사들은 무슨 일이 일어났었는지 전혀 알지 못했다. 사람들은 기구가 만 한가운데로 날아가는 동안 죽어 가던 노인이 사라졌을 것이라고 추측했다.

코지모 형은 그렇게 사라졌고 죽어서 땅으로 돌아오는 그를 지켜보는 기쁨마저도 우리에게 남겨 주지 않았다. 가족 묘지에는 그를 기억하는 이런 비문이 적힌 비석밖에 없다. '코지모 피오바스코 디 론도 — 나무 위에서 살았고 — 땅을 사랑했으며 — 하늘로 올라갔노라.'

나는 가끔씩 글쓰기를 멈추고 창가로 간다. 하늘은 텅 비어 있다. 초록 지붕 밑에서 사는 데 익숙한 우리 옴브로사의 노인들은 그런 하늘을 보면 눈이 아프다. 우리 형이 사라진 후에, 또는 인간들이 미처 도끼를 들고 날뛰기 시작한 이후부터 나무가 견뎌 낼 수 없게 되었다고들 한다. 그리고 나무들도 바뀌었다. 이제 감탕나무나 느릅나무, 떡갈나무는 찾아볼 수 없다. 아프리카, 오스트레일리아, 아메리카, 인도의 식물이 여기까지 가지와 뿌리를 뻗었다. 옛날 식물들은 위쪽으로 물러났다. 언덕 위에는 올리브나무가, 산속의 숲에는 소나무와 밤나무가 있었다. 그 아래 해안에 위치한 어마어마하게 크고 한적한 정원에서 키우는 붉은 유칼리나무와 거대한 고무나무 때문에 우리 고장이 오스트레일리아로 변한 것 같았다. 그 나머지는 이파리가 빈약한 사막의 황량한 나무인 야자수였다.

옴브로사는 이제 존재하지 않았다. 텅 빈 하늘을 바라보면서 나는 옴브로사가 정말로 존재했는지 자문해 본다. 이리저리 갈라진 나뭇가지, 잎맥이 섬세하고 끝도 없이 톱니바퀴처럼 맞물려 있는 나뭇잎들은 불규칙적으로 조각조각 섬광처럼 보일 뿐인 하늘 위에 펼쳐졌는데, 이는 아마도 우리 형이 물까치같이 가벼운 걸음으로 지나갔었기 때문이었을 것이다. 그 하늘은 마치 내가 페이지마다 잉크로 남긴 글처럼 존재하지 않는 것 위에 수놓인 것 같았다. 그 글은 삭제, 수정, 신경질적으로 갈겨쓴 글, 낙서, 공백으로 가득 차서 어떤 때는 굵고 깨끗한 씨들이 쏟아지기도 하고 어떤 때는 작은 씨앗같이 미세한 표시들로 빽빽해지기도 했다. 어떤 때는 스스로 비틀어지기도 하고 나무나 구름으로 장식된 꽃봉오리 같은 문장과 연결되었다가 장애물을 만나 다시 비틀어지기도 하고, 또 달리고 달려 다시 풀려 나가다가 마지막으로 의미 없는 말과 생각, 꿈의 실타래에 뒤얽힌 채 끝났다.

# 작품 해설

　　『나무 위의 남작』은 이탈로 칼비노의 '우리의 선조들' 3부작 중
두 번째 작품이다. 코지모는 세 명의 선조들 중 두 번째로 등장하기
는 하나 칼비노는 그를 가장 이상적인 인간형으로 제시하고 있다. 소
설의 배경을 이루는 시기는 18세기 말에서 19세기 초로서 계몽주의
와 프랑스 혁명, 나폴레옹 시대, 왕정복고 등과 같은 역사적 사건이
일어났던 격동기이다. 칼비노는 1950년대 말의 수많은 문제점을 과거
의 역사적 상황 속에서 재조명해 보고자 18세기를 택했다. 이탈리아
계몽주의자와 자코뱅 당원에 대한 역사학자들의 연구는 칼비노의 환
상을 자극하는 역할을 하였다. 칼비노가 보기에 계몽주의 시대는 현
대가 이상으로 삼는 많은 꿈을 지닌 시대였고, 그렇기에 그 시대의 꿈
을 환상적인 동화로 형상화하고 싶었다. 이 때문에 끊임없이 18세기
사건들이 언급되며, 상징적인 인물 대신 자료에 근거를 둔 유명 인사
(볼테르, 나폴레옹, 안드레이 왕자 등)들이 등장한다. 칼비노는 역사적 자
료에 바탕을 둔 이런 이야기를 만드는 일에 매료되었는데, 그가 보기
에 역사 소설은 '고유한 테마들과 자기 자신에 대해 이야기하기에 가
장 적합한 시스템'인 것 같았다. 물론『나무 위의 남작』은 역사 소설

이 아니고 사건 또한 모두 역사적 근거가 있는 것은 아니지만 칼비노는 그 사건을 모두 실제처럼 보이게 하려고 많은 노력을 기울였다. 어쨌든 『나무 위의 남작』을 쓸 무렵 칼비노는 새로운 희망과 새로운 좌절이 교차하는 현대 사회에서 지식인이 해야 할 역할에 대해 깊이 생각하면서 개인의 의식과 역사의 흐름 사이의 적절한 관계를 찾아보려고 애쓰고 있었다.

칼비노는 자신의 경험을 십분 활용해서 작품의 배경이 된 가상의 공간 옴브로사라는 지방을 만들어 냈다. 나무로 뒤덮인 옴브로사 지방은 칼비노가 자란 이탈리아 북부 산레모를 모델로 한 것이다. 농학자인 아버지와 식물학자인 어머니 밑에서, 알프스 산과 리구리아 해안가에 인접한 산레모에서 자란 칼비노는 자연스레 자연을 접하고 과학적 교육을 받으며 성장했다. 특히 그의 아버지는 화훼 연구를 위해 집안의 저택 '라 메르디아나'의 정원을 이용해서, 산레모에 세계 곳곳의 화훼를 소개했다. 코지모의 집과 담장을 사이에 둔 온다리바 가문의 정원은 바로 이 '라 메르디아나'를 연상시킨다. 칼비노는 특히 소설의 주인공 코지모 디 론도가 생활하는 옴브로사의 숲을 상세하게 묘사한다.

그때는 어디를 가든, 언제나 우리와 하늘 사이에 나뭇가지와 나뭇잎이 있었다. (중략) 무화과나무가 없는 곳에는 갈색 이파리를 가진 벚나무나 아주 부드러운 마르멜로 나무, 복숭아나무, 아몬드 나무, 어린 배나무, 커다란 자두나무, 그리고 뽕나무나 마디가 많은 호두나무가 있었으며 이런 나무가 없는 곳에는 마가목나무와 쥐엄나무가 있었다.(46~47쪽)

이렇게 공들여 묘사한 숲은 의사소통과 대화와 명상의 장소로 황폐해진 현실, 힘겨운 현실과 대비되는 열린 공간이다. 코지모는 자발적으로 스스로에게 부여한 규칙, 즉 절대 땅을 밟지 않는다는 맹세를 초인적인 의지로 평생 지켜 나간다. 아버지와 가족 내의 부당한 규칙에 반발해서 나무 위로 올라간 그는 모든 권위주의를 향한 반란을 상징하는 인물이다. 코지모는 열두 살이 되던 1767년 6월 15일에 나무로 올라가 일생을 그 위에서 살기로 결정한다. 코지모가 이런 결정을 내리게 된 계기는 누나가 만든 달팽이 요리였다. 자신이 원치 않는 달팽이 요리를 먹으라고 강요하는 아버지에 반발해 나무 위로 올라가는데, 실상 이것은 표면적인 이유에 불과하다. 코지모가 이미 권위적이고 시대에 뒤처진 아버지로 상징되는 귀족 사회에 환멸을 느끼고 있었기 때문이다. 사실 격변하는 사회의 분위기에는 아랑곳하지 않고 공작이 되기만을 갈망하는 그의 아버지는 매일 궁정에 초대받은 사람처럼 생활하고, 살아 있는 자식들보다는 죽은 조상의 석고상을 더 끔찍이 위하는 인물이다. 전쟁에만 관심이 있는 어머니, 수녀인데도 집에 눌러 살면서 괴상한 요리를 즐겨 만드는 누나, 사람을 피하며 자신만의 연구에 빠져 있는 삼촌. 코지모의 반항에는 이런 인물들에 대한 깊은 혐오가 들어 있다. 이런 혐오스러운 인물들이 살고 있는 지상을 피해 나무로 올라간 코지모는 현실을 회피한 채 자신만의 세계에 갇혀 산 인물로 비칠 수 있다. 그러나 코지모는 결코 지상에서의 삶을 회피하지도 거부하지도 않는다. 다른 사람들처럼 땅 위를 걷는 것은 포기했지만, 그럼으로써 그는 오히려 인간을 괴롭히는 문제를 좀 더 높은 곳에서 거리를 가지고 바라볼 수 있어, 명확한 비전을 얻고 그에 따른 해결책을 찾을 수 있었다. "땅을 제대로 보고 싶은 사람은 거리를 유지해야 한다."고 코지모는 말한다.

코지모는 자유와 독립을 갈망하는 인물로 그를 움직이는 것은 계몽주의적인 이성이다. 문명인이자 야만인이기도 하고 열성적인 독자이자 이야기꾼이기도 하며, 지칠 줄 모르는 사냥꾼에, 수력학에 뛰어난 기술자, 작은 동물들의 친구, 철학자들과 서신을 교환하는 학식 있는 교양인, 열정적인 사랑을 할 줄 아는 남자로 나무 위에 사는 코지모는 평생 외롭게 살았지만 현실과 소통하며 충만함과 조화로움, 자유와 창의성을 획득한다. 그가 나무 위로 올라간 것은 현실에 대한 새로운 참여 방식의 하나이다. 그는 나무 위에서도 끊임없이 여러 가지 형태로 땅 위의 삶에 관여한다.

자신의 영지 사람들의 편의를 위해 기발한 고안을 해내기도 하고, 끊임없는 독서와 연구를 통해 지식의 영역을 확대시켜 나간다. 그러는 과정에서 반항으로 일관하던 아버지와의 관계도 회복되고 삼촌과도 가까운 사이가 된다. 또 코지모 덕택에 누나 역시 결혼을 하게 된다. 자연이라는 새로운 질서에 때로는 순응하고 때로는 맞서며 살아가기 위해서는 많은 지식이 필요함을 깨달은 코지모는 나무 위에서 다방면의 공부에 몰두하고, 그 당시의 철학자, 과학자 들과 서신 교류를 하면서 전 유럽에 자신의 이름을 널리 알리게 된다. 또한 프랑스에서 일어난 혁명을 그 지방 사람들에게 널리 알려 귀족과 공화국의 폭정에 대항하게 한다. 코지모는 이렇게 시대의 움직임에 관여할 뿐만 아니라 이웃들의 편리한 삶과 안전을 위해 힘쓰고 그들의 활력적인 생활에 참여한다. 그는 방화나 늑대의 공격을 막기 위해 민병대를 조직해 농부들과 옴브로사 주민들을 돕기도 하고 해적들이 숨겨 놓은 약탈물을 찾아내서 가난한 숲 속의 사람들이 나눠 가질 수 있게 만들기도 한다. 도적의 친구가 되기도 하고 유럽의 학자들과 서신을 교환하며 토론을 하기도 한다. 또 제화공 조합이나 통 제조 장인 조합, 정의로운 무기 제작자 조합, 양심적인 모자 제조업자 조합같이 다양한 수공업 조합에 가입을 했고 프리메이슨에서 책임을 맡기도 한다. 계몽주의적인 이성을 높이 평가하는 코지모는 사랑에 있어서도 항상 감정보다는 이성을 우위에 둔다. 이 때문에 바로크적이고 낭만주의적인 충동을 지닌 첫사랑 비올라와는 결실을 맺지 못한다.

> 인간 사회에서 영원히 도망쳐 버린 코지모 형이 어떻게 그 사회와 화해하고 조합 생활에 열정을 보였는지 난 이해할 수가 없었다. 그래서 이런 면은 적지 않게 보인 형의 특이한 성격 중의 하나로 남아 있다. 형이 나뭇가지 속에 숨어 있기로 마음을 다져먹으면 먹을수록 인간들과 새로운 관계를 맺을 필요를 느꼈다고 말할 수도 있으리라.(291쪽)

이 소설을 이끌어 가는 화자인 코지모의 동생은 형의 삶에 대해 이렇게 말한다. 코지모는 역사 속의 사회와 현실이 부여한 관습을 거부하고 자연의 자유를 택했지만 역사에 인간이 지속적으로 개입할 수 있는 가능성과 필요를 보여준다고 할 수 있다. 코지모는 숨을 거두기 직전 하늘에 뜬 기구(氣球)를 타고 동생과 옴브로사 사람들의 눈에서 사라지는 순간까지 초인간적인 고집으로 독특하고 고독하게 나무 위에서 살아간다. 시인 같기도 하고 탐험가나 혁명가 같기도 한 코지모의 일생은 '코지모 피오바스코 디 론도 — 나무 위에서 살았고 — 땅을 사랑했으며 — 하늘로 올라갔노라.'라는 비문으로 요약할 수 있으리라.

코지모라는 인물 자체는 '거부'의 메타포이기도 하다. 그가 상징하는 거부는 현실의 모순을 식별하고 그것의 해결책을 제시할 수 있는 가능성이다. 그래서 땅과 그 사이의 거리는 부정적인 현재를 뛰어넘어 미래로 시선을 돌려 현실의 지평을 넓히는 데 꼭 필요한 조건이다. 『나무 위의 남작』에서 보여주는 반항적인 태도와 거부는 혁명이 아니라 저항, 감시, 땅을 잘 바라보기 위한 시도이다. 그리고 코지모는 고집스럽고도 가혹한 의지로 자신의 완벽성을 실현시켜 나감으로써 인간이 자신만의 개성으로 일반적인 사회의 규범과 관습을 거부하고 그에 대항할 수 있음을 보여준다. 칼비노는 여기서 문학이 세상을 바꿀 것이라는 희망을 품지는 않았지만 주어진 논리적 공간을 거부함으로써 역사적 주체는 사회적, 정치적 우주를 거부할 수 있다는 것을 암시한다. 한편 결말 부분의 코지모의 죽음과 왕정복고는 2차 세계 대전 직후 뜨거웠던 비판적이고 창조적 열정과 새로운 사회 건설에 대한 이상이 급격히 사그라진 1950년대의 상황에 대한 알레고리로 생각할 수 있다. 또한 나무 위에 올라가 세상과 거리를 둔 채 현실의 문제에 깊은 관심을 보이고 또 실제로 문제를 해결하기도 한 남작은 바로 현대 사회에서 지식인의 위치가 어떠해야 하는지를 분명하게 보여 준다. 현실을 외면한 채 독서에 빠져 결국은 비참한 최후를 맞게 되는 산적 잔 데이 브루기 역시 시사하는 바가 많은 인물이라 할 수 있을 것이다.

이렇듯 진지한 주제를 다루고 있기는 하지만 이 책은 전혀 지루하지도 무겁지도 않다. 오히려 재미있고 경쾌한 동화책을 읽을 때처럼 흥미진진하다. 간결하면서도 의미심장한 문장을 선호하는 칼비노가 단어 하나하나의 선택에 신중을 기하고, 지나친 묘사나 서술을 피했기 때문이다. 또한 여러 번 읽으면 읽을수록 처음 읽었을 때와는 다른 묘미를 느낄 수 있는, 깊은 의미가 담긴 매력적인 작품이다. 칼비노는 18세기가 괴짜와 기인의 진열장 같은 시대였다고 말한다. 코지모 역시 자신의 기이함에 보편적 의미를 부여해 보려고 애쓴 18세기의 기이한 인물 중 하나일지 모른다. 그래서 기인이 없는 세상, 자기만의 개성을 상실한 사람들이 살아가는 세상이라고 일컫는 현대에 칼비노의 코지모는 더 독특한 존재로 다가오는 게 아닐까.

2014년 6월
이현경

# 작가 연보

1923년 10월 15일 쿠바의 산티아고데라스베가스에서 출생. 아버지 마리오 칼비노는 이탈리아 북부 산레모의 유서 깊은 가문 출신 농학자로 멕시코에서 이십 년을 보낸 뒤 쿠바에서 농학 연구소와 농업 학교를 맡아 운영. 어머니 에벨리나 마멜리는 사사리 출신으로 자연과학부를 졸업한 뒤 파비아 대학교에서 식물학 조교로 재직.

1925년 가족 모두 고향인 산레모로 돌아옴. 아버지가 화훼 연구소인 '오라치오 라이몬도'의 소장이 됨. 은행 도산으로 연구 자금을 잃은 뒤 활동을 계속하기 위해 자신의 저택 '라 메리디아나'의 정원을 사용. 이 연구 활동을 통해 수많은 화초를 산레모에 소개.

1927년 동생 플로리아노 출생. 플로리아노는 후에 집안의 과학적 전통을 따라 지질학자가 됨. 칼비노는 부모의 뜻대로 종교 교육을 전혀 받지 않고 자라남. 카시니 중고등학교 시절부터 시를 쓰고 풍자적인 그림과 자화상을 그리기 시작. 학창 시절 칼비노는 까다로운 편이었지만 친구들 사이에서 논쟁이 벌어질 때마다 재미있는 해석을 곁들이며 논쟁에 끼어듦.

1941년 토리노 대학교 농학부에 입학. 단편 몇 편을 쓰지만 출판되지는 않음. 발표되지 않은 단편 가운데 네 편(「가치에 대한 논의들」, 「행복한 사람」, 「자신을 믿지 않는 게 좋다」, 「노새를 탄 재판관」)은 칼비노 사후 1주기 때 고등학교 동창 에우제니오 스칼파리가 일간지《라 레푸블리카》에 발표.

1943년 무솔리니가 이끄는 이탈리아 사회 공화국 군대에 징집되지 않으려고 동생과 함께 알프스로 피신. 그 후 공산주의자 부대 '가리발디'의 제2공격대에 자원.(『거미집으로 가는 오솔길』, 『까마귀는 마지막에 온다』라는 유격대 소설에서 이때의 경험을 찾아볼 수 있음. 특히 「피와 똑같은 것」은 독일군에게 인질로 잡힌 어머니 이야기를 다룸.)

1945년 해방 후《우리들의 투쟁》,《민주주의의 목소리》,《일 가리발디노》에서 저널리스트로 활동. 이탈리아 공산당에 가입해 산레모와 토리노에서 당원으로 활동. 9월 토리노 대학교 문학부에 재등록.《폴리테크니코》,《아레투사》,《루니타》에 기고. 에이나우디 출판사 편집부에 근무하던 파베세, 비토리니, 펠리체 발보 등과 교제. 「지뢰밭」으로 '루니타' 상 수상.

1947년 조셉 콘래드에 관한 논문으로 졸업. 몬다도리 출판사의 공모에 참가하기 위해 썼던 『거미집으로 가는 오솔길(Il sentiero dei nidi di ragno)』출간. '리치오네' 상 수상.

1948년 다음 해까지 에이나우디 출판사 재직. 공산당 일간지《루니타》의 편집자가 됨. 공산당원이자 저널리스트로 활동.

1949년 『까마귀는 마지막에 온다(Ultimo viene il corvo)』출간.

1951년  파베세의 책『미국 문학과 논문들』의 서문 집필. 아버지 사
       망. 어머니가 화훼 연구소의 책임을 맡아 1959년까지 운영.

1952년  비토리니가 첫 소설의 '리얼리즘적-사회 참여적-피카레스
       크적' 노선을 계속하기보다는 동화 작가의 영감을 따르라고
       충고.『반쪼가리 자작(Il visconte dimezzato)』출간. 소련 여행.
       바사니가 주관하는 잡지《보테게 오스쿠레》에「은빛 개미」
       발표.《루니타》에「마르코발도」연재 시작.

1954년 『참전(L'entrata in guerra)』출간. 좌익 지식인들이 주관하는
       《치타 아페르타》에 기고 시작.

1956년  이탈리아 각 지방에 전해 내려오는 이야기를 모아『이탈리
       아 민담(Fiabe italiane)』출간.

1957년  《치타 아페르타》에「나무 위의 남작」발표.《보테게 오스쿠
       레》에「건축 투기」발표. 8월 공산당을 탈퇴하고 신좌익 사
       회주의자들과의 논쟁에 참여.
       1950년 1월부터 1951년 7월에 걸쳐 써 놓았던「포 강의 젊은
       이들」을 1957년 1월부터 1958년 3월에 걸쳐《오피치나》에
       연재.

1958년 「스모그 구름」발표.『단편들(I racconti)』출판. 세르지오 리
       베로비치의 곡에 '독수리는 어디로 날아가는가'라는 제목
       의 가사를 붙임.

1959년 『존재하지 않는 기사(Il cavaliere inesistente)』출간.「다리 저편
       에」,「세상의 주인」이라는 칸초네 작사. 루치아노 베리오의
       음악을 위해 희극「자 어서」집필.
       1960년까지 미국과 소련 여행. 두 나라의 지리적, 역사적 중

요성을 강조하면서 문화를 비교하는 글을 《루니타》에 기고. '우리의 선조들(I nostri antenati)' 3부작 출간.

1967년까지 비토리니와 함께 《일 메나보 디 레테라투라》발행. 이 잡지에 「객관성의 바다」(1959), 「미궁에의 도전」(1962), 「노동자의 안티테제」(1967) 발표.

1963년  세르지오 토파노의 그림을 넣어 『마르코발도 혹은 도시의 사계절(Marcovaldo; ovvero, le stagioni in città)』 출간. 프랑스에서 체류. 『어느 선거 참관인의 하루(La giornata d'uno scrutatore)』 출간.

1964년  '키키타'라는 애칭으로 불리는 통역사이자 번역가인 에스터 싱어와 결혼하여 파리에 정착. 프랑스 아방가르드 예술가들과 교류하고 과학과 문학 사이의 가설에 관한 자신의 이론을 그들의 이론과 비교해 봄. 《카페》에 『우주 만화(Le cosmicomiche)』 중 네 편 발표.

1965년  딸 아비가일 탄생. 「우주 만화」와 함께 「스모그 구름」, 「은빛 개미」를 단행본으로 출간.

1967년  레몽 크노의 『푸른 꽃』 번역 출간.

1968년  밀라노 출판 클럽에서 『세상에 대한 기억과 우주 만화적인 다른 이야기들(La memoria del mondo e altre storie cosmicomiche)』 출간. 《누오바 코렌테》에 논문 「조합 과정으로서의 소설에 대한 메모들」 발표.

1969년  『교차된 운명의 성(Il castello dei destini incrociati)』 출간.

1970년  『힘겨운 사랑(Gli amori difficili)』 출간. 「이탈로 칼비노가 들려주는 루도비코 아리오스토의 광란의 오를란도」 집필. 그림 형제의 『동화들』 소개.

1971년  란차의 『시칠리아의 무언극들』 소개. 샤를 푸리에의 『네 가
       지 운동 이론』, 『새로운 사랑의 세계』 번역.

1972년  『보이지 않는 도시들(Le città invisibili)』 출판. 《카페》에 「흡혈
       귀의 왕국」 발표.

1973년  『교차된 운명의 성』 재출간.(결론 부분을 수정하고 「교차된 운
       명의 선술집」 수록.) 『보이지 않는 도시들』로 '펠트리넬리' 상
       수상.

1974년  「게 왕자와 다른 이탈리아 민담들」 발표. 영화감독 페데리
       코 펠리니를 위해 『한 관객의 자서전(Autobiog rafia di uno
       spettatore)』 집필. 잠바티스타 바실레를 위해 논문 「메타포의
       지도」 집필.

1975년  일간지 《코리에레 델라 세라》에 「팔로마르」를 발표하기 시
       작. 「피에르 파올로 파솔리니에게 보내는 마지막 편지」를 같
       은 신문에 발표.

1976년  독일 '슈타트프라이스' 수상.

1978년  스피나촐라가 편집하는 《푸블리코 1978》에 「1978년과 문
       학, 네 작가에게 보내는 다섯 가지 질문」 발표.

1979년  『어느 겨울밤 한 여행자가(Se una notte d'inverno un viaggiatore)』
       출간. 여러 신문에 여행기 기고. 「나도 한때 스탈린주의자였
       나?」라는 글을 《라 레푸블리카》에 기고하기 시작.

1980년  가족과 함께 파리에서 로마로 이주. 칼비노는 이전부터 에
       이나우디 로마 지사의 자문 역할을 해 왔음.

1981년  어린이를 위한 『숲-뿌리-미궁』 집필. 프랑스의 레지옹 도뇌
       르 훈장 받음.

1982년 베리오와 함께 2막으로 된 오페라 「진실된 이야기」를 라 스 칼라 극장에 올림.

1983년 『팔로마르(Palomar)』 출간. 「오디세이 속의 오디세우스들」, 「나일 강을 거슬러 올라가다」, 「신화, 동화, 알레고리」 발표.

1984년 가르찬티 출판사로 옮겨 『모래 선집(Collezione di sabbia)』 출 간. 베리오와 함께 「이야기를 듣는 왕」을 잘츠부르크에서 공 연. 피렌체에서 '현실의 차원들'이라는 주제로 열린 세미나 에서 「문학과 다양한 차원의 현실들」 발표.

1985년 카스틸리오네델페스카이아에서 뇌일혈로 쓰러짐. 9월 6일 시에나의 산타마리아델라스칼라 병원에 입원. 같은 달 18일 과 19일 사이에 사망.

1988년 미완성 유고 『미국 강의(Lezioni americane)』, 『민담에 대하여 (Sulla fiaba)』 출간.

1991년 『왜 고전을 읽는가(Perché leggere i classici)』 출간.

옮긴이 **이현경**

한국외국어대학교 이탈리아어과를 졸업하고 동 대학원에서 이탈로 칼비노 연구로 비교문학과 박사 학위를 받았다. 현재 한국외국어대학교 이탈리아어 통번역학과 교수로 재직 중이다. 이탈리아 대사관에서 주관하는 제1회 번역 문학상과 이탈리아 정부에서 수여하는 국가 번역 문학상을 수상했다. 옮긴 책으로 이탈로 칼비노의 『거미집으로 가는 오솔길』, 『반쪼가리 자작』, 『나무 위의 남작』, 『존재하지 않는 기사』, 『우주만화』, 『보이지 않는 도시들』 외에 『이것이 인간인가』, 『침묵의 음악』, 『바우돌리노』, 『권태』, 『단테의 모자이크 살인』, 『미의 역사』, 『애석하지만 출판할 수 없습니다』 등이 있다.

**이탈로 칼비노 전집**
**03**

# 나무 위의 남작

1판 1쇄 펴냄  2014년 6월 30일
1판 3쇄 펴냄  2024년 1월 10일

지은이   이탈로 칼비노
옮긴이   이현경
발행인   박근섭·박상준
펴낸곳   **(주)민음사**

출판등록   1966. 5. 19. 제16-490호
주소       서울특별시 강남구 도산대로1길 62(신사동)
           강남출판문화센터 5층 (우편번호 06027)
대표전화   02-515-2000 | 팩시밀리   02-515-2007
홈페이지   www.minumsa.com

한국어 판 ⓒ **(주)민음사**, 2014. Printed in Seoul, Korea

ISBN 978-89-374-4333-6  (04880)
     978-89-374-4330-5 (세트)